Narcotica

Eveneens van Emelie Schepp:
Memento

EMELIE SCHEPP

NARCOTICA

De Fontein

MIX
Papier van verantwoorde herkomst
FSC® C014496

Eerste druk augustus 2016

Oorspronkelijke titel *Vita spår*

Publication by Agreement with Grand Agency

Vertaling Corry van Bree
Omslagontwerp Studio Jan de Boer, Amsterdam
Omslagillustratie Katja Kemnitz / Arcangel
Opmaak binnenwerk ZetSpiegel, Best
ISBN 978 90 261 4056 3
ISBN e-book 978 90 261 4057 0
NUR 332

www.uitgeverijdefontein.nl

Alle personen in dit boek zijn door de auteur bedacht. Enige gelijkenis met bestaande – overleden of nog in leven zijnde – personen berust op puur toeval.

Voor mijn moeder

Het meisje zweeg en keek naar haar bord met yoghurt en schijfjes aardbei. Ze luisterde naar het gerinkel van bestek dat porselein raakte, hoorde hoe haar vader en moeder hun ontbijt aten.

'Ga eten.' Haar moeder keek haar streng aan, maar het meisje bewoog niet. 'Zitten de dromen je dwars?'

Het meisje slikte en durfde niet van haar bord op te kijken. 'Ja,' fluisterde ze nauwelijks hoorbaar.

'Waarover heb je deze keer gedroomd?' Haar moeder pakte een snee brood en smeerde er jam op.

'Een container,' zei ze. 'Hij was...'

'Nee!' zei haar vader aan de overkant van de tafel. Zijn stem was hard en had een ijskoude klank. Hij had zijn vuist gebald en keek naar haar met een blik die net zo hard en ijskoud was als zijn stem: 'Ik heb er genoeg van!' Hij kwam overeind, trok haar van haar stoel en duwde haar de keuken uit. 'We willen niets meer over je fantasieën horen.'

Het meisje struikelde en deed haar best om hem bij te houden op de trap. Het deed pijn aan haar armen en haar voeten. Ze probeerde zich aan zijn harde greep te ontworstelen op het moment dat hij zijn hand in haar nek legde.

Hij liet haar plotseling los, trok zijn hand naar zich toe alsof hij ergens door was gestoken en keek naar haar met afkeer in zijn ogen.

'Je moet je nek altijd verbergen, kind. Altijd!' Hij legde zijn handen op haar schouders en draaide haar om zodat ze met haar rug naar hem toe stond. 'Wat heb je met de pleister gedaan?'

Ze voelde dat hij haar haar wegschoof, dat hij steeds wilder rukte en trok om haar nek te ontbloten, en hoorde zijn scherpe inademing toen hij de letters zag. Hij deed een paar stappen naar achteren en staarde naar haar alsof hij iets heel onaangenaams had gezien.

Op dat moment begreep ze het.

Zo was het precies.

Omdat de pleister in haar nek was losgeraakt.

1

Daar! De auto verscheen om de hoek.

Pim glimlachte zenuwachtig naar Noi. Ze stonden in een steeg waar het licht van de straatlantaarns niet kwam. Het asfalt was vlekkerig door de opgedroogde urine, er hing een scherpe stank en het geluid van de blaffende wilde honden verdronk in de dreunende snelweg.

Pims voorhoofd was nat van het zweet, niet door de warmte maar omdat ze zenuwachtig was. Haar donkere haar kleefde in haar nek en de dunne stof van haar T-shirt zat gekreukt op haar rug vast. Ze wist niet wat haar te wachten stond en had ook niet veel tijd gehad om daarover na te denken.

Alles was zo snel gegaan. Nog maar twee dagen geleden had ze besloten om het te doen. Noi had gelachen en had gezegd dat het gemakkelijk was en goed betaalde, en dat ze over vijf dagen weer thuis zouden zijn.

Pim streek met haar hand over haar voorhoofd, droogde het zweet aan haar spijkerbroek af en keek naar de auto die steeds dichterbij kwam.

Ze glimlachte opnieuw, alsof ze zichzelf ervan wilde overtuigen dat alles goed zou gaan, dat alles in orde zou komen.

Het was tenslotte alleen deze keer. Maar één keer en daarna nooit meer.

Ze pakte het handvat van haar koffer en tilde hem van de grond. Er was haar verteld dat ze een koffer met kleding voor twee weken moest vullen om de zogenaamde vakantie geloofwaardiger te maken.

Ze keek naar Noi, rechtte haar rug en trok haar schouders naar achteren.

De auto minderde vaart en stopte naast hen. Het getinte raam gleed naar beneden en het gezicht van een man met stekeltjeshaar verscheen.

'Stap in,' zei hij kortaf zonder naar hen te kijken. Daarna schakelde hij om zo snel mogelijk weg te kunnen rijden.

Pim liep om de auto heen, bleef heel even staan en deed haar ogen dicht. Ze haalde diep adem, opende het portier en stapte in.

Officier van justitie Jana Berzelius nam een slok water voordat ze zich uitstrekte naar de stapel papieren die op tafel lag. Het was tien uur 's avonds en het was druk in The Bishops Arms, een pub in Norrköping.

Tot een halfuur geleden had ze gezelschap gehad van haar baas, hoofdofficier van justitie Torsten Granath, die haar na een lange en geslaagde werkdag had uitgenodigd voor een etentje in het Elite Grand Hotel.

Daar had hij twee uur achter elkaar onafgebroken gepraat over zijn hond, die hij en zijn vrouw na ernstige buikkrampen en ontlastingproblemen hadden laten inslapen. Het interesseerde Jana eigenlijk niet, maar ze had toch geprobeerd belangstelling te tonen voor de foto's van de dode hond als pup die Torsten op zijn mobiel had. Ze had geknikt, had haar hoofd schuin gehouden en had geprobeerd er meelevend uit te zien.

Om de tijd te laten verstrijken had ze interesse getoond voor de gasten in het restaurant. Vanaf de raamtafel waar ze zaten had ze een perfect uitzicht op de ingang. Niemand kon naar binnen of naar buiten gaan zonder dat ze het zag. Tijdens Torstens verhaal had ze twaalf mensen gespot: drie buitenlandse zakenmannen, twee vrouwen van middelbare leeftijd die luidruchtig met elkaar praatten, een gezin met twee kinderen, twee oude mannen en een tiener met een flinke bos krullend haar.

Na het etentje waren ze naar The Bishops Arms gegaan, die, met zijn klassiek Engelse stijl, Torsten herinnerde aan zijn golfreizen naar het graafschap Kent. Hij wilde altijd aan dezelfde tafel zitten. Voor Jana was de keuze van de pub een kwelling, dus nam ze opgelucht afscheid van haar baas toen hij eindelijk besloot om de avond te beëindigen.

Toch was ze blijven zitten.

Ze stopte de papieren nu in haar aktetas, dronk het laatste restje uit haar glas water en wilde net overeind komen toen ze een man de pub in zag komen. Misschien trok hij haar aandacht door zijn zenuwachtige gedrag. Ze volgde hem met haar ogen terwijl hij snel naar de bar liep. Hij stak een vinger in de lucht om de aandacht van de barman te trekken, bestelde iets te drinken, ging bij een tafeltje zitten en zette zijn versleten sporttas op zijn schoot.

Zijn gezicht was half verborgen door een pet, maar ze schatte zijn leeftijd op ongeveer dertig jaar.

Hij droeg een leren jack, een donkere spijkerbroek en stevige zwarte schoenen. De man leek gespannen en keek eerst naar buiten, daarna naar de ingang en vervolgens weer naar buiten.

Zonder haar hoofd te bewegen keek Jana door het raam en zag de contouren van de Saltängsbrug. De kerstverlichting deinde in de kale boomkruinen van de Hamngatan. Aan de andere kant van de rivier knipperde een reclamebord dat iedereen een vrolijk kerstfeest en een gelukkig nieuwjaar wenste.

Ze huiverde omdat het nog maar een paar weken duurde voordat het kerstavond was. Ze keek er absoluut niet naar uit om deze feestdag met haar ouders door te brengen. Vooral niet nu haar vader, voormalig procureur-generaal Karl Berzelius, om onduidelijke redenen bij haar uit de buurt wilde blijven, alsof het hem niet langer interesseerde om contact met zijn dochter te hebben.

Ze hadden elkaar sinds het voorjaar niet meer gezien en toen Jana met haar moeder Margaretha over zijn vreemde gedrag praatte, had ze geen rechtstreekse verklaring gekregen.

'Hij heeft het verschrikkelijk druk,' had ze alleen gezegd.

Omdat Jana niet meer energie in de kwestie wilde stoppen, liet ze het rusten. Zo veel familiebijeenkomsten waren er het afgelopen jaar daarom niet geweest, maar aan Kerstmis kon ze niet ontkomen, dan moest ze wel bij haar ouders langsgaan.

Ze zuchtte diep en keek weer naar de man, die inmiddels een glas met een lichtgele inhoud op zijn tafel had gekregen. Toen hij zijn hand naar het glas uitstrekte zag ze dat hij een grote, donkere moedervlek op zijn linkerpols had. Hij hield het glas bij zijn mond en keek opnieuw uit het raam.

Het ziet eruit alsof hij op iemand wacht, dacht ze, waarna ze op haar horloge keek en constateerde dat het tijd was om naar huis te gaan.

Ze stond op van de tafel, knoopte haar winterjas langzaam dicht, wikkelde de zwarte Louis Vuitton-sjaal rond haar hals, zette de donkerrode muts op en pakte haar aktetas.

Terwijl ze naar de uitgang liep zag ze dat de man in een mobiel praatte. Hij mompelde iets onhoorbaars, sloeg zijn drankje achterover, stond snel op en passeerde haar op weg naar buiten.

Ze duwde de deur na hem open en liep de straat op, waar ze werd opgewacht door de koude winterlucht. Het was een stille, heldere nacht met een fonkelende sterrenhemel.

De man was nergens meer te zien.

Jana trok haar gevoerde handschoenen aan en zette koers naar haar appartement in Knäppingsborg.

Eén huizenblok voor haar appartement kreeg ze de man weer in het oog. Hij stond in een smalle steeg tegen de muur geleund. Deze keer was hij niet alleen. Tegenover hem stond een man die een capuchon ophad en zijn handen in zijn zakken had gestoken.

Ze bleef abrupt staan, deed een paar snelle stappen opzij en probeerde zich onzichtbaar te maken achter een uitstekende gevel. Haar hart begon te bonken terwijl ze zichzelf voorhield dat ze het verkeerd gezien moest hebben, dat de man met de capuchon een ander was dan ze dacht.

Ze draaide haar hoofd opzij, bestudeerde zijn profiel opnieuw en voelde een huivering langs haar ruggengraat gaan.

Ze wist wie de man was.

Ze kende zijn naam.

Het was Danilo.

Inspecteur Henrik Levin zette de televisie uit en staarde naar het plafond. Het was bijna tien uur 's avonds en het was donker in de slaapkamer.

Hij luisterde naar de geluiden in de woning. De afwasmachine werkte methodisch in de keuken en de trap kraakte. Af en toe klonk er gebonk in Felix' kamer. Henrik wist dat het zijn zoon was die in zijn slaap bewoog. Zijn dochter Vilma sliep, zoals altijd, kalm en roerloos in de kamer ernaast.

Hij ging op zijn zij liggen, deed zijn ogen dicht en trok het dekbed omhoog, maar besefte dat het moeilijk zou zijn om in slaap te vallen. Zijn gedachten tolden door zijn hoofd.

Binnenkort zou hij 's nachts niet veel slaap meer krijgen. Hij zou tot in de kleine uurtjes moeten wiegen en voeden en sussen. Het duurde nog ongeveer drie weken tot de uitgerekende datum.

Hij trok het dekbed van zijn hoofd en keek naar Emma, die met haar mond open op haar rug sliep. Haar buik was enorm, maar hij had geen idee of hij groter was dan tijdens haar eerdere zwangerschappen. Hij wist alleen dat hij voor de derde keer vader zou worden.

Henrik ging op zijn rug liggen, legde zijn handen op het dekbed en deed zijn ogen weer dicht. Hij voelde zich neerslachtig en vroeg zich af of hij zich anders zou voelen als hij zijn kind eenmaal in zijn armen hield. Hij hoopte het, want tot nu toe was bijna de hele zwangerschap aan hem voorbijgegaan. Hij had er geen tijd voor gehad, had andere dingen aan zijn hoofd gehad, zoals zijn werk.

De Rijksrecherche had contact opgenomen. Ze wilden het onderzoek van afgelopen voorjaar naar de moord op Hans Juhlén, operationeel manager Asielzaken bij de Immigratiedienst in Norrköping, bespreken. Een oude zaak die Henrik al achter zich had gelaten.

Dat wat in het begin een normaal moordonderzoek op een hooggeplaatste ambtenaar had geleken, was veranderd in... iets wat veel groter en veel luguberder was. Illegale vluchtelingentransporten hadden het rechercheteam op het spoor gezet van een narcoticasyndicaat dat voor hun activiteiten onder meer kinderen opleidde tot soldaten en in koelbloedige moordenaars veranderde.

Het was geen routinezaak gebleken en het onderzoek had het nieuws wekenlang gedomineerd.

Morgen zou alles weer opgerakeld worden.

De Rijksrecherche zou vragen gaan stellen over de betrokken vluchtelingenkinderen die opgesloten in containers uit Zuid-Amerika waren gehaald. En ze zouden vragen stellen over de leider van het narcoticasyndicaat, Gavril Bolanaki, die aan het eind van het onderzoek was overleden.

Het was gewoon een oude zaak.

Henrik opende zijn ogen, staarde naar het plafond en zuchtte. Hij keek op de wekker, die op kwart over tien stond, en wist dat de afwasmachine zo meteen zou gaan piepen.

Na drie minuten piepte het apparaat inderdaad.

Haar hart bonkte en het bloed pulseerde in haar lichaam. Jana Berzelius probeerde zo zachtjes mogelijk adem te halen.

Danilo.

Een golf van uiteenlopende gevoelens stroomde door haar heen. Ze was verrast en geïrriteerd.

Er was een tijd geweest waarin Danilo en zij als broer en zus waren geweest en hun dagelijkse leven met elkaar hadden gedeeld, maar dat was lang geleden, toen ze kinderen waren. Nu deelden ze een bloederig verleden, maar dat was het enige. Hij had net als zij een naam in zijn nek gekerfd staan, een permanente herinnering aan hun onheilspellende jeugd. Danilo was de enige die wist waar ze vandaan kwam, die wist waarom ze was zoals ze was.

Ze was afgelopen voorjaar bij Danilo langsgegaan om hem om hulp te vragen, in de periode dat de containers met vluchtelingen waren ontdekt bij Arkösund. Hij was behulpzaam geweest, maar had haar uiteindelijk verraden. Hij had geprobeerd haar te vermoorden, was daar niet in geslaagd en was daarna gevlucht.

Vanaf dat moment had ze naar hem gezocht, maar het was alsof hij van de aardbodem was verdwenen. Er was geen spoor van hem te vinden, geen levensteken, niets. Haar frustratie en wraakgevoelens waren zo toegenomen dat ze uiteindelijk dagdromen had gekregen waarin ze verschillende manieren bedacht om hem te vermoorden.

Ze had zijn gezicht met een potlood op een wit vel papier getekend en had de schets in haar appartement opgehangen om zichzelf te herinneren aan de haat die ze voor hem voelde. Alsof ze die zou kunnen vergeten.

Uiteindelijk had ze haar zoektocht opgegeven en was ze teruggekeerd naar de realiteit met het besef dat ze hem waarschijnlijk nooit zou vinden. Dat hij voor altijd verdwenen was.

Tot dit moment, nu hij een meter of twintig bij haar vandaan stond.

Ze voelde haar lichaam trillen en onderdrukte de impuls om zich op hem te storten, ze moest rationeel denken.

Ze hield haar adem in om te horen wat de twee mannen tegen elkaar zeiden, maar ze waren te ver weg om hun woorden te kunnen onderscheiden.

Danilo stak een sigaret op.

De versleten sporttas lag op de grond en de man met de moedervlek ging op zijn hurken zitten. Hij trok de rits open en liet de inhoud zien. Danilo knikte en maakte een gebaar met zijn rechterhand, waarna ze samen wegliepen door de steeg en via een stenen trap naar het Strömpark verdwenen.

Jana klemde haar tanden op elkaar. Wat moest ze doen? Moest ze zich omdraaien en naar huis gaan? Hem opnieuw uit haar leven laten verdwijnen?

Ze telde zwijgend tot tien, daarna verliet ze haar verstopplek en volgde hen.

Rechercheur Mia Bolander deed haar ogen open en hield meteen haar hand tegen haar voorhoofd. Ze was duizelig.

Ze stapte uit bed, ging naakt op de vloer staan en keek naar de man die met zijn handen onder het kussen op zijn buik lag en wiens naam ze was vergeten.

Hij spoorde niet helemaal. Hij had twintig minuten lang door de kamer geijsbeerd terwijl hij herhaalde dat hij een klootzak was die haar niet verdiende. Ze had keer op keer geantwoord dat hij haar wel verdiende en had hem uiteindelijk overgehaald om in bed te komen liggen.

Toen hij daarna bescheiden had gevraagd of hij haar voeten mocht masseren, was ze te uitgeput geweest om te weigeren, maar toen hij haar grote teen in zijn mond stopte had ze er genoeg van gehad en had ze gevraagd wanneer ze eindelijk gingen neuken. Hij had de hint begrepen en had zich uitgekleed.

Hij had ook luidkeels gekreund, haar hals gelikt en zuigzoenen gegeven.

De klootzak.

Mia krabde onder haar rechterborst en keek naar de vloer, waar haar kleren op een hoop lagen.

Ze kleedde zich snel aan en deed geen moeite om zachtjes te doen. Ze wilde gewoon zo snel mogelijk naar huis.

Het was een kort bezoek aan het café geweest. Harry's had een karaokeavond met kerstthema georganiseerd en het was vol gasten in kostuum en glanzende jurken geweest. Sommige gasten hadden kerstmutsen gedragen en waren eerder die avond waarschijnlijk dronken geworden tijdens een kerstbuffet ergens in Norrköping.

De man van wie ze de naam was vergeten had met een biertje in zijn hand bij de bar gestaan. Hij was een veertiger met blond steil haar dat in een ouderwetse middenscheiding was gekamd. Rond zijn nek had hij een kleurige doodskop hangen. Verder was hij netjes gekleed in een stropdas en een colbert met iets te brede schoudervullingen.

Mia had een paar meter bij hem vandaan gezeten, had met haar glas gespeeld en had geprobeerd zijn aandacht te trekken. Dat was uiteindelijk gelukt, maar het duurde een hele tijd voordat hij naar haar toe kwam met de vraag of ze gezelschap wilde. Ze had met een glimlach geantwoord en opnieuw met haar glas gespeeld, en uiteindelijk had hij begrepen dat ze iets wilde drinken. Drie grote glazen sterk bier en twee drankjes met saffraansmaak later namen ze een taxi naar zijn appartement.

De saffraansmaak plakte nog aan haar gehemelte. Ze liep via de hal naar de badkamer, deed de lamp aan, werd verblind door het plotselinge licht en hield haar ogen dicht terwijl ze water uit haar tot een kom gevormde handen dronk. Daarna keek ze met half dichtgeknepen ogen naar de spiegel, deed haar haar achter haar oren en inspecteerde haar hals.

Rechts onder haar kin zaten twee grote rode plekken. Ze schudde haar hoofd, deed het licht uit en verliet de badkamer.

In de hal pakte ze zijn colbert en doorzocht de zakken. Zijn portefeuille, die in zijn binnenzak zat, bevatte alleen betaalkaarten en helemaal geen contanten, zelfs geen briefje van tien.

Ze bekeek zijn rijbewijs en zag dat hij Martin Strömberg heette. Daarna trok ze haar laarzen en jas aan.

'Weet je, Martin,' zei ze terwijl ze naar de slaapkamer wees. 'Je was echt verschrikkelijk slecht.'

Daarna deed ze de voordeur van het slot en liep naar buiten.

Jana Berzelius bleef bij het Arbeidsmuseum staan en keek om zich heen.

Ze zag Danilo en de man met de moedervlek niet meer.

Bij iedere hoek keek ze tevergeefs de straat in. Er was trouwens niemand meer buiten en ze verbaasde zich erover hoe verlaten de wijk Industrilandskapet op een koude woensdagavond in het begin van december kon zijn.

Ze bleef tien minuten staan en wachtte af. Ze hoorde echter niets en er was geen beweging te zien.

Uiteindelijk besefte ze dat ze weg waren.

Ze was ze kwijtgeraakt. De woede vlamde in haar op, want nu kon ze maar één ding doen en dat was naar haar appartement gaan met het gevoel dat ze opnieuw was misleid.

Maar wat had ze zich dan in haar hoofd gehaald? Wat had ze gedacht? Ze had ze niet moeten volgen, ze had ze gewoon met rust moeten laten en naar huis moeten gaan.

Het enige wat ze kon doen was hem loslaten.

Bij het Holmenplein kreeg ze het eigenaardige gevoel dat er iemand achter haar liep, maar toen ze zich haastig omdraaide zag ze in de verte alleen een man die zijn hond uitliet. Ze keek naar de appartementen in de Kvarngatan, waar achter veel ramen adventskandelaars met brandende kaarsen stonden. De hemel was zwart en nog steeds helder en vol sterren.

Ze trok haar schouders op en huiverde. Daarna passeerde ze het plein en liep de tunnel in. Halverwege kreeg ze opnieuw het gevoel dat ze werd gevolgd. Ze bleef staan, draaide zich om en luisterde terwijl ze zachtjes door haar neus ademde.

Niets.

Haastig stak ze de Järnbrogatan over en passeerde de roze poort die de ingang naar Knäppingsborg vormde. Op dat moment hoorde ze een zwak geluid achter zich. Ze draaide zich om en daar stond hij. Tien meter bij haar vandaan. Met een gebogen hoofd en op elkaar geklemde kaken. Ze keek in zijn ogen, liet haar aktetas vallen en bereidde zich voor.

2

'Je hoeft alleen te slikken!'

Pim schrok en keek in de ogen van de man. Hij stond over de tafel gebogen met zijn gezicht nog geen tien centimeter bij haar vandaan en droeg een grijs overhemd met opgerolde mouwen.

Ze keek naar het bolletje in zijn hand. Het was groter dan een kerstomaat en langer dan ze had verwacht. De inhoud was stevig verpakt in meerdere lagen rubber.

Noi zat naast haar, keek smekend naar Pim en knikte bijna onmerkbaar om haar aan te moedigen. *Je kunt het!*

Ze bevonden zich in een kamer boven een apotheek en waren daar gekomen via een trap die nog het meest op een ladder leek. In een hoek van de kamer zoemde een vloerventilator. Toch was het warm en rook het muf.

Het was geen probleem geweest om de pillen te slikken die het maagzuur neutraliseerden, die waren meteen haar keel in gegleden. Het bolletje was echter veel groter. Ze duwde met haar duim en wijsvinger tegen het omhulsel.

De man pakte haar arm vast en bracht die langzaam naar haar mond. Het bolletje raakte haar lippen, ze wist wat ze moest doen en kreeg meteen een droge mond.

'Doe je mond open!' zei de man tussen opeengeklemde tanden.

Pim opende haar mond en legde het bolletje op haar tong.

'Doe nu je mond dicht en slik.'

Ze keek naar het plafond, voelde dat het bolletje helemaal achter op haar tong belandde en probeerde te slikken. Het lukte niet, het bolletje gleed niet in haar keel.

Ze hoestte het op en hield het in haar hand.

De man sloeg met zijn vuist op tafel. 'Waar heb je deze prutser gevonden?' vroeg hij aan Noi, die bleek werd. 'Ik heb geen tijd voor idioten, begrijp je dat? Tijd is geld.'

Noi knikte en keek naar Pim, die weigerde om haar blik te ontmoeten. 'Vooruit,' fluisterde Noi. 'Je kunt het.'

Pim schudde haar hoofd langzaam.

'Je moet!' zei Noi.

Pim schudde haar hoofd opnieuw. Haar lip trilde en haar ogen vulden zich met tranen. Ze wist dat ze geluk had dat ze hier mocht zijn. Ze had nooit geluk, maar toen Noi vertelde over een kans om snel en eenvoudig geld te verdienen was haar hart sneller gaan kloppen.

'Oké, nu is het genoeg! Donder maar op!' De man pakte Pims arm vast en trok haar van de stoel. 'Ik ken genoeg anderen die wel geld willen verdienen.'

'Nee! Wacht! Ik wil wel!' schreeuwde Pim terwijl ze tegenstribbelde. 'Alsjeblieft, ik wil wel! Laat me het nog een keer proberen. Ik kan het.'

De man trok haar tegen zich aan en keek even naar haar roodbehuilde ogen, vuurrode wangen en opeengeperste lippen. 'Laat zien dan!' zei hij.

Met een fles in één hand pakte hij haar kaak vast, dwong haar mond open en spoot drie keer glijmiddel in haar mond. Daarna hield hij haar het bolletje voor. 'Hier.'

Pim pakte het en stopte het meteen in haar mond. Ze probeerde te slikken en duwde er met haar vinger tegen zodat het verder in haar keel gleed, maar kreeg braakneigingen.

Haar paniek groeide.

Het bolletje moest naar beneden. Ze deed haar kin omhoog, maar het enige wat er gebeurde was een nieuwe braakneiging.

Haar handen waren nat van het zweet.

Ze deed haar ogen stevig dicht, opende haar mond, duwde het bolletje zo ver mogelijk in haar keel en slikte.

Slikte, slikte, slikte.

De capsule gleed langzaam naar haar maag.

De man klapte in zijn handen en glimlachte. 'Goed zo,' zei hij. 'Nog maar negenenveertig te gaan.'

De eerste klap raakte haar hoofd, de tweede haar hals.

Jana Berzelius pareerde Danilo's vuisten met haar onderarmen.

Hij was woedend, bewoog snel van de ene naar de andere kant, probeerde haar aan alle kanten te raken. Ze bood echter weerstand, duwde haar rechtervuist omhoog, bukte zich, stootte haar linkervuist naar voren en trapte. Ze miste, maar herhaalde de beweging, sneller deze keer. De trap raakte Danilo's knie. Hij boog voorover, maar bleef overeind. Ze moest hem uit zijn evenwicht zien te brengen en op de grond krijgen, dus schopte ze opnieuw. Deze keer tegen zijn hoofd. Midden in de beweging kreeg hij haar voet te pakken en draaide die naar links. Ze kon niet anders dan meedraaien en kwam hard met haar rug op de koude grond terecht. Ze hield meteen haar handen voor haar hoofd, rolde opzij en kwam weer overeind.

Danilo stond nu roerloos voor haar. Afwachtend. Met opengesperde neusgaten en ontblote tanden.

Hij nam een aanloop en stormde naar voren. Op hetzelfde moment boog ze haar hoofd, beschermde haar gezicht met haar vuisten en gebruikte al haar kracht om haar voet omhoog te krijgen, waarna ze naar hem trapte.

Ze raakte hem perfect.

Danilo stortte op de grond. Ze was meteen bij hem en wilde net één knie op zijn borstkas zetten toen hij zich met een agressieve schreeuw omdraaide en zich op haar stortte. Hij ging schrijlings op haar zitten en ramde zo hard als hij kon tegen haar ribben.

Daarna pakte hij haar haar vast en tilde haar hoofd van de grond. Ze probeerde de beweging te volgen om de pijn in haar hoofdhuid te verminderen, maar Danilo's gewicht op haar borstkas hield haar tegen.

Hij boog zich naar voren. 'Waarom volg je me?' siste hij in haar gezicht. Ze gaf geen antwoord, dacht koortsachtig na. Ze mocht dit niet laten gebeuren, mocht zich niet laten verslaan. Ze wist maar al te goed waartoe hij in staat was, maar haar armen zaten vast onder zijn benen. Ze strekte haar vingers in een poging iets te vinden om zich mee te verdedigen, maar voelde alleen ijs en sneeuw.

Een onbehaaglijk gevoel begon in haar op te komen. Ze had er niet op gerekend om afgetroefd te worden. Zij was degene die hem had moeten verrassen. Ze was in het begin tenslotte aan de winnende hand geweest.

Ze balde haar vuisten, spande haar spieren, verzamelde al haar krachten, zwaaide haar been omhoog en ramde haar knie in zijn rug. Danilo boog zich naar achteren en liet haar haar los. Ze ramde haar knie opnieuw in zijn rug, en daarna nog een keer. Probeerde haar been om zijn nek te slaan, maar slaagde daar niet in.

Hij bleef zitten en pakte haar haar opnieuw vast. 'Dat had je niet moeten doen,' siste hij, waarna hij haar achterhoofd tegen de grond sloeg.

De pijn was verschrikkelijk en het werd zwart voor haar ogen.

Hij sloeg haar hoofd opnieuw tegen de grond en ze voelde de kracht uit zich stromen.

'Je moet bij me uit de buurt blijven, Jana,' zei hij.

Zijn stem klonk alsof die heel ver weg was.

Ze voelde geen pijn meer. Een warme golf stroomde door haar heen en ze besefte dat ze op het punt stond bewusteloos te raken.

Hij hief zijn vuist en hield die vlak voor haar, maar sloeg niet. Het was ineens alsof hij aarzelde. Hij keek in haar ogen, haalde snel adem en zei iets, maar de woorden echoden alsof ze zich in een tunnel bevonden.

Ineens hoorde ze iemand roepen. 'Hallo!'

Het was een stem die ze niet herkende.

Ze probeerde te bewegen, maar de druk op haar borstkas maakte dat onmogelijk. Ze vocht om bij bewustzijn te blijven en keek recht in Danilo's donkere ogen. Hij trok haar hoofd omhoog en siste: 'Ik waarschuw je. Als je me nog één keer volgt, dan maak ik af waar ik mee begonnen ben.' Zijn gezicht was maar een paar centimeter bij het hare vandaan. 'Nog één keer en je zult er voor altijd spijt van hebben. Hoor je dat?!'

Ze hoorde het, maar was niet in staat om antwoord te geven.

De druk op haar borstkas verminderde en de stilte om haar heen vertelde haar dat Danilo weg was.

Ze hoestte hevig, ging op haar zij liggen en hield haar ogen een hele tijd dicht.

Ineens hoorde ze de vreemde stem weer.

Anneli Lindgren zette een bord met twee sneetjes knäckebröd op tafel en ging naast haar partner Gunnar Öhrn zitten. Ze werkten allebei bij de Districtsrecherche, zij als technisch rechercheur, hij als onderzoeksleider.

Het water in de theebekers dampte.

'Wil je earl grey of groene thee?' vroeg ze.

'Wat neem jij?'

'Groene thee.'

'Dan neem ik die ook.'

'Maar dat vind je niet lekker.'

'Nee, maar jij vindt dat ik dat moet drinken.'

Ze glimlachte naar hem en opende het theedoosje. Uit Adams kamer klonk muziek; ze hoorde haar zoon meezingen.

'Hij lijkt het hier naar zijn zin te hebben,' zei ze.

'En jij hebt het hier niet naar je zin?'

'Jawel.'

Ze hoorde de onrust in Gunnars stem en antwoordde daarom kort en zonder aarzelen. Het was de enige manier om aan vervolgvragen te ontsnappen. Hij maakte zich altijd overal ongerust over, piekerde veel te veel over van alles en nog wat, analyseerde en bekeek dingen die hij lang geleden los had moeten laten van alle kanten.

'Echt? Heb je het hier naar je zin?'

'Ja.'

Anneli liet het theezakje in het hete water verdrinken. Ze luisterde naar de stem, de muziek en de tekst die Adam uit zijn hoofd had geleerd terwijl ze naar het water keek dat steeds meer kleurde. Ze begon te tellen, maar het lukte haar niet te bedenken hoe vaak Gunnar en zij uit elkaar waren gegaan en daarna weer samen waren gaan wonen. Misschien was dit de tiende keer dat ze het probeerden, misschien de twaalfde keer. Het enige wat ze zeker wist was dat ze in totaal twintig jaar hadden samengewoond.

Het voelde nu echter anders, verbeeldde ze zich. Gemakkelijker, meer ontspannen. Gunnar was een lieve man die haar een veilig gevoel gaf. Hij moest alleen niet zo doorzeuren over van alles en nog wat.

Hij legde zijn hand op die van haar. 'We kunnen een nieuw appartement zoeken. Of een rijtjeswoning. Dat hebben we nog nooit geprobeerd.'

Ze trok haar hand weg, keek naar hem en deed geen moeite om antwoord te geven, want ze wist dat de blik in haar ogen voldoende was.

'Oké,' zei hij. 'Ik snap het. Je hebt het naar je zin.'

'Je kunt dus stoppen met zeuren.'

Ze nam een slokje thee en hoorde dat het nog ongeveer anderhalve minuut zou duren voordat het nummer waarnaar Adam luisterde afgelopen was. Een gitaarsolo en daarna drie keer het refrein.

'Wat vind jij van de bespreking met de Rijksrecherche morgen?' vroeg hij.

'Ik maak me niet druk. Ze moeten maar vertellen wat ze willen. We hebben uitstekend werk geleverd.'

'Ik begrijp niet waarom Anders Wester hier zo nodig naartoe moet komen. Ik heb hem niets te vertellen.'

'Waarom niet? Hij is nog wel zo knap!' Ze kon het niet laten om hem te pesten. Er was iets aan zijn nodeloze ongerustheid, zijn jaloezie, wat haar prikkelde. Ze had er echter spijt van op het moment dat hij woedend naar haar staarde.

'Ik maak een grapje,' zei ze.

'Vind je dat echt?'

'Dat hij knap is? Ja, ooit vond ik dat inderdaad.' Ze probeerde onbewogen te klinken, zorgeloos.

'Maar nu niet meer?'

'Stop daarmee.'

'Ik wil het gewoon weten.'

'Hou op, drink je thee liever.'

'Echt niet?'

'Stop met zeuren!'

De gitaarsolo begon, daarna zong Adam het refrein mee.

Gunnar ging staan en gooide zijn beker in de gootsteen leeg.

'Wat doe je?' vroeg Anneli.

'Ik vind groene thee niet lekker,' zei hij, waarna hij naar de badkamer verdween.

Ze zuchtte, om Gunnar en de muziek die ze nauwelijks kon verdragen, maar ze had geen zin om de avond te beëindigen met een confrontatie, niet nu ze net hadden besloten om weer samen te gaan wonen.

Ze was er te moe voor. Veel te moe.

'Gaat het een beetje?'

Robin Stenberg zat op zijn hurken naast de vrouw die in foetushouding op de grond lag. De ketting aan zijn gescheurde jeans rammelde toen die de harde ondergrond raakte. Hij zag dat haar hoofd hevig bloedde en wilde haar net aanraken toen ze haar ogen opendeed.

'Ik heb alles gezien. Ik heb hem gezien. Hij verdween in die richting.' Hij wees met een trillende hand naar de rivier.

De vrouw deed een poging haar hoofd te schudden. 'Gggg.... eevaall...,' brabbelde ze.

'Nee,' zei hij. 'Je bent niet gevallen. Je bent overvallen. We moeten de politie bellen...' Hij ging staan en zocht in zijn zak naar zijn mobiel.

'Neeee...'

'Jezus, je bloedt als een rund. Ik ga een ambulance bellen.'

Hij kon niet stilstaan en begon heen en weer te lopen. 'Shit, shit, shit,' herhaalde hij een paar keer achter elkaar.

De vrouw bewoog en hoestte. 'Niet bellen,' fluisterde ze.

Hij kreeg zijn telefoon te pakken en toetste de pincode in.

De vrouw hoestte weer. 'Niet bellen,' zei ze opnieuw. Het klonk deze keer duidelijker.

Hij luisterde niet en begon 112 op zijn mobiel in te toetsen. Op hetzelfde moment werd het toestel uit zijn hand geslagen.

'Verdo...'

Het duurde een paar seconden voordat hij begreep wat er was gebeurd.

Ze was overeind gekomen en had zijn mobiel in haar hand. Het bloed stroomde van haar voorhoofd en haar linkeroog over haar wang.

'Ik zei dat je niet moet bellen.'

Eén moment dacht hij dat het een grapje was, maar toen hij de dreigende blik in de ogen van de vrouw zag begreep hij dat ze het meende. Hij zag dat ze hem uitvoerig bestudeerde en hoewel hij volledig gekleed was, voelde hij zich bijna naakt.

Ze keek naar de zwarte muts, de zwart geschminkte ogen, de slaap met acht getatoeëerde zwarte sterren, de gepiercete onderlip, het gevoerde spijkerjack en de stevige, versleten schoenen.

'Hoe heet je?' vroeg ze.

'R... Robin Stenberg,' stamelde hij.

'Oké, Robin. Ik wil dat je weet dat ik gevallen ben en mijn hoofd gestoten heb. Dat is alles.'

Hij knikte angstig. 'Oké.'

'Mooi, dan zijn we het eens. Pak deze aan en verdwijn.'

De vrouw gooide zijn mobiel naar hem toe. Hij ving hem onhandig op, deed een paar stappen naar achteren en begon daarna te rennen.

Toen hij de deur van zijn appartement in de Spelmansgatan van het slot deed kreeg de angst hem pas echt te pakken.

In de terminal voor internationale vluchten op luchthaven Suvarnabhumi in Bangkok krioelde het van de mensen. Er stonden lange rijen voor de balies en af en toe werden namen van mensen omgeroepen die zich bij de informatiebalie moesten melden.

Koffers vielen met een bonk op de bagageband, grote groepen praatten luidruchtig met elkaar, kleine kinderen huilden en stelletjes discussieerden over reisdocumenten.

'Mag ik je paspoort?' De vrouw achter de incheckbalie stak haar hand uit.

Pim hield haar paspoort met twee handen vast om het trillen van haar handen te verbergen. Ze hadden haar verteld dat ze niet gespannen moest zijn, dat ze zich moest ontspannen en proberen vrolijk te lijken, maar naarmate de rij voor haar kleiner werd was ze steeds zenuwachtiger geworden.

Ze had zo erg aan haar ticket gefrunnikt dat er een hoekje ontbrak.

Ze had maagpijn, was misselijk en wilde dat ze haar vinger in haar keel kon steken. Ze wilde ook spugen, het speeksel in haar mond nam bij iedere braakneiging toe, maar ze wist dat ze dat niet mocht. Dus slikte ze, telkens weer.

Noi, die twee rijen verderop stond, frunnikte voortdurend aan een van de schouderbanden van haar rugzak.

Ze negeerden elkaar. Op dit moment kenden ze elkaar niet. Dat was een van de regels.

De vrouw achter de balie toetste iets op haar computer in. Haar donkere haar was in een strakke paardenstaart gebonden. Op de linkerzak van haar zwarte colbert zat het embleem van de luchtvaartmaatschappij en eronder droeg ze een witte blouse met een ronde kraag.

Pim leunde met één arm op de balie en boog zich een stukje naar voren in een poging de pijn in haar gezwollen maag te verminderen.

'Je mag je koffer op de band zetten,' zei de vrouw terwijl ze naar Pim keek, die diep ademhaalde, haar koffer pakte en op de band tilde.

De misselijkheid overviel haar opnieuw als een elektrische schok. Ze vertrok haar gezicht.

'Is dit je eerste keer?' De vrouw keek met een vragende blik in haar ogen naar haar. 'Dat je vliegt bedoel ik.'

Pim knikte.

'Je hoeft niet zenuwachtig te zijn, vliegen is niet gevaarlijk.'

Pim gaf geen antwoord omdat ze niet wist wat ze moest zeggen. In plaats daarvan hield ze haar ogen op haar schoenen gericht.

'Alsjeblieft.'

Pim pakte haar boardingkaart aan en liep meteen bij de balie vandaan. Ze wilde zo snel mogelijk weg bij de vrouw met haar onderzoekende blik.

Ze kon met niemand praten, wilde met niemand praten.

Met niemand.

'Hé, wacht!' De vrouw achter de balie riep haar.

Pim draaide zich om.

'Je paspoort,' zei de vrouw. 'Je vergeet je paspoort.'

Pim liep terug en mompelde een bedankje. Daarna hield ze haar paspoort krampachtig met twee handen tegen haar borstkas en liep aarzelend naar de veiligheidscontrole.

Jana Berzelius zakte langzaam op de grond en bleef op haar knieën zitten. De pijn straalde naar haar hele lichaam uit.

Ze wilde het liefst haar ogen dichtdoen. Voorzichtig legde ze haar hand op haar achterhoofd en voelde aan de wond. Haar vingers kleurden meteen rood door het bloed. Ze veegde ze aan haar jas af en keek om zich heen. De rode muts lag vijf meter links van haar, vlak naast haar aktetas. Ze kroop er langzaam naartoe, pakte de muts, voelde het harde ijs onder haar benen en wist dat ze niet op de grond kon blijven zitten.

Pas nu proefde ze de bittere smaak van metaal in haar mond. Ze spuugde en zag dat haar speeksel de sneeuw rood kleurde.

Net zo rood als haar muts.

Jana telde tot drie en kwam daarna moeizaam overeind. Pijnscheuten flitsten door haar hoofd. Ze voelde zich duizelig en steunde met haar hand tegen de muur van de roze poort om haar evenwicht te houden.

Ze had nog niet voldoende kracht om weg te lopen, dus bleef ze nog even staan terwijl het bloed over haar wang stroomde.

3

Pim werd wakker doordat het vliegtuig schudde en overhelde.

Ze pakte de armleuningen vast en haalde snel adem. Een onbehaaglijk gevoel verspreidde zich door haar lichaam, waardoor haar hart sneller begon te kloppen.

Ze keek om naar Noi, die zeven rijen achter haar bij het raam zat, maar zag haar niet.

Het was stil in het vliegtuig, de meeste passagiers sliepen en het cabinepersoneel had zich achter de dichte gordijnen teruggetrokken. De plafondverlichting was uit, maar op een aantal plekken brandden de ronde leeslampjes boven de stoelen. Sommige passagiers lazen, anderen keken naar de film op het beeldscherm dat in de rugleuning voor hen bevestigd was.

Het vliegtuig schudde heviger.

Haar handen waren nat van het zweet. Ze bleef de armleuningen krampachtig vasthouden, deed haar ogen dicht en probeerde langzamer adem te halen. Ze had maagpijn.

Plotseling moest ze naar het toilet en ze keek over de rugleuning naar het achterste deel van het vliegtuig waar de toiletten waren. Na een minuut nadenken maakte ze haar veiligheidsgordel los en kwam langzaam overeind. Ze liep voorzichtig door het middenpad en pakte met haar rechterhand de rugleuningen van de stoelen vast om in evenwicht te blijven.

Haar maag verkrampte weer en ze voelde de paniek door zich heen stromen.

Door de heftige bewegingen van het vliegtuig wankelde ze en stootte tegen de vliegtuigstoelen.

Iemand van het cabinepersoneel verzocht alle passagiers dringend om naar hun stoelen terug te keren en hun veiligheidsgordels vast te maken. Pim aarzelde maar liep daarna verder naar de toiletten. Ze moest, ze kon niet wachten. Geen minuut.

Ze struikelde verder en op het moment dat ze het achterste deel van de cabine bereikte helde het vliegtuig over, waardoor ze haar evenwicht verloor. Ze werd opzij gesmeten, maar het lukte haar om rechtop te blijven en de deur van het toilet vast te pakken. Ze haastte zich naar binnen en deed de deur op slot.

De pijn in haar maag was ondraaglijk.

Ze opende het deksel en keek naar de toiletpot. De geur van schoonmaakmiddel en urine sloeg haar tegemoet. Op de vloer lagen natte, kapotgetrapte papieren handdoeken. De witte plastic kraan druppelde en het gedreun van de motoren was duidelijk te horen.

Pim schrok toen er op de deur werd geklopt.

'Hallo, het spijt me maar je moet naar je plaats terug,' riep een stem in het Engels.

Pim probeerde antwoord te geven, maar haar lichaam sloeg dubbel van de pijn. Ze trok haar broek naar beneden en ging op de koude ring zitten.

'Hoor je me? Hallo?' ging de stem achter de deur verder.

'Oké,' zei Pim. Daarna kon ze niets meer zeggen.

De paniek had haar in een ijzeren greep. De pijn in haar maag zakte langzaam naar haar middenrif, naar haar baarmoeder.

Ze hield haar adem in, bleef dertig seconden roerloos zitten, stond daarna op, keek naar beneden en zag de capsule in het toilet liggen.

'Het spijt me, je moet nu echt naar je plaats terug. Dat geldt voor alle passagiers!'

Er werd op de deur gebonkt en het handvat ging op en neer.

'Yes! Yes!'

Pim veegde zich schoon, gooide het papier in de stortkoker, trok haar broek omhoog, stak haar hand langzaam in het toilet en haalde het bolletje eruit.

Ze kokhalsde hevig toen ze de bruine laag erop zag.

Onder het stromende water waste ze de capsule schoon en ze wreef het voorzichtig meerdere keren met zeep in.

Ze wist wat ze moest doen, er was geen andere oplossing.

Toen er opnieuw op de deur werd geklopt, opende ze haar mond, duwde de capsule in haar keel, boog haar hoofd naar achteren en staarde met een paniekerige blik in haar ogen naar het plafond. Ze transpireerde over haar hele lichaam terwijl het bolletje langzaam naar haar maag gleed.

'S Ochtends vroeg keek Jana Berzelius naar haar spiegelbeeld in haar twintig vierkante meter grote badkamer. Ze wilde niet dat iemand haar zo zou zien en had geen zin in vragen of nieuwsgierige blikken van collega's of cliënten, dus had ze besloten om vandaag thuis te werken in plaats van naar het Openbaar Ministerie te gaan.

Ze legde haar handen op de vierkante wastafel, die was bevestigd op een granieten blad. De onderkast ontbrak, in plaats daarvan hing er een plank met twee symmetrische stapels spierwitte handdoeken. De douche had een zwartgetinte glazen wand en een douchekop die aan het plafond was bevestigd. De vloer was van Italiaans marmer en er stonden twee witte kasten en een wit ligbad. Alles was glanzend schoon.

Jana's gezicht was gezwollen en haar nek deed pijn. Ze depte de wond op haar achterhoofd, wikkelde er een nieuw verband omheen en dacht opnieuw aan Danilo, zoals ze al de hele ochtend had gedaan. Hij had haar overvallen en mishandeld, en had opnieuw geprobeerd haar te vermoorden. Ze trilde van woede. Als die magere, in het zwart geklede man niet was verschenen, dan had ze hier vandaag misschien niet gestaan. Of liever gezegd, dan had ze hier beslist niet gestaan.

Danilo had zich barbaars gedragen. Hij had de overhand gehad en zij had zich volslagen machteloos gevoeld. Het was een ongewoon en onaangenaam gevoel.

Ze schudde haar hoofd en streek het haar achter haar oor. Zijn woorden echoden nog steeds in haar hoofd.

Ik waarschuw je. Als je me nog één keer volgt, dan maak ik af waar ik mee begonnen ben.

Ze deed een poging om haar pijnlijke spieren te masseren, maar gaf het op en legde haar handen langzaam op de wastafel.

Nog één keer en je zult er voor altijd spijt van hebben. Hoor je dat?

De boodschap was overduidelijk. Hij had haar gewaarschuwd en ze wist heel zeker dat hij het meende.

Ze vroeg zich af waar hij bang voor was, zo bang dat hij haar wilde vermoorden. Híj was eerder degene die een bedreiging voor háár was, voor haar carrière, haar leven, dus waarom wilde hij haar vermoorden? Hij kon haar hele leven ruïneren als hij dat wilde, maar zolang hij uit de buurt bleef vormde hij geen bedreiging voor haar, en zolang zij uit zijn buurt bleef vormde zij geen bedreiging voor hem.

Het was verkeerd van haar geweest om hem te volgen. Ik moet ervoor zorgen dat ik hem buiten mijn leven houd, dacht ze. Ze had het gevoel dat ze op een tweesprong stond, dat ze een keuze moest maken. Ze had niets van hem te verwachten, integendeel, de volgende keer zou hij haar vermoorden. Ze moest er heel gewoon voor zorgen dat er geen volgende keer zou komen.

Ze moest.

Ze moest.

Ze moest.

Ze besefte dat ze een beslissing had genomen. Hij zou nooit meer in haar leven komen en ze zou de deur naar haar verleden eindelijk sluiten.

Haar handen, die nog steeds op de wastafel lagen, trilden.

De muren kwamen langzaam op haar af en ze kreeg moeite met ademhalen. Ze besefte dat ze bezig was een van de moeilijkste beslissingen van haar leven te nemen. Ze moest hem loslaten, moest haar jeugd loslaten en verdergaan, terwijl ze haar hele leven had geleefd met de onzekerheid over wie ze eigenlijk was en ze net antwoorden begon te krijgen.

Ze keek met samengeknepen ogen in de spiegel.

Er was geen ruimte om te aarzelen, dacht ze, waarna ze zich omdraaide, een schreeuw gaf en tegen de deur sloeg. Ze nam een aanloop, schopte en schreeuwde.

Daarna ging ze hijgend op de vloer zitten.

Het lukte haar niet om te stoppen met nadenken. De herinneringen aan hem drongen zich op. Zijn gezicht vlak bij het hare, zijn ijskoude blik, zijn harde stem.

Ik waarschuw je.

'Ik moet,' fluisterde ze zachtjes. 'Ik wil niet, maar ik moet.'

'Ik heb de juiste beslissing genomen,' zei ze alsof ze zichzelf kracht moest geven.

Ze liep langzaam naar de wastafel, waste haar gezicht, schoof het verband recht en dwong zichzelf om kalm adem te halen.

Vanaf nu is alles anders, dacht ze.

Vanaf nu moet ik Danilo loslaten.

4

Gunnar Öhrn en hoofdcommissaris Carin Radler stonden bij de ovale tafel in de vergaderkamer op de derde verdieping van het politiebureau. Gunnar keek op de klok en op hetzelfde moment kwam rechercheur Mia Bolander binnen, bijna tien minuten te laat voor de bespreking met de Rijksrecherche.

'Het spijt me,' zei ze, waarna ze een verklaring mompelde die niemand verstond. Ze ging bij de tafel zitten en negeerde Gunnars vermoeide blik door uit het raam te kijken.

Hij deed de deur dicht en ging naast haar zitten.

Behalve Mia, Gunnar en Carin zaten Anneli Lindgren, Henrik Levin en technicus Ola Söderström aan de tafel. Mia constateerde dat er nog iemand aanwezig was. Zo zag de bobo van de Rijksrecherche er dus uit.

'En Jana?' fluisterde ze tegen Gunnar.

'Wat bedoel je?' fluisterde hij terug.

'Is zij er niet?'

'Nee.'

'Waarom niet? Waarom moeten wij hier opdraven en zij niet?'

'Omdat alleen wij uitgenodigd zijn voor dit gesprek.'

'Ze zou erbij moeten zijn. Zij was helaas de vooronderzoeksleider van deze zaak.'

'Heláás?' Gunnar keek naar haar. 'Wil je dat ik haar bel?'

'Nee.'

'Hou je mond dan.'

Carin Radler schraapte haar keel. 'Ik wil nu iedereen aanwezig is Anders Wester, het hoofd van de Rijksrecherche, graag aan jullie voorstellen.' Ze spreidde haar armen. 'Anders en ik hebben een gesprek gehad en deze bijeenkomst is bedoeld om jullie te informeren over wat hij te zeggen heeft over het onderzoek dat afgelopen voorjaar plaatsgevonden heeft.'

'Is het niet beter dat we ons richten op iets anders dan een zaak die gesloten is?' vroeg Gunnar.

Carin negeerde hem en ging zitten.

Mia glimlachte scheef. Dit gaat een interessante bespreking worden, dacht ze terwijl ze naar het kale hoofd, de zwarte bril en de blauwe ogen van Anders Wester keek. Zijn lippen waren smal en zijn gezicht bleek. Zijn lichaamshouding was slecht, met een kromme rug en voeten die naar binnen wezen.

'Dank je wel,' zei Anders. 'Zoals Carin vertelde hebben we gesproken over het onderzoek dat jullie afgelopen voorjaar verricht hebben en daar wil ik nu met jullie over praten.'

'Vooruit dan maar,' zei Gunnar.

'Soms gebeurt het,' Anders rekte zich een beetje uit, 'dat bepaalde districten proberen om nationale moordonderzoeken helemaal zelfstandig te regelen, zonder hulp van de Rijksrecherche. In sommige gevallen is het resultaat goed, in andere gevallen minder geslaagd. We hebben Carin aangesproken op de fouten die er afgelopen voorjaar tijdens het onderzoek gemaakt zijn.'

Het was stil in de kamer. Iedereen wisselde blikken met elkaar, maar niemand zei iets.

Gunnar krabde aan zijn kin en boog zich naar voren. 'Zeg het maar, jullie vinden dat we het slecht gedaan hebben.'

'Gunnar...' zei Carin terwijl ze haar hand kalmerend opstak.

'Er is inderdaad een fout gemaakt,' zei Anders.

'Een fout?' zei Gunnar. 'Wat voor fout?'

'Er was gebrek aan samenwerking. Zoals je weet, Gunnar, is het onze taak om de zware, georganiseerde misdaad te bestrijden en om die taak zo professioneel mogelijk te kunnen uitvoeren moeten we op nationaal niveau samenwerken. Dat is voor de meesten vanzelfsprekend...'

'Luister, we hebben alles gedaan... We konden niet meer doen.'

'Behalve eerder contact met ons opnemen. Het wordt niet aangeraden om te doen alsof je een bijzondere politie-eenheid bent. Niet op nationaal niveau.'

'Wat hadden we volgens jou dan moeten doen?'

'Zoals ik al zei hadden jullie ons er veel eerder bij moeten betrekken.'

'We hebben de zaak aan jullie overgedragen.'

'Een overdracht die niet bepaald volgens plan is verlopen.'

Gunnar lachte. 'En wiens schuld was dat?'

'Gunnar...' Carin keek hem waarschuwend aan.

Mia strekte haar benen.

'Ik kan het mis hebben, hoor,' ging Gunnar verder, 'maar we hebben een bende ontmaskerd die jarenlang illegale vluchtelingenkinderen had gebruikt voor de handel in drugs, we hebben de leider Gavril Bolanaki zelfs opgepakt, en alles was geregeld tot júllie het overnamen en met Bolanaki gingen onderhandelen.'

'Je weet heel goed dat hij belangrijke informatie had.'

'Inderdaad. Ik weet dat jullie hem zouden beschermen in ruil voor informatie. Hij zou jullie namen van tussenhandelaren, dealers en plaatsen geven. Dat heeft hij echter nooit gedaan, of wel soms?'

'Wat wil je daarmee zeggen?'

'Dat jullie hem misschien beter hadden moeten beschermen. Geef maar toe dat jullie nooit informatie gekregen hebben.'

'De zaak is gesloten. Hij heeft zelfmoord gepleegd. We konden niets meer doen.'

'Wie zei trouwens dat hij informatie had. Hijzelf?'

'Ik ben ervan overtuigd dat Gavril Bolanaki een bron voor ons geweest zou zijn,' zei Anders. 'Maar zoals ik al zei, de zaak is gesloten.'

'Precies. Dat is een bijzonder soepele manier om onderzoeken te beëindigen. Je nergens iets van aantrekken en ze gewoon sluiten. Het is duidelijk dat je heel bedreven bent in operatieve kwesties.'

'Gunnar!' Carin sloeg met haar hand op de tafel.

'Anders beweert dat we ons werk niet gedaan hebben,' zei Gunnar. 'Ik ben het daar niet mee eens. Wij zijn degenen die Gavril Bolanaki opgepakt hebben en ik zou eerder willen beweren dat júllie jullie werk niet gedaan hebben, Anders, omdat júllie degenen waren die hem moesten beschermen.'

Anders glimlachte. 'Je begrijpt blijkbaar niet wat ik bedoel, Gunnar. Er bestaat geen wij en jullie. De politie is één geheel en ik hoop dat je dat geleerd hebt voordat de nieuwe organisatie een feit is.'

'Luister, we weten dat de naam van de Rijksrecherche zal veranderen in Nationale Operatieve Afdeling, oftewel NOA. Maar dat is alles wat we weten, we hebben er geen idee van hoe de nieuwe organisatie eruit gaat zien.'

'Dat is omdat nog niet alles duidelijk is,' antwoordde Anders.

Gunnar wisselde een boze blik met Carin, wat Anders zag.

'Misschien is het beter als Carin je bijpraat. Carin is goed geïnformeerd met betrekking tot de reorganisatie.'

'En ik niet?'

'Dat komt goed. Ik kies er namelijk voor om informatie te delen in plaats van achter te houden, zoals jij doet.'

'Geweldig.'

Anders ging achter Carin staan en legde zijn hand op haar schouder. 'Carin heeft de baan van hoofdcommissaris voor de regio Oost aangeboden gekregen en heeft die baan geaccepteerd. Ze gaat dit jaar samen met de zes andere regionale hoofdcommissarissen de details van de nieuwe organisatie en een activiteitenplan voor 2015 uitwerken. Parallel daaraan zal ze haar taak als hoofdcommissaris in Norrköping blijven uitvoeren tot het moment dat ze aan haar nieuwe baan begint, wat volgend jaar rond de jaarwisseling zal zijn.'

Carin stond op, trok haar colbertje recht en nam het woord. 'We hebben een strakke planning en de tijdsdruk is een uitdaging, maar ik kijk ernaar uit om deel te gaan uitmaken van het nationale bestuursorgaan. Er zullen enorme veranderingen plaatsvinden. Het is een grote uitdaging om eenentwintig politiedistricten op te laten gaan in één grote organisatie. Zoals jullie allemaal weten, wordt hier sinds 2010 al aan gewerkt en dit is de laatste fase van het project. Ik begrijp dat jullie vragen hebben en zal proberen die zo goed mogelijk te beantwoorden, omdat jullie betrokkenheid belangrijk voor me is.'

Carin knikte naar het team dat rond de tafel zat. Henrik en Anneli glimlachten, Ola stak zijn duim op en Gunnar klapte zachtjes in zijn handen.

'Gefeliciteerd,' zei Mia met over elkaar geslagen armen.

Carin knikte bij wijze van antwoord en ging weer zitten.

'Carin heeft gelijk,' zei Anders. 'Jullie betrokkenheid en jullie standpunten zijn belangrijk.'

Gunnar zuchtte hard. Te hard.

Anders streek met zijn hand over zijn kale hoofd. 'Weet je, Gunnar. Ik zie meerdere voordelen in de nieuwe organisatie, maar het grootste voordeel is waarschijnlijk dat de grenzen verdwijnen en het veel eenvoudiger wordt om samen te werken. Vind je ook niet?'

Het akkerlandschap ging schuil onder een laag sneeuw en de invallende duisternis had een blauwe tint aan de witte laag gegeven. Kleine weggetjes slingerden het dichte bos in. De lichten van boerderijen en woningen glinsterden tussen de bomen.

Pim leunde met haar hoofd tegen het trillende raam in rijtuig 5 van de X2000 tussen Kopenhagen en Stockholm. De trein was precies om 18.36 uur het station van Kopenhagen uit gereden en zou binnen vier uur in Norrköping arriveren.

Ze frunnikte aan haar paspoort, dat ze achter haar broeksband had gestopt, en voelde een zeurende ongerustheid in haar middenrif. Ze draaide zich om naar Noi, die met krachteloze armen en een wijd open mond in de rij achter haar zat en naar buiten staarde.

'Slaap je?' vroeg Pim.

'Nee,' antwoordde Noi langzaam.

'Weet je zeker dat we opgehaald worden?'

Noi gaf geen antwoord en deed haar ogen dicht.

'Noi? Noi!'

Noi opende langzaam haar ogen terwijl ze uit het raam bleef staren.

'Ik heb het koud,' zei ze, waarna ze haar ogen weer dichtdeed. Haar hoofd zakte langzaam op haar borstkas.

'Door wie worden we opgehaald? Noi? Noi!'

Noi hief haar hoofd langzaam en keek Pim aan. Haar pupillen waren akelig smal.

'Hoe voel je je? Is alles goed met je?' vroeg Pim.

'Niet... slapen,' mompelde Noi onduidelijk.

'Wie komt ons ophalen?'

Noi gaf geen antwoord. Ze sliep weer.

Pim kromp ineen en keek naar het landschap dat achter het raam voorbijgleed.

Het ongeruste gevoel in haar middenrif was nog groter geworden. Ze wist nog precies wanneer ze zich voor het laatst zo had gevoeld. Dat was een maand geleden geweest, toen ze op de vloer had gezeten en naar het gezicht van haar dode moeder had gekeken. Haar zusje Mai had het op dat moment nog niet begrepen. Ze dacht dat mama sliep, want dat had Pim tegen haar gezegd. Ze sliep echter niet, maar was overleden aan knokkelkoorts.

Haar moeder had bloeddoorlopen ogen en grote blauwe plekken op haar lichaam gehad. Ze had geschreeuwd van de pijn in haar spieren en ledematen.

Voor één keer had Pim gewild dat haar vader er was geweest zodat ze weer klein kon zijn, gewoon een kind kon zijn. Ze had gewild dat er een volwassene was geweest die alles zou regelen. Dat was echter een zinloze hoop geweest. Haar vader had hen lang geleden in de steek gelaten, had inmiddels een nieuw gezin en zou niet komen.

'Het is beter zo,' had haar moeder gezegd.

'Misschien kun je hulp krijgen.'

'Hulp kost geld, Pim.'

'Maar...'

'Beloof me... dat je voor Mai zorgt.' Haar moeder had de woorden hoestend uitgesproken terwijl ze koortsachtig aan haar armen had gekrabd, zodat de met vocht gevulde blaasjes stukgegaan waren.

'Nee... ik red het niet alleen,' had Pim gezegd en ze was gaan huilen. 'Mai is nog maar acht jaar.'

'Jij bent vijftien. Het lukt je wel.'

Pim keek naar haar handen terwijl ze zich afvroeg wat Mai op dit moment deed. Of ze sliep, zich eenzaam voelde of bang was. Ze zou vijf dagen wegblijven, dat was niet zo lang.

Haar onderlip trilde en ze voelde een steek in haar maag.

Ik moet zo snel mogelijk naar huis, dacht ze.

Gunnar Öhrn zat met gespreide benen achter het bureau in zijn kantoor, stak zijn armen in de lucht en gromde toen hij een steek in zijn schouders voelde. De pijn stroomde helemaal naar boven, naar wat vroeger zijn haargrens was geweest. Hij voelde zich te zwaar en te grijs, maar verdrong dat, hij had geen tijd voor zulke gedachten.

In de boekenkast achter zijn rug lag een stapel onderzoeken. Hij zou ergens in het midden beginnen en effectief en geconcentreerd lezen en nadenken om het gevoel van vermoeidheid kwijt te raken.

Hij pakte map na map en bladerde die door, maar was nog niet ver gekomen toen er op de deur werd geklopt. Anders Wester stond met twee bekers koffie in de deuropening.

'Je bent dus wakker?' vroeg hij.

'Wat bedoel je?' antwoordde Gunnar.

'Het leek alsof je sliep.'

'Ik dacht na. Sinds wanneer is dat verboden?'

'Wat een rotweer, nietwaar?'

'Ik heb geen zin om te praten.'

Anders zette de bekers op het bureau, ging op de stoel tegenover hem zitten en legde de vingertoppen van zijn handen tegen elkaar.

'Hoe gaat het met haar?' vroeg Anders.

'Wie?' vroeg Gunnar.

'Anneli.'

'Daar heb je niets mee te maken.'

'Ze zag er moe uit.'

'Ik heb geen zin om met je te praten.'

'Ik wil alleen weten hoe het met haar gaat.'

'Ik zei dat je daar geen donder mee te maken hebt.'

'Rustig maar,' grijnsde Anders. 'Ik vraag gewoon hoe het met haar gaat.'

'En ik werk.'

Gunnar verschoof op de stoel terwijl hij het zweet op zijn rug door de stof van zijn trui voelde dringen. Hij keek naar Anders, die nu roerloos met zijn handen tegen zijn mond zat, zijn vingertoppen nog steeds tegen elkaar. Superieur, en met een scheve glimlach in één mondhoek.

'Koffie?'

'Gaan we nu ook samen koffiedrinken?'

'Alsjeblieft,' zei Anders en hij schoof de beker naar Gunnar toe, die er met afkeer naar keek.

'Ik snap niet dat je het lef hebt om hiernaartoe te komen,' zei Gunnar.

'Ik zal je mening in gedachten houden,' zei Anders.

'Je hebt hier niets te zoeken.'

'Ik hoor wat je zegt.'

'Dat je het lef hebt om ons onderzoek in twijfel te trekken.'

'Ik doe mijn werk.'

'En wij doen dat van ons.'

'Blijkbaar niet, anders was ik hier niet.'

'Er moet een andere reden zijn dat je hier bent. Ik heb veel zin om je te vragen op te donderen.'

'Dat weet ik.'

'Maar dan loop ik waarschijnlijk het risico op represaillemaatregelen?'

'Dat gebeurt misschien toch wel.'

'Wat bedoel je?'

'Precies wat ik zei.'

'Is dat een dreigement?'

Anders bleef glimlachen, plaatste zijn ellebogen op zijn knieën en boog zich naar voren. 'Nee, Gunnar. Waarom zou ik je bedreigen? Ik wil alleen dat jullie goed werk afleveren in Norrköping.'

'Ik ben mijn hele leven politieagent geweest. Ik weet hoe je goed werk aflevert.'

'Dan moet ik er waarschijnlijk voor zorgen dat je het nog beter doet.'

'Je kunt hier voorovergebogen zitten om dreigend over te komen...' zei Gunnar terwijl hij naar achteren leunde, '... en je mag zeggen wat je wilt. Ik luister toch niet naar je.'

'Ik hoop dat je weet waar je mee bezig bent,' zei Anders.

'Ik weet precies waar ik mee bezig ben.'

'Daar lijkt het niet op. Ik krijg het idee dat je het belang om samen te werken niet begrijpt. Dat wíj moeten samenwerken. De Districtsrecherche en de Rijksrecherche. Norrköping en Stockholm. Jij en ik, Gunnar.'

Hij kon het niet meer aanhoren. Het zweet liep langs zijn slapen maar hij weigerde het weg te vegen, wilde Anders niet tonen hoe verontwaardigd hij was.

'Het is inderdaad duidelijk dat we moeten samenwerken,' zei hij op sarcastische toon. 'Jij en ik. Is er nog iets?'

Anders ging staan. 'Nee,' zei hij, waarna hij Gunnar een hand gaf. Onnodig krachtig, onnodig lang.

Gunnar beantwoordde de handdruk. Net zo onnodig krachtig en onnodig lang.

5

De jas glinsterde van de sneeuwvlokken.

Karl Berzelius stampte de sneeuw van zijn nette schoenen voordat hij voor het Louis De Geer-gebouw in de taxi stapte.

Hij streek met zijn hand door zijn grijze, dichte haar en trok zijn jas recht.

Margaretha zat al op de achterbank met haar handtas op schoot. Ze veegde haar dunne brilmontuur met een zakdoekje schoon voordat ze hem weer op haar neus zette. Voorzichtig stopte ze het zakdoekje daarna in haar tas.

'Fantastisch,' mompelde ze terwijl de taxi de kinderhoofdjes op reed.

'Wat zei je?' vroeg Karl, die naar buiten keek.

'Het concert was fantastisch. Het beste dat ik in lange tijd heb gehoord.'

'Ja, het is een van de meest gespeelde stukken uit de pianoliteratuur.'

'Ik begrijp waarom.'

'Rachmaninov is moeilijk te overtreffen.'

'Inderdaad.'

Hij keek naar de sneeuwhopen. Toen de auto rechts afsloeg keek hij naar de slingers met duizenden lampjes die boven de straat heen en weer wiegden.

'Zondag is het de tweede advent,' mompelde Margaretha. 'En binnenkort is het Kerstmis...'

Ze zei het zachtjes, maar hij hoorde haar.

'Wat wil je daarmee zeggen?'

Ze gaf eerst geen antwoord, alsof ze afwachtte. Daarna zei ze datgene waarop hij had gewacht.

'Misschien is het tijd om haar uit te nodigen?'

Hij keek naar zijn vrouw, zag hoe ze haar tas tegen zich aan drukte en wist dat ze een reactie van hem verwachtte.

'Met Kerstmis,' antwoordde hij.

'Eigenlijk eerder, misschien zaterdag al, om te kunnen...'

Hij hief zijn hand om aan te geven dat het genoeg was.

'Alsjeblieft, Karl.'

'Nee.'

'Maar ik wil niet wachten tot Kerstmis en ik denk dat het goed is als we...'

'Ze heeft geen contact met ons opgenomen.'

'Maar ik heb wel contact met haar gehad.'

Hij keek strak in haar ogen, waardoor Margaretha haar tas nog steviger tegen zich aan drukte.

'Heb je met haar gepraat?' vroeg hij.

'Ja, en dat zou jij ook moeten doen. Het is lang geleden dat je dat gedaan hebt, Karl,' zei ze.

Hij schraapte zijn keel. 'Ik wil er niets meer over horen.'

'Dus we laten haar gewoon aan haar lot over?'

'Ja.'

'Dat wil ik niet.'

'Nu is het genoeg! Als je met haar wilt afspreken, dan is dat jouw zaak. Nodig haar uit. Doe wat je wilt, maar laat mij erbuiten!'

Daar was het weer. De woede, de irritatie. Hij was er zelf verbaasd over. Het was een hele tijd geleden dat hij zich zo had gevoeld.

Margaretha's knokkels waren wit. Hij hoorde haar zuchten, maar trok zich daar niets van aan.

Hij keek weer uit het raam, naar de wiegende verlichting.

Jana Berzelius opende haar inbox en bekeek de vier nieuwe e-mails die aan het eind van de middag naar haar toe waren gestuurd. De eerste was van Torsten Granath, een uitnodiging voor het traditionele kerstbuffet in hotel Göta in Borensberg. De volgende twee gingen over de voorbereiding van een hoorzitting met betrekking tot een mishandeling in een café die over ruim een week zou plaatsvinden in het kantongerecht van Norrköping. De laatste mail bevatte een document van twee pagina's met betrekking tot een wijzigingsbesluit in het Staatsblad van het Openbaar Ministerie.

Twintig minuten later zette ze haar computer uit, liep langzaam naar de slaapkamer, kleedde zich uit en legde haar kleding opgevouwen op een stoel. Ze deed de lamp in haar inloopkast aan om schoon ondergoed te zoeken, maar bleef staan voor de spiegel die van plafond tot vloer reikte.

Jana streek het lange donkere haar opzij, liet het over haar rechterborst vallen en keek naar haar armen, heupen en dijbenen. Ze ging met haar hand van haar schouder naar haar holle rug en billen, en huiverde toen ze de blauwe plekken zag. Ze waren donker geworden en zouden maar langzaam verdwijnen, in hetzelfde tempo als haar gedachten aan Danilo.

Ze trok een la open, pakte een zijden beha met een bijpassend broekje, gooide het setje op haar bed en liep naar de badkamer. Ze douchte snel, trok de lingerie aan en sloeg een dunne ochtendjas om zich heen.

In de keuken schonk ze een glas wijn in, ging bij het raam staan en keek naar het dichte wolkendek. Jana nam een grote slok, hield het koude glas een tijdje tegen haar slaap, liep naar haar werkkamer en deed de deur van de voorraadkamer van het slot.

Ze deed de lamp aan, bleef op de drempel staan en bekeek de kleine ruimte. Haar blik gleed over de prikborden, het whiteboard, de tekeningen, de foto's, de boeken en de notities. Het had allemaal met haar jeugd te maken. Ze streek voorzichtig met haar vingers over haar nek en voelde de oneffen huid, de drie letters die in haar huid waren gekerfd en die nooit zouden verdwijnen. K-E-R. Ker – godin van de gewelddadige dood.

Haar blik bleef hangen op de schets die midden op het prikbord hing, de schets die ze na hun ontmoeting in het voorjaar van Danilo had gemaakt. Ze had hem na al die jaren in een flat in Södertälje gevonden:

Vertel in plaats daarvan wat een officier van justitie in mijn flat doet, had hij gezegd. Hij had er geen idee van gehad wie ze was toen ze plotseling in zijn flat had gestaan.

Ik heb je hulp nodig.

Hij had gelachen.

Echt? Wat interessant. Waarmee kan ik je dan helpen?

Je moet me helpen om een kwestie uit te zoeken.

Een kwestie? En waar gaat die kwestie over?

Mijn achtergrond.

Je achtergrond? Hoe moet ik je daarbij helpen als ik niet weet wie je bent?

Ik weet wel wie jij bent.

Echt? Wie ben ik dan?

Jij bent Danilo.

Slim. Heb je dat zelf bedacht of heb je mijn naam op de deur gelezen?

Je bent ook nog iemand anders.

Bedoel je dat ik schizofreen ben?

Laat me je nek maar zien.

Hij had gezwegen.

Je hebt daar een andere naam staan, had ze gezegd. *En ik weet wat er staat. Als ik het goed heb, dan moet je me vertellen hoe je die naam gekregen hebt. Als ik het mis heb, dan laat je me gaan.*

We passen de afspraak een beetje aan. Als je het goed hebt, dan vertel ik het. Natuurlijk, dat is geen enkele probleem. Als je het mis hebt, of als ik geen naam in mijn nek heb staan, dan schiet ik.

Ze had het goed gehad.

Jana nam nog een slok wijn, liep de kamer in, ging op de stoel zitten en zette het glas op het bureau voor haar. Ze voelde een zekere weemoed om wat haar te doen stond.

Niemand wist dat ze een kamer had voor alle herinneringen uit haar jeugd, en niemand zou dat ooit te weten komen. Ze had er tegen niemand een woord over gezegd, niet eens tegen haar vader of moeder. De kamer was haar privéaangelegenheid geweest, alleen van haar.

Afgelopen voorjaar had ze meer antwoorden over haar achtergrond gekregen dan ze kon verdragen. Ze was de man tegengekomen die haar had gemaakt tot wie ze was, tot wie ze was geweest: een kindsoldaat.

Ze herinnerde zich zijn woorden nog steeds: *Het is niet moeilijk om een dodelijk wapen van een gebroken kind te maken. Een soldaat zonder gevoel voor eigenwaarde, die niets te verliezen heeft, is de gevaarlijkste van allemaal.*

Hij werd Papa genoemd, maar zijn echte naam was Gavril Bolanaki.

Nu was Gavril dood en de zaak was gesloten. En bij Danilo, of Hades zoals er in zijn nek stond gekerfd, was niets meer te halen.

Ze kwam plotseling overeind, haalde de foto's van de containers van de muur en vouwde ze op. Daarna verwijderde ze de tekening van het huis op het eiland voor Arkösund, waar ze met Danilo en de andere kinderen had gewoond. Ze stopte de foto's van mythologische godinnen in een envelop, maakte een stapel van haar boeken over de Griekse mythologie en veegde de notities op het whiteboard uit. Daarna haalde ze dozen, zette die in een rij tegen de slaapkamermuur en stopte alle tekeningen, foto's en notities erin. Uiteindelijk haalde ze de schets van Danilo weg en legde die boven op een van de dozen.

In de keuken schonk ze opnieuw een glas wijn in en dronk dat staand leeg. Daarna liep ze terug naar de slaapkamer, opende het nachtkastje en keek naar de dagboeken die daar lagen. Ze overwoog even om ze te laten liggen, maar bedacht zich en stopte die ook in de dozen.

Na twee uur was de voorraadkamer leeg en had ze nog een glas wijn gedronken.

Met haar vinger op het lichtknopje bekeek ze de lege muren en ze besefte dat het vertrek vreemd kaal leek zonder de sporen van haar onderzoek.

Ze had alles wat te maken had met haar achtergrond opgeruimd. Het was zinloos om het te bewaren. Het zou een geheim blijven en zij zou doorgaan met haar leven, dat net zo gesloten was als de overhemdbloezen die ze in de rechtbank droeg.

Ze sloot haar ogen, deed de plafondlamp uit en stond daarna roerloos naar haar bonkende hart te luisteren.

Haar leven zou vanaf nu een andere richting nemen. Ze zou zich niet langer laten leiden door de schaduwen van het verleden.

Ze voelde een rilling langs haar ruggengraat gaan en vroeg zich af of het opluchting was.

6

Conducteur Mats Johansson keek uit het raam. De stilte van de late avond was neergedaald in de X2000 tussen Kopenhagen en Stockholm. Het was het soort stilte waardoor hij ontspande. Hij verlangde altijd naar stilte, daarom verbleven zijn vrouw en hij elke zomer in een klein rood zomerhuisje midden in de Smålandse bossen. Het zomerhuisje had een witgeschilderde veranda en daar zaten ze iedere zachte zomeravond uit te kijken over de majestueuze bomen en het smaragdgroene grasveld. Op vrije dagen werkten ze in hun moestuin, plantten wortelen en tomaten, maar dat was nu opgehouden, niemand werkte in de winter in de tuin, niet op dit halfrond, dacht Mats. Niet in het koude Zweden.

Hij keek op de klok, die net op 22.12 sprong, constateerde dat ze over tien minuten in Norrköping zouden arriveren en liep kalm door het middenpad terwijl hij zijn evenwicht in de schokkende trein probeerde te bewaren.

Toen hij de deur van rijtuig 5 opende zag hij een meisje voor het toilet staan. Het donkere, schouderlange haar glansde. Ze bonkte op de gesloten toiletdeur, riep iets en draaide zich om naar degenen die het dichtstbij zaten, maar niemand zag de paniek in haar ogen.

De trein minderde vaart, wat golfachtige bewegingen veroorzaakte, en de rails piepten zachtjes.

Het wanhopige meisje riep opnieuw.

Mats haastte zich naar haar toe. Toen ze hem zag rende ze hem tegemoet en pakte zijn arm vast. Ze praatte in een vreemde taal, trok hem naar de gesloten toiletdeur en gebaarde wild.

Hij begreep dat er iets was gebeurd.

Het was 22.22 uur toen hij de deur open had.

Hij deed een stap naar voren en zag een meisje met een bleek gezicht en blauwe lippen op de vloer zitten. Haar vingers zaten onder het bloed. Wit schuim druppelde van haar onderlip op haar borstkas.

Mats sloeg zijn hand voor zijn mond en staarde geschrokken naar het lichaam van het dode meisje.

Mia Bolander strekte zich uit naar haar mobiel, die op tafel lag. Ze bladerde door de statusupdates van Facebook, maar raakte zoals gewoonlijk geïrriteerd door alle mensen die foto's hadden geplaatst van versgebakken cake, kerstversieringen of iets belachelijks zoals foto's van hun aanstaande reisbestemming.

Waar haalden ze daar in vredesnaam de energie voor vandaan, dacht ze terwijl ze haar mobiel op haar schoot liet vallen.

Ze streek met haar hand door haar blonde haar, gaapte, zakte weg op de bank en keek naar de 50-inch televisie die ze afgelopen voorjaar op afbetaling had gekocht. Het was een koopje geweest, maar nu was ze minstens twee maanden achter met de maandtermijnen. Zodra ze haar volgende salaris kreeg, zou ze de termijnen betalen, absoluut. Hoewel het een beetje zuur was om zo veel te moeten betalen voor een televisie die bijna een jaar oud was. Ze wilde het geld liever uitgeven aan een nieuwe, eentje met een gebogen scherm. Als ze afgelopen voorjaar minder haast had gehad, dan had ze er nu zo een kunnen kopen.

Mia draaide aan een blonde haarlok. Ze was moe en voelde zich niet tevreden over vandaag. Over haar hele leven niet.

Over twee maanden werd ze eenendertig en ze had nieuwe rimpels op haar voorhoofd en rond haar ogen ontdekt. De huid boven haar borsten was ook slap geworden en leek op een waaier als ze een strakke sportbeha droeg.

Ze probeerde zichzelf ervan te overtuigen dat ze er nog steeds goed uitzag, maar dat lukte niet. Hoewel ze regelmatig sportte, in combinatie met drie keer krachttraining in de week, voelde ze zich niet aantrekkelijk. Ze kreeg te weinig slaap, at onregelmatig en dronk te veel alcohol, wat allemaal verkeerd was.

Ze gaf bovendien geld uit aan onnodige dingen en was voortdurend blut. Daarnaast had ze een klein appartement en tijdelijke relaties met mannen die allesbehalve normaal waren. De laatste had liefdevol en teder geleken, maar zodra ze bij hem thuis waren, bleek hij een fetisjist te zijn en een ziekelijke belangstelling voor haar voeten te hebben.

Hij had ook een stomme naam. Martin.

Ze was uiteindelijk klaargekomen, maar ze zou nooit meer met hem naar bed gaan. Niet met iemand die op haar tenen wilde zuigen. Daar trok ze de grens.

Mia had het meeste op seksgebied inmiddels uitgeprobeerd. Ze was haar onschuld kwijtgeraakt toen ze veertien was en had haar tienerjaren doorgebracht met experimenteren met hitsige klasgenootjes en oudere middelbareschoolleerlingen. Ze had gerommeld met een leraar tijdens haar laatste schooldag op de middelbare school, had met twee jongens tegelijkertijd seks gehad op een toilet en had één keer drie hardrockers gepijpt tijdens een feest bij iemand thuis. Toen ze een twintiger was had ze bondage geprobeerd met een getatoeëerde man uit Falun. Ze had zich verkleed als stewardess, verpleegster en onschuldig meisje in een korset. Had zweepslagen gegeven en gekregen. Had seks gehad in besloten clubs en op openbare plekken. Haar seksleven was gevarieerd en vereiste voortdurend nieuwe mannen.

Ze had daarom geen belangstelling voor een langdurige relatie en had nooit begrepen hoe je het jarenlang met één en dezelfde man kon uithouden. In de kantine van het politiebureau had ze vrouwelijke collega's de ene dag horen vertellen hoe fantastisch, begripvol, spannend, ruimhartig, warm en romantisch hun echtgenoten waren, om de volgende dag te klagen over hun onhebbelijkheden, zoals baardstoppels op de wastafel en vieze onderbroeken die dagenlang in de slaapkamer bleven liggen. Ze had hen horen vertellen dat ze de man van hun leven hadden ontmoet, kinderen met hem wilden krijgen en oud met hem wilden worden. Mia had dat gevoel nooit gehad. Ze wilde geen man.

Ze wilde er meerdere.

Bij voorkeur.

Ze keek uit het raam naar de donkere hemel, wreef met haar handen over haar gezicht en bedacht dat ze eigenlijk haar tanden moest poetsen, maar ze voelde zich futloos en legde in plaats daarvan haar voeten op de tafel.

Ze dacht aan de twee uur durende bespreking met de Rijksrecherche van die ochtend. Ze had het laatste halfuur nagedacht of ze iets had moeten doen, iets had moeten zeggen. Anders Wester was een onsympathieke vent. Hij had kritiek geleverd op hun werk en had Gunnar hard aangepakt. Ze had Gunnar nog nooit zo geïrriteerd en in het nauw gedreven gezien.

Hij was echter de enige geweest die hen had verdedigd en de enige van de onderzoeksgroep die iets had gezegd tijdens de bespreking. Misschien had zij iets moeten zeggen. Het voor het team moeten opnemen. Aan de andere kant hadden de anderen ook niets gezegd. Het was tenslotte niet alleen aan haar om dat te doen.

Carin had meer leiding aan het gesprek kunnen geven, maar dat had ze waarschijnlijk niet gedurfd, dacht Mia. Niet nu ze net een nieuwe baan had gekregen – bij de nieuwe politieorganisatie, waarin alles zou veranderen en beter zou worden en iedereen betrokken zou zijn en de rest van zijn leven gelukkig zou zijn. Halleluja!

Ze ging op de bank liggen, kruiste haar armen boven haar hoofd en lag zo een hele tijd voordat ze haar mobiel pakte. Ze wist dat ze het niet moest doen, dat ze er spijt van zou krijgen. Toch zocht ze het nummer van Martin Strömberg op.

Op het moment dat ze haar mobiel tegen haar oor duwde werd ze gebeld. Ze keek op het display. Henrik Levin. 'Ja?' zei ze.

'Je moet naar het centraal station komen. Onmiddellijk!'

De X2000 naar Stockholm, die om 22.24 uur uit het centraal station van Norrköping zou vertrekken, stond stil op spoor 1. Het had een uur gekost om alle reizigers te evacueren en bussen te regelen die hen naar Nyköping zouden vervoeren, waar een regionale trein wachtte op vertrek naar Stockholm. Bovendien waren alle perrons, het stationsgebouw en het parkeerterrein afgesloten.

Henrik Levin stond bij het afzetlint en zag Mia Bolander haar wijnrode Fiat Punto bij de kruising van de Norra Promenaden en de Vattengränden parkeren. Hij zwaaide naar haar toen ze uit de auto stapte. Ze trok haar witte muts tot ver over haar oren en deed de rits van haar jack helemaal tot haar hals dicht om de kou buiten te sluiten.

'Wat is er gebeurd?' vroeg ze toen ze onder het afzetlint door gekropen was.

'Een jonge vrouw is dood op een toilet aangetroffen. Ze is een Thaise en heet Siriporn Chaiyen. We hebben haar tas met haar paspoort en andere eigendommen gevonden.'

'Hoe oud is ze?'

'Achttien.'

Henrik zag dat Mia haar wenkbrauwen optrok.

'Ga mee,' zei hij. Hij liep voor haar uit naar het toilet in rijtuig nummer 5, waar Anneli Lindgren met een pincet in haar hand op haar hurken zat. De kleine ruimte werd door middel van sterke lampen verlicht.

Henrik en Mia gingen in de deuropening staan en bestudeerden de dode vrouw. Ze was jong en had inderdaad een Aziatisch uiterlijk.

'Lijkt het op zelfmoord?' vroeg Mia.

Anneli keek op. 'Nee,' zei ze terwijl ze ging staan. 'Het lijkt op het eerste gezicht of ze is gestikt tijdens een epileptische aanval, maar ik kan nog geen precies antwoord geven op de vraag waaraan ze overleden is.'

'Wat doen we hier dan?'

'We kunnen zelfmoord uitsluiten,' zei Henrik. 'En het is waarschijnlijk geen epileptische aanval.'

'Wie heeft haar gevonden?'

'Mats Johansson, een conducteur,' zei Henrik. 'Hij is in shock, maar we hebben vlak voordat hij naar het Vrinnevi-ziekenhuis gebracht is met hem kunnen praten. Hij zei dat hij belaagd werd door een krankzinnige vrouw die van hem eiste dat hij de toiletdeur opende. En nu ga je me natuurlijk vragen wie die vrouw is.'

'Ja. Hoezo, mag dat niet of zo?'

'Jawel, maar ik kan je daar geen antwoord op geven.'

Mia keek naar hem met een vragende blik in haar ogen. 'Waarom niet?'

'Ze is uit de trein verdwenen.'

'En waar is ze nu?'

'Dat weet niemand.'

7

Het rook scherp naar ontsmettingsmiddel in de gang van het forensisch laboratorium in Linköping.

Patholoog-anatoom Björn Ahlmann keek op toen Henrik Levin en Mia Bolander de zaal in liepen. Björn stond bij een roestvrijstalen autopsietafel en had een ernstige blik in zijn ogen.

De tl-buis verspreidde zijn scherpe licht op de betegelde muren, de dubbele kuipen en de afwateringsgeulen.

Henrik bleef op een afstand staan en keek naar de vrouw die op de tafel lag. Ze was klein en mager. Boven haar borsten was het borstbeen duidelijk zichtbaar en de ribben staken onder haar gladde, bleke huid uit. Het lange zwarte haar lag over haar voorhoofd en schouders. Het zag eruit alsof ze met een combinatie van verbazing en verdriet in haar ogen de ruimte in keek. De glans in de smalle ogen was echter verdwenen.

'Ik heb het bericht in de krant gelezen. Het was klein, alsof niemand meer belangstelling heeft voor de dood,' zei Björn met een zucht.

'Iedereen is waarschijnlijk volledig in beslag genomen door zijn eigen zorgen,' zei Henrik.

'Hoe is ze gestorven?' vroeg Mia. 'Weten we dat inmiddels?'

'Jullie hadden hier niet naartoe hoeven te komen om daar antwoord op te krijgen.'

Björn schoof het autopsieverslag naar Henrik toe, die het vluchtig doorlas.

'Zoals je ziet zijn er geen onverwachte dingen,' zei Björn. 'De doodsoorzaak is asfyxie, volledige blokkering van zuurstof naar de hersenen.'

'Ze is dus gestikt?' vroeg Henrik.

'Ja, ten gevolge van een overdosis. Heroïne. Ze had vijftig capsules in haar maag.'

'Vijftig?' Mia floot.

'Ja, je hoort het goed, vijftig,' antwoordde Björn.

'En de capsules?'

'Die zijn geanalyseerd,' zei Björn terwijl hij zijn bril een stukje hoger op zijn neus schoof. Hij knikte naar het verslag. 'Alle informatie staat daarin.'

Henrik keek naar het levenloze lichaam. De nagels van de vingers en tenen waren roze gelakt. Hij haalde diep adem en voelde zich, zoals altijd als het slachtoffer jong was, somber.

'Kun je ons verder niets geven?'

'Nee, er is niets wat opvalt. Behalve dat het een meisje van vijftien jaar was.'

'Vijftien? In haar paspoort staat dat ze achttien was.'

'Ik zeg alleen wat ik weet,' zei Björn terwijl hij met een ernstige blik in zijn ogen naar hem keek. Zijn bril glansde toen hij zich weer naar het lichaam draaide.

'Jezus,' zei Mia. 'Iemand maakt misbruik van jonge vrouwen om drugs te smokkelen. Wat een shitzooi.'

'Ze was geen jonge vrouw,' zei Henrik. 'Ze was nog maar een kind.'

Het was moeilijk om haar benen voldoende te strekken tijdens het rennen, maar toch verhoogde ze haar snelheid. Ze rende het laatste stuk licht en snel, minderde daarna vaart, bleef staan en blies uit.

In het appartement deed ze honderd sit-ups. Door het zweet had ze jeuk in haar nek. Jana Berzelius streek het haar opzij en gleed met haar vingers over de ingekerfde letters.

Na een snelle douche maakte ze zich discreet op, maar bracht meer aan op de plekken waar de huid nog gekleurd was. Ze bekeek zichzelf van alle kanten om te controleren of de blauwe plekken zichtbaar waren onder de make-up. Met tegenzin deed ze wat extra rouge op haar jukbeenderen en constateerde dat het zo voldoende moest zijn.

Met haar aktetas in één hand en haar jas in de andere liep ze uiteindelijk naar de kelder. Haar hoge hakken tikten ritmisch terwijl ze haastig over het beton van de garage liep. Ze deed haar zwarte BMW X6 op een afstand van tien meter van het slot en zette de aktetas op de met zwart leer beklede passagiersstoel.

Er ging een rilling over haar rug. Ze was er klaar voor om aan het werk te gaan, bekeek haar gezicht opnieuw in de spiegel en zei tegen zichzelf dat niemand iets kon zien door de make-up.

De onrust bleef echter en ze aarzelde één moment voordat ze de startknop indrukte en de garage uit reed.

Anneli Lindgren zat op de rand van het bed, haar ongeborstelde haar hing los. Ze opende de la van het nachtkastje en pakte een paar hartvormige diamanten oorbellen, die ze een tijdje in haar hand hield. Langzaam deed ze ze in haar oren, ze kwam overeind en bleef in haar nachtjapon staan terwijl ze door het raam naar buiten keek. De wind rukte de bevroren bladeren van de bomen. Een haas schoot weg, ze volgde hem met haar ogen tot hij in een tuin verdween.

Ze ging met haar hand naar één oor, draaide aan de oorbel en dacht aan het moment waarop ze hem had gekregen. Dat was lang geleden geweest, in een andere en vrijere tijd. Ze herinnerde zich nog steeds die keer in zijn appartement, hoe ze met vuurrode, warme wangen naar hem had gekeken. Hij had een bureaulade geopend, had een plastic zak met een touw tevoorschijn gehaald en had haar armen boven haar hoofd vastgebonden. Ze had op bed gelegen en geprotesteerd, had haar benen tegen elkaar aan geduwd en onrustig bewogen terwijl hij haar broekje naar beneden trok. Daarna had hij op zijn knieën boven haar gezeten en gekeken naar haar pogingen om zich te bevrijden, waarna hij haar vanaf haar knieën tot haar liezen had gestreeld. Hij had geglimlacht toen ze stopte met protesteren, haar benen spreidde en hem bij haar naar binnen liet dringen.

Hij had een pakje uit de zak van zijn colbert gehaald, het op haar naakte buik gelegd en iets over liefde gezegd. Het was echter geen liefde waarnaar ze op zoek was, ze had alleen haar begeerte willen bevredigen. Voor één keer had ze zich willen overgeven aan de begeerte die ze voor hem had gevoeld.

Voor Anders.

'De bespreking begint over tien minuten.'

De deur van de slaapkamer knarste toen Gunnar met een handdoek rond zijn heupen binnenkwam.

'Ik weet het...' antwoordde ze afwezig.

Hij legde een hand op haar rechterschouder en streelde haar nek. Ze voelde dat hij het schouderbandje van haar nachthemd naar beneden schoof. Toen hij haar borst probeerde te strelen, duwde ze zijn hand voorzichtig weg.

'Waar denk je aan?' vroeg hij.

'Aan jou, aan ons,' zei ze en ze liep weg bij het raam. 'We moeten opschieten, we mogen niet te laat bij de bespreking zijn.'

Ze opende de kledingkast en pakte een willekeurige trui. Ze wilde zo snel mogelijk de slaapkamer uit, wilde niet laten zien dat haar gezicht rood was.

Het rood van de schaamte.

Jana Berzelius betrad de vergaderkamer op de derde verdieping van het politiebureau in Norrköping. Ze ging aan de ovale tafel zitten en keek naar het team, dat al aanwezig was. Anneli Lindgren schreef belangrijke details op haar schrijfblok, Mia Bolander tekende puntige bloemen op de rand van haar notitieboekje. Ola Söderström klapte zijn laptop open, Gunnar Öhrn had zijn handen verstrengeld op de tafel liggen.

'Aha, dus jij moest vandaag ook opdraven,' zei Mia zonder naar haar te kijken.

'Inderdaad,' antwoordde Jana met een geheven hoofd en rechte lichaamshouding. Haar colbertje was zwart, de rok knielang en het haar steil.

'Maar officieren van justitie wachten toch altijd tot wij het grove werk gedaan hebben? Of tot we in elk geval een verdachte hebben?'

'Niet allemaal,' antwoordde Jana.

Henrik keek met een vermoeide blik in zijn ogen naar Mia, alsof hij tegen haar wilde zeggen dat ze moest ophouden met haar onzinnige geklets. Ze wist heel goed dat het vooronderzoek door een officier van justitie werd geleid als het slachtoffer jonger dan achttien was.

'En niet iedereen is aanwezig bij het eerste gesprek,' ging Mia verder.

'Dat klopt,' zei Jana. 'Maar sommigen zijn toegewijd aan hun werk.'

'Dank je, ik weet wat je daarmee wilt zeggen,' zei Mia terwijl ze chagrijnig naar haar staarde.

'Goed dan,' zei Henrik terwijl hij met het autopsierapport op de tafel sloeg. Hij bracht verslag uit van het voorlopige onderzoek dat Björn Ahlmann had uitgevoerd op het dode meisje in de trein.

'Ze had dus vijftig bolletjes met heroïne en cocaïne geslikt,' vatte Gunnar samen toen Henrik klaar was. 'Eén bolletje is gaan lekken en ze is overleden aan een overdosis. We hebben dus te maken met een geval van drugssmokkel. Ola?'

'Yes,' antwoordde deze, waarna hij op het scherm van zijn laptop keek. 'De vrouw was dus een zogenaamde bolletjesslikker, iemand die illegaal narcotica in haar lichaam vervoert. Ze worden ook wel bodypackers of pakezels genoemd...'

'Pakezel?' herhaalde Mia. 'Dan klinkt bolletjesslikker logischer.'

'Daar ben ik het mee eens,' zei Ola. 'En dat is ook de gebruikelijkste naam. Maar hoewel slikkers een bekend probleem zijn, is het moeilijk ze te traceren. Ieder jaar passeren tussen de zestig en zeventig miljoen mensen de Zweedse grens.'

'Het is dus zoeken naar een speld in een hooiberg,' zei Henrik.

'Ja, het risico om gepakt te worden is niet groot. De douane werkt over het algemeen onderzoeksgericht. Natuurlijk proberen ze voortdurend patronen in de tactieken te vinden, maar de bolletjesslikkers veranderen vaak van identiteit en komen uit verschillende landen.'

'In dit geval uit Thailand,' zei Henrik.

'Maar ze kan net zo goed uit Japan komen. Of China. Of Maleisië of zo. Ze zien er tenslotte allemaal hetzelfde uit,' zei Mia terwijl ze onder haar neus wreef.

Gunnar schraapte zijn keel. 'Het paspoort is afgegeven in Thailand, dus gaan we ervan uit dat ze een Thaise is. Ola, ga verder.'

'Veel bolletjesslikkers komen met goedkope vluchten uit Spanje. Het gaat vaak om personen die in de omgeving van Málaga gerekruteerd worden. Maar veel komen ook uit West-Afrika, Azië, Oost-Europa, de landen in het Midden-Oosten en Zuid-Amerika. Nederland is een gangbaar transitland. De luchthaven Schiphol in Amsterdam heeft zulke grote problemen dat de grenspolitie de bolletjesslikkers soms niet eens oppakt maar onmiddellijk terugstuurt. Het is namelijk een omslachtig proces om het bewijs tegen de bolletjesslikkers veilig te stellen.'

Ola kruiste zijn armen op de tafel en ging verder: 'Na het oppakken moet besloten worden of er een röntgenfoto van de bolletjesslikkers in het ziekenhuis wordt genomen, daarna moet besloten worden of de verdachten onder voortdurende bewaking geplaatst worden tot ze hun darmen geleegd hebben. De bolletjesslikkers moeten een toilet gebruiken dat niet doorgespoeld kan worden en daarna moet het arrestatiepersoneel in de ontlasting zoeken om de bolletjes te vinden en in beslag te nemen.'

'Leuke klus,' zei Mia.

'Vroeger konden ze braakmiddelen gebruiken. Ze lieten de slikkers een flinke dosis innemen en dan werd het bewijs al heel snel geleverd. Dat was effectief, maar de procureur-generaal in Zweden heeft in de jaren negentig besloten dat het niet langer toegestaan was omdat het vernederend was,' zei Ola.

Jana strekte haar nek. 'Voor zover ik weet duurt het vijf dagen voordat de bolletjes het lichaam gepasseerd zijn.'

'Dat klopt in principe,' zei Ola. 'Het kan van twee dagen tot twee weken duren. De meesten gebruiken laxeermiddelen of klysma's, maar niet iedereen heeft toegang tot zulke hulpmiddelen en het is voorgekomen dat smokkelaars overleden zijn door verstopping. De gebruikelijkste doodsoorzaak is echter lekkage, zoals bij ons slachtoffer.'

Hij toetste op zijn laptop. 'De slikkers, of eerder hun opdrachtgevers, zijn voortdurend bezig om de drugs beter te verpakken. Het is niet meer zo gebruikelijk om afgeknipte rubberhandschoenen of condooms te gebruiken. Tegenwoordig worden de bolletjes machinaal vervaardigd. De drugs worden in meerdere lagen verpakt en verzegeld met bijenwas. In de regel hebben de smokkelaars tussen de vijftig en zeventig bolletjes in hun maag en elk bolletje bevat zo'n tien gram drugs. De bolletjes worden daarna verdeeld in porties van 0,2-0,3 gram. Een portie heroïne kost zo'n honderdvijftig kronen op straat, een derde van wat het een paar jaar geleden kostte.'

'Maar ervaren slikkers kunnen toch meer dan zeventig bolletjes slikken?' vroeg Gunnar.

'Ja, er zijn koeriers die meer dan honderd bolletjes slikken. Vorig jaar is er een Oost-Europese man op Kastrup opgepakt. Hij had

1,2 kilo heroïne in zijn maag. De straatwaarde daarvan is miljoenen kronen.'

'Denemarken is ook een transitland,' zei Gunnar. 'Veel slikkers vliegen naar Kastrup en nemen de trein over de Öresundbrug naar Zweden. Ik denk dat dat in dit geval gebeurd is.'

'Dat denk ik ook,' zei Ola. 'Waarschijnlijk bevond het dode meisje zich niet alleen in de trein. Het is gebruikelijk dat de opdrachtgever meerdere slikkers stuurt omdat ze er rekening mee houden dat een aantal bij de douane opgepakt wordt. Als de opdrachtgever er bijvoorbeeld twintig stuurt, dan komen er misschien achttien doorheen en is de winst veiliggesteld.'

'Vijftig procent dus,' zei Mia.

'Nee, dat klopt niet. Achttien van twintig is niet de helft. Dat is negentig procent,' verbeterde Jana haar terwijl ze zonder een spier te vertrekken naar Mia keek.

Mia klemde haar tanden op elkaar. 'Ik heb het over de meisjes! Er zijn twee meisjes gestuurd en een van hen is overleden, dus heeft maar één het gered. De helft. Vijftig procent. *You know*.'

'Misschien zaten er meer slikkers in de trein,' zei Henrik terwijl hij zijn handen op zijn schoot verstrengelde.

Mia zuchtte.

'We richten al onze aandacht op de verdwenen vriendin en we gaan ervan uit dat zij ook een slikker is,' zei Gunnar. 'Anders zou ze er waarschijnlijk niet vandoor gegaan zijn.'

Jana keek naar Henrik. 'Zijn er getuigen?'

'Ja,' antwoordde hij. 'We hebben meerdere passagiers die getuigenverklaringen afgegeven hebben.'

'Waar is de conducteur?'

Henrik deed zijn mond open om antwoord te geven, maar Mia was hem voor.

'Die heeft een shock.'

'Ik vroeg niet naar zijn toestand, maar waar hij is,' zei Jana zonder naar Mia te kijken.

'In het Vrinnevi-ziekenhuis,' antwoordde Mia kortaf.

'Hebben jullie hem verhoord?'

'Alleen vluchtig. Na de bijeenkomst ga ik hem verhoren,' zei Henrik.

'Als je geluk hebt tenminste,' zei Mia. 'Hij wordt blijkbaar nog steeds behandeld. Misschien moet hij wel in therapie en loopt het onderzoek daardoor nog meer vertraging op.'

Gunnar deed alsof hij haar niet hoorde en liep naar het whiteboard. 'Volgens de conducteur rende de andere vrouw de trein uit en dat wordt ook bevestigd op de bewakingsfilm die Ola bekeken heeft.'

'Precies,' zei Ola. 'Ik heb de film van het centraal station vanochtend bekeken. Exact om 22.23 uur rent een jonge vrouw de trein uit, ze heeft net als het slachtoffer een Aziatisch uiterlijk, dus ik neem aan dat het de vrouw is die we zoeken. Op de film is duidelijk te zien dat ze van perron 1 naar het parkeerterrein rent en daar in de duisternis verdwijnt.'

'We hebben dus beeld van haar?' vroeg Jana.

'Ja, minder duidelijk dan ik zou willen, maar ik denk dat het een hulpmiddel kan zijn.'

Ola boog zich over de tafel. 'Het is duidelijk dat ze in paniek is. Ze rent zo snel mogelijk de trein uit, stopt, kijkt om zich heen en begint weer te rennen.'

'Alsof ze ergens naar zoekt?' vroeg Henrik.

'Inderdaad,' antwoordde Ola. 'En tegelijkertijd zijn er rode lampen zichtbaar, alsof er een auto naast haar remt.'

'Ze kan dus in een auto gestapt zijn,' concludeerde Henrik.

'Ja, het is mogelijk dat iemand bij het station op haar en haar vriendin wachtte.'

'De drugs waren dus voor Norrköping bedoeld?' vroeg Jana.

'Dat lijkt logisch,' zei Henrik. 'We hebben tenslotte eerder aanwijzingen gekregen dat er iets aan de hand is op de drugsmarkt, vooral sinds Gavril Bolanaki verdwenen is.'

'Je bedoelt dat de handel toegenomen is?'

'Ja.'

'Oké,' zei Gunnar. 'Zoals jullie allemaal begrijpen zijn de vrouwen maar kleine schaakstukken in een heel groot spel.' Hij boog zich voorover en keek naar zijn team. 'We moeten de gevluchte vrouw vinden. Zij kan onze link naar deze activiteit zijn. Als we haar eenmaal gevonden hebben, dan is er een grote kans dat we haar opdrachtgever te pakken krijgen.'

8

Ze werd wakker door het geluid van golven. Pim had hoofdpijn en knipperde meerdere keren met haar ogen om helder te kunnen zien. Ze ging op de dunne matras zitten en zag dat ze een deken over zich heen had. Naast haar stond een emmer zonder handvat. Hoelang had ze geslapen?

Ze probeerde haar mond te openen, maar dat lukte niet omdat er tape op geplakt zat. Toen ze het weg wilde trekken, merkte ze dat haar handen op haar rug waren vastgebonden. Ze rukte en trok aan de riem, raakte buiten adem en haalde met korte stoten adem door haar neus. Het voelde alsof ze zou stikken.

Ze had dat gevoel eerder meegemaakt. Als ze speelden was haar zusje Mia vaak op haar gaan zitten, had haar handen vastgepakt en had geroepen: 'Bevrijd jezelf, Pim. Bevrijd jezelf als je kunt.'

Daarna had ze moeten vechten om los te komen, om de druk op haar borstkas weg te krijgen. Mai kwam dan niet meer bij van het lachen, het was tenslotte maar een spelletje, maar dat was het nu niet. Dit was absoluut geen spelletje.

Het kleine, raamloze vertrek had een houten vloer en een houten plafond. Het was er koud en vochtig.

Ze dacht aan Noi en begon te huilen. Ze had bij haar moeten blijven, had haar niet alleen in de trein moeten achterlaten.

Langzaam kwam ze op haar knieën en bleef in die houding zitten. Ze keek naar alle kanten, zocht een uitweg.

Waar was ze?

Ze wist het niet.

En niemand wist dat ze in een vreemd land was, met haar handen op haar rug gebonden en een dichtgetapete mond.

Met trillende benen kwam ze overeind en wankelde naar de muur. Ze ging er met haar rug naartoe staan en begon met haar vingers naar iets scherps te zoeken.

Uiteindelijk vond ze een oneffenheid in de planken en probeerde de riem erlangs te schuren. Ze schoof met haar rug langs de muur – naar boven, naar beneden en opzij – en vocht om de riem los te krijgen.

Jana Berzelius stopte haar notitieblok in haar aktetas en liep de vergaderkamer uit.

Achter het raam zag ze overvloedige sneeuw in de bleekgrijze duisternis. Ze pakte de glimmende leuning vast en nam de trap van de derde verdieping naar de garage. Het rook naar stof en groene zeep in het trappenhuis. Ze liep langzaam, luisterde naar het geluid van haar hakken dat tegen de muren echode en dacht aan het nieuwe onderzoek. Ze hield zich weer bezig met wat haar leven zin gaf, wat betekenis voor haar had: haar werk, punctualiteit, prestaties. Ze voelde zich sterk en energiek, en was van plan zich te concentreren op datgene wat voor haar lag, de toekomst.

Op dat moment ging haar telefoon. Ze bleef staan en haalde hem uit haar zak, maar toen ze zag dat het haar collega Per Åström was zette ze het geluid uit en stopte hem terug.

Ze bereikte de begane grond en wilde de volgende trap nemen toen ze plotseling bleef staan.

Achter de glazen deur die naar de receptie en de hoofdingang van het politiebureau leidde zag ze een gezicht dat ze herkende. Op een stoel in de receptie zat de magere, in het zwart geklede man die ze onlangs bij de ingang naar Knäppingsborg had gezien.

Robin... Stenberg.

Wat deed hij hier?

Hij zat met zijn ellebogen op zijn knieën. Eén been bewoog op en neer alsof hij zenuwachtig was.

Ze deed een stap naar voren, wilde de receptie in gaan om met hem te praten, maar voelde een sterke impuls om in plaats daarvan het politiebureau uit te lopen.

Robin stond op en was even later uit haar gezichtsveld verdwenen.

Ze liep de trap af, zich er niet van bewust dat ze sneller begon te lopen toen ze zich in gedachten in Knäppingsborg bevond en Robin weer voor zich zag. Ze zag de paniekerige blik in zijn ogen en de sterren op zijn slaap, en hoorde zijn gejaagde vraag of hij een ambulance moest bellen.

Het gaf haar een onbehaaglijk gevoel dat hij getuige was geweest van haar gewelddadige confrontatie met Danilo. Wat deed hij in het politiebureau?

Ze duwde de deur naar de parkeergarage open op het moment dat een politieauto met loeiende sirenes naar buiten reed, de sneeuwbui in.

Henrik Levin drukte op de grijze deuropener, waarna de glazen deur van de psychiatrische afdeling van het Vrinnevi-ziekenhuis openging.

Ze hadden gehoopt dat ze snel informatie zouden krijgen die hen zou helpen om de verdwenen vrouw te vinden, maar hij besefte dat hij al zijn hoop nu op conducteur Mats Johansson had gevestigd.

Henrik gaf de arts van Mats een hand, wisselde een paar woorden met hem en werd daarna naar zijn kamer gebracht.

Er zat een vrouw bij het bed en hij keek in haar bruine ogen. Ze haalde een hand door haar krullende haar voordat ze opstond en zich met een zachte stem voorstelde als Marianne.

'De vrouw van Mats,' voegde ze eraan toe. Ze pakte Henriks jack aan en hing dat zorgvuldig aan een haak achter de deur. Daarna zette ze haar stoel zo zachtjes mogelijk dichter bij het bed, ging zitten en pakte de linkerhand van haar man in de hare.

'Mats,' fluisterde ze. 'Je hebt bezoek.'

Henrik ging aan de andere kant staan en keek naar het hoekige gezicht, de brede snor, het dunne haar en de bleke huid. De ogen onder de gesloten oogleden bewogen.

'Hij droomt veel,' zei Marianne met een verontschuldigende glimlach. 'Het is natuurlijk verschrikkelijk om getuige te zijn van zo'n gebeurtenis... en dat in zijn trein... Hij ijlt af en toe ook.'

'Wat zegt hij dan?' vroeg Henrik.

'Voornamelijk onzin.' Marianne lachte.

'Dat heb ik gehoord,' zei Mats terwijl hij zijn ogen opende. Hij kwam moeizaam op zijn elleboog overeind en keek naar Henrik.

'Hallo,' zei Henrik en hij stak zijn hand uit. 'Ik ben inspecteur Henrik Levin. Ik wil je een paar vragen stellen.'

'Dat is goed,' antwoordde Mats terwijl hij Henrik een slappe hand gaf.

'Ik heb begrepen dat jij degene bent die de vrouw in het toilet gevonden heeft.'

Mats knikte. 'Dat klopt, ik heb haar gevonden. Ze lag... op de vloer.'

'Kun je meer vertellen?'

Mats beet op zijn bovenlip.

Henrik streek over zijn kin en haalde het ingezoomde beeld van de bewakingscamera uit zijn zak. 'Ik wil dat je zorgvuldig naar deze foto kijkt.'

Mats ging rechtop zitten en keek een hele tijd naar het zwarte haar, de smalle ogen en de lichte huid.

'Herken je deze vrouw?' vroeg Henrik. 'Het is niet de vrouw die je op het toilet gevonden hebt.'

Mats knikte. 'Dit is het meisje dat voor het toilet stond en wegrende toen ik de deur open had. Ik kon haar niet tegenhouden. Ik wilde wel, maar kon het niet, ik moest bij het meisje op het toilet blijven. Noi heette ze.'

'Noi? Bedoel je Siriporn? Het meisje dat dood is?'

'Nee...' Mats keek verward naar hem. 'Ik bedoel Noi.'

Henrik keek naar Marianne.

'Denk goed na, Mats,' zei zijn vrouw.

'Heette ze Noi?' vroeg Henrik.

'Ik weet het niet,' zuchtte Mats. 'Maar dat was wat ze zei, het meisje dat wegrende dus. Toen ik in het rijtuig aankwam zag ik dat ze op de toiletdeur bonsde. En ze riep de hele tijd "Noi". Ik begreep dat het de naam van het meisje op het toilet was. Toen ik de deur open had rende ze weg. Ik riep nog naar haar dat ze moest blijven staan, maar dat deed ze niet.'

Henrik dacht na. 'Waar zaten ze tijdens de reis?'

Mats wreef in zijn ogen en haalde een hand door zijn haar. Hij leek moe, van het nadenken en van zijn herinneringen, en haalde diep adem voordat hij antwoord gaf. 'Ze bevonden zich in rijtuig 5, maar ze zaten niet naast elkaar. De een zat op een stoel voor de ander, als je begrijpt wat ik bedoel. Hoewel er voldoende plek was, de trein was niet helemaal vol.

'Hoe gedroegen ze zich?'

Mats fronste zijn voorhoofd alsof hij de vraag niet begreep.

'Waren ze onrustig, zenuwachtig, chagrijnig, boos?'

'Nee, ze sliepen het grootste deel van de tijd.'

'Waar zijn ze opgestapt?'

Mats ging weer liggen en keek naar het plafond. 'Ze zijn aan het begin opgestapt, in Kopenhagen.'

'En waar gingen ze naartoe?'

'Norrköping. Daarom riep ze... Ze zei dat ik de deur moest openmaken. Ze moesten uitstappen.' Mats pauzeerde en sloot zijn ogen. Marianne streelde zijn wang in een poging hem te troosten, maar hij draaide zijn gezicht weg.

'Ik zal jullie verder met rust laten,' zei Henrik. 'Bedankt dat jullie me te woord gestaan hebben.'

Marianne knikte bij wijze van antwoord.

Henrik keek in haar ogen en zag dat ze de linkerhand van haar man met twee handen vastpakte.

'Dus Anders is nog steeds in de stad?' Gunnar Öhrn sloeg zijn armen over elkaar en staarde naar Carin Radler, die op de bezoekersstoel in zijn kantoor zat.

'Ja, en de volgende keer dat jullie een bespreking hebben is het beter dat je hem dat ook laat weten,' zei ze terwijl ze één been over het andere sloeg en met haar voet wiebelde.

'Of hij zorgt ervoor dat hij in het gebouw is,' zei Gunnar.

'Wat ook gaat gebeuren, omdat hij zijn intrek in een hotel heeft genomen.'

'Wil dat zeggen dat hij hier blijft?'

'Gezien het feit dat we net een geval van drugssmokkel op onze nek hebben, ja.'

'Hij gaat niet weg?'

'Anders is een goede politieagent. Hij heeft er jarenlang voor gevochten om de drugshandel aan banden te leggen. Dankzij zijn inzet hebben we meerdere centrale figuren die de verschillende drugsmarkten in Zweden leidden op kunnen pakken. Afgelopen voorjaar heeft er een gezamenlijke razzia tegen een grote bende in de omgeving van Göteborg plaatsgevonden. Anders was verantwoordelijk voor de hele operatie en degenen die opgepakt zijn staan lange gevangenisstraffen te wachten.'

'Ja, ik heb gehoord dat hij met zijn smoel in de kranten mocht.'

Carin verhief haar stem. 'Zijn oorlog tegen drugs heeft resultaat opgeleverd, Gunnar!'

'En nu wil hij ons werk doen?'

'Nee, maar hij heeft veel in zijn mars als het om drugs gaat, wat ons uitstekend van pas kan komen.'

Gunnar grijnsde. 'Dus vanaf nu zijn we beste vrienden?'

'Je weet dat hij hard aan de nieuwe politieorganisatie werkt, en dat doe ik ook.'

'Jouw nieuwe rol begrijp ik, maar die van hem?'

'Het zou zomaar kunnen dat hij het hoofd van de Rijkspolitie wordt en ik geloof dat je dat heel goed weet.'

'Hij is dus uit op meer macht.' Gunnar wreef in zijn ogen.

Carin veranderde van zithouding en antwoordde met een beheerste stem: 'Ik weet dat je hem niet mag, maar hij is een goede chef. Net als jij.'

'Stop met dat gevlei. We weten allebei dat ik misschien niet blijf.'

Carin zuchtte. 'Het probleem van deze reorganisatie is dat we voor heel nieuwe, misschien onvermoede uitdagingen geplaatst worden die veel van onze werknemers zullen vergen.'

'En wie blijft er?'

'Daar kan ik nog geen antwoord op geven.'

'Weet je het niet?'

'Ik begrijp dat je je daar zorgen over maakt.'

'Daar maak ik me helemaal geen zorgen over. Ik maak me zorgen over mijn werknemers. Ik weet niet wat ik tegen ze moet zeggen.'

'Zeg tegen ze dat we een drugszaak moeten oplossen. Daar moet de focus op dit moment liggen.'

'Samen met Anders,' zei Gunnar, en hij zuchtte opnieuw.

'Inderdaad, samen met Anders,' antwoordde Carin.

Mia Bolander liep de kantine van het politiebureau in, pakte een peer van de fruitschaal en stopte er twee in haar zak. Ze wist dat het er te veel waren, maar kon ze niet terugleggen nu ze zich had omgedraaid en Henrik Levin en Ola Söderström in het oog kreeg. Ze wreef met de peer over haar gebreide vest en ging tegenover hen zitten.

Henrik haalde het blauwe deksel van de plastic doos en kreeg een warm gezicht door de stoom die van de rode currystoofschotel opsteeg.

'Dat is niet veel eten,' zei Mia.

'Er was gisteren niet zo veel over van het avondeten.'

'Heeft Emma alles opgegeten?'

'Ze is zwanger.'

'Wanneer is ze uitgerekend?'

'Op 31 december.'

'Dan moet ze haar benen bij elkaar houden. Het is niet leuk om op de laatste dag van het jaar jarig te zijn als je op school zit of je rijbewijs wilt halen of een café binnen wilt.'

'Nee, dat...'

'Dan moet je je vrienden vragen om drank of sigaretten voor je te kopen.'

'Inderdaad,' zuchtte Henrik. 'Maar het belangrijkste is dat het kind gezond is.'

'Dat zegt iedereen. Het belangrijkste is dat de baby gezond is en tien vingers en tenen heeft en schattig lacht en zich beter ontwikkelt dan de andere kinderen. Maar stel dat je een lelijke baby krijgt? Ik bedoel niet gewoon lelijk, maar afgrijselijk lelijk.'

'Wat wil je daarmee zeggen? Bedoel je dat ik een lelijke baby krijg?'

'Ik had het niet over jou.'

'Maar ik ben toch degene die een baby krijgt?'

'Interpreteer het zoals je wilt.' Mia keek naar de peer.

'Maar alle baby's zijn toch knap?'

'Dat zeggen de ouders. Heb je ooit iemand horen zeggen: "Jezus, wat heb ik een lelijke baby"?'

'Nee, omdat er geen lelijke baby's bestaan.'

'Nee, omdat niemand het durft te zeggen, maar iedereen denkt het.'

'Niet iedereen denkt dat baby's lelijk zijn!' protesteerde Henrik.

'Heb jij dat nooit gedacht?' vroeg Mia.

'Nee, nooit.'

'Zie je, dat is omdat je zelf vader bent. Als je dat niet was geweest, dan had je dat wel gedacht. Of niet soms, Ola?'

Ola stak zijn handen in de lucht. '*No comment*.' Hij was niet van plan om zich met de discussie te bemoeien.

'Lafaard, je bent het dus met me eens,' zei Mia.

'Ik snap niet eens waar jullie het over hebben,' antwoordde Ola.

Er ontstond een korte stilte, tot Ola die verbrak. 'Om verder te gaan waar we gebleven waren, had die conducteur eigenlijk iets interessants te vertellen?'

Henrik wilde antwoord geven, maar Gunnar Öhrn kwam de kantine binnen en onderbrak hen. 'Mia!' zei hij streng.

'Ja?' antwoordde ze terwijl ze zich omdraaide.

'Ik wil met je praten.'

'Is dat een bevel?'

'Ja, het is belangrijk. Over vijf minuten in mijn kantoor.'

Mia zuchtte en nam een hap van de peer.

Hij zat in zijn kantoor en besefte dat hij Anders Wester moest vertellen dat zich een nieuwe getuige van het centraal station had gemeld.

Gunnar zocht Anders' nummer op zijn mobiel. Het was nog steeds een onnatuurlijk gevoel om de Rijksrecherche op zijn hielen te hebben, alsof hun onderzoeksteam plotseling een speciaal klasje was geworden, met Anders Wester als mentor.

Stop met dat kinderachtige gedoe, zou Anneli gezegd hebben als ze zijn gedachten had kunnen lezen.

Hij begon de cijfers in te toetsen, maar toen hij bij het laatste was bedacht hij zich. Hij had helemaal geen zin om met Anders te praten, wilde absoluut niets met hem te maken hebben.

Op dat moment werd er op de deur geklopt. Mia stak haar hoofd om de hoek. 'Wat is er?'

Gunnar streek meerdere keren met zijn handen over zijn gezicht. 'Ga zitten,' zei hij terwijl hij naar de stoel tegenover zich wees.

'Wat wil je?' vroeg ze toen ze op de stoel zat.

'Ik wil dat je een getuige verhoort die zich op het parkeerterrein bevond toen de trein met het dode meisje het station binnenreed. Hij beweert dat hij een man gezien heeft. Ik wil dat je gaat informeren wat hij precies gezien heeft. Zijn naam is Stefan Ohlin.'

'Vooruit dan maar.'

Gunnar haalde diep adem. 'Er is nog iets.'

'Wat dan?'

'Je houding is een beetje... hoe zal ik het zeggen... negatief.'

'Ga je me ontslaan?' Mia sloeg haar armen over elkaar.

'Nee, ik ga je niet ontslaan. Maar... je haalt energie bij het team weg met je houding, en ik wil dat je beter je best doet.'

'Oké. Dus ik moet mijn mond houden?'

'Nu doe je het weer.'

'Hoezo? Ik zeg alleen wat ik denk.'

'Dan moet je daarmee stoppen. Hou je mening voor je en concentreer je er in plaats daarvan op je werk goed te doen!'

Mia gaf geen antwoord en trok een zuinig gezicht.

'Luister,' zei Gunnar. 'De ogen van de Rijksrecherche zijn op ons gericht en ik wil dat je me helpt om aan hun verwachtingen te voldoen. We mogen absoluut geen fouten maken.'

'Natuurlijk,' zei Mia en ze knikte langzaam.

'Mooi, dan wil ik dat je begint met het verhoren van die Stefan. Hier is zijn telefoonnummer. Hij is leraar aan de Vittra-school in de wijk Röda en wil dat we naar hem toe komen.'

'Henrik en ik gaan...'

'Je zult het alleen moeten doen.'

'Goed, dan ga ik er meteen naartoe.'

Mia stond op en liep naar de deur.

'En Mia...' Gunnar keek naar haar met een gefronst voorhoofd.

'Ja?'

'Laat me zien wat je kunt.'

'Dat doe ik,' zei Mia met een brede glimlach.

Ze ziet er opgewekt uit, dacht Gunnar. Veel te opgewekt.

Ineens besefte hij dat ze in gedachten had gezegd dat hij naar de hel kon iopen.

Jana Berzelius leek kalm toen ze het gebouw van het Openbaar Ministerie aan Olai Kyrkogata 50 betrad, midden in het centrum van Norrköping. Toch had ze verschrikkelijk veel haast. Ze wist niet hoe ze moest omgaan met het feit dat ze de magere man in het politiebureau had gezien. Had hij niet begrepen dat ze het serieus meende? Het laatste wat ze wilde was dat de politie zich ermee zou bemoeien.

Ze zette haar aktetas op de vloer en bleef achter het bureau in haar kantoor staan. Ze had geen rust om te zitten. Het gaf haar een heel onaangenaam gevoel dat ze Robin Stenberg in het politiebureau had gezien en ze vroeg zich nog steeds af wat hij daar had gewild.

Het was stil op de afdeling. De enige geluiden die door de glazen wanden drongen waren de voetstappen van een collega en het gezoem van een printer die kopieën van het een of andere verslag uitspuugde, een rechterlijke uitspraak of een ander document van honderden pagina's.

Aan één muur in haar kantoor hing een foto van een gezin op de trap van een groot, geel zomerhuis. Jana keek naar de ogen van het meisje, naar zichzelf als negenjarige, en herinnerde zich dat het een warme dag was geweest met een helderblauwe hemel.

De zon accentueerde de schoonheid van het zomerhuis. Haar moeder zei altijd dat ze zich geen mooiere plek kon voorstellen. Ze waren van Norrköping naar Arkösund gereden, waren naar de rotsen gewandeld en hadden over de zee uitgekeken. Daarna zou er een foto van hen drieën worden gemaakt. Samen. Ze had een witte jurk gedragen en had roerloos op de stenen trap voor de woning gestaan, geflankeerd door haar vader en moeder. Haar moeder had onbeweeglijk gestaan terwijl haar vader ongeduldig van zijn ene been op het andere was gaan staan en een harde klank in zijn stem had gehad.

'Schiet eens op!'

'Ik ben bijna zover.' De fotograaf gebaarde met zijn hand dat ze dichter bij elkaar moesten gaan staan. 'En nu allemaal lachen! Eén, twee, drie.'

Klik.

'Ik wil dat iedereen tegelijkertijd lacht. Nog een keer. Eén, twee, drie.'

Klik.

'Ben je nu tevreden?' vroeg Karl.

'Nee, nog een. Nu lachen we allemaal, vooruit, meisje, jij ook, lach je allermooiste lach.'

Ze lachte niet.

'We proberen het opnieuw!'

'Wacht!' zei haar vader en hij draaide zich naar haar om. 'Waarom lach je niet?'

Ze gaf geen antwoord.

'Als je lacht mag je iets in de speelgoedwinkel uitzoeken.'

Ze keek onzeker naar de grond. Zijn stem was plotseling zacht, zijn gezicht had een vriendelijke uitdrukking.

'Wat zeg je daarvan?' zei hij.

'Wat voor speelgoed?' vroeg ze.

'Wat je maar wilt.'

'Echt?'

'Als je lacht.'

Ze kreeg een merkwaardig gevoel in haar maag. Bedacht dat ze met een glimlach zou krijgen waar ze het allermeest naar verlangde, een pop om 's nachts vast te houden zodat ze zich niet meer alleen hoefde te voelen.

Een pop voor een glimlach.

De fotograaf gebaarde weer. 'Oké!' riep hij. 'Toe maar. Eén, twee, drie!'

Ze glimlachte.

Klik.

'Mooi zo, we zijn klaar.'

Ze was vol verwachting in de auto naar huis gestapt. In het centrum had ze zich niet langer kunnen inhouden. 'Gaan we nu naar de winkel?'

Haar vader staarde voor zich uit en gaf pas na een hele tijd antwoord. 'Nee,' zei hij.

'Maar we zouden toch een pop kopen...'

'Ik heb geen tijd.'

'Je hebt het beloofd,' zei ze zachtjes.

'Ik heb niets beloofd.'

Ze had zijn ogen gezocht, maar hij weigerde haar aan te kijken. Op dat moment had ze begrepen wat er was gebeurd. Zijn stem was vriendelijk geweest.

Ze had een siddering door haar lichaam voelen gaan. De siddering was klein, maar ze was bang geweest dat haar vader het zou zien. Bang dat hij zou beseffen dat ze had geleerd om te bepalen wanneer er iets verkeerd was.

Wanneer er iets helemaal verkeerd was.

Jana keek van de foto naar het raam. Haar handen waren tot stevige vuisten gebald. Op dat moment, als negenjarig meisje dat vanaf de zomerwoning op weg naar huis was, had ze geleerd om niemand te vertrouwen. Als ze iets wilde, dan moest ze er zelf voor zorgen dat het gebeurde. Er was niemand anders die iets voor haar deed. Ze mocht niets aan het toeval overlaten.

Om het knagende gevoel van onrust in haar lichaam kwijt te raken zou ze dus bij Robin Stenberg moeten langsgaan, en ze zou dat vanavond meteen doen.

9

Mia Bolander parkeerde voor de Vittra-school en passeerde het hek naar het schoolplein. Daar werd ze begroet door vrolijke uitroepen van rennende kinderen die in de sneeuw speelden.

Drie kleine meisjes met mutsen over hun voorhoofd getrokken kwamen naar haar toe. Hun wangen waren rood van de kou en ze hadden alle drie een loopneus. 'Wie ben jij?' vroegen ze in koor.

'Ik ben Mia.'

'Wat doe je hier?'

'Ik heb een afspraak met iemand.'

'Met wie dan?'

'Met een man die op deze school werkt.'

'Hoe heet hij?'

'Dat kan ik niet zeggen.'

'Waarom niet?'

'Omdat het geheim is.'

'Waarom is het geheim?'

'Omdat het dat is. En nu wil ik van jullie weten waar het lokaal van de derde klas is.'

'De gele groep zit daar.' Een van de drie meisjes wees naar een deur.

Mia ging naar binnen en rook de lucht van vochtige jassen die naast elkaar aan haken hingen. De vloer was nat van gesmolten sneeuw. Op een met de hand geschreven bord stond dat iedereen zijn schoenen bij het kledingrek moest uittrekken. Mia negeerde het bord, sloeg rechts af en nam de trap naar de eerste verdieping.

Ze liep door een gemeenschappelijke ruimte, zocht naar het juiste klaslokaal en vond dat helemaal achter in de gang.

Er zaten geen kinderen in het lokaal. Voor het whiteboard stond een man die een paar jaar ouder was dan zij. Zo te zien schreef hij het huiswerk van vandaag op. Ze klopte op de deurpost en liep naar binnen. Aan de muren zag ze de kaart van Zweden, een kalender en een kleurig alfabet.

'Mia Bolander, politie.'

'Uitstekend, goed dat je nu komt,' zei de man, waarna hij zich voorstelde als Stefan Ohlin. 'Je had een paar vragen?'

'Ja, over je getuigenverklaring.'

'Kom binnen en ga zitten.'

Stefan trok een stoel bij een ronde tafel naar achteren en verzamelde de tekeningen die erop lagen. 'Groepswerkjes,' zei hij. 'In de gele groep zijn we bezig met het bronzen tijdperk.'

Mia knikte en keek naar zijn rode haar en baard, en de sproeten op zijn gezicht en zijn handen.

'Hoelang kunnen we praten?' vroeg ze.

'Maximaal een kwartier, ze hebben pauze.'

'Dat heb ik gemerkt. Het is een verschrikkelijke herrie op het schoolplein.'

Er ontstond een korte stilte.

'Goed,' zeiden ze daarna tegelijkertijd.

'Sorry, begin jij maar,' zei Stefan.

'Oké,' zei Mia. 'Je was gisteravond bij het centraal station?'

'Ja, ik wachtte op mijn vrouw, die net voor elf uur met de forensentrein uit Linköping zou arriveren. Ze is leerkracht aan de universiteit van Linköping.'

'Je was daar al voor elf uur?'

'Ja, ik had afgesproken met een vriend die een kind had gekregen en ging om tien uur 's avonds bij hen weg. Omdat we buiten de stad wonen, in Krokek, had het geen zin om naar huis te rijden, het is twintig tot vijfentwintig minuten heen en weer, dus reed ik naar het centraal station en wachtte daar.'

'Hoe laat was dat?'

'Tja, wat zal het geweest zijn, kwart over tien tot tien voor halfelf misschien.'

Mia haalde een notitieboekje tevoorschijn en zocht naar een lege pagina maar vond die niet, alle bladzijden waren volgeschreven. Ze begon in plaats daarvan aantekeningen op het bruine karton aan de achterkant te maken.

'Waar stond je geparkeerd?'

'Net voor de taxizone.'

'Wat zag je toen je daar zat te wachten?'

'Tja, dat was het juist. Vlak achter me stond een auto met een man achter het stuur.'

'Kun je hem beschrijven?'

'Ik heb alleen een glimp van hem gezien.'

'Wat was het voor auto?'

'Dat weet ik niet.'

'Dat weet je niet?'

Stefan dacht met zijn hand onder zijn kin na. 'Nee, ik heb nooit veel met auto's gehad. Maar ik denk dat het misschien een Volvo was, een ouder model. Of een Fiat.'

Mia schreef weer. 'En de kleur?'

'Die was donker, blauw misschien.'

'Was het een stationcar?'

'Nee.'

'En het kenteken?'

'Mijn geheugen wordt met de jaren steeds slechter. Vroeger was ik daar heel goed in, maar... Misschien een G aan het begin en daarna een U. Maar het kan ook andersom geweest zijn.'

'En de cijfers?'

'Een 1 aan het begin, maar daarna... Nee, ik kan het me niet goed herinneren. Ik geloof dat het een 4 en een 7 was.'

'Oké, 147 dus?'

'Nee, eerder 174.'

'Mooi,' zei Mia. 'Dan ontbreken alleen de letters. Vertel eens over de chauffeur...'

'Ik stapte uit mijn auto om naar Pressbyrån te gaan. Ik had trek in iets zoets, ik ben namelijk een beetje verslaafd aan Daims, maar hoe dan ook, toen ik de winkel in liep zag ik de chauffeur van de auto. Hij stond in de deuropening met een aansteker in zijn hand, alsof hij aarzelde...'

'Hij ging dus niet naar binnen?'

'Nee, voor zover ik weet niet. Maar ik botste tegen hem aan en hij liet zijn aansteker vallen.'

Stefan keek naar de klok aan de muur. 'De kinderen komen zo binnen.'

'Ik weet het. Beschrijf de man eens.'

'Tja, ik had waarschijnlijk nooit over hem nagedacht als hij niet zo zenuwachtig had gedaan, alsof hij niet wilde dat iemand hem zag. Hij droeg donkere kleding, had zijn jas tot zijn neus dichtgeknoopt en droeg een muts.'

'Had hij een snor? Een baard? Blond of donker haar?'

'Hij had donker haar. Dat zag ik omdat het onder zijn muts uitstak. Ik vond dat hij er buitenlands uitzag.'

'Wat bedoel je daarmee?'

'Ik weet het niet. Misschien kwam het door zijn haar. Of zijn ogen.'

'Wat voor kleur hadden die?'

'Ook donker.'

'Een man met donker haar, eventueel van buitenlandse afkomst dus. Hoe oud?'

'O jee, dat is moeilijk te zeggen, een jaar of dertig misschien.'

'Nog andere opvallende dingen?'

'Nee... het was voornamelijk dat hij zich zo zenuwachtig gedroeg... maar ik hoop dat ik je in elk geval heb kunnen helpen.'

Mia sloeg het notitieboekje dicht. 'Je observaties zijn belangrijk voor ons,' zei ze terwijl ze opstond.

'Wacht!' Stefan stak een hand in de lucht en glimlachte. 'GUV,' zei hij. 'Ik herinner met het kenteken ineens, het was GUV 174.'

'We hebben een signalement van de man die het meisje opgehaald kan hebben,' zei Mia aan de telefoon.

Henrik Levin zat in zijn kantoor met de telefoon aan zijn oor en keek naar het prikbord terwijl hij luisterde naar wat Mia vertelde over haar gesprek met de leerkracht van de Vittra-school.

'Je bedoelt dat we zoeken naar een man met donkere kleding en donker haar die een buitenlands uiterlijk heeft,' zei Henrik. 'Ik weet dat het verkeerd klinkt als ik dit zeg, maar dat is op vrij veel mensen van toepassing.'

'Ik weet het. Ik ga langs Pressbyrån om te informeren of ze een bewakingscamera hebben. Als hij daar binnen is geweest krijgen we wellicht een beter signalement.'

'Dat zou niet verkeerd zijn.'

'De leerkracht leek vrij onzeker, maar vraag Ola om kenteken GUV 174 of iets wat daarop lijkt te checken. Het gaat om een Volvo of een Fiat met een donkere kleur.'

Henrik streek met zijn hand door zijn haar, ging rechtop zitten en voelde ondanks alles een vonkje hoop.

'Later,' zei Mia, waarna ze de verbinding verbrak. Geen gevloek, geen cynische opmerkingen en geen gezucht. Alleen *Later*. Henrik was bijna geschokt. Wat was er met haar aan de hand?

'Heb je al iets?' Ola Söderström stond glimlachend tegen de deurpost geleund. Zijn oren staken onder zijn gestreepte muts uit. Hij droeg altijd mutsen, binnen en buiten, ongeacht de tijd van het jaar.

'Goed dat je langskomt, ik heb wat nieuwe opdrachten voor je. Eerst wil ik dat je op zoek gaat naar een auto met kenteken GUV 174.'

'Yes,' zei hij.

'Daarnaast heb ik het gevoel dat het paspoort van het dode meisje in de trein vals kan zijn. Björn Ahlmann heeft vastgesteld dat haar leeftijd vijftien is, volgens haar paspoort was ze achttien. En de conducteur dacht dat ze Noi heette in plaats van Siriporn.'

'Noi is geen naam, het is een koosnaam, wat in Thailand gebruikelijk is omdat voornamen vaak lang zijn.'

'Hoe weet je dat?'

'Mijn neef is getrouwd met een Thaise, ze hebben elkaar in Phuket ontmoet. Liefde op het eerste gezicht. Het klikte onmiddellijk.' Ola knipte met zijn vingers. 'Als het paspoort vals is, dan moeten we dat niet onderschatten,' ging hij verder. 'Ik heb een verzoek naar alle luchtvaartmaatschappijen gestuurd, maar heb nog geen antwoord gekregen. We kunnen alleen hopen dat haar naam ergens op een passagierslijst staat. Het zou goed zijn om te weten waar ze vandaan gekomen zijn.'

'Beide namen moeten op een lijst te vinden zijn,' zei Henrik.

'Als ze tenminste met hetzelfde vliegtuig gekomen zijn, en dat is misschien niet zo.' Ola krabde op zijn muts. 'Misschien helpt het dat ze een Aziatisch uiterlijk hebben. 'Ik bedoel dat ze misschien door meer mensen in de trein gezien zijn.'

'Misschien wel. Als het kenteken je niet verder helpt, dan hebben we ook nog een vrij slecht signalement van de man die in de auto reed. Controleer ook of je iets bij dat signalement kunt vinden. De bolletjes in de maag van het meisje moesten tenslotte aan iemand afgeleverd worden, en ik vraag me af wie dat was.'

'Ik weet waar ik moet zoeken,' zei Ola.

'Aan de slag dan maar.'

Jana Berzelius stond meteen van de chaise longue op toen de deurbel ging. Het was laat in de middag en ze liep wantrouwend naar de hal. Ze verwachtte geen bezoek, dat verwachtte ze nooit.

Geluidloos sloop ze door de hal naar de deur en keek door het kijkgaatje. Ze klemde haar kaken op elkaar toen ze het gezicht van haar collega Per Åström zag.

Hij belde nog een keer, en klopte daarna op de deur.

Langzaam opende ze het slot, maar ze liet de ketting zitten.

'Wat doe je hier?' vroeg ze.

'Je neemt nooit op als ik bel.'

'Dan heb ik het waarschijnlijk druk.'

'Waarmee? Waarom ontloop je me?' Per spreidde zijn armen. 'Luister, het is acht maanden geleden sinds we met elkaar afgesproken hebben...'

'We zien elkaar een paar keer per week op het werk.'

'Je weet precies wat ik bedoel. Ik wil graag met je afspreken. Goed, nu heb ik gezegd wat ik wilde zeggen en waarvoor ik hiernaartoe gekomen ben.'

'Mooi,' zei Jana. Ze deed de deur dicht, leunde er met haar hoofd tegenaan en deed haar ogen dicht.

De bel ging opnieuw en daarna nog een keer. Snelle, korte signalen achter elkaar, alsof er een kind buiten stond dat haast had om binnen te komen.

Ze aarzelde even, maar deed de deur weer open.

Zijn ogen, de ene blauw en de andere bruin, ontmoetten de hare. 'Nog één ding,' zei hij. 'Wil je vanavond met me uit eten?'

'Nee.'

'Gezellig. Zullen we Durkslaget zeggen? Zoals altijd?'

'Nee.'

'Om acht uur?'

'Nee.'

'Perfect, zullen we daar samen naartoe gaan?'

'Nee. Ik wil iets nieuws proberen.'

Per keek verbaasd en krabde onder het blonde haar op zijn hoofd. 'Ben je ziek?' vroeg hij.

'Ik heb gewoon behoefte aan verandering. Laten we naar restaurant Ardor gaan, ik zie je daar om halfnegen.' Daarna deed ze de deur met een klap dicht.

'Ik heb geen auto met kenteken GUV 174 gevonden,' zei Ola toen hij met zijn armen vol mappen door de gang liep en Henrik Levin tegenkwam.

'Daar was ik al bang voor,' zei Henrik met een bezorgde uitdrukking op zijn gezicht. 'Mia zei dat de man een beetje onzeker leek. Of misschien was de kentekenplaat vals.'

'Dat kan,' zei Ola en hij dacht even na. 'Jammer, het was waarschijnlijk de belangrijkste aanwijzing die we op dit moment hebben om verder te komen met het onderzoek.'

'Dat denk ik ook. Informatie van de straat krijgen we niet,' zei Henrik. 'De tipgevers zwijgen. Ze weten niets of ze durven niets te zeggen.'

'Zoals altijd,' zei Ola.

'Ja, maar ik vind het toch vreemd. Een jong meisje sterft met haar lichaam vol drugs, iemand zou iets gezien of gehoord moeten hebben. Het is niet gebruikelijk dat iemand zijn sporen zo goed verbergt. We hebben dus niet met amateurs te maken. Ze hebben de invoer en distributie blijkbaar uitstekend onder controle. Iemand moet willen praten.'

'Hádden onder controle, zul je bedoelen. Er is duidelijk iets misgegaan met het meisje in de trein.'

'Absoluut, maar zoals ik al zei houden ze, zoals in alle branches, rekening met een bepaalde hoeveelheid verlies.'

Ola hield de mappen omhoog. 'Ik heb wat onderzoek gedaan en heb alle dossiers van mannen met banden met het drugscircuit uitgeprint. Ik hoopte dat zij misschien iets weten. Twee van de dossiers zijn zo dik als een bijbel.'

'Mooi,' zei Henrik terwijl hij de mappen aanpakte. 'Als we geen info van de straat krijgen, zullen we zelf op zoek moeten gaan.'

Er zat een schaafwond op haar bleke huid, maar Pim bleef toch vechten om de riem rond haar polsen kapot te krijgen. Ondanks de kou in de kamer stond het zweet op haar rug.

Ineens hoorde ze voetstappen achter de deur.

Pim haastte zich naar haar plek terug en stootte de emmer om. Ze zette hem weer overeind en kromp ineen terwijl ze snel ademhaalde en roerloos luisterde.

De deur ging open en een man kwam naar binnen. Hij droeg donkere kleding en zijn ogen waren zwart als kool.

Pim keek naar het bord dat hij voor haar op de vloer zette.

Hij ging voor haar staan, keek naar haar en trok de tape daarna met een ruk van haar mond. Het deed verschrikkelijk veel pijn toen de lijm losliet. Ze wilde schreeuwen, maar was te bang om dat te doen. Ze zei niets toen hij de riem rond haar polsen ruw losmaakte, wreef alleen voorzichtig met haar hand over de schrijnende schaafwonden.

Hij zei iets tegen haar en deed de deur achter zich dicht.

Langzaam pakte ze het bord en keek naar de boterhammen en de plastic handschoenen. Op dat moment dacht ze pas weer aan de bolletjes in haar maag.

Ze pakte een boterham en dwong zichzelf een hap te nemen. Daarna voelde ze aan de dunne handschoenen, keek naar de emmer en besefte wat de bedoeling was.

Henrik Levin reed langzaam het openbare parkeerterrein bij winkelcentrum Ektorp af. Mia Bolander zat naast hem in een veel te groot donzen jack.

'Hij heeft geen donder gezegd,' mompelde ze terwijl ze met een van Ola Söderströms mappen voor Henriks gezicht zwaaide. Ze gooide hem op de achterbank en legde een andere map op haar schoot.

'Ik snap er niets van. Hij heeft een paar honderd inbraken gepleegd en is duizend keer gepakt voor drugsbezit en nu heeft hij een hernia. En dat terwijl hij nog geen dertig is en vijf kinderen heeft? Ongelooflijk. Dat is fucking ongelooflijk.'

'Inderdaad...' zuchtte Henrik.

'Als ze de camera bij Pressbyrån slimmer hadden opgehangen, dan hoefden we nu niet rond te rijden om met dat criminele zooitje te praten,' zei Mia.

Het drukke middagverkeer kroop vooruit in de Kungsgatan. Voor hen stopte een bus en een passagier stapte uit, waarna hij vlak achter de bus de twee rijbanen overstak. Henrik was even in de verleiding om te toeteren, maar bedacht zich.

'Wie is de volgende?' vroeg hij.

Mia sloeg een nieuw dossier open en keek een tijdje naar de foto.

'Stojan Jancic,' las ze voor. 'Geboren in Servië. Is onder andere veroordeeld voor ernstige drugsdelicten nadat hij was opgepakt voor het verkopen van een mengsel van ecstasy en ketamine. Hij heeft drie jaar in de gevangenis gezeten.'

Ze toetste het adres in op de routeplanner en sloeg de map dicht.

Twaalf minuten later waren ze er. Henrik maakte een U-bocht en reed een parkeerterrein op dat was gereserveerd voor bezoekers.

Een straatlantaarn knipperde toen ze uit de auto stapten, het licht scheen op het met grind bedekte terrein.

Stojan deed na de tweede keer bellen open. Zijn haar stond alle kanten op, zijn spijkerbroek was verschoten en bij de halsboord van zijn T-shirt zat een groot gat.

'Kom binnen,' zei hij toen Henrik had verteld waarvoor ze kwamen. Mia zweeg toen ze het appartement binnenliepen en ging met haar handen in haar zakken aan de keukentafel zitten.

Henrik leunde tegen het aanrecht en haalde een notitieboekje uit zijn zak. Hij tuurde met half dichtgeknepen ogen naar het raam vol grijze strepen dat uitkeek op het parkeerterrein.

'Je tatoeage...' zei hij. 'Betekent die iets?'

'Nee... of wel... of jezus, ik weet het niet,' antwoordde Stojan.

Hij zat tegenover Mia en wreef met zijn hand over het grote kruis in zijn nek en de zwarte letters erboven die het woord RESPECT vormden.

'Ik vraag me af of het een soort identiteit is.'

'Het is geen bendeteken, als je dat soms bedoelt.'

'We weten dat je lid van een bende bent geweest.'

'Maar de tatoeage heeft daar niets mee te maken.'

'M16? Zo heetten jullie toch? Nauwe banden met Black Cobra, of niet soms?' zei Mia.

Stojan gaf geen antwoord. Hij keek ook uit het raam.

'Je bent al vroeg in de problemen gekomen, nietwaar?' ging ze verder.

Hij keek naar haar. 'Ja. Ik was elf. Zijn jullie hier om daarover te praten?'

'Nee, we willen het over je kat hebben,' zei Mia vermoeid.

'Ik heb geen kat.'

'Precies.'

Stojan keek verbaasd. 'Waarom willen jullie het over katten hebben? Ik haat katten.'

'Schijt aan katten, vertel gewoon.'

'Aha, ik begrijp het, het was een grapje, nietwaar? Je weet dat ik geen kat heb.'

'Kom op, Einstein, we hebben niet de hele middag de tijd.' Mia wees naar het niet aanwezige horloge om haar pols om aan te geven dat de tijd verstreek.

'Jezus, chill,' zei Stojan en hij leunde naar achteren. Daarna haalde hij zijn schouders op. 'Oké,' zei hij, 'ik ben vroeg begonnen. Ik dronk net zo veel als mijn vader.'

'Was hij alcoholist?'

'Hij was een idioot. Trok zich niets van me aan. Daarna ging het zoals je kon verwachten. Ik hoorde er niet bij op school, ze vonden me te lastig, te agressief, te stoer, dus begon ik bij de groep rond te hangen. Het was beter om hun aandacht te krijgen dan helemaal niets.'

'En de drugs?'

'Wat is daarmee?'

'Je bent gepakt voor bezit.'

'Ik verkocht wat spul, dat klopt. Alles ging zo verdomd snel. Ik probeerde nieuw spul, ging met nieuwe gabbers om. Zocht iedere nacht een slaapplek. Tijdelijke plekken waar mensen drugs gebruikten, neukten, sliepen, aten en poepten. Het maakte niet uit waar ik belandde, bij een kameraad of in een park, een trappenhuis of een afvalruimte, als ik die troep maar binnenkreeg.'

'En nu? Ben je clean?'

'Ik heb overal afstand van genomen. Sommigen respecteerden mijn beslissing en wensten me veel succes, anderen hielden gewoon hun mond. Maar ze hebben me daarna allemaal met rust gelaten. Niemand heeft geprobeerd me over te halen om terug te komen. Het is alsof iedereen weet dat ik vastbesloten ben. Ik wil daar niet meer mee bezig zijn, ik wil iets anders met mijn leven doen.'

'Zoals wat?'

'Studeren. Economie misschien.'

'Sinds wanneer ben je clean?'

'Sinds drie jaar.'

'En wat doe je nu voor de kost?'

'Mijn neef heeft een kiosk en ik help hem soms. Daar gaan mijn dagen mee voorbij. Het is zwaar, maar het bevalt me.'

Stojan legde zijn handen tussen zijn benen.

'Het is zo ziek...' zei hij. 'Hoe verschrikkelijk het ook is om verslaafd te zijn, toch kan ik soms behoefte aan die troep krijgen en terugverlangen naar de tijd waarin ik door de stad zwierf. Ik kan een film of een televisieprogramma over junks zien en behoefte krijgen om te gebruiken. Begrijpen jullie dat?'

'We begrijpen het,' zuchtte Mia.

'Ik neem aan dat de markt veranderd is sinds jij clean bent,' zei Henrik.

'Die verandert de hele tijd. Er verschijnen voortdurend nieuwe, sterke netwerken.' Stojan keek naar zijn handen. 'Vertel,' zei hij ineens.

'Wat moeten we vertellen?'

'Waarom jullie hier zijn. Jullie willen iets van me, of niet soms? Smerissen willen altijd iets.'

'We hebben gehoord dat er in de wandelgangen gefluisterd wordt,' zei Henrik. 'Kun je dat bevestigen?'

'In de wandelgangen gefluisterd?' herhaalde Stojan met een grijns. 'Je zult iets duidelijker moeten zijn, man.'

Henrik keek naar Mia.

'We weten dat er dingen plaatsvinden,' zei hij. 'De markt is onrustig.'

'Er vinden altijd dingen plaats,' zei Stojan. 'Maar je hoeft niet te denken dat ik iets weet, want dat is niet zo.'

'Je weet wat er gebeurt als je niet praat.'

'Jullie kunnen me niet dwingen om te praten.'

'Ik kan je dwingen om mee te gaan naar het politiebureau.'

Stojan zweeg even en zei daarna: 'Oké, ik zal je het werk besparen om me mee te moeten nemen. Ik kan je vertellen dat er geruchten de ronde doen over iemand die werkt onder de naam "Opa", een man die regeert en organiseert maar van wie niemand weet wie het is, die niemand ooit ontmoet heeft. Hij is min of meer een schaduw.'

'En hoe komt het dat je dat weet?'

'Ik zei al dat er geruchten de ronde doen.'

'Wat heb je nog meer gehoord?'

'Ik weet net zo veel als alle anderen, met andere woorden niets. En jullie hebben me ook niets horen zeggen, of wel soms? Ik ben tenslotte geen verrader.'

Jawel, dat is precies wat je wel bent, dacht Henrik.

10

Jana Berzelius sloeg een handdoek rond haar lichaam, liep naar de inloopkast en koos haar kleding voor vanavond uit. Ze keek in de spiegel naar de blauwe plekken, die nog steeds donker waren.

Ze kleedde zich snel aan en knoopte haar blouse voorzichtig dicht. De broek was strak, het colbert kort.

In de badkamer reinigde ze haar gezicht, bracht hydraterende crème aan en deed daarna een discrete make-up op. Toen ze lippenstift opdeed voelde ze zich plotseling ongerust over haar etentje met Per. Het was zowel veilig als angstaanjagend om hem weer onder vier ogen te spreken. Veilig omdat ze hem kende, maar angstaanjagend omdat er dingen waren die hij niet wist. Dingen die hij niet hoefde te weten, maar die lastig waren om te verzwijgen.

Ze dacht aan hun laatste etentje. Dat was in april geweest, meer dan een halfjaar geleden. Ze zag zijn open gezicht voor zich en zijn enerverende vragen over wat er met haar aan de hand was. Het was alsof hij onder haar huid had willen kruipen. Ze had het niet kunnen verdragen, had zich in het nauw gedreven gevoeld en was uiteindelijk zonder een verklaring te geven van de tafel opgestaan en weggegaan. Hij leek dat te respecteren, was haar niet gevolgd en had haar niet gebeld. Hij had haar met rust gelaten. Ze had niets hoeven uit te leggen en dat was ze hem ook niet verschuldigd. Ze was hem helemaal niets verschuldigd.

Jana keek op de klok. Ze hadden over een uur afgesproken, wat haar voldoende tijd gaf om bij Robin Stenberg langs te gaan.

Ze pakte haar mobiel en zocht zijn adres op. Daarna opende ze haar handtas. Onderin lag haar mes, verstopt in de voering. Ze hoefde het niet vast te pakken, wilde zich er alleen van verzekeren dat het er was.

Even later verliet ze haar appartement, startte haar BMW en reed de garage uit. Ze hoorde haar eigen ademhaling toen ze haar bestemming naderde.

Ze parkeerde haar auto, pakte het mes en duwde dat bij haar rug in haar broeksband, waarna ze uitstapte en overstak naar Spelmansgatan 62 terwijl het voetgangerslicht op rood stond.

De veiligheidsgordel zat vast. Mia Bolander opende het portier weer en deed de gordel om.

'Wie gaan we nu verhoren?' vroeg Henrik terwijl hij de verwarming zo hoog mogelijk zette en zijn ijskoude handen voor de warme lucht hield die uit de ventilator stroomde.

Mia pakte de twee mappen die bij de voorruit lagen, opende de bovenste en keek naar de foto. 'Jezus, dat is…'

'Wat? Wie?' vroeg Henrik.

'Niemand.'

'Ken je hem?'

Blijkbaar niet, dacht ze terwijl ze naar de map keek. Ze voelde dat ze bloosde en hoopte vurig dat Henrik het niet zag. Er stond bezit en dealen, net als bij de anderen. Hij was opgepakt toen hij eenentwintig was en had twee jaar in de gevangenis gezeten. Toch kon ze niet geloven dat Martin de teenzuiger een junk was.

Zo'n verdomde klotejunk.

'Rij gewoon,' zei ze geïrriteerd, waarna ze deed alsof ze de weg niet wist door het adres op de routeplanner in te toetsen. Het was een zinloos spelletje, ze had zich al verraden, maar toch ging ze ermee door.

Henrik stapte als eerste uit de auto. Mia treuzelde, bekeek haar gezicht in de spiegel, maakte haar haar los, ging er met haar handen doorheen, haalde diep adem en bereidde zich voor.

Martin Strömberg deed meteen open.

Mia stond achter Henrik en gebaarde dat hij moest doen alsof hij haar niet kende en zijn mond moest houden.

Over haar, over hen.

Toch knikte hij herkennend naar haar.

'We willen je een paar vragen stellen,' zei Henrik.

'Zo laat nog? Waar gaat het over?'

'Dat kunnen we beter binnen bespreken,' zei Mia met een veelbetekenende blik in haar ogen.

'Natuurlijk, natuurlijk, kom binnen. Zullen we in de keuken gaan zitten?'

'De zitkamer is beter,' zei ze. Ze liep er rechtstreeks naartoe en keek haastig om zich heen om zich ervan te verzekeren dat er geen spullen van haar in de kamer lagen.

Daarna ging ze op de bank zitten en legde een kussen weg dat achter haar rug lag. Martin ging zo dicht naast haar zitten dat ze meteen tien centimeter opschoof.

'We willen met je praten over de drugsmarkt,' zei Henrik, die op de drempel naar de zitkamer was blijven staan. 'We hebben begrepen dat je verslaafd bent geweest aan cocaïne.'

'Dat kan ik niet ontkennen.'

'Gebruik je nog steeds drugs?'

Martin aarzelde heel even. 'Soms ga ik voor de bijl. Maar alcohol is ook een drug. Zelfs koffie wordt in Zweden als een drug beschouwd.'

Henrik zuchtte en haalde zijn notitieboekje uit zijn jaszak. 'Goed. Gisteren is er een meisje dood aan boord van een trein aangetroffen, ze had een grote hoeveelheid bolletjes heroïne en cocaïne in haar maag.'

'Jezus,' zei Martin, waarna hij met zijn hand door zijn vette haar streek. 'Maar wat heeft dat met mij te maken?'

'We hopen dat je ons deelgenoot wilt maken van je brede kennis van de drugsmarkt in deze stad,' zei Henrik. 'Wie de markt runt en zo.'

'Dat verandert voortdurend.'

'Precies. We zijn te weten gekomen dat er geruchten gaan over een nieuwe man die de drugshandel in de stad controleert,' zei Henrik.

'En zijn naam is?' vroeg Martin terwijl hij opkeek naar Henrik.

'We hoopten dat jij daar een bijdrage aan kunt leveren.'

'Ik heb geen idee wie je bedoelt.'

'Er wordt over Opa gepraat.'

'Opa? Wordt hij zo genoemd?'

'Waarschijnlijk.'

'Het laat helaas geen belletje rinkelen.'

'Weet je dat zeker?' vroeg Mia terwijl ze met een vermoeide blik in haar ogen naar Martin keek.

'Ja...'

'Heel zeker?'

'Oké, oké, misschien heb ik iets gehoord.'

Mia keek hem strak aan. 'In welk verband dan?' vroeg ze.

'Dat kan ik me niet herinneren.'

'Je kunt het maar beter vertellen als je iets weet,' zei Henrik.

Hij keek naar Martin, zag dat zijn ogen die van Mia zochten, zag zijn glimlach en de rode vlekken in haar hals. Hij zuchtte opnieuw. 'Ik heb begrepen dat je niet altijd even betrouwbaar bent geweest,' ging Henrik verder.

'Dat klopt,' zei Martin. 'Ik heb dingen gedaan die niet bepaald slim waren.'

'En nu?'

'Zoals ik al zei, soms heb ik een terugval, maar ik heb inmiddels een nieuwe drug gevonden, de beste van allemaal.'

'En dat is?'

'De liefde.'

Martins adem raakte Mia's gezicht. Ze voelde zich misselijk worden.

'Dat is mooi,' zei Henrik.

'De liefde is mooi. Het mooiste wat er bestaat.'

Mia had het gevoel dat ze moest overgeven. Ze kon het niet meer aanhoren.

'Oké,' zei Henrik met een vragende uitdrukking op zijn gezicht alsof hij niet wist of Martin hem in de maling nam. 'We zullen je niet langer ophouden. Als je iets hoort of ziet over deze Opa wil ik dat je contact met ons opneemt.'

'Natuurlijk doe ik dat. Al is het alleen maar voor jou, Mia.'

Mia zei niets terwijl ze naar de auto terugliepen. Ze was geïrriteerd en schopte de sneeuw voor zich weg. Ze was boos op de kou, op haar versleten laarzen en haar strakke spijkerbroek. Boos op alles wat haar irriteerde, alles wat lelijk en te veel was.

Ze deed de veiligheidsgordel om, sloeg haar armen over elkaar en keek naar Henrik. 'Martin en ik... We...' begon ze.

'Je hoeft het niet uit te leggen,' zei hij.

'Mooi, want ik ben niet van plan om nog een keer met hem af te spreken. Nooit meer.'

De gesprekken van de gasten rond de grote eettafel overstemden elkaar. Karl Berzelius hief zijn glas, maar niemand hoorde wat hij zei.

'Ik wil een toost uitbrengen op deze gezellige avond,' herhaalde hij, waarna hij een slok wijn nam. Hij gebaarde naar de twee jonge meisjes die serveerden om nog een fles Clos Saint Jean Deus Ex Machina te openen, maar ze zagen zijn knippende vingers niet. In plaats daarvan verlieten ze de kamer met de serveerbladen op hun schouders.

Karl draaide zich naar Margaretha, die in gesprek was met haar tafelheer. Ze had haar bestek op haar bord gelegd en had de reezadel nauwelijks aangeraakt. Hij probeerde contact met haar te krijgen om ervoor te zorgen dat ze het bedienend personeel terugriep, maar het gesprek nam blijkbaar haar volledige aandacht in beslag.

'Ik wil graag een felicitatie uitspreken...' De stem kwam van de andere kant van de tafel.

Karl keek op en zag dat Herman Kanterberg zijn glas naar hem hief. Karl draaide zijn wijnglas en ademde in.

'Je moet bijzonder trots zijn,' zei Herman.

'Wat bedoel je?'

'Op je dochters successen.'

Karl pakte het linnen servet en veegde zijn mond voorzichtig af.

'Heeft ze dezelfde ambities die jij had?'

'Ik kan niet voor haar spreken.'

'Als ze in hetzelfde tempo doorgaat kan ze waarschijnlijk procureur-generaal worden.' Herman draaide zijn hoofd naar de rest van het gezelschap, hief zijn wijnglas en knikte. 'Ik wil een toost uitbrengen op hard werken, vrienden van me. Dat is de enige weg die naar succes leidt. Er zijn geen snellere manieren om dat te bereiken.'

'Goed gezegd!' riep iemand.

'Proost!' riep een ander.

De glazen rinkelden terwijl ze werden geheven.

Karl hief zijn glas niet. Hij keek naar zijn bord en het licht dat in zijn bestek reflecteerde.

'Ben je het niet met me eens, Karl?' vroeg Herman.

Hij gaf geen antwoord, vouwde zijn servet op en liet de vraag wegsterven door langzaam van de tafel op te staan. Hij was aangeschoten en voelde zich duizelig terwijl hij door de gang liep en de kamers die op een rij lagen passeerde. Er klonk gedempt gelach toen hij de keuken in liep. De geur van de rodewijnsaus sloeg hem tegemoet.

De serveersters stonden bij het aanrecht en zetten de bordjes voor het nagerecht in drie parallelle rijen neer.

Hij kon zich niet beheersen en zei met een harde klank in zijn stem: 'Zorg ervoor dat de gasten meer wijn krijgen. Nu!'

De meisjes verdwenen meteen uit de keuken.

Toen hij alleen was achtergebleven, besloot hij om voor het volgende diner van personeel te wisselen. In de loop der jaren had hij een grote, uitermate belangrijke kennissenkring opgebouwd, waarvoor een goede service vereist was, dan kon hij geen prutsers als bedienend personeel gebruiken.

Met trillende handen hing hij zijn colbert over een stoel. Het rugpand van zijn witte overhemd was nat van het zweet. Hij streek met zijn hand door zijn dikke grijze haar en luisterde naar de glazen van de gasten die tegen elkaar tikten.

Hij wist dat hij terug moest naar de eetkamer, maar pakte in plaats daarvan een fles wijn, opende hem en dronk drie slokken uit de fles. De misselijkheid overviel hem, hij boog zich over de gootsteen en gaf over.

'Karl?' Margarethes stem drong vanuit de verte tot hem door.

Hij hoorde een deur dichtslaan en snelle voetstappen op de vloer. Haar stem werd duidelijker naarmate ze dichterbij kwam. 'Karl?' Plotseling ging de keukendeur open. 'Karl? Wat doe je hier? De gasten vragen zich af waar je bent.'

'Ik kom eraan,' zei hij zonder zich om te draaien, zonder haar vragende blik te beantwoorden.

'Schiet op.'

'Ik zeg toch dat ik eraan kom!'

Het lukte hem niet om zijn irritatie te verbergen. Het was een goed gevoel om zijn woede toe te laten, de woede die niet tegen haar maar tegen Jana was gericht.

Hij keek naar zijn handen en dacht terug aan de eerste keer dat hij haar had geslagen. Ze was negen jaar geweest. Margaretha en hij waren laat voor het diner bij de Swedbergs en Jana kwam langzaam de trap af in de woning in Lindö.

Margaretha en hij hadden op haar gewacht. Zij mooi opgemaakt en in een jurk, hij gladgeschoren en met achterovergekamd haar in een smoking. Het jasje hing over zijn rechterarm.

'Schiet op,' zei hij terwijl hij het haar in haar nek wegtrok en zag dat er geen pleister zat. Het enige wat hij zag waren de drie misvormde letters. 'Heb je de pleister afgedaan? Ik heb toch tegen je gezegd dat je je nek altijd moet verbergen? Dat je altijd een pleister moet dragen?'

Ze gaf geen antwoord en keek recht in zijn ogen.

'Je maakt me stapelgek. Wat heb je daar niet aan begrepen? Je moet dat litteken altijd verbergen. Altijd! Wat je in je nek hebt is lelijk. Weerzinwekkend!'

Ze liet zijn blik niet los.

'En staar niet zo naar me. Stop daarmee!'

Ze bleef staren.

'Heb je me niet gehoord?!' Zijn gezicht werd rood. 'Nu is het genoeg,' schreeuwde hij terwijl hij haar arm vastpakte en haar de trap op sleepte naar haar kamer.

'Je moet leren dat je doet wat ik zeg. Begrijp je dat?'

Ze vertrok nog steeds geen spier.

Op dat moment sloeg hij haar op haar wang.

Hard.

Ze bleef naar hem kijken met haar donkere ogen.

Hij sloeg opnieuw. En opnieuw.

'Wat is er met je? Waarom huil je niet?'

Een nieuwe klap. Harder.

'Huil dan, verdomme!'

Jana huilde echter niet.

In plaats daarvan deed hij dat.

Karl werd uit zijn gedachten gehaald toen de deur dichtsloeg en Margaretha's voetstappen wegstierven in de gang.

Hij was alleen in de keuken, bleef nog een paar seconden staan en spoelde de gootsteen schoon. Daarna depte hij zijn mond, nam een slok wijn en depte zijn mond nog een keer.

Hij pakte zijn colbert en ging met een beheerste glimlach naar het diner terug.

Shit, wat een herrie. Die verdomde buren ook.

Robin Stenberg stond op van de bank om de fles cola uit de koelkast te halen. Er zat nauwelijks nog een deciliter in en het koolzuur was verdwenen.

De buren onder hem maakten elk weekend herrie. Er werd geschreeuwd, gehuild en die verdomde hond van ze blafte. Soms ging dat een uur door, soms de hele nacht.

Met de aan elkaar geplakte afstandsbediening in zijn hand zette hij het geluid van de televisie harder, hij bracht de colafles naar zijn mond en dronk.

Midden in een slok stopte hij. Er was een ander geluid geweest. Hij haalde de fles frisdrank van zijn mond, luisterde en slikte langzaam. Daarna deed hij het geluid van de televisie uit, zette de fles op de grond, luisterde opnieuw en ging staan.

'Shit, shit, shit.'

Met gespitste oren liep hij naar de hal en hij schrok toen hij zag dat de brievengleuf openstond. Hij deed hem met zijn voet dicht, staarde naar de deur, kreeg een onaangenaam gevoel en stak zijn hand uit om aan de deurkruk te voelen. Tot zijn verbazing was de deur niet op slot.

'What the fuck...'

Hij had de deur toch op slot gedaan! Hij had zelfs gecontroleerd of hij op slot was, meerdere keren zelfs.

Hij deed de deur open, eerst een klein stukje, daarna helemaal. Het trappenhuis was donker. Buiten waren de stemmen van de buren nog veel duidelijker te horen. Het gevloek echode tegen de kale, koude muren.

Robin duwde de deur snel weer dicht, schoof voor alle zekerheid de grendel ervoor en deed een stap naar achteren. Hij keek in de keuken en zag niets opvallends, maar had toch een sterk gevoel van onbehagen. Hoe kon de deur verdomme niet op slot zijn?

Hij begon op zijn piercing te bijten, schoof hem heen en weer tegen zijn gehemelte, snel en zenuwachtig. Hij keek in het toilet, maar dat was leeg, en daarna naar de zwijgende televisie. Ineens was het geluid van de televisie terug, onritmisch maar toch in de maat van de actiescène die zich op het scherm afspeelde.

Hij vond dat het appartement plotseling anders aanvoelde. Alsof de lucht een andere densiteit had gekregen. Alsof hij niet alleen was. Hij keek achter de deur en in de kleerkast, maar zag niemand. Toch kon hij het onaangename gevoel dat hij werd geobserveerd niet kwijtraken.

'Er moeten duizenden mensen zijn die voldoen aan de beschrijving van de man bij het centraal station,' zei Mia Bolander. 'Het lijkt er niet op dat onze man in deze stapels zit. Helaas.'

'Dat zei ik al,' antwoordde Henrik Levin.

'En ik constateer het nu,' zei ze terwijl ze haar handen aan de koffiebeker warmde. Ze had een baguette met ham en kaas voor zich liggen. 'Oké, ik geef het toe,' zei ze na een tijdje. 'Die docent heeft een waardeloos signalement gegeven.'

Het was laat in de avond. Ze hadden een pauze genomen na alle verhoren en zaten nu in de bijna lege cafetaria Fräcka Fröken, met hun gezicht naar het raam dat uitkeek op het Skvallertorget, waar de fietsers, automobilisten en voetgangers elkaar normaal gesproken in een georganiseerde chaos zonder verkeerslichten verdrongen. De kou had de meeste verkeersdeelnemers verjaagd, maar een paar mensen verlangden weggescholen in dikke lagen kleding naar warmere breedtegraden.

'Is er nog steeds geen nieuws over het meisje dat uit de trein gevlucht is?' vroeg Mia.

'Nee. Ik hoop maar dat ze een dak boven haar hoofd heeft,' zei Henrik. 'Anders heeft ze geen enkele kans om het te redden. Je vriest binnen een paar uur dood als je gekleed bent zoals zij was.'

'Ze is waarschijnlijk opgehaald,' zei Mia. 'Iemand houdt haar ergens vast, zorgt ervoor dat ze het spul aflevert en laat haar daarna gaan. Als we geluk hebben vinden we haar op de een of andere luchthaven. Of op het centraal station.'

'Misschien is ze het land al uit,' zei Henrik, waarna hij een gaap onderdrukte.

Mia knikte en nam een hap van haar broodje. Een zonnebloempit viel op het bord. 'En Opa dan?' vroeg ze tussen het kauwen door. 'Van wie iedereen op de hoogte is, maar van wie niemand iets gehoord of gezien heeft. Toch kent iedereen de naam Opa, het lijkt op een ziek verlangen naar de vader die ze nooit gehad hebben toen ze opgroeiden, ik begin te denken dat hij niet eens bestaat.'

'Natuurlijk bestaat hij,' ging Henrik tegen haar in. 'Er speelt iets, iemand heeft de markt overgenomen...'

'Dus jij slikt dat met die Opa?' Ze nam nog een hap van het broodje.

'Ja.'

'Waarom?'

'Zoals ik al zei, er gebeurt op dit moment veel op de markt.'

Mia fronste haar voorhoofd, nam een slok koffie en haalde haar mobiel uit haar zak. Ze had een sms gekregen en Henrik zag dat ze lachte toen ze hem las.

Terwijl ze een antwoord intoetste keek hij rond in de zaak. Een vrouw in een donkerblauwe rok zat in elkaar gedoken met haar handen voor haar gezicht. Naast haar zat een man. Hij had zijn arm rond haar schouders geslagen en het leek alsof hij kalmerend tegen haar praatte. Een oude man in een beige jas praatte met een strak gezicht in zijn telefoon.

'Ik denk dat Bolanaki opgeruimd is,' zei Henrik zachtjes.

'Denk je?' zei Mia terwijl ze haar mobiel weer in haar zak stopte.

'Ja, ik denk dat ze hem geliquideerd hebben. Je weet hoeveel verraders waard zijn.'

'Niets.'

'Precies. Het is heel goed mogelijk dat er een machtsstrijd binnen de drugswereld gaande is. Met andere woorden, toen Gavril verdween heeft iemand anders het overgenomen.'

'Opa?'

Henrik gaf geen antwoord, maar knikte en nam een slok koffie.

'De zaak met Gavril is in elk geval afgesloten,' zei Mia. Ze pakte de zonnebloempit van haar bord en stopte hem in haar mond.

'Dat is nog vreemder,' zei Henrik. Hij zette zijn kopje neer.

'Waarom zeg je dat?'

'Niets. Vergeet maar wat ik gezegd heb.'

'Vertel op. Denk je dat er een verband is?'

'Misschien wel.'

'Zeg gewoon wat je denkt, Henrik. We zijn verdomme collega's.'

'Dat doe ik toch. Ik geloof dat Bolanaki geliquideerd is en we weten nog steeds niet door wie. Ik vind het niet prettig om dat niet te weten. Ik wil antwoorden hebben, maar die krijgen we misschien nooit.'

'Nee, niet op dit moment in elk geval, omdat het erop lijkt dat de zaak in de doofpot gestopt is.'

'Precies, omdat íémand de zaak in de doofpot gestopt heeft,' zei Henrik nadenkend.

Mia schoof haar bord weg, pakte haar jack en kwam overeind. 'Het is al laat. Zullen we het voor vandaag voor gezien houden?'

'Dat klinkt als een uitstekend idee.' Hij gaapte.

'Heb ik iets tussen mijn tanden?' vroeg ze terwijl ze met een brede glimlach naar hem keek.

'Nee.'

'Mooi, dan zien we elkaar morgen. Bedankt voor het broodje.'

'Geen dank. Wil je een lift naar huis?'

'Ik ga niet naar huis,' zei ze, waarna ze naar hem zwaaide en naar buiten verdween.

Wat deed ze hier? Ze had hier helemaal niet naartoe moeten gaan. Ze moest vertrekken en Robin Stenberg met rust laten. Ze mocht zich niet laten leiden door gevoelens van agressie en onrust.

Het was donker in het trappenhuis terwijl Jana Berzelius gespannen voor Robin Stenbergs appartement stond.

Ze slikte, deed haar ogen heel even dicht en liep daarna de trappen weer af.

De nachtlucht koelde haar lichaam af toen ze de straat op liep. De sneeuw kraakte zachtjes onder haar voeten. Een paar seconden lang stond ze roerloos om zich heen te kijken. Ze haalde diep adem en voelde haar lichaam ontspannen.

De sneeuw op het voetpad was zo platgetreden dat haar voetsporen onmogelijk te volgen zouden zijn. Niemand zou weten dat ze hier was geweest.

Ze bleef nog een paar seconden staan en luisterde naar de stilte in de koude winteravond. Daarna begon ze in de bescherming van de schaduwen en de duisternis naar haar auto terug te lopen, terwijl ze voortdurend met een waakzame blik om zich heen keek.

Ze zag dat het bijna halfnegen was en verhoogde haar tempo.

Per Åström keek voor de tweede keer op zijn horloge. Het was drie minuten voor halfnegen.

Hij knikte naar een kennis die The Lamp Hotel en het bijbehorende restaurant Ardor binnenliep, huiverde en stampte met zijn voeten. Onder het groene jack droeg hij behalve zijn overhemd een loszittende stropdas, een zwarte kostuumbroek en gepoetste schoenen. De rode loper waarop hij stond was nat van de sneeuw. De vlammen van de fakkels dansten in de wind.

'Ik dacht al dat je niet zou komen,' zei hij.

'Dat heb je dan verkeerd gedacht,' antwoordde ze.

Per glimlachte en maakte een diepe buiging. 'Na jou.'

Ze liepen de volledig bezette zaal in. De voor hen gereserveerde tafel stond onder een enorme zilveren lamp. Jana legde het stoffen servet op haar schoot, pakte de menukaart van de serveerster aan en bekeek de gerechten waaruit ze kon kiezen.

Per bestelde een fles rode wijn.

'Ik heb liever wit,' zei Jana.

'Maar ik ben van plan om vlees te nemen.'

'Ik ook.'

'Oké, dan nemen we een fles witte wijn,' zei Per tegen de serveerster. Hij legde de menukaart op tafel en keek naar Jana.

'Wat is er?' vroeg ze zonder van het menu op te kijken.

'Het voelt goed om weer eens met je af te spreken.'

'Niet sentimenteel worden.'

'Dat kan ik niet beloven. Misschien ga ik een scène maken, hier en nu.'

Jana trok één wenkbrauw op zonder naar hem te kijken.

Hij glimlachte plagerig, wierp een snelle blik op de kaart en nam een beslissing.

De serveerster kwam terug, schonk wijn in en bleef met haar handen achter haar rug bij hun tafel staan.

'Ik neem de entrecote,' zei Per.

'Ik ook,' voegde Jana eraan toe.

'Een goede keuze,' zei de serveerster. Ze pakte de menukaarten aan. 'Hoe willen jullie het vlees hebben?'

'Medium rare,' zei Per. 'En jij?' Hij knikte naar Jana.

'Ik ook.'

'Ik dacht dat je een voorkeur voor bloederig hebt?'

'Vandaag niet.'

11

Agent Gabriel Mellqvist trok de handrem aan, opende het autoportier en stapte uit.

Sussie Anander had om 08.34 uur het alarmnummer gebeld. Ze was volkomen hysterisch geweest en had aan één stuk door geschreeuwd tegen de telefonist van de alarmcentrale. Toen Gabriel binnenkwam stond ze zwijgend in het trappenhuis. Hij knikte naar haar, maar bleef niet staan. Zijn collega Hanna Hultman ontfermde zich over haar terwijl hij de trappen met twee treden tegelijk op liep. Hij rook een combinatie van sigaretten en vuilnis en hoorde opgewonden, harde stemmen op de begane grond. Hij negeerde de losse trapleuning terwijl hij naar de vierde verdieping rende.

Het was niet de eerste keer dat Gabriel een appartement naderde in de wetenschap dat hij daar gewonde of dode mensen zou aantreffen. Niet zelden kwam het alarm van ouders die bang waren dat er iets met hun zoons of dochters was gebeurd, dat ze bewusteloos waren en niet in staat waren om hulp in te schakelen. Soms ging het om een vals alarm, omdat degene die gezocht werd bewust geen contact opnam en zijn familieleden om diverse redenen uit de weg ging, de telefoon niet opnam en hen op die manier nodeloos ongerust had gemaakt. Gabriel had echter ook jonge vrouwen aangetroffen die zichzelf zo erg hadden gesneden dat ze waren doodgebloed, vrouwen die waren mishandeld en daaraan waren overleden, en mannen die hadden geprobeerd zelfmoord te plegen en daarin waren geslaagd.

Gabriel hoorde gesnik en Hanna's kalmerende stem op de benedenverdieping. Hij luisterde even, trok de handschoenen die hij in zijn zak had aan, stak zijn hand uit en duwde de deurkruk naar beneden. De deur ging probleemloos open.

Hij liep de hal in, bleef op de deurmat staan en wachtte een paar seconden. Het was stil in het appartement. De opgewonden stemmen waren hier niet te horen. Hij zag drie paar schoenen, een gevoerd spijkerjack en een gitaarhoes naast de voordeur.

Gabriel deed de deur achter zich dicht, veegde zijn schoenen op de mat af en liep het appartement in.

De jaloezieën waren naar beneden getrokken en er hing een muffe lucht. Er waren nog steeds geen geluiden te horen en hij liep verder. Het eerste wat hij zag, op een plank, was een televisie met een zwart scherm. Daarna zag hij een jonge man met acht zwarte sterren op zijn slaap.

Je zou kunnen denken dat hij sliep. Als hij geen snee in zijn keel had gehad.

Pim schoof het bord weg en liep naar de deur, maar bereikte die niet helemaal. De riem hield haar tegen. Met trillende vingers zocht ze naar holtes in de muur, naar barsten, naar losse planken, iets waardoor ze kon ontsnappen.

Ze zocht bij de donkere trap die naar de bovenverdieping leidde, peuterde houtsplinters van de vloer, voelde langs het deurkozijn.

Er sijpelde een beetje licht naar binnen van een lamp die buiten brandde, verder was de kamer donker.

Ze wist dat ze zich moest haasten. De vorige keer dat ze eten had gekregen had ze nauwelijks vijf minuten de tijd gehad om het droge brood weg te werken voordat hij terug was. Met twee handen tastte ze de vloer af. Toen ze bij de emmer kwam bleef ze zitten en staarde naar de smerige capsules die erin lagen.

Ze bleef zoeken, zo ver als de riemen dat toelieten, en vond uiteindelijk een luik. Ze probeerde het omhoog te trekken, maar het zat vast. Haar vingers gleden weg en vonden geen grip.

Ineens hoorde ze het geluid van een auto en even later voetstappen, vastbesloten voetstappen, achter de deur. Ze kroop trillend naar de hoek terug en maakte zich zo klein mogelijk. Het volgende moment vloog de deur open en kwam de afschuwelijke man binnen.

Hij liep meteen naar haar toe en pakte haar arm vast. 'Heb je gegeten?' vroeg hij in het Engels terwijl hij naar haar bord keek.

Ze begon te schoppen en schreeuwde dat hij haar pijn deed, dat hij haar los moest laten, haar met rust moest laten. Hij luisterde niet, sleepte haar naar de emmer en telde hardop. De greep rond haar arm verstevigde en ze wist waarom. Er zaten maar drieëntwintig capsules in de emmer.

'*Please*,' zei ze. 'Laat me gaan.'

'Gaan?' vroeg hij met een grijns. 'Waar wil je naartoe? Je gaat nergens naartoe.'

'Ik wil naar huis...'

Hij lachte hard. 'Naar huis?'

'Alsjeblieft, alsjeblieft, laat me gaan.'

'Zal ik je eens iets vertellen? Je gaat niet naar huis. Je blijft hier zitten tot je me gegeven hebt wat ik wil hebben.'

'Maar ik moet naar huis, ik heb een zusje dat...'

'Het spijt me dat ik je teleur moet stellen,' zei hij.

Op dat moment zag ze de open deur en de koude, bevroren wereld erachter. Ze begon te vechten om los te komen, trok aan zijn haar en probeerde in zijn gezicht te krabben. Dat lukte echter niet met de riem rond haar polsen.

Ze gooide haar lichaam naar achteren, probeerde haar arm uit zijn greep te bevrijden, schreeuwde zo hard als ze kon en schopte hem telkens opnieuw.

Hij liet haar los en ze begon te rennen, maar in haar haast vergat ze de riem. Ze werd met een enorme ruk naar achteren getrokken toen die spande en viel. 'Je gaat nergens naartoe,' herhaalde hij.

Hij pakte het lege bord en zei iets wat ze niet begreep, waarna hij naar de deur liep.

Ze zag de deur achter hem dichtgaan. Haar enige vluchtweg.

Henrik Levin beëindigde het telefoongesprek met een zucht. Alweer een moord.

Hij kreeg het gevoel dat iemand hem gadesloeg en keek op. Vilma stond met een verdrietige uitdrukking op haar gezicht naast zijn bed. Haar haar zat in de war en haar wangen waren rood.

'Papa,' fluisterde ze. 'Ik denk dat ik koorts heb.'

'Kom maar,' zei hij terwijl hij het dekbed optilde. Ze ging vlak naast hem liggen en hij voelde haar warme huid tegen zich aan.

Hij legde zijn hand op haar voorhoofd. 'Het voelt niet alsof je koorts hebt.'

'Ga je het niet met de thermometer controleren?'

Hij glimlachte om haar vraag, stapte voorzichtig uit bed, opende de kastdeuren in de badkamer en haalde de digitale thermometer uit de hoes. Vilma zat rechtop toen hij terugkwam en raakte Emma aan.

'Nee, nee, nee,' fluisterde hij. 'Laat mama slapen.'

'Ik ben wakker,' mompelde Emma met haar mond in het kussen.

'Laten we maar eens kijken.' Henrik stak de thermometer in Vilma's oor, wachtte tot hij piepte en keek op het display. 'Geen koorts. Wat een geluk.'

'Dat vind ik niet.'

'Wil je koorts hebben?'

'Ja-a.'

'Waarom dan?'

'Dan blijf je thuis.'

Hij sloeg zijn armen om haar heen en gaf een kus op haar voorhoofd. 'Mama is thuis,' zei hij.

Emma had zich omgedraaid en keek hem slaperig aan. 'Wanneer moet je weg?'

Hij keek op de klok die acht uur aangaf. 'Nu ongeveer.'

'Wanneer kom je thuis?'

'Ik weet het niet. Er moet een aantal dingen geregeld worden.'

'Een áántal dingen? Gisteravond zei je dat je maar een paar uur bezig zou zijn en nu klinkt het alsof het veel langer gaat duren.'

'Het gaat even duren, sorry... Ik...'

Henrik streek met zijn hand door zijn haar terwijl hij zich ervan bewust was dat hij dit niet hoefde te doen. Hij hoefde geen sorry te zeggen omdat hij zijn werk moest doen. In plaats daarvan had hij moeten vertellen dat er een jonge man dood in zijn appartement was aangetroffen en dat hij daarom moest werken. Dat kon hij echter niet zeggen nu Vilma bij hen in de kamer was.

'Luister, ik moet vandaag langer werken.'

'Je moet altijd langer werken, maar misschien moet je eens aan ons denken. Wij hebben je ook nodig.'

'Waarvoor?'

'We willen gewoon dat je hier bent.'

Hij zuchtte diep, hoewel hij wist dat het een compliment was. Misschien was het daarom juist zo lastig. Hij had het gevoel dat hij zijn gezin in de steek liet.

'Het is een moeilijke periode.'

'Periode?'

Vilma knipperde met haar ogen.

'Ga even in je kamer spelen,' zei Henrik en hij zette haar op de vloer.

'Kan er niet iemand anders voor je werken vandaag?' vroeg Emma toen Vilma naar buiten verdwenen was. 'Het is toch niet de bedoeling dat je altijd zo doorgaat?'

'Wat bedoel je?'

'Met elk weekend werken.'

'Dat doe ik niet. Heb je dat tegen Vilma gezegd?'

'Dat je zo vaak werkt? Nee, ze is oud genoeg om dat zelf te begrijpen.'

'En jij begrijpt heel goed dat ik het werk niet zomaar aan iemand anders kan overlaten.'

Emma legde haar arm op haar voorhoofd en deed haar ogen dicht.

'Ik dacht dat we een kinderwagen konden gaan kopen,' zei ze.

'Wat is er mis met de oude?'

'Die is vijf jaar oud.'

'Maar hij rijdt toch.'

'Nauwelijks. Ik heb een witte gezien. In de babyspeciaalzaak.'

'Wanneer ben je daar geweest?'

'Vorig weekend.'

'Zonder mij?'

'Jij was aan het werk.'

Henrik stond op en kleedde zich zwijgend aan. Hij bleef even staan om naar Emma te kijken, die haar rug naar hem toe had gedraaid. Hij wilde zeggen dat hij van haar hield, maar op dat moment ging zijn telefoon weer.

Jana Berzelius zat in de keuken en keek naar het schaaltje yoghurt met meloen en ananas. Ze had geen honger, duwde het schaaltje weg en concentreerde zich op het ochtendnieuws op haar MacBook.

Het was stil in het appartement, maar in de verte klonken sirenes. Ze keek door de grote ramen en zag dat de lampen in de appartementen om haar heen brandden en de straat onder haar was verlicht als een kerstboom.

Toen ze gisteren was thuisgekomen van haar etentje met Per had ze niet kunnen slapen. De gedachten die door haar hoofd tolden hadden haar wakker gehouden. Ze vroeg zich af of ze ooit aan iemand zou kunnen vertellen wie ze echt was.

Er was een moment tijdens het etentje geweest waarop ze het aan Per had willen vertellen, maar dat moment was snel voorbij geweest, ze had zich ingehouden omdat ze zich absoluut niet kon voorstellen hoe hij zou reageren als hij had geweten dat ze vlak voordat ze met elkaar hadden afgesproken op weg was geweest naar een man om…

Om wat te doen?

Ze zuchtte en bedacht dat het zo niet langer kon doorgaan.

Nog maar een paar dagen geleden had ze de beslissing genomen om terug te keren naar haar gewone leven en zich niet meer met het verleden bezig te houden. Ze moest zich aan die beslissing houden, zich niet laten leiden door agressies en instincten. Niet nog een keer. Het was genoeg.

Jana stond op, liep naar de slaapkamer en keek naar de dozen met aantekeningen, foto's, tekeningen en boeken die tegen de muur gestapeld stonden. Ze wilde er niets meer mee te maken hebben, maar ze kon het niet over haar hart verkrijgen om alles gewoon weg te gooien. Ze wilde het echter ook niet meer in huis hebben. Alles moest weg, haar appartement uit. Onmiddellijk.

Jana liep naar de keuken terug, pakte het schaaltje en leegde dat in de gootsteen. Daarna ging ze bij de tafel zitten en trok haar MacBook naar zich toe. Ze zou op zoek gaan naar een geschikte plek om alles op te slaan.

Het was druk bij Spelmansgatan 62. Het gebied rond het pand was afgezet en politieagenten doorzochten de naburige appartementen en de directe omgeving.

Henrik Levin zat op zijn hurken en keek naar Robin Stenberg, die dood bij de muur lag. Anneli Lindgren richtte de lamp op de man, pakte zijn arm vast en inspecteerde hem.

'Volledig ontwikkelde rigor mortis,' zei ze.

'Hij is dus al een tijd dood,' antwoordde Henrik.

'Ik gok op tien tot twaalf uur, maar misschien is het minder.'

Henrik volgde Anneli's systematische manier van werken. Hij keek graag naar haar als ze foto's maakte, sporen veiligstelde en het protocol zorgvuldig volgde.

Hij kwam overeind, keek om zich heen en constateerde dat er geen tekenen van een inbraak of een gevecht in de kamer waren.

'Heb je iets gevonden?' vroeg hij aan Anneli.

Ze schudde haar hoofd op het moment dat Mia Bolander in de deuropening verscheen. 'Wat denk jij hiervan?' vroeg Mia aan Henrik.

'Dat de dader hem kende.'

'Waarom denk je dat?'

'Zijn portefeuille en mobiel zijn er nog. Behalve de snee in zijn hals zijn er geen tekenen dat dit een plaats delict is. Het is merkwaardig klinisch. Dit is geen gewone moord. Ik...'

Henrik raakte de draad kwijt toen hij een papiertje met een volgnummer op de vloer zag liggen. Het lag in de hoek en was op zo'n manier gevouwen dat hij zag wat erop stond. Hij trok zijn handschoenen aan, bukte zich en pakte het op.

'Geef maar hier,' zei Anneli Lindgren terwijl ze hem een plastic zak voorhield.

Henrik stopte het papiertje in de zak en keek daarna om zich heen. Hij kreeg het onaangename gevoel dat ze niets belangrijks in het appartement zouden vinden. Geen vingerafdrukken, geen DNA-materiaal. En geen mysterieuze telefoongesprekken of getuigenverklaringen van de buren.

'Misschien is het wraak voor iets wat hij gedaan heeft,' zei Henrik. 'Wie is het? Iemand die we kennen?'

'Nee,' zei Mia. 'Maar hij is niet helemaal zuiver.'

'Wat hebben we over hem?'

'Drugsdelicten.'

Henrik zuchtte. 'Voor eigen gebruik of de verkoop?'

'Daar durf ik geen antwoord op te geven,' zei Mia. 'Maar het is verdomd lastig om dit nu op onze nek te krijgen. We hebben vandaag andere dingen te doen.'

Henrik gaf geen antwoord en begon te zoeken naar potentiële verstopplekken, waar Robin drugs had kunnen bewaren. Na twee uur gaf hij het op en besloot om naar het politiebureau te rijden. Eenmaal daar schonk hij een kop koffie in en pas toen hij een slok had genomen kreeg hij de bevestiging van de technisch rechercheurs.

Er waren geen drugs gevonden. Helemaal geen sporen trouwens.

Wat de situatie heel duidelijk maakte. Het waren geen amateurs geweest die Robin Stenberg de vorige avond in zijn flat hadden vermoord. De vraag waarom ze daar waren geweest bleef echter onbeantwoord.

12

Jana Berzelius nam de bronskleurige sleutel in ontvangst, tekende het huurcontract en betaalde het volledige huurbedrag voor het komende jaar contant. De oude man, die Stig Ottling heette en eigenaar van het pand was, bedankte haar met een brede glimlach en wenste haar veel succes.

'Het gebouw is zoals ik al zei een beetje vervallen, maar de zolderbergingen zijn vrij nieuw. Ik ben daar al een halfjaar niet geweest, maar het is heel geschikt voor opslag. Het gebouw gaat gerenoveerd worden, maar dat duurt nog een paar jaar,' zei hij verontschuldigend, waarna hij omslachtig begon te vertellen dat de bewoners van de stad dolgraag wilden dat de wijk waarin het pand lag ontwikkeld zou worden, dat er meer bedrijven moesten komen en het aantrekkelijker moest worden voor toeristen. Er zouden restaurants en bedrijfspanden met lichte kantoren gebouwd worden, maar ook woningen.

'Hoewel dat zoals ik al zei nog een tijd gaat duren. Er zijn trouwens niet veel andere huurders. In het gebouw is verder nog een muziekruimte en er zit een biljartclub. Heb ik je de sleutel al gegeven?'

Jana knikte, bedankte hem, verliet het appartement in de wijk Kneippen en reed meteen naar Garvaregatan 6 in Industrilandskapet.

De berging was verrassend klein, maar zag er verder wel uit zoals in de advertentie was aangeboden, met een houten werkblad, een opbergkast met een hangslot en lichtgele betonnen muren.

De ruimte was vochtig en bedompt, en rook muf.

Jana zette de doos die ze droeg op de vloer neer, veranderde van mening en zette hem in plaats daarvan op het houten werkblad. Ze voelde iets in haar hals en wreef de resten van een spinnenweb weg.

Ze haalde diep adem en overtuigde zichzelf ervan dat de kleine berging geschikt was. Er was geen andere opslagruimte te huur, niet in de buurt van haar appartement tenminste, en al helemaal niet op zo'n korte termijn.

Ze haalde de resterende dozen uit haar auto, zette ze in een rij op het werkblad en bedacht dat ze plastic bakken moest kopen, omdat de dozen anders aangetast zouden worden door het vocht.

Op dat moment hoorde Jana een geluid. Ze verstijfde, hield haar adem in en luisterde.

Daar was het weer. Iemand klopte.

Het was zaterdagochtend en het gebouw was op het oog verlaten. Geen repeterende band, geen verenigingsleven. En geen bewoners, daarvoor was het gebouw in een te slechte staat. Toch klopte er iemand.

Ze liep naar de deur en luisterde. Opnieuw kloppen. Ze wachtte een paar seconden, daarna liep ze snel en geluidloos de opslagruimte uit, bleef bij de trap staan en probeerde te bepalen waar het geluid vandaan kwam.

Er waren geen andere deuren op de zolder.

Ze liep een tree af en daarna nog een.

Het kloppen werd steeds zwakker. Ze liep terug naar de opslagruimte, ging bij de muur tegenover de deur staan, legde haar oor tegen het koele beton en hield haar adem in.

Klop. Klop. Klop.

Het was afkomstig van de leidingen. Iets of iemand tikte tegen een buis.

Ze liep de trappen af en de straat op, en keek door de ramen van het pand, maar alles was donker. Ze hield haar adem in om te luisteren en kreeg het gevoel dat het gebouw eveneens zijn adem inhield.

Misschien verbeeld ik het me, dacht ze.

Op dat moment kreeg ze een sms van Per met de vraag of ze met hem wilde gaan lunchen. Ze antwoordde meteen omdat ze honger had.

Vastbesloten liep ze weg. De schaduw die achter een van de ramen van het gebouw bewoog zag ze niet.

Hij hoorde haar rommelen in de keuken. Ze was de hele ochtend bezig geweest en de geuren hadden zich door de woning verspreid. Net als gas was het overal naartoe gestroomd en blijven hangen in alle hoeken, kleren, materialen en gordijnen. De geur van vers gebak. De geur van angst.

Karl Berzelius deed de deur van zijn werkkamer dicht.

Hij had niet voldoende rust in zijn lichaam om te gaan zitten, het enige waaraan hij dacht was dat ze vandaag zou komen en dat was geen prettig gevoel.

Hij probeerde zich te concentreren op een van de schilderijen in de kamer, maar het was alsof de kleuren er haastig uit gezogen waren, alsof het alleen bestond uit zwarte ruiters in een grijs landschap.

Het schilderij ernaast was net zo kleurloos. Drie gezichten vereeuwigd in olieverf. Hij probeerde zich te herinneren wanneer het was geschilderd. Zocht tussen zijn herinneringen, de lichte en de donkere. Bewust verdrongen of vervlogen door alcohol.

Ineens zag hij echter weer wat kleurflarden. Rode, groene, bruine. Ze wervelden om elkaar heen, herfstbladeren die dansten in de wind, een helderblauwe hemel. Hij herinnerde zich de dag waarop ze hadden rondgelopen in Stockholm. Ze hadden gegeten in hotel Grand en hadden daarna over de Strandvägen gewandeld en naar interieurs en serviezen in de etalages gekeken.

En naar een ketting.

Die had midden in de etalage gelegen, in een rood doosje.

Hij was de winkel binnengegaan, had hem gekocht en hun initialen erin laten graveren, VOOR JB VAN KB. Hij had de ketting bij haar omgedaan en had een verontschuldigende opmerking gemaakt, nonchalant omdat het niet als een liefdesverklaring mocht overkomen. Misschien had hij ook helemaal niets gezegd. Hij kon het zich niet herinneren. Margaretha had gelachen om het gebaar, om de reden, omdat hij eindelijk iets liet zien. Het was alsof al zijn gevoelens verenigd waren in de glinsterende, dure ketting die rond haar hals hing.

Rond Jana's hals.

Ze had echter niet geglimlacht. Dat deed ze nooit. Het was alsof ze daar gewoon niet toe in staat was.

Hij keek weer naar het schilderij en zag de smalle streep op haar gezicht. Een glimlach die alles en niets zei. Een ingestudeerde glimlach die zich had vastgezet, op haar lippen was verstard. Hij zocht terug in de tijd, naar verschillende momenten, maar kon zich er niet één herinneren waarop ze spontaan met glinsterende ogen en diepe kuiltjes in haar wangen had geglimlacht.

Het verdriet overmande hem, greep hem als een klauw bij zijn keel. Hij slikte meerdere keren om het gevoel weg te krijgen.

Ineens hoorde hij een klopje op de deur. Margaretha kwam binnen met twee bekers in haar hand.

'Ik wil geen bisschopswijn,' zei hij.

'Dat weet ik, daarom heb ik koffie voor je gezet.'

Ze glimlachte en de kleuren in de kamer kwamen terug. Hij hield van haar glimlach, wilde dat ze de hele tijd zou glimlachen en dat hij dat tegen haar kon zeggen.

'Je ziet bleek. Voel je je wel goed?' vroeg ze.

Hij slikte opnieuw. De klauw had zijn keel nog steeds vast.

Hij pakte de koffie aan, nam slurpend een slok en keek naar haar.

'Ik heb saffraankoffie gemaakt,' zei ze.

Karl keek naar de besneeuwde bomen achter het raam.

'Ze komt om vier uur.'

'Ik weet het.'

'Ben je erbij?'

'Nee.'

'Waarom niet?'

'Ik heb een bespreking.'

'Juist dan?'

'Ja.'

Margaretha keek hem berustend aan. 'Wat heeft ze je eigenlijk aangedaan?'

Hij gaf geen antwoord. In plaats daarvan verscheen er een rimpel tussen de grijze, brede wenkbrauwen.

'Wat het ook is...' zei ze, '... het is altijd mogelijk om dingen achter je te laten.'

Nee, dat is het niet, dacht hij en hij draaide zijn hoofd weg toen de eerste tranen over zijn wangen begonnen te glijden.

'Wat is dat?' Per Åström trok zijn neus op toen Jana Berzelius het blad – met mineraalwater, twee kipsalades en een plastic beker met een groene brij – voor hem op de tafel neerzette. Ze hadden de laatste lege tafel in restaurant Asken in beslag genomen. Op een schaal brandde een vierkante kaars met drie pitten. Het was warm en benauwd in het restaurant.

'Een groene smoothie,' zei ze.

'Het ziet eruit als gal,' zei hij.

'Wil je proeven?'

'En gezond worden? Nee, dank je.'

Per trok het mineraalwater en de salade naar zich toe terwijl Jana door het raam naar buiten keek, naar de mensen die over de binnenplaats rondliepen. Velen hadden meerdere tassen in hun handen, het leek erop dat het kerstinkopen doen al begonnen was.

'Het is 's zomers fijner, of niet soms?' zei Per.

'Misschien wel,' zei ze terwijl ze met haar vork in haar salade prikte.

'Dan is er zo veel meer te doen.'

'Zoals?'

'Dat weet je zelf toch ook. Zonnen, picknicken, varen, zwemmen...'

'Zwemmen?'

'Ja, je weet wel, dat wat je doet als je wilt afkoelen.'

'Ik doe dat nooit.'

'Je bent hopeloos,' zuchtte Per. 'Je ouders hebben toch een zomerhuis aan de kust?'

'Ja.'

'Zwem je daar nooit?'

'Nee.'

'Wat doe je daar dan?'

'Van de stilte genieten.'

'Het is 's zomers toch nooit stil bij de kust? Ik denk aan brullende motorboten, krijsende meeuwen, lelijke toeristen.'

'Maar 's winters niet.'

Jana stopte het rietje in haar mond, dronk van de smoothie en keek naar Per. De wenkbrauwen boven de verschillend gekleurde ogen waren gefronst. Hij zag er ernstig uit.

'Wat is er?' vroeg ze.

'Ik denk er serieus over na om je gerechtelijk te laten vervolgen,' zei hij.

'Word ik ergens van beschuldigd?'

'Zonder geldig excuus in gebreke blijven. Je hebt geen reden opgegeven voor je afwezigheid gedurende de afgelopen maanden. Voor alle keren dat je verstek hebt laten gaan bij dinertjes of andere vriendschappelijke bijeenkomsten.'

'Dat sluit niet uit dat er een geldige reden kan zijn,' antwoordde ze. 'En als ik me niet vergis, dan is de consequentie van het zonder geldig excuus seponeren van een maaltijd dat deze maaltijd wordt verschoven naar een andere gelegenheid. En ik ben van mening, edelachtbare, dat gisteravond zo'n gelegenheid was waarbij de maaltijd is ingehaald, dat wil zeggen dat het etentje doorgang heeft gevonden. En met het oog op de omstandigheid dat ik er vandaag voor gekozen heb om opnieuw met je af te spreken ben ik van mening dat het zo voldoende is. Tevreden?'

'Tevreden. Toch kan ik het niet laten om een beetje nieuwsgierig te zijn naar je gebrek aan geldige redenen, maar dat moeten we een andere keer bespreken,' zei hij. 'Ik heb helaas nogal haast, ik heb je een gunst bewezen door met je af te spreken.'

'Jij hebt mij toch gebeld?'

'Dat maakt niet uit.'

'Je bedoelt dat ik dankbaar moet zijn?'

'Zo ongeveer.'

'En toch wilde je met me afspreken?'

'Ik ben een onverbeterlijke tijdsoptimist.'

'Is dat besmettelijk?'

'Dat zou kunnen.'

Jana hield haar hoofd schuin. 'Waarom heb je eigenlijk zo'n haast?' vroeg ze.

'Mijn werk,' zei Per. 'Ik heb vanochtend een nieuwe zaak gekregen. Een moord. Het slachtoffer is een jonge man uit Navestad.'

'Uit Navestad?'

'Ja. Robin Stenberg. Hij was nog maar twintig.'

'Wat!' riep Jana uit. Ze hoestte en morste een scheut van haar smoothie op de tafel. 'Sorry,' zei ze, waarna ze haar mond depte met haar servet. 'Ik verslikte me.'

'Weet je iets over die zaak?' vroeg Per terwijl hij haar opnam.

'Nee, absoluut niet, ik heb alleen... Moord, zei je?' Ze pakte nog een servet, begon de tafel schoon te maken en voelde haar hartslag versnellen.

Per boog zich over de tafel en keek naar Jana's hand terwijl ze de tafel schoonveegde. Hij dempte zijn stem. 'Zijn moeder heeft hem met een doorgesneden keel in zijn flat gevonden. Verschrikkelijk, nietwaar?'

Jana knikte langzaam. Ze registreerde Pers stem en het geroezemoes van de mensen in het lokaal, maar in haar binnenste heerste een compacte stilte.

Twee mensen passeerden hun tafel, de blokkaars flakkerde door de tocht die dat veroorzaakte.

Jana likte aan haar lippen en schraapte haar keel. 'Wat denkt de politie?' vroeg ze moeizaam.

Per keek op zijn horloge. 'Dat hoor ik over tien minuten en het spijt me, maar ik moet nu echt gaan. Tot gauw, oké? Laat het geen maanden duren.'

Jana knikte bij wijze van antwoord.

'Trouwens,' zei hij terwijl hij naar haar borstkas wees. 'Je hebt daar iets zitten.'

Jana keek naar beneden en zag een groene vlek op haar blouse. Ze probeerde hem weg te vegen met haar servet, maar de vlek bleef koppig zitten.

13

Gunnar Öhrn klopte met zijn wijsvinger op het whiteboard en keek naar zijn teamleden, die rond de tafel in de vergaderkamer zaten. Henrik, Mia, Ola en Anneli keken allemaal naar hem en de drie punten die hij op het bord had geschreven.

'Het lijkt er dus op…' begon Gunnar, maar hij werd onderbroken toen de deur openging en Per Åström binnenkwam.

'Sorry,' zei Per geluidloos, waarna hij bij de tafel ging zitten.

Gunnar streek met zijn hand door datgene wat geen kapsel meer genoemd kon worden en begon opnieuw. 'Het lijkt erop,' zei hij, 'dat een voor ons onbekend persoon Stenbergs appartement binnengedrongen is en hem om het leven gebracht heeft. Naar de verwondingen te oordelen heeft de dader een mes gebruikt, er is geen moordwapen gevonden, niet in het appartement en niet in de omgeving. Het technisch onderzoek is echter nog niet afgerond.'

Hij bladerde in de verslagen op de tafel. 'Robin is vanochtend dood in zijn appartement aangetroffen. Het alarm is om 08.34 uur binnengekomen en agent Gabriel Mellqvist was om 08.55 uur ter plaatse. We hebben geen getuigen en nog geen sporen om mee te werken,' zei Gunnar terwijl hij opkeek achter zijn bril.

'Helemaal niets?' vroeg Per.

'Nee,' antwoordde Anneli. 'Niet omdat het appartement schoongemaakt was, maar er zijn gewoon nog geen betrouwbare sporen van iemand anders aangetroffen. Degene die de moord op zijn geweten heeft wist precies wat hij deed.'

'De dader verliet het appartement en verdween zonder dat iemand iets gezien of gehoord heeft,' zei Gunnar. 'Er is een kelderdeur die als vluchtweg gebruikt kan worden, maar dat zou betekenen dat de dader een sleutel had.'

'Is er iets wat erop wijst dat die deur gebruikt is?' vroeg Henrik.

'Nee, maar zoals ik al zei, het technisch onderzoek is nog niet afgerond.'

'Wat weten we over Robin?' vroeg Per.

'Hij was student en volgde een aantal cursussen aan de volksuniversiteit in Norrköping,' zei Henrik.

'Komt hij in bepaalde registers voor?' vroeg Per.

'Ja,' antwoordde Henrik. 'Voor drugsbezit.'

'Hij woonde in Navestad,' zei Mia. 'Ze hebben daar min of meer een eigen rechtssysteem.'

'Wie zijn "ze"?' vroeg Henrik.

'De bendes. Bedreigingen en chantage zijn daar aan de orde van de dag. En je hebt zelf gezegd dat Robin de dader waarschijnlijk kende.'

'Ja, ik denk dat we vanuit die theorie kunnen werken,' zei Henrik. 'Het was in elk geval een keurige snee in de keel van het slachtoffer, wat erop wijst dat de dader iemand is die het gewend is om met een mes om te gaan. De moord lijkt goed gepland, er zijn geen andere steekwonden op het lichaam aangetroffen. Het doel was om snel en eenvoudig te doden.'

Ze zwegen allemaal een tijdje.

'Beroepscriminelen, dus,' zei Gunnar. 'En Robin was geen lid van een bende?'

'Die informatie hebben we niet, nee,' zei Ola. 'Daarentegen weten we dat hij zich graag in maatschappijkritische kringen ophield. Misschien was hij een linkse activist.'

'Extreemlinks?' vroeg Per.

'Ik weet het niet,' zei Ola. 'Ik moet hem eerst volledig natrekken, we hebben zijn computer tenslotte in beslag genomen.'

'Dan moet je dat meteen na de vergadering doen,' zei Gunnar.

'Yes,' antwoordde Ola.

'Weten we of hij zich nog steeds met drugs bezighield?' vroeg Per.

'Helaas niet,' antwoordde Henrik. 'Dat moeten we ook nagaan. Het is heel goed mogelijk dat hij nog steeds verslaafd was, dat de moord te maken had met een ruzie... in de onderwereld, bedoel ik.'

'Of schulden,' zei Mia. 'Misschien was hij iemand geld schuldig omdat hij zijn drugsprobleem zelf niet kon financieren.'

'Henrik en Mia,' zei Gunnar. 'Jullie blijven je bezighouden met de drugshandel in de stad, misschien moeten jullie nog een keer langsgaan bij degenen met wie jullie al gepraat hebben. Het criminele netwerk natrekken.'

'Voor zover ik dat begrepen heb, had Gavril Bolanaki een groot deel van de markt in handen,' zei Henrik. 'Maar verder wordt de markt hier vooral door motorbendes gedomineerd.'

'Dat klopt,' zei Gunnar. 'Ze hebben doelbewust een angst- en geweldcultuur opgebouwd, die ze gebruiken om de drugsmarkt te controleren en ondernemers binnen bijvoorbeeld de restaurantbranche af te persen. Maar tegenwoordig zijn er aanzienlijk meer netwerken.'

Hij somde snel achter elkaar een aantal namen op: Red & White Crew, Black Cobra, M16, Gipsy Bloods, Asir, Bergabende, Berga Boys, Outlaws en Bandidos.

'Deze netwerken vallen elkaar in eerste instantie aan omdat ze op dezelfde markt opereren. Daar hebben we meerdere voorbeelden van gezien. In maart 2011 werd een man in een flat in de Bråbogatan doodgestoken. Later die avond werd in het centrum een man in zijn been geschoten. Vier mannen werden daarvoor aangehouden, maar werden vrijgelaten bij gebrek aan bewijs. Een van hen was de leider van Black Cobra. In juni van datzelfde jaar werd er geschoten voor café Deli en toen bleek dat Black Cobra slaags was geraakt met leden van de Outlaws. Het kantongerecht sprak alle aangeklaagde mannen vrij, maar bij het gerechtshof werd een man die banden onderhield met Black Cobra veroordeeld tot vijf jaar gevangenisstraf voor poging tot moord.'

Gunnar stak zijn vinger in de lucht. 'Maar... het probleem is dat er de hele tijd nieuwe constellaties opkomen, ze groeperen zich aan de hand van een bendelidmaatschap, etniciteit of familiebanden. Daardoor zijn ze bijzonder moeilijk te doorgronden en juist in onze stad is de ontwikkeling duidelijk. Er zijn tenslotte, dat hebben we al besproken, indicaties dat er een nieuwe speler aan de weg timmert, wat de markt op dit moment bijzonder onrustig maakt. Ik denk dat we een goed overzicht hadden kunnen hebben als Gavril Bolanaki was blijven leven.'

'Bolanaki?' vroeg Per.

'Jana's zaak,' zei Henrik. 'Bolanaki was het brein achter een voor ons tot nu toe onbekend drugssyndicaat...'

'... dat gebruikmaakte van kindsoldaten. Ik herinner het me,' zei Per. 'Hij is toch vermoord?'

'We weten nog steeds niet wat er met hem gebeurd is,' antwoordde Henrik. 'De Rijksrecherche beweert dat hij zelfmoord gepleegd heeft, maar het enige wat we zeker weten is dat hij dood is.'

'Wat gebeurde er met de markt toen hij verdween?' vroeg Per.

'En waarom wordt er niet meer gedaan om die ontwikkeling te stoppen? Waarom worden er niet meer personen aangeklaagd?' vulde Mia aan.

'Je weet het antwoord op die vraag zelf heel goed,' zei Gunnar. 'Niemand wil iets zeggen. Ze dekken elkaar. Als je iets vraagt, dan weet niemand iets.'

'Net als met Opa,' zei Henrik.

'Precies,' zei Gunnar. 'Je hebt hem eerder genoemd. Wat weten we over hem?'

'Dat heb ik al verteld,' zei Henrik.

'Je hebt helemaal niets verteld,' antwoordde Gunnar.

'Dat komt omdat er niet veel te vertellen is,' zei Henrik. 'Iedereen houdt zijn mond, en waarom kiezen ze ervoor om hun mond te houden?'

'Omdat ze bang zijn,' zei Mia.

'Precies,' vulde Henrik aan.

'Oké,' ging Gunnar verder. 'Maar als we ons op Robin concentreren, hoe vinden we de dader dan? Met wie moeten we praten?'

'Mia en ik gaan beginnen met Robins moeder, Sussie Anander. Ze was vanochtend niet in staat om vragen te beantwoorden.'

'Ik onderzoek zijn computer, zoals we afgesproken hebben,' zei Ola.

'Hou me op de hoogte van wat jullie ontdekken,' zei Per.

Henrik en Ola knikten.

'Goed dan,' zei Gunnar. 'Het is belangrijk dat we effectief te werk gaan. We moeten zo veel mogelijk te weten zien te komen over Robin. Het klopt waarschijnlijk wat jij al zei, Henrik. De moordenaar kan zich heel goed in zijn directe omgeving bevinden. Controleer al zijn vrienden, vijanden, vriendinnen, ouders, familieleden, de hele zooi. Ik wil dat dit dossier op de stapel snel opgeloste zaken belandt.'

'Sorry, maar wil je nog iets bestellen?'

De jonge serveerster keek met haar grote blauwe ogen naar Jana Berzelius, die naar een punt ver buiten het raam staarde. De salade stond nog steeds onaangeroerd voor haar. Pers bord en flesje mineraalwater stonden er ook nog, hoewel hij al ruim een uur geleden was vertrokken.

Ze keek vanuit haar ooghoeken naar de serveerster.

'Er wachten mensen op een tafeltje,' zei ze.

'Ik ga al,' zei Jana en ze stond op.

De serveerster begon de tafel meteen af te ruimen. Jana knoopte haar jas dicht, trok haar handschoenen aan en sloeg de zwarte Louis Vuitton-sjaal twee keer rond haar hals. Daarna liep ze de kou in en bleef even staan terwijl ze naar de hemel keek.

Sneeuw dwarrelde langs de etalages, rond de lichtborden van de winkels en boven het trottoir.

De verlichting brandde in bevroren straatlantaarns. Overal liepen mensen. Drie vrouwen die met elkaar stonden te praten lachten luidkeels en openden hun tassen om hun inkopen te vergelijken.

Jana's lange donkere haar bewoog in de wind en waaide in haar gezicht. Ze hield haar handen verstrengeld.

Robin Stenberg was dood! Vermoord! Waarom?

Het kon gewoon geen toeval zijn dat Robin was vermoord nadat hij Danilo en haar bij de ingang naar Knäppingsborg had gezien. Maar waarom? Wie kon zich nog meer bedreigd voelen door wat Robin had gezien?

Danilo?

Ze probeerde niet aan hem te denken, en aan het feit dat ze de vorige avond op de plaats delict was geweest, maar dat was onmogelijk. Haar hart bonkte in haar borstkas toen ze uiteindelijk begon te lopen.

Henrik Levin rolde zijn hemdsmouwen op voordat hij naast Mia Bolander ging zitten. Ze bevonden zich in de keuken van een flat op de vijfde verdieping van een flatgebouw in de wijk Ljura. Hij keek naar Sussie Anander, die met een sigaret tussen haar vingers over de kookplaat gebogen stond. Ze zag eruit alsof ze op het punt stond in te storten, maar misschien zag verdriet er gewoon zo uit.

Dit was het moment waarop hij de moeilijke vraag zou horen, de vraag die geen ouder ooit zou mogen stellen: Waarom heeft iemand me mijn kind afgenomen?

Henrik zei dat ze hoopten dat Sussie hen kon helpen een beetje licht op de verschrikkelijke gebeurtenis te werpen. Sussie bleef echter zwijgen. De enige geluiden waren het kraken van een stoel, het zwakke ruisen van de afzuigkap boven het fornuis en gezucht. Henrik zweeg ook. Hij wachtte tot Sussie zou gaan praten.

Ze blies de rook langzaam uit, wreef met haar hand langs haar neus en deed de peuk in een glazen pot. 'Droeg hij sokken?' vroeg ze zachtjes.

Ze had een spitse kin en getekende wenkbrauwen, droeg een zwarte spijkerbroek en een bruin T-shirt en had zilveren ringen aan alle vingers van haar rechterhand, behalve aan de duim.

'Waarom vraag je dat?' vroeg Henrik.

'De vloer van zijn flat is ijskoud, dus zei ik altijd tegen hem dat hij sokken moest dragen. Ik kan het me niet herinneren, weten jullie dat?'

Sussies hoofd trilde voortdurend terwijl ze zachtjes praatte. Ze draaide een goudkleurig deksel op de glazen pot.

'Ja,' zei Henrik.

'Gelukkig maar.'

Ze bleef bij het fornuis staan en hield de pot vast alsof ze die nooit meer wilde loslaten.

'Kun je iets over Robin vertellen?'

Sussie begon uitgebreid verslag te doen over zijn jeugd, zijn kwaliteiten en de middelmatige cijfers die hij op school had gehaald. Toen ze op het punt was beland dat hij uit huis was gegaan, stopte ze.

'Is hij op jonge leeftijd uit huis gegaan?' vroeg Henrik.

'Ja, vier jaar geleden,' antwoordde Sussie. 'Hij was nog maar zestien, maar hij had een verandering van omgeving nodig, een nieuwe start.'

'Een nieuwe start van wat?'

'Van mij misschien. Van het leven, ik weet het niet.' Ze haalde diep adem. 'Voor die tijd was hij soms dagenlang verdwenen. Hij deed precies wat hij zelf wilde.'

'Waar hield hij zich dan op?'

'Overal, beweerde hij.'

'Heeft hij broers en zussen?' vroeg Henrik.

'Nee,' zei Sussie met een verdrietige blik in haar ogen. Ze liet de pot los. 'Hij was enig kind. Hij vond het prettig om in zijn eentje te zijn, alleen met zijn gedachten, hij hield er niet van om te praten.' Ze haalde haar schouders op en haalde diep adem. 'Ik wist niet wat ik met hem aan moest. Ik heb een keer een psycholoog gebeld, maar daar wilde Robin niet naartoe. Hij was toen nog niet volwassen, maar toch kon ik niets doen. Normale tienerrebellie, zeiden ze tegen me. Ik voelde me soms zo hulpeloos. In het begin ging ik hem zoeken, en vaak vond ik hem dan in een oefenruimte, maar hij wilde nooit met me mee naar huis. Hij zei dat hij niet meer thuis wilde zijn, dus stopte ik met zoeken en liet hem zijn gang gaan. Uiteindelijk is hij uit huis gegaan.'

'Speelde hij gitaar?' vroeg Henrik.

'Ja, hoe weet je dat?' vroeg Sussie.

'Ik zag een gitaarhoes in zijn flat.'

'Hij was gek op gitaarspelen, dat heeft hij jarenlang gedaan. Hij was goed.' Sussie veegde een traan weg. Op haar wangen zaten mascarastrepen.

'Speelde hij in een band?' vroeg Mia.

'Nee, maar hij hield ervan om in de oefenruimte rond te hangen, met de anderen die daar speelden.'

'Waar ligt die oefenruimte?'

Sussie dacht even na. Haar handen trilden toen ze een nieuwe sigaret uit het pakje haalde.

'Er zijn gedurende de jaren meerdere oefenruimten geweest. In Industrilandskapet onder meer, in verschillende clubs en zo, maar hij kwam de laatste tijd veel in het cultureel centrum.'

Henrik knikte naar Mia alsof hij wilde zeggen dat ze na het verhoor naar het cultureel centrum zouden gaan.

'Hoe zag zijn kennissenkring eruit, vrienden, vijanden?' vroeg Henrik.

Sussie had de sigaret tussen haar lippen, maar de aansteker gaf geen vuur. Ze gooide hem op het aanrecht en pakte een nieuwe uit een kast.

'Hij had geen vrienden en geen vijanden, voor zover ik weet, hij had alleen zijn gitaar. En zijn computer natuurlijk,' zei Sussie, waarna ze de rook naar het plafond blies. 'Daar zat hij altijd naar te staren.'

De tranen begonnen weer over haar wangen te stromen. 'Sorry,' zei ze.

'Je hoeft je niet te verontschuldigen,' antwoordde Henrik terwijl hij naar haar uitgeputte gezicht en bleke, droge lippen keek.

'Wanneer heb je Robin voor het laatst gezien?' vroeg Mia. Ze zwaaide met haar hand voor haar gezicht en hoestte om te demonstreren dat ze het niet prettig vond om in de sigarettenrook te zitten.

'Een week geleden,' zei Sussie.

'Wat voor indruk maakte hij toen op je?'

'Gewoon, zoals altijd.' Sussie schudde haar hoofd en slikte. 'Ik ging iedere zaterdag bij hem langs met boodschappen; een brood, een pakje boter en wat andere levensmiddelen. Hij was vegetariër,' antwoordde Sussie. 'Dat is hij al op zijn dertiende geworden. Dat is normaal, heb ik gehoord. Een manier om in opstand te komen, maar dat was nog niets vergeleken met hoe hij reageerde toen Jesper, zijn vader, overleed. Hij had overal kanker, zijn maag, zijn longen. In zijn hoofd zaten tien tumoren. We konden niets doen. Alleen afwachten.'

Henrik zweeg. Hij voelde een enorm medelijden voor de vrouw die zowel haar zoon als haar man was verloren.

'Hoe reageerde Robin daarop?' vroeg hij ten slotte zachtjes.

Sussie draaide de sigaret tegen de binnenkant van de glazen pot.

'Robin is nooit een prater geweest, zoals ik al zei, maar toen Jesper overleed viel er helemaal niet meer met hem te praten. Ik wilde dat wel, dus kregen we problemen. En toen ik het zakje vond had ik er genoeg van. Ik kon er niet meer tegen.'

'Het zakje? Bedoel je drugs?'

'Ja, hij begon met alcohol en tabak. Later kwam daar wiet bij. Ik heb geen idee hoe hij daaraan kwam, maar pas toen ik heroïne vond begreep ik dat het ernstig was. Ik bedoel, heroïne is tenslotte iets voor ernstig verslaafden. Niet voor jongens zoals mijn Robin. Ik wilde er meteen een eind aan maken, onmiddellijk.'

'Dus toen heb je aangifte bij de politie gedaan?'

'Ja, ik weet dat het verkeerd van me was, maar...'

'Dat was helemaal niet verkeerd,' zei Mia. 'Ik vind het juist heel goed dat je dat gedaan hebt.'

'Je hebt een jaar geleden aangifte gedaan,' zei Henrik. 'Weet je of hij drugs is blijven gebruiken?'

'Nee, maar ik neem aan dat hij dat wel deed. Ik kan het niet verdragen om daaraan te denken, ik...' Sussie zweeg, met tranen in haar ogen.

'Heb je iets ongewoons gezien toen je vanochtend met de boodschappen bij Robin kwam?' vroeg Henrik.

'Nee, hij lag daar gewoon, hij...' Sussie schudde haar hoofd en snikte met één hand tegen haar voorhoofd.

'Het valt me op dat je een andere achternaam dan Robin hebt,' zei Mia toen Sussie iets kalmer was.

'Ja, ik heb een nieuwe man ontmoet, Peter,' zei Sussie. 'Of eigenlijk hadden we elkaar al ontmoet voordat Jesper overleed. Robin was daar niet blij mee, om het voorzichtig uit te drukken. Maar wat moest ik dan in godsnaam doen, ik kon niet blijven wegkwijnen terwijl ik wachtte tot Jesper doodging. Ik moest ook aan mezelf denken.'

'Wanneer is hij overleden?' vroeg Mia.

'Een halfjaar geleden. Peter en ik zijn meteen daarna getrouwd. Jesper zei tenslotte dat hij wilde dat ik gelukkig zou zijn, dus...'

'Kon Peter goed met Robin overweg?' vroeg Henrik.

'Ze hebben elkaar niet zo vaak gezien,' zei Sussie. Ze doofde de sigaret en sloeg haar armen om zichzelf heen. 'Eerlijk gezegd denk ik niet dat kerels echt mijn ding zijn,' voegde ze eraan toe.

'Waarom niet?'

'Peter is niet meer in beeld, als jullie begrijpen wat ik bedoel. Hij houdt niet van conflicten dus is hij vertrokken, die idioot. We gaan scheiden.' Sussies ogen vulden zich opnieuw met tranen. 'Maar het is goed zo, het is goed,' zei ze tegen zichzelf.

'Ik heb je verhaal aangehoord,' zei Henrik. 'Je hebt in korte tijd heel veel meegemaakt...'

'Dat klopt,' zei ze.

'En ik denk dat je hulp nodig hebt. Wil je dat ik iemand voor je regel met wie je kunt praten?'

Sussie zuchtte. 'Nee, maar ik ben van plan om mijn moeder te bellen.'

'Bel haar nu, dan zorgen wij dat er iemand bij je blijft tot zij er is.'

Sussie knikte en liep naar de hal. Henrik hoorde haar telefoneren.

'Een beetje licht werpen,' zei Mia, waarna ze begon te lachen.

'Wat?'

'Je zei tegen Sussie dat je hoopte dat ze kon helpen om een beetje licht op de zaak te werpen.'

'En wat dan nog? Dat zeg je toch zo?'

'Nee, Henrik, dat doe je niet.'

'Ja, dat doe je wel.'

'In de jaren vijftig misschien, maar nu niet meer. Dat doe je gewoon niet. *Trust me.*'

Henrik had geen energie om na te denken over wat er was gezegd tijdens het gesprek, hij dacht meer aan wat er níét was gezegd. Hij dacht aan Sussie en aan het feit dat ze de moeilijke vraag niet had gesteld. Henrik wist dat hij zich zo niet mocht voelen, maar hij was opgelucht, dankbaar bijna omdat hij die vraag niet had hoeven te beantwoorden met het net zo moeilijke antwoord: Ik weet het niet.

Gunnar Öhrn stond bij het raam, keek naar de straat en dacht eraan dat hij zijn hele volwassen leven als politieagent had gewerkt. Toen hem twintig jaar geleden was gevraagd of hij promotie wilde maken, had hij dat niet geweigerd. Hij had zijn mappen neergezet op planken die langer en breder waren, was gaan zitten op een stoel die comfortabeler was, in een kamer die groter was. En toen hij daar tussen al dat nieuwe en grote zat, was het tot hem doorgedrongen dat hij, zonder dat hij dat had beseft, er de hele tijd van had gedroomd om een leidinggevende te zijn. Maar wat moest hij doen nu de nieuwe organisatie op zijn schouder tikte? Wilde hij iets anders? Of moest hij naar zijn vertrek gaan verlangen?

Hij zuchtte zonder zich daar bewust van te zijn en keek naar de kantoren en appartementen in het gebouw tegenover hem. Hij zuchtte opnieuw. Misschien verwachtte hij iets wat niet zou gebeuren, misschien was het naïef geweest om erop te hopen dat hij het hoofd van de regio Oost zou worden in plaats van hoofdcommissaris Carin Radler.

Hij draaide zich om naar zijn bureau, ging zitten en keek in zijn waterglas. Er klonken voetstappen en stemmen in de gang en even later kwam Anneli binnen. 'Het is lunchtijd,' zei ze.

'Dat klopt,' antwoordde Gunnar nauwelijks hoorbaar.

'Zullen we iets gaan eten?' vroeg ze. 'Ik heb honger.'

Hij gaf geen antwoord en Anneli sloot de deur en deed een paar stappen in zijn richting. 'Je piekert ergens over, wat is er?''

'Niets.'

'Jawel, ik ken je.'

'Er is niets.'

'Ik zie dat er iets is en ik heb geen zin om iedere keer alles uit je te moeten trekken. Vertel het gewoon.'

Gunnar pakte het glas, deed één oog dicht en keek met het andere oog naar het water. 'Het bevalt me niet dat hij hier is,' zei hij.

'Hij is het hoofd van de Rijksrecherche. Hij heeft hier een taak.'

'Dat is de reden niet.'

Anneli zuchtte, sloeg haar armen over elkaar en zuchtte opnieuw. 'Ik wist dat het iets onbenulligs zou zijn.' Ze liet haar stem dalen omdat ze het risico niet wilde lopen dat hun collega's hen door de muren zouden horen. 'Het is lang geleden gebeurd, dat weet je.'

'Toch krijg ik het niet uit mijn hoofd,' zei hij terwijl hij het glas neerzette.

'Jij en ik waren toen niet eens bij elkaar.'

'Dat heeft er niets mee te maken.'

'Ik vind van wel.'

'Nee, dat is niet zo. Ik mag hem niet.'

'Luister, nu moet je echt ophouden...'

'Ik vind het gewoon geen prettig idee dat hij...'

'Dat hij wat?'

'Niets.'

'Laat het dan los!'

Hij keek in haar ogen, besefte dat ze boos was en voelde angst. Zoals vaker gebeurde werd hij overspoeld door het gevoel dat wat hij was, wie hij was, niet genoeg voor haar was.

'Het spijt me,' zei hij. 'Het is gewoon verschrikkelijk lastig dat hij de hele tijd in mijn nek hijgt. Zullen we voor de lunch een pizza delen?'

Anneli liet haar armen hangen en knikte. 'Dat is goed,' zei ze verbeten.

Hij glimlachte, stak zijn hand naar haar uit en verwachtte dat hij haar slanke vingers in de zijne zou voelen.

Zijn hand bleef echter leeg.

Henrik Levin en Mia Bolander hoorden de muziek al bij de ingang van het cultureel centrum.

Henrik klopte op de deur van het jongerencentrum, waarin een concertpodium, een galerie en een café waren ondergebracht, maar besefte dat het zinloos was, niemand zou hen horen. Hij duwde de deurkruk naar beneden, opende de deur en liep naar binnen.

Het cultureel centrum in Norrköping was een creatieve ontmoetingsplek voor jongeren. De vertrekken waren ingericht met meubels uit verschillende decennia, zoals een mosgroene zithoek uit de jaren zestig, Windsor-stoelen uit de jaren zeventig en een knalgele muur die een jarentachtigsfeer uitstraalde. In een hoek van de concertzaal verrees dertig centimeter boven de glanzende, grijsgelakte vloer een podium. Daarop stond een band die bestond uit vier jonge vrouwen. Henrik dacht dat ze een eigen nummer speelden tot ze bij het refrein kwamen. Op dat moment besefte hij dat ze 'Tainted Love' van Soft Cell speelden.

Henrik en Mia liepen bij het podium weg om te ontsnappen aan de harde muziek.

Bij een tafel zat een man met een grote baard en een zwarte sjaal rond zijn dreadlocks gedraaid. Hij droeg twee T-shirts en net zo veel houten halskettingen, en had een beker koffie in zijn handen.

'We zijn van de politie,' zei Henrik. 'We willen over Robin Stenberg praten.'

'Wie?' vroeg de man.
'Robin Stenberg!'
De man schudde zijn hoofd. 'Dat kun je beter in het café vragen!'

Vier personen aan een ronde tafel praatten zachtjes met elkaar toen Henrik en Mia café Manala binnenkwamen. De jonge vrouw achter de bar legde versgebakken koekjes van een bakblik op een schaal. Ze had blond haar, droeg een laag uitgesneden shirt en had een getatoeëerde zon in haar hals.

'Ik ben Lisa,' zei ze toen Henrik zich had voorgesteld. 'Willen jullie een kardemomkoekje? Er zitten geen eieren of melk in het recept. Ze zijn volkomen veganistisch.'

Henrik schudde zijn hoofd, net als Mia.

'We zijn hier om over Robin Stenberg te praten,' zei Henrik. 'Ken je hem?'

'Kennen, kennen, hij komt hier bijna iedere zondag,' zei ze terwijl ze de koekjes bleef opstapelen.

'Repeteerde hij hier?' vroeg Mia.

'Nee, maar hij vindt het prettig om hier rond te hangen.'

'Heeft dat een bijzondere reden?' vroeg Henrik.

'We hebben iedere zondag Band Camp, een open podium. Iedereen die wil mag komen.'

'Weet je met wie Robin omging?'

Ze keek plotseling wantrouwend naar hen. 'Heeft hij iets gedaan?'

'Waarschijnlijk niet,' zei Henrik. 'Maar we proberen te achterhalen met wie hij omging.'

'Ik heb geen idee, er komen hier zo veel mensen. Iedereen gaat met iedereen om. Sorry.' Ze haalde haar schouders op en glimlachte verontschuldigend.

'Je kunt ons dus geen namen geven?'

'Ik niet, maar die kunnen jullie beslist van Josefin krijgen. Zij is verantwoordelijk voor Band Camp. Bel haar maar.'

Haar armen waren verkrampt.

Pim voelde dat haar huid openscheurde en warm bloed langs haar pink op de vloer druppelde.

Het deed pijn, verschrikkelijk veel pijn. Ze had waarschijnlijk grote schaafwonden op haar polsen, plekken die waren gegroeid tijdens de uren dat ze de riem heen en weer had gewreven tegen de scherpe rand die ze in de muur achter zich had gevonden.

Ze had gebeden dat de riem zou breken, dat ze kon ontsnappen. Er was echter niemand die haar gebeden kon verhoren.

Haar bewegingen werden steeds zwakker. Op en neer. Op en neer. Uiteindelijk kon ze niet meer.

Ze deed haar ogen dicht en bewoog haar handen een laatste keer.

Op dat moment voelde ze de riem plotseling knappen.

14

Het was vier uur 's middags en de donkere wolken hingen in een dikke laag boven Lindö. De ruitenwissers vochten om de sneeuwregen van de voorruit te krijgen. Jana Berzelius keek naar de natte sneeuw die de weg bedekte.

Ze parkeerde haar auto op de brede garageoprit, liep over het pad naar de voordeur, belde aan, deed een stap naar achteren en wachtte. In het huis klonken langzame voetstappen en even later ging de deur open.

'Hallo, mama,' zei ze tegen Margaretha, die een schort om had en een geruite theedoek zo stevig vasthield dat de aderen en pezen zichtbaar waren onder de bleke huid. De blik in haar blauwe ogen was opgewekt en gelukkig.

'Jana,' zei ze glimlachend, waardoor de rimpels achter het dunne brilmontuur samentrokken. 'Ik ben zo blij dat je kon komen.' Ze spreidde haar armen en omhelsde haar. 'Kom binnen. Ik moet alleen de bisschopswijn nog even controleren,' zei ze, en ze verdween in de keuken.

Jana hing haar jas op en zette haar schoenen netjes op het schoenenrek. Ze rook saffraan toen ze door de gang naar de slaapkamer van haar ouders liep. Ze ging niet naar binnen, maar keek in de deuropening naar de witte muren, het tweepersoonsbed, de sprei en de kussens.

De kleerkast stond open. Ze zag dat hij volhing met kostuums, overhemden en broeken, zorgvuldig bij elkaar gehangen volgens seizoen en kleur. Elk kledingstuk was schoon, geperst en gestreken. Alle hangers hingen precies twee centimeter bij elkaar vandaan.

Het was vreemd om hier weer te zijn.

Ze liep naar de gang terug en werd zich bewust van alle geluiden in het huis. Het scherpe getik van klokken, gekraak, gebrom en geruis.

In de keuken klonk gerammel.

Langzaam nam ze de trap en liep door de gang naar haar meisjeskamer. Alles was nog hetzelfde als toen ze thuis woonde. Het was alsof de tijd sindsdien had stilgestaan.

Ze liep naar de werkkamer van haar vader, duwde de deur open en ademde uit toen hij er niet was. Ze ging naar binnen en keek naar de mappen, kasten en laden, en naar alle verslagen, waardepapieren, bankafschriften en rapporten op het bureau.

Ze liep naar een kast, opende hem en pakte de witte map. Die stond altijd links, dat wist ze, want ze had hem al heel vaak gepakt. Dat had ze echter alleen gedaan als haar vader het niet wist, als hij niet thuis was.

Ze sloeg de map open en keek naar de adoptieakte die daarin zat. Het document was enigszins vergeeld, het was tenslotte meer dan twintig jaar geleden dat ze een Berzelius was geworden.

Ze dacht terug aan de dag dat ze in de gang van de Sociale Dienst had gezeten, met haar handen in haar schoot. Af en toe had ze haar hand geheven om in haar nek te krabben, waar een grote pleister zat.

'Doe dat niet, liefje,' had maatschappelijk werkster Beatrice Malm gezegd toen ze uit haar kantoor kwam.

'Maar het jeukt,' zei ze.

'Laat maar jeuken. Het duurt niet lang meer voordat ze komen.' Beatrice keek naar de wandklok. 'Het komt allemaal goed,' zei ze alsof ze haar wilde kalmeren. Ze zei het echter op een manier waardoor Jana's hart sneller begon te slaan.

Ineens waren ze er. De vrouw liep drie stappen achter haar man. Hij had zijn lippen op elkaar geperst, zij glimlachte breed.

'Dit zijn Karl en Margaretha Berzelius,' zei Beatrice Malm terwijl ze naar haar keek.

Ze gleed van de stoel zonder hen aan te kijken, mompelde alleen hallo.

'En de papieren?' vroeg Karl.

'Alles is in orde, volgens uw richtlijnen is er geheimhoudingsplicht voor deze adoptie geregeld.'

'Mooi zo.' Karl begon naar de lift terug te lopen.

'Ga je mee, meisje?' zei Margaretha terwijl ze haar hand naar Jana uitstak.

Jana durfde eerst niet, ze aarzelde een hele tijd voordat ze de hand van haar nieuwe moeder vastpakte. De hand was koel en slap.

Ze liepen door de gang en stapten in de lift.

Jana bracht haar hand naar haar nek, maar bedacht zich toen ze de blik van de maatschappelijk werkster bij de open liftdeuren ontmoette.

'Zorg goed voor haar!'

Het was het laatste wat Jana hoorde voordat de liftdeuren dichtgingen.

Pas toen hief ze haar hand.

En krabde.

Het krabben was het eerste wat hij had gemerkt en waar hij zich aan had geërgerd, dacht ze terwijl ze de map dichtsloeg en in de kast terugzette.

Links op het bureau zag ze een rood doosje. Ze opende het deksel en keek naar de ketting die erin lag. Herinnerde zich dat ze die lang geleden, veel te lang geleden, cadeau had gekregen. VOOR JB VAN KB.

Jana keek er een hele tijd naar, stak haar hand uit, aarzelde, maar pakte hem daarna op en bestudeerde hem terwijl hij tussen haar vingers schommelde.

Ze deed hem om en hoorde haar moeder van de benedenverdieping roepen. 'Jana, waar ben je?'

Ze bracht haar handen naar haar nek om de ketting los te maken, maar bedacht zich en hield hem om. Het rode doosje liet ze open en leeg op het bureau staan.

'Neemt ze niet op?' Mia Bolander zat naast Henrik op de passagiersstoel. Haar blonde haar was zichtbaar onder haar muts, haar wangen waren rood en ze had haar handen tussen haar dijbenen gestopt.

'Nee,' zei Henrik. Hij was al twee keer doorverbonden met de voicemail van Josefin Ek.

'Probeer het nog een keer.'

'Ik probeer het later nog wel eens, ze is waarschijnlijk bezig met de Band Camp van morgen. Laten we maar naar het bureau gaan,' zei hij.

Hij startte de auto en reed haastig bij het cultureel centrum vandaan, een beetje te snel, want de auto begon naar de andere rijstrook te glijden. Hij kreeg de controle terug en remde. Bij een rood verkeerslicht bleven ze staan.

Hij zuchtte hardop.

'Hoe is het eigenlijk met je?' vroeg Mia.

'Goed.'

'En met Emma?'

Hij zuchtte opnieuw en dacht aan haar, hij dacht de hele tijd aan haar maar probeerde dat niet te doen, omdat het hem een slecht geweten bezorgde.

'Ook goed,' zei hij routinematig. 'En met jou?'

Hij keek naar het rode verkeerslicht, wilde dat het op groen zou springen.

'Ik heb moeite om een keuze te maken...' begon ze.

'Waarover?' vroeg hij.

'Of ik moet investeren of niet. In Martin dus.'

Hij zuchtte, vond het nooit prettig als ze hem bij haar liefdesleven betrok. 'Maar jullie hebben elkaar toch maar één keer ontmoet?'

'Eigenlijk twee keer. Ik heb vannacht ook bij hem geslapen.'

'Maar Mia, dat is toch niet...'

'Als je van plan bent een zedenpreek af te steken kun je net zo goed je kop houden.' Ze keek naar de auto's die op de tegengestelde rijbaan stonden.

'Je denkt dus... dat het serieus is tussen jullie?' vroeg hij.

'Ik niet, maar hij lijkt dat te denken,' zei Mia.

'Heeft hij hét gezegd?' zei Henrik met een glimlach.

'Wat?'

'Dat hij van je houdt?'

'Niet rechtstreeks, maar dat merk ik aan zijn gedrag.'

'Heb jíj het gezegd?'

'Dat ik van hem hou? Jezus, ik ben niet degene die dat het eerst moet zeggen.'

'Maar wat voel je?'

'Het is waarschijnlijk gewoon een kwestie van investeren. Mijn best doen.'

'Zo kun je niet denken.'

'Hoe moet ik dan denken?'

'Echt, Mia, Martin Strömberg is niet bepaald de droom van iedere schoonmoeder... We hebben hem pasgeleden nog verhoord.'

'Je vergeet één ding, misschien ben ik helemaal niet geïnteresseerd in de droom van iedere schoonmoeder.'

'Waarin dan wel? Een crimineel?'

Ze keek naar Henrik met een ernstige blik in haar ogen. 'Je bent zo saai, Henrik. Maar goed, ik ga hem dumpen, oké?'

'Natuurlijk moet je dat doen, er komen meer kansen, betere kansen, Mia.'

'Misschien wel,' mompelde ze op het moment dat het verkeerslicht op groen sprong.

De laatste kilometers voordat hij de kust bereikte stroomde er een gevoel van innerlijke rust door hem heen, waardoor hij gas minderde. Er was geen enkele reden om gestrest te zijn. Het meisje had misschien wat meer tijd nodig om het laatste bolletje van de levering uit haar darmen te persen.

Hij reed iets langzamer langs de besneeuwde akkers en kale bomen en voelde het stuur schokken als de wielen de bevroren randen van de weg raakten.

Hij leunde met zijn hoofd tegen de hoofdsteun en glimlachte toen hij bedacht dat het bijna tijd was om haar af te danken, ze moest plaatsmaken voor anderen.

Vijfhonderd meter voor de kust deed hij de koplampen uit. Hij wilde het risico niet lopen dat iemand hen zou zien. Of hem. Eén nieuwsgierig aagje en de activiteiten moesten verplaatst worden.

Het probleem was alleen dat de maan veel te fel scheen. Dat stoorde hem.

Verdwijn achter een wolk, verdomme, dacht hij terwijl hij omhoogkeek naar het grote, eigenwijze hemellichaam dat oogverblindend wit hoog boven de kruinen van de sparren hing.

Uiteindelijk stapte hij uit de auto en bleef met zijn armen langs zijn lichaam staan. Hij luisterde naar geluiden en keek naar bewegingen. Daarna begon hij in de richting van het gebouw te lopen. Hij ploegde met grote stappen door de sneeuw, die tot zijn enkels kwam, terwijl hij voortdurend in de schaduw van de bomen bleef, uit de buurt van het maanlicht.

Het was tijd, dacht hij voordat hij de voetstappen voor het gebouw zag.

Voordat hij besefte dat het zijn voetstappen niet waren.

De wind was toegenomen en de hoeveelheid sneeuw ook.

Henrik Levin wilde naar huis. Zijn kinderen meenemen naar de speeltuin en met ze sleeën. Hij wist dat ze zouden juichen om de ongerepte, witte sneeuwdeken die op de kleine heuvel achter de woning op hen wachtte.

En hij wilde op zijn sneeuwscooter racen om de door de snelheid veroorzaakte wind en kou op zijn gezicht te voelen. Toch stond hij niet op. Het was alsof hij een reden zocht om te blijven zitten.

Hij dacht aan de Thaise meisjes. Moesten ze er niet voor zorgen dat ze meer over hen te weten kwamen? Twee meisjes in de statistieken van drugsdelicten. Twee meisjes in de statistieken van onopgeloste zaken.

Daarna dacht hij aan Robin Stenberg.

Hij pakte de foto's en de lijst die Anneli had samengesteld na de inspectie van Stenbergs appartement. Alles was op de inventarislijst vermeld, van beddengoed tot de inhoud van de koelkast, en hij bedacht dat er ergens een leidraad zou moeten zijn. Iets wat hun kon vertellen wat er was gebeurd.

Er werd zachtjes op de deur geklopt en hij keek op. Mia stond met haar jas over haar arm in de deuropening. Ze liep naar binnen, leunde tegen de muur en hield haar hoofd schuin.

'Je ziet er nadenkend uit,' zei ze.

'Ik denk aan Robin. Het is vreemd dat we geen enkel spoor van de dader gevonden hebben,' zei hij. 'Dat moet betekenen dat het een weloverwogen moord is. En als het een weloverwogen moord is, dan is er ook een duidelijk motief. En als er een duidelijk motief is, dan moeten we dat kunnen vinden. Ik snap niet...'

'Ik ben het met je eens,' zei Mia. 'Maar het heeft beslist met zijn drugsprobleem te maken.'

'Waarschijnlijk wel...'

Het was heel even stil in de kamer.

'En ik denk aan het Thaise meisje...' ging hij verder.

'Degene die aan een overdosis overleden is?'

'Ik denk meer aan haar vriendin, het meisje dat uit de trein verdwenen is. We hadden haar inmiddels moeten lokaliseren. Ik denk zoals ik al zei dat het nu te laat is. De bolletjes zijn inmiddels beslist uit haar darmen en ze is naar Thailand teruggegaan...' Henrik zuchtte.

'Dat hoeft niet,' zei Mia. 'Ik denk dat ze ergens in Norrköping nog op een po zit te schijten.'

Hij zuchtte opnieuw. 'Ik hoop dat je gelijk hebt en dat we haar te pakken krijgen, want ik denk dat ons nog het een en ander te wachten staat.' Hij knikte naar het raam.

'Wat bedoel je daarmee?' vroeg Mia.

'Dat dit nog maar het begin is... Dat er steeds meer bolletjesslikkers komen. Het voelt alsof er nieuwe dingen plaatsvinden... en onze bronnen zijn op dit moment niet op de hoogte. Misschien groeit het ons boven het hoofd.'

'We hebben de Rijksrecherche over de vloer.'

'Ja, natuurlijk. Maar toch, ik ben een beetje bang...'

'Bang?' vroeg Mia. 'Waarvoor dan?'

'Dat er meer gaat gebeuren.'

Pim rende zo hard als ze kon het bos in, naar de duisternis waar de bomen het dichtst bij elkaar stonden.

De sneeuw die de paden en stenen bedekte had alle contouren gladgestreken. Met elke stap die ze zette ontstonden er diepe, verraderlijke sporen.

Ze sprong over een tak, gleed uit en viel, maar kwam meteen weer overeind en luisterde. Haar snelle ademhaling verscheurde de stilte en vormde kleine wolkjes in de koude lucht. Ze probeerde haar ademhaling onder controle te krijgen terwijl ze het bloed in haar oren en hoofd hoorde bonzen.

Met schokkerige bewegingen draaide ze haar lichaam naar alle kanten en keek om zich heen om te zien of ze gevolgd werd. De duisternis vervormde alles, net als haar paniek toen ze het geluid van de auto van de man hoorde.

Plotseling zag ze rechts van zich een lichtschijnsel. Het flitste op en verdween net zo snel weer. Na een tijdje kwam het terug. Ze tuurde in de duisternis, probeerde te begrijpen waar het licht vandaan kwam. Het kwam terug, pulseerde tussen de boomstammen en verdween, kwam terug, pulseerde en verdween. Net zo ritmisch als een hart dat langzaam klopte. Dat voor de allerlaatste keer klopte.

Plotseling hoorde ze een tak breken en voetstappen in de sneeuw. Ze durfde niet langer te blijven staan, draaide zich om en begon weer zo snel mogelijk te rennen.

Ze rende voor haar leven.

'Wil je nog een beetje?'

Margaretha Berzelius had de karaf met bisschopswijn in haar hand. Op de tafel stonden schaaltjes met rozijnen, amandelen, peperkoekjes en roquefort. In het midden, op een zilveren schaal, prijkte een saffraantaart met wit glazuur en gouden suikerparels. Jana keek naar de prachtig gedekte tafel en hield haar beker op om hem te laten vullen. Ze bracht de beker naar haar lippen en nam een slok.

'Is het koud geworden?'

'Helemaal niet.'

Haar moeder ging tegenover haar zitten en nam ook een slokje bisschopswijn. 'Je liegt,' zei ze met een glimlach.

'Zodat je hem niet gaat opwarmen.'

Margaretha sneed de saffraantaart aan, legde een punt op haar bordje, glimlachte en pakte daarna een punt voor zichzelf. Ze nam echter geen hap en keek in plaats daarvan naar Jana. 'Weet je zeker dat alles goed met je is?' vroeg ze. 'Je ziet een beetje bleek.'

'Ik voel me prima.' Jana keek met een gevoel van spanning in de ogen van haar moeder. Ze vond het niet prettig om over zichzelf te praten. Het was alsof de woorden blokkeerden, alsof ze in haar hoofd bleven steken. Het was eenvoudiger om zich te verbergen achter de neutrale vaktaal van haar werk, om zich houden aan de korte en bondige onpersoonlijke zinnen die ze tijdens haar werk gebruikte.

'Je bent hier al heel lang niet geweest,' zei haar moeder.

'Dat klopt.'

'Waarom laat je zo weinig van je horen?'

'Ik heb geen tijd gehad.'

'Ik zou willen dat je dat wel hebt.'

'Waarom heb je dat niet eerder gezegd?'

'Je weet waarom dat is.'

Jana wendde haar blik af en keek uit het raam.

'Je zou toch niet geluisterd hebben,' ging haar moeder verder.

Jana gaf geen antwoord. Ze hield haar blik op een punt in de tuin gericht en dacht een beweging te zien, maar het was moeilijk om contouren in de compacte middagschemering te onderscheiden.

'Waar is papa?' vroeg ze terwijl ze nog steeds naar buiten keek.

'Hij moest naar een vergadering.'

Jana knikte terwijl ze bedacht dat het niet nodig was dat haar moeder het woord *moest* gebruikte. Haar vader moest niets. Hij stelde de omstandigheden van zijn leven zelf vast. Hij had ervoor gekozen om een vergadering te hebben, had ervoor gekózen om haar te ontlopen.

'Hoe gaat het met je werk?' vroeg haar moeder.

'Goed,' antwoordde Jana.

Margaretha rechtte haar rug, pakte de zilveren lepel en nam een hapje taart. 'Ik heb gehoord dat je het vooronderzoek naar het dode meisje in de trein leidt.'

'Van wie heb je dat gehoord?'

'Jana, je weet dat ik altijd geïnteresseerd ben geweest in je werk.'

'Ze is overleden aan een overdosis.'

'Ja, dat heb ik begrepen, en haar vriendin is verdwenen.'

'Dat klopt.'

'Hebben jullie haar nog niet gevonden?'

'We weten niet waar we moeten zoeken.'

'Het is allemaal zo akelig,' fluisterde haar moeder.

Het werd stil tussen hen. Jana keek weer uit het raam. Er bewoog niets meer in de tuin. Ze dacht aan het verdwenen meisje in de trein. Waarschijnlijk was ze, net als haar dode vriendin, door een syndicaat gedwongen om drugsbolletjes te slikken. Net als ze zelf ooit was gedwongen om soldaat te worden en verstrikt was geraakt in de drugswereld, dezelfde drugs die de Thaise meisjes het land in hadden gesmokkeld.

Hoe meer ze erover nadacht, des te erger jeukte haar nek. Ze stond op het punt om haar haar opzij te duwen om te krabben toen er een vraag in haar hoofd opdook. Het was een van de vele vragen die ze nooit aan haar moeder had gesteld. 'Waarom hebben jullie me eigenlijk geadopteerd?'

Haar moeder stopte midden in een hap, keek naar haar, zuchtte en legde de zilveren lepel langzaam op het bordje. 'Omdat we dolgraag een kind wilden natuurlijk,' zei ze met een glimlach.

'Waarom heeft de adoptie geheimhoudingsplicht?'

'Hoe weet je dat?'

Jana dacht dat ze de voordeur open en dicht hoorde gaan. 'Ik moet gaan,' zei ze snel terwijl ze opstond.

'Jana?'

Ze gaf geen antwoord en liep naar de hal. Haar moeder volgde haar en ze voelde haar starende blik toen ze haar schoenen van het rek pakte.

'Je kunt toch nog wel even blijven? Alsjeblieft?'

Jana keek naar de glanzend gepoetste schoenen en de natte vlekken op het halkleed en constateerde dat haar vader thuisgekomen was. Hij was echter niet alleen, ze zag een paar stevige schoenen met stalen neuzen.

Ze draaide zich om naar haar moeder. 'Tot ziens, mama.'

'Kom je met Kerstmis? Dat kun je toch wel doen? Voor mij?'

Jana bleef met haar hand op de deurkruk staan. 'Oké,' zei ze, 'maar ik doe het alleen voor jou.'

Daarna glimlachte ze haar ingestudeerde glimlach en liep naar buiten.

Henrik Levin liep met zijn handen in zijn zakken terwijl hij naar de rijtjeswoningen en de adventskandelaars die achter alle ramen brandden keek. Het was een zwarte, koude avond. De sneeuw knerpte onder zijn voeten.

Hij deed de deur van het slot en trok zijn schoenen uit. De schoenen van Emma en de kinderen stonden niet op het rek. Hun jassen waren ook weg.

Hij streek met zijn hand over zijn mond en keek naar de witte kinderwagen die in de hal stond. Stak zijn handen uit, pakte het handvat beet en rolde hem heen en weer.

Daarna ging hij op zoek naar een prijskaartje, maar vond dat niet. De wagen zag er in elk geval duur uit.

Hij deed de lamp in de keuken aan en las het briefje op de tafel: *We zijn bij mijn moeder.*

Hij bladerde verstrooid in de stapel reclamefolders die ernaast lag, opende de koelkast, bekeek de inhoud, haalde er kaas, boter en ham uit, roosterde twee boterhammen en liet ze afkoelen. Intussen keek hij naar de donkere tuin, naar de lampjessnoeren aan de takken van de appelboom die bewogen in de wind. De keuken weerspiegelde in het zwarte glas en hij dacht opnieuw aan Robin Stenberg.

Er was iets wat hem dwarszat.

Op het moment dat hij een hap brood wilde nemen wist hij wat het was. Het hoefde op zich niets te betekenen, maar hij zette het beleg meteen terug in de koelkast, maakte het aanrecht zorgvuldig schoon, trok zijn jas aan en verliet de woning.

De lange tak raakte zijn lichaam en brak. Hij rende de hele tijd terwijl hij naar de diepe sporen in de sneeuw keek. Het was te eenvoudig. Ze had geen enkele kans.

Nadat hij om een rotsblok heen was gelopen bleef hij staan, deed zijn ogen dicht en luisterde. Hij hoorde het ruisen van de beek, concentreerde zich opnieuw en hoorde daarna zwakke geluiden voor zich. Knerpende sneeuw. Wanhopig rennende voeten. Ze was niet ver meer.

Hij glimlachte, opende zijn ogen en begon weer te rennen.

De deur van het politiebureau ging met een piepend geluid open. In het trappenhuis was alles stil, bijna vredig.

Henrik Levin liep snel de trappen op, opende de deur van zijn kantoor, deed de plafondlamp aan en liep naar binnen. Hij begon te zoeken naar de inventarislijst die Anneli van Robin Stenbergs appartement had gemaakt, maar vond hem niet.

Even later ging zijn mobiel. Door het onverwachte signaal stroomde de adrenaline door zijn lichaam. Hij nam op. 'Ja?'

'Waar ben je?' vroeg Emma zachtjes.

'Ik kom zo thuis.'

'Wanneer is zo?'

'Dat is... zo.'

'Over een halfuur?'

'Ik hoop het.'

'Ben je op je werk?'

'Ja. Ik moet iets nakijken.'

Henrik hoorde Felix en Vilma op de achtergrond. Ze vroegen aan Emma of ze een film mochten kijken.

'Oké,' zei Emma, waarna ze zweeg.

Henrik hoorde de stemmen van de kinderen weer. Ze riepen om de film, dat ze hem wilden zien, nu meteen.

'Ik zie dat je thuis geweest bent,' zei Emma.

'Ik ben thuis geweest en weer weggegaan.'

Emma zweeg weer. Alsof ze wachtte tot hij iets zou zeggen. Ineens besefte hij wat het was.

'De kinderwagen is prachtig. Mooi wit.'

'Dank je.'

'Ik moet ophangen.'

'Oké. Tot zó.'

'Ja,' zei hij en hij voegde eraan toe: 'Ik hou van je.' Ze had echter al opgehangen.

Hij stopte zijn mobiel in zijn zak en bleef zoeken. Deed de bureaulamp aan, richtte die met één hand en zocht met de andere. Uiteindelijk vond hij Anneli's lijst, bekeek hem opnieuw en vond wat hij zocht: de inhoud van Robin Stenbergs koelkast.

Het klopt inderdaad, dacht hij.

Sussie had gezegd dat haar zoon vegetariër was. Waarom had hij dan een pakje ham in zijn koelkast liggen?

Hij hoorde dat de deur van het toilet dichtging en op slot werd gedraaid.

Karl Berzelius liep door de gang en luisterde naar zijn voetstappen op de vloer. Hij voelde zich niet afwezig maar ook niet helemaal aanwezig toen hij zijn werkkamer in liep om de geheime ontmoeting voor te bereiden die zo meteen zou plaatsvinden. Het zou een gesprek met een goede vriend worden waarbij alles wat werd gezegd in deze kamer zou blijven. Zoals dat altijd was geweest.

De ader in zijn rechterslaap begon te kloppen toen hij het rode doosje op het bureau zag staan. Hij probeerde kalm adem te halen. Hij wist dat zijn dochter daarnet op bezoek was geweest. Nee, niet zijn dochter, Jána was op bezoek geweest, en ze was blijkbaar in zijn kantoor geweest.

De gedachte irriteerde hem. Wat had ze gedaan? Wat had ze gezien? Wat had ze gewild? Hij keek verward naar de kasten met papieren, mappen en ordners. Voelde de onrust en de angst op zijn borstkas drukken.

Hij knipperde een paar keer met zijn ogen en probeerde kalm te blijven, maar kon niet voorkomen dat hij een bezorgde frons op zijn voorhoofd had.

Wat had ze hier gedaan?

Hij keek weer naar het rode doosje. Het deksel was open, de inhoud was verdwenen.

Toen de toiletdeur openging en er voetstappen in de gang klonken, deed hij drie grote stappen naar voren, pakte het doosje en gooide het in de prullenmand. Daarna ging hij achter zijn bureau zitten en maakte zich klaar voor het gesprek.

15

De beek was een paar meter breed. Het geruis ervan verdrong alle andere geluiden. Ze hoorde geen takken meer breken. Pim draaide zich een paar keer om, zich ervan bewust dat hij haar elk moment ingehaald kon hebben.

Ze keek naar de donkere, kolkende beek. Aarzelde, maar liep daarna het water in. Het was de enige manier om geen sporen achter te laten.

Het water kwam tot haar knieën en was zo koud dat het pijn deed aan haar botten. Ze begon stroomopwaarts te rennen, met grote stappen en hoog opgetrokken knieën, alsof ze aan het ijskoude water probeerde te ontsnappen. Het spatte alle kanten op en haar kleren werden doornat.

Ze duwde takken weg die over het water hingen terwijl ze bleef rennen, maar ze wist dat ze het niet lang meer zou volhouden.

Ze voelde haar voeten niet meer en de volgende stap zette ze verkeerd, zodat ze op haar buik in de beek viel. Het water stroomde over haar heen en was zo koud dat ze dacht dat haar hart zou blijven stilstaan.

Ineens hoorde ze een tak breken.

Ze staarde in de duisternis en luisterde opnieuw. Haar vingers waren gevoelloos terwijl ze naar de rand van de beek kroop. Daar vond ze een stapel stenen. Met klapperende tanden kroop ze erachter en maakte zich zo klein mogelijk.

Er brak opnieuw een tak, vlakbij deze keer. Hij was in de buurt en had haar waarschijnlijk horen spetteren.

Ze duwde haar rug tegen de stenen, trok haar knieën tot haar kin op, sloeg haar armen rond haar benen en begon geluidloos te huilen.

Opnieuw de voicemail.

Deze keer was het echter Mia's stem, die hem vroeg om een bericht achter te laten.

Gelukkig had Ola na het eerste signaal al opgenomen en Henrik Levin hoorde hem in de gang naderen. Hij liep zelfs op een holletje. Had hij echt zo opgewonden geklonken?

'*Hit me*,' zei Ola. Hij ging meteen achter de computer zitten.

Henrik wees naar de tafel waarop de inventarislijst lag.

'Ja, zoals ik al zei, Robin Stenberg was vegetariër en toch lag er een pakje ham in zijn koelkast. Misschien geen megascoop, ik weet het...'

'Nee, we hebben wel eens meer drama meegemaakt...'

'Maar hij was al jarenlang vegetariër, dus als hij niet heel plotseling van zijn geloof was afgestapt, denk ik dat er iemand anders bij hem in het appartement is geweest. En ik wil weten wie dat is. We hebben weinig kijk op zijn kennissenkring, maar jij hebt zijn computer toch bekeken?'

'Uiteraard. Ik heb er een verslag van gemaakt. Hij heeft veel pagina's op sociale media. Die zijn allemaal privé, maar op Twitter gebruikt hij het mailadres Eternal_sunshine@gmail.com. En op internet is hij consequent.'

'Wat bedoel je daarmee?'

'Hij gebruikt het mailadres ook opvallend vaak als gebruikersnaam, hij houdt gewoon van Eternal_sunshine.'

'Mooi, zoek dan iedereen die chat met Eternal_sunshine.'

'Dat heb ik gedaan, ik heb alle namen die voorkomen doorzocht, maar het zijn er ongelooflijk veel, zoals Ilovebeethoven, soonerorlater, cyberkikker, kaasknabbel, molta666, fantoomsmurf...'

'Kun je de namen van degenen die deze nicknames gebruiken niet achterhalen?'

'Dat kan ik waarschijnlijk wel, maar dat gaat tijd kosten en het is niet eens zeker dat iemand van hen Robin kent... het kan nodeloos werk zijn...'

Henrik zuchtte op het moment dat zijn mobiel ging. 'Mia?' zei hij.

'Eh... nee, met Josefin Ek, je hebt contact met me gezocht. Het spijt me dat ik niet eerder kon bellen, maar ik was bij een kerstconcert en zag nu pas dat je gebeld hebt.'

'Dat hindert niet. Ik wilde je spreken omdat ik weet dat je in het cultureel centrum werkt.'

'Dat klopt.'

'En dat je op zondag verantwoordelijk bent voor Band Camp.'

'Ja?'

'Ken je Robin Stenberg?'

'Ja, die ken ik, of kende eigenlijk. Ik heb gehoord wat er met hem gebeurd is, het is verschrikkelijk.' Josefin zweeg.

'Ik heb begrepen dat hij regelmatig in het cultureel centrum kwam,' zei Henrik.

'Ja, daar was hij vaak,' antwoordde ze.

'Ook op zondagen?'

'Vooral op zondagen. Band Camp is eigenlijk een open podium voor meisjes.'

'Alleen voor meisjes?'

'Ja.'

'Wat deed hij daar dan?'

'Hij ging mee als Ida speelde.'

Henrik fronste zijn voorhoofd. 'Wie is Ida?'

'Zijn vriendin.'

'Zijn vriendin?' Henrik ging staan en streek met zijn hand door zijn haar. 'Hoe heet ze verder?'

'Iets met een E, Ekberg, Ekstedt, Ekström…'

Henrik staarde voor zich uit, liep een paar stappen door zijn kantoor, bleef staan en draaide zich om naar Ola, die het computerscherm had gedraaid zodat hij erop kon kijken. Een jong, blond meisje met piekerig opgestoken haar glimlachte naar hem.

'Eklund,' zei Ola. Ze heet Ida Eklund.'

Het spoor eindigde bij de rand van de beek.

Hij keek in beide richtingen terwijl hij probeerde te bedenken of ze stroomopwaarts of stroomafwaarts was gerend.

Hij koos ervoor om de weg van het water niet te volgen en begon parallel aan de beek te lopen. Met zijn handen als een trechter voor zijn mond riep hij haar naam een paar keer.

De maan hing bijna loodrecht boven hem, maar nu vervloekte hij die niet langer. Integendeel, hij was dankbaar voor het felle licht dat tussen de dennenbomen doordrong en alles in lichtgrijs doopte. Toch zag hij haar niet.

Hij riep opnieuw.

Vanuit zijn ooghoeken zag hij iets groots, een ree kwam op zijn poten en verdween in het donkere bos. Hij keek het geschrokken dier na terwijl het geluid van zijn rennende hoeven steeds zwakker werd. Uiteindelijk hoorde hij alleen het geruis van het water, verder was het stil om hem heen.

Het besef dat zij, net als de geschrokken ree, ook in de duisternis was verdwenen, maakte hem zo woedend dat hij het uitschreeuwde. 'Kom verdomme tevoorschijn, hoer!'

Hij keek naar zijn trillende handen en verstrengelde ze stevig. Ze kan niet ver zijn, dacht hij. Ze kan verdomme niet ver zijn.

Hij glimlachte toen hij bedacht hoe weinig kleding ze droeg. Ze zal me smeken om terug te mogen komen, dacht hij terwijl hij weer langs de beek begon te lopen.

Jana Berzelius lag in bad en keek afwezig naar het schuim dat om haar heen dreef. Ze had de ketting niet afgedaan voordat ze in het warme water stapte. Nu frunnikte ze eraan en dacht aan haar moeder die had bevestigd dat de adoptie geheimhoudingsplicht had. Maar waarom hadden ze daarvoor gekozen?

Het water was te warm. Ze stak haar hand uit, pakte het glas dat op de vloer stond en nam kleine slokjes van de koele witte wijn.

Haar gedachten gingen naar haar vader. Hij had zijn prioriteiten en zijn werk kwam altijd op de eerste plaats. Hij had er langzamerhand voor gezorgd dat hij de juiste mensen om zich heen verzamelde en had een enorme kennissenkring. Soms hield hij grote feesten in zijn woning in Lindö, soms intieme dinertjes en heel vaak besprekingen.

Daarom was ze niet verbaasd geweest dat ze nog een paar schoenen in de hal bij hem thuis had gezien. Wat haar wel verbaasde was dat ze stalen neuzen hadden.

In zijn kringen waren weinig mensen, als die er al waren, die schoenen met stalen neuzen droegen. Ze vroeg zich af wie degene was geweest die geen moeite had gedaan om zich voor te stellen.

Er stonden kleine zweetparels op haar voorhoofd. Ze liet het water weglopen, maar bleef zitten terwijl het waterpeil zakte en het schuim op haar huid vastkleefde.

Ze dronk haar wijnglas leeg, boog zich naar voren en sloeg haar armen rond haar knieën terwijl het water van haar tepels druppelde.

Haar warme huid begon af te koelen, wat een bevrijdend gevoel was.

Henrik Levin keek weer naar de foto van het meisje met het blonde haar. Ze had sproeten, keek met samengeknepen ogen in de zon en had een grote zonnebril op haar hoofd.

'Heb je haar gevonden?' vroeg Henrik.

'Het was niet zo moeilijk om haar te vinden,' zei Ola. 'Er zijn heel veel chats waarop Robin met een zekere idaaa_star praat. Ze heeft een foto van zichzelf met de tekst Miss U meegestuurd. Zoals je weet houden kids ervan om op sociale media zoals Twitter, Instagram, Snapchat en Kik te zitten.'

'Niet op Facebook?'

'Nee. Facebook wordt voornamelijk gebruikt door mensen tussen de dertig en veertig, door mensen zoals jij dus. Je hebt toch een Facebook-pagina?'

'Nee,' zei Henrik.

'Wat?' zei Ola. 'Je maakt een grapje.'

'Nee. Ik hoor bij degenen die niet op Facebook zitten.'

'En met hoeveel zijn jullie?'

'Meer dan je zou denken.'

'Natuurlijk, maar toch ben ik bang dat jullie met uitroeiing bedreigd worden.'

'Daar ben ik niet zo zeker van. Je zult zien dat ze het hele internet binnenkort sluiten.'

Ola lachte daverend. 'Oké, wat jij wilt. Ik heb gezocht naar alle Ida's die ik kon vinden op de sociale fora die modérne mensen gebruiken. En ik heb een Ida Eklund gevonden die de foto van de chat als profielfoto op Instagram heeft.'

'Heb je haar adres ook?'

'Emil Hedelius gata 260.'

'Dank je,' zei Henrik. 'Ik vraag me net af of ze weet wat er gebeurd is. En, in dat geval, waarom ze geen contact opgenomen heeft.'

'Kent Robin Stenbergs moeder haar niet?'

'Ze heeft in elk geval niets gezegd.'

'En wat ben je nu van plan?'

Henrik keek op zijn horloge. Het was bijna zes uur. 'Ik moet met Ida praten, heb je een telefoonnummer van haar?'

'Wacht,' zei Ola, die weer op de computer begon te typen. 'Ik zie dat er een mobiel nummer geregistreerd is.'

'Geef me het nummer maar,' zei Henrik. Hij toetste de cijfers in die Ola voor hem opnoemde en hield daarna zijn mobiel bij zijn oor.

'Voicemail,' zei hij. 'Ik rijd naar haar toe en probeer Mia ook mee te krijgen.'

Henrik keek weer op zijn horloge. Mia had hier allang moeten zijn, dacht hij terwijl hij haar nummer intoetste. Hij had meerdere keren geprobeerd haar te bereiken, maar zonder resultaat. Tot zijn verbazing nam ze plotseling op.

'Tijd om aan het werk te gaan,' zei hij met een vrolijke klank in zijn stem.

'Hoezo?' mompelde ze.

'We gaan met Robins vriendin praten.'

'Hij had toch geen vriendin?'

'We gaan in elk geval praten met een meisje dat Ida heet, we vertrekken meteen.'

'Maar… ik moet me nog omkleden.'

'Dat is goed. Ik kan je ophalen.'

'Ik ben niet thuis.'

'Niet thuis? Waar ben je dan?'

Haar maag trok samen toen ze hem hoorde schreeuwen. Het was zo dichtbij. *Hij* was zo dichtbij.

Haar lichaam trilde ongecontroleerd. Pim voelde haar handen en voeten niet meer. Ze wiegde heen en weer in een poging wat warmte in haar ledematen te krijgen.

Ineens hoorde ze voetstappen en ze kromp nog meer in elkaar, maakte zich zo klein mogelijk achter de stenen.

De voetstappen waren heel dichtbij, maar plotseling verwijderden ze zich en even later was het stil.

Stond hij haar op te wachten? Probeerde hij haar te slim af te zijn?

Pim bleef doodstil zitten en durfde nauwelijks adem te halen. Ze wachtte vijf minuten, daarna kwam ze op wankele benen overeind. Verborgen achter de takken van de bomen begon ze weer te lopen, voorzichtig en zo zachtjes mogelijk deed ze één stap per keer, de hele tijd luisterend naar geluiden, naar brekende takken.

Toen ze honderd meter bij de stenen vandaan was begon ze te rennen. Haar voeten roffelden op de sneeuw. Ze voelde de kou niet meer. Ze bleef rechtdoor rennen terwijl ze bedacht dat er ooit een eind aan het bos moest komen, dat ze ooit iets moest bereiken wat niet wit en koud was.

Iets anders dan sneeuw.

Mia Bolander gooide haar donzen jack op de achterbank, ging met een zucht in de auto zitten en keek door de voorruit naar de sneeuwploeg die voor hen heen en weer reed.

Henrik keek haar aan.

'Wat?' zei ze.

'Ik dacht dat je niet meer met hem zou afspreken.'

'En?'

'Ik wil alleen...'

'Ik kan toch van mening veranderen, of niet soms?'

'Natuurlijk.'

'Nou dan.'

Ze reden zwijgend in de vallende sneeuw door Norrköping. Henrik hield zijn handen stevig rond het stuur om te voorkomen dat de auto zou slippen toen ze de rotonde bij Klockaretorpet op reden.

Een houten kerstman glimlachte vriendelijk naar hen toen ze aanbelden bij het adres Emil Hedelius gata 260.

Een man in spijkerbroek deed open, zijn lange haar hing op zijn rug. Henrik stelde zich voor en gaf de man een hand.

'Magnus,' zei de man.

'We zijn op zoek naar Ida.'

'Wat heeft ze gedaan?'

'We willen gewoon met haar praten. Woont ze hier?'

'Ja.'

'Wie is het?' hoorden ze iemand in de woning vragen.

'Is ze thuis?' vroeg Henrik.

'Magnus? Wie is het?'

Er klonken voetstappen op de trap en er verscheen een vrouw in een enkellang vest. Haar ogen waren rood, haar wangen ingevallen.

'Henrik Levin, politie,' zei Henrik. 'Dit is mijn collega Mia Bolander.'

'Ik ben Petra,' zei de vrouw.

Henrik probeerde de blik in haar ogen te negeren, maar kon het niet. Hij zag de paniek. Ze trok het vest dichter rond haar lichaam, alsof ze het ijskoud had.

'Tja,' zei Henrik. 'We zijn op zoek naar Ida, maar jullie kunnen gerust zijn. Ze wordt nergens van verdacht, we willen gewoon met haar praten.'

'Ze is niet thuis,' zei Petra.

'Weten jullie waar ze is?'

'Ze is bij... een vriend.'

Henrik hoorde de angst in haar stem. 'Mag ik vragen...' zei hij terwijl hij in Mia's ogen keek. Zij had dezelfde gedachte en dezelfde vraag op haar lippen.

'Hoe heet haar vriend?' vroeg Mia.

'Tja...' begon Magnus, waarna hij ongerust lachte. 'Dat weten we niet.'

'Dat weten jullie niet?'

Magnus haalde diep adem. 'Het is nog zo pril, het enige wat wij weten is hoe hij zichzelf noemt... Wat was het ook alweer, Petra?'

'Eternal_sunshine...'

Henrik slikte. 'Mogen we binnenkomen?'

Het badwater druppelde nog steeds van Jana Berzelius' lichaam toen ze met haar MacBook op schoot op de bank ging zitten en op internet begon te zoeken. Ze had niet helemaal helder voor ogen waarnaar ze zocht, wat het er niet eenvoudiger op maakte. Jana had een aantal vragen waarover ze bleef piekeren. De eerste was waarom haar adoptie geheimhoudingsplicht had.

De vuistregel in Zweden was dat alle openbare bestuurslichamen gecontroleerd moesten kunnen worden. Het openbaarheidsprincipe was een fundamenteel beginsel in de Zweedse democratie. Sommige informatie werd echter geheimgehouden, zoals gevoelige informatie met betrekking tot persoonlijke omstandigheden. Binnen de Sociale Dienst bestond de regel dat er geheimhoudingsplicht gold voor inlichtingen over de omstandigheden van privépersonen. Het was dus niet ongewoon dat een adoptie geheimhoudingsplicht had, constateerde ze, waarna ze de laptop van haar schoot haalde om hem een beetje te laten afkoelen.

Ze zette hem weer op haar schoot en plaatste haar vingers op de toetsen.

De tweede vraag had betrekking op de liefde van haar vader voor zijn werk, en hiervoor was het eenvoudig om feiten te verzamelen. Ze vond onder meer krantenberichten uit 1991 waarin hij werd vermeld in verband met een inval van de politie bij een zesendertigjarige man die werd verdacht van financiële criminaliteit. Toen de politie langsging bij de man om de boekhouding mee te nemen, vonden ze ruim honderd kilo narcotica in een ruimte onder de trap. De zesendertigjarige man en een ander werden aangeklaagd wegens ernstige drugsdelicten. Volgens officier van justitie Karl Berzelius waren er banden tussen de twee mannen en stond hun een jarenlange gevangenisstraf voor opslag en verkoop te wachten.

Karl Berzelius had razendsnel carrière gemaakt als officier van justitie. Een dagblad had uitgezocht dat hij in het begin van de jaren negentig bijna al zijn rechtszaken had gewonnen. Hij werd ook genoemd in zijn functie van procureur-generaal, in een discussiestuk dat ging over het bevorderen van goede rechtszorg, een discussie die was geïnitieerd door het Genootschap Advocaten. De reden voor het initiatief was het feit dat het er in de rechtbank soms behoorlijk agressief aan toeging tussen officieren van justitie en advocaten. Dat was vooral duidelijk geworden in een aantal rechtszaken die veel aandacht hadden gekregen in de media, zoals bijvoorbeeld de zaak tegen een netwerk in Nyköping dat zich had beziggehouden met onder meer illegaal gokken, waarbij chantage en het innen van geldbedragen met behulp van geweld niet werden geschuwd.

Een van de aangeklaagde mannen had voortdurend beweerd dat de politie en de officier van justitie hem erin wilden luizen en dat het onderzoek was gemanipuleerd, dat belangrijk bewijs was achtergehouden en dat sporen die het onderzoek in een heel andere richting hadden kunnen leiden niet waren onderzocht. In het vonnis van het gerechtshof stond dat er geen enkel bewijs was voor deze beweringen en dat de betrokken overheidsinstanties hun taken op een objectieve en rechtszekere manier hadden uitgevoerd.

Jana zette de laptop weg en dacht dat haar vaders carrière niet alleen pijlsnel was gegaan, maar ook heel succesvol was geweest.

Bijna onwaarschijnlijk succesvol.

Toen hij ruim een uur langs de beek heen en weer had gelopen zonder een levensteken van het meisje te zien, gaf hij het op. Vol frustratie ging hij naar het huis terug.

De bolletjesslikker was het bos in gerend en was ontsnapt. Hij werd woedend en smeet de riem tegen de muur.

Niemand mocht ontsnappen. Dat was de allerbelangrijkste regel.

Hij dacht koortsachtig na en haalde zijn mobiel tevoorschijn, maar bedacht zich op het laatste moment. Hij kon niet bellen om te vertellen wat er was gebeurd. Hij was deze week al een leverantie kwijtgeraakt en nu was dit meisje ervandoor gegaan met twee capsules in haar maag. De leverantie was niet veiliggesteld. Dus wat moest hij doen? Bellen om te vertellen dat hij opnieuw had gefaald?

Hij belde niet. Zo eenvoudig was het.

Hij was tenslotte degene die verantwoordelijk was voor het tellen. Alleen hij wist precies hoeveel capsules ze in haar maag had gehad. Hij kon liegen en zeggen dat ze maar achtenveertig bolletjes had geslikt. Hij kon de leugen ook iets groter maken en zeggen dat het al geregeld was, dat het meisje afgedankt, uit de weg geruimd en afgevoerd was.

Het was tenslotte een diep bos en het was verdomd koud.

De keuken was nieuw, met eikenhouten aanrechten, witte kastdeuren, een stalen koelkast met vriezer en twee ovens. In de kroonluchter aan het plafond zaten tien half opgebrande kaarsen.

'Ida neemt nog steeds niet op,' zei Magnus terwijl hij zijn mobiel op de tafel legde. 'Ik krijg haar voicemail.'

Hij keek in Henriks ogen en slikte.

'Neemt ze vaker niet op?' vroeg Henrik.

'Dat gebeurt soms. Als we ruzie hebben bijvoorbeeld.'

'Hebben jullie vaak ruzie?'

'Niet meer dan normaal is met tieners...'

'Waarom willen jullie met haar praten?' vroeg Petra. 'Wat heeft ze gedaan?'

'Ze heeft niets gedaan,' antwoordde Henrik kalm.

'Heeft die jongen iets gedaan?'

'De jongeman die zich Eternal_sunshine noemt heet Robin Stenberg,' zei Henrik, waarna hij diep ademhaalde. 'Hij is vanochtend dood in zijn appartement aangetroffen.'

'Dood?' Petra sloeg een hand voor haar mond.

'Het spijt me, meer kan ik niet vertellen,' zei Henrik.

'En Ida?' vroeg Petra ongerust. 'Is er iets met Ida gebeurd?'

'We...' begon Mia.

'Is alles goed met haar?' onderbrak Petra haar. 'Alles is toch goed met haar?'

Henrik keek haar aan. 'We hebben geen reden om iets anders aan te nemen, maar we willen heel graag met haar praten.'

'Hoe komt het dat jullie niet weten hoe haar vriend heet?' vroeg Mia.

'Zoals ik al zei, het is nog heel pril,' zei Magnus en hij zuchtte. 'Ida heeft die jongen pasgeleden op een chat leren kennen en we hebben daar gisteren een discussie over gehad. We waren van mening dat het geen goed idee was dat ze bij iemand zou slapen die wij niet kennen. Ik bedoel, ze is pas zestien. We vinden het vrij normaal dat we in elk geval eerst aan hem voorgesteld zijn.'

'Dus daar hadden jullie ruzie over?' vroeg Mia.

'Ik heb alleen gezegd wat ik ervan vond,' zei Petra. 'Toen ze gisteren niet thuiskwam begonnen we te bellen, maar ze weigert op te nemen.'

'Hoe weten jullie trouwens dat hij zich Eternal_sunshine noemt?'

'Dat heb ik gisteren op haar mobiel gezien,' zei Petra. 'Ik wilde wat schone was in haar kledingkast hangen en toen ik naar binnen ging hoorde ik haar mobiel plingen... en ik... tja, ik heb gewoon gekeken. Ze zeggen tenslotte dat je ze in de gaten moet houden, dat zeggen ze altijd op de televisie en zo... en ik las "Eternal_sunshine"... en toen heb ik haar daar natuurlijk naar gevraagd... wie heet er nou Eternal_sunshine? Ik dacht dat het een bedrijf of een sekte of zo was...'

'Jullie zeggen dat het heel pril is,' begon Henrik, 'maar voor zover wij weten kennen ze elkaar al een tijd, onder meer van het cultureel centrum...'

Het werd stil rond de tafel. Magnus schraapte zijn keel. 'Tja, ze kunnen natuurlijk met elkaar afgesproken hebben zonder dat wij dat wisten, het is onmogelijk om haar de hele tijd in de gaten te houden. Voor ons werd het pas een probleem toen ze bij hem wilde blijven slapen...'

'We waren bang dat ze op de een of andere manier misleid werd...' zei Petra. 'Er zijn tenslotte zo veel ongure types op internet...'

'Als we aannemen dat ze gisteren niet naar Robin Stenberg gegaan is...' zei Henrik, 'waar kan ze dan naartoe zijn, denken jullie? Hebben jullie er enig idee van waar ze kan zijn?'

'Nee,' fluisterde Magnus met een lege blik in zijn ogen.

'Waar is mijn Ida?' vroeg Petra ineens.

'We gaan meteen zoeken,' zei Henrik. 'Maar ik vraag jullie om goed na te denken waar ze kan zijn. Kan ze naar een vriendin gegaan zijn of is er een plek waar ze graag komt?'

Magnus draaide zijn gezicht weg toen Petra tegen zichzelf begon te fluisteren. 'Ida, mijn lieve Ida...'

'We zullen er alles aan doen om...' begon Henrik.

'Alsjeblieft,' onderbrak Petra hem. 'Zeg dat alles goed met haar is.'

Henriks kaakspieren spanden zich.

'Het is goed met haar, zeg het, alles moet goed met haar zijn.'

'We vinden haar,' zei Henrik kalm terwijl hij met een hulpzoekende blik naar Mia keek.

'Zeg dat het goed met haar is, zeg het,' herhaalde Petra.

'Ik weet dat we haar zullen vinden,' zei Henrik.

'Zeg het!'

Henrik keek naar beneden, hij wilde de wanhopige blik in Petra's ogen niet zien. Hij was niet meer in staat na te denken en voelde de woorden komen, het lukte hem niet ze tegen te houden. 'Het is goed met haar.'

16

Christian Bergvall zat in de sneeuwploeg die snel door het glinsterende winterlandschap reed. Witte sneeuw wervelde achter hem op, kleurde oranje door de draaiende waarschuwingslampen en verdween daarna aan de zijkant in de duisternis. Er ontstonden vonken op de plekken waar de grijper het harde asfalt raakte.

Af en toe zag hij lichtjes in het bos glanzen, van de koplampen die werden gereflecteerd in de ogen van de wilde dieren. Christian vroeg zich af of het reeën of elanden waren. Hij wist dat het geen wilde zwijnen waren, die hadden geen reflecterende ogen en waren heel moeilijk te zien in het donker.

Hij wist echter ook dat de wildezwijnenpopulatie ieder jaar toenam, dat de groei niet tegengehouden kon worden, en de ongelukken die daardoor werden veroorzaakt ook niet.

De eerste keer dat Christian in botsing kwam met een wild zwijn zat hij in zijn Passat. Die keer maakte hij twee ernstige fouten. Ten eerste reed hij veel te snel, zodat de botsing onnodig hard was. Ten tweede stopte hij meteen na het ongeluk om te controleren hoe het met het beest was. Het wilde zwijn lag op de grond maar bleek bij bewustzijn. Het was overeind gekomen en was in de aanval gegaan. Een wild mannetjeszwijn heeft grote slagtanden die scherp als messen zijn.

Hij had in totaal zevenendertig hechtingen in zijn been gekregen.

Toen Christian uit de bocht van weg 209 kwam en Brytsbo zag liggen, had hij een vrij hoge snelheid. Er klonk een dreunend geluid in de cabine als de sneeuw van de grond werd geschraapt en naar de zijkant werd gegooid.

Hij had slaap en begon te neuriën om wakker te blijven tijdens de twee uur die zijn late dienst nog duurde.

Plotseling zag hij een schaduw en hij remde haastig.

Er liep iemand over de weg.

Christian reed naar de berm, stopte de ploeg en stapte uit de cabine.

Ze moest het zeggen. Of misschien was het beter om zijn appartement uit te lopen, niet meer terug te komen en haar mobiel nooit meer op te nemen. Misschien was het ondanks alles beter om naar huis terug te gaan, naar de eenzaamheid.

Mia Bolander had nooit tegen eenzaamheid gekund, ze gaf de voorkeur aan het gezelschap van mensen: op haar werk, in haar vrije tijd, in bed. Maar het was geen goed idee om bij Martin Strömberg te blijven om niet eenzaam te zijn. Het was beter om een andere man, of liever gezegd andere mannen te zoeken. Ze was niet geschikt om langere relaties dan een onenightstand te hebben. Zo was het nu eenmaal.

Op dit moment wist ze echter niet wat ze tegen hem moest zeggen om van hem af te zijn, om een eind aan hun relatie aan te maken.

Ze lagen naakt in zijn honderdveertig centimeter brede bed, dicht tegen elkaar aan. Mia lag met haar hoofd op zijn borstkas.

'Je bent zo stil, Mia,' zei hij. 'Je ziet er bijna geheimzinnig uit. Ben je soms van de geheime politie?' Hij grijnsde alsof het de eerste keer was dat hij dat zei. 'Jezus, ik moet er steeds weer om lachen,' ging hij verder. 'Je zag er zo grappig uit toen jij en je collega voor de deur stonden.' Hij lachte hard, gemaakt hard.

'Ik weet het, dat heb je al gezegd.'

'Ik had het moeten filmen...' Ineens was het alsof hij begreep hoe ze zich voelde. 'Mia, ben je soms boos? Dit is geen moment om chagrijnig te zijn, het is tenslotte bijna Kerstmis en wie lief en vrolijk is krijgt kerstcadeautjes. Wat wil je trouwens hebben?'

Ze hief haar hoofd van zijn borstkas en keek naar hem om te controleren of hij het meende.

'Niets,' zei ze.

'Niets?'

'Niets!'

Ze legde haar hoofd weer neer en keek naar zijn ongewoon grote tepels en het haar dat eromheen groeide. Daarna keek ze in de kamer rond, naar de boekenkast die bijna leeg was en de stofstrepen waar de cd's hadden gestaan. Die lagen nu verspreid over de vloer, nadat ze vannacht en vanochtend meerdere keren waren gespeeld, op een ouderwetse stereo-installatie met twee enorme speakers die op torens leken die in een hoek van de slaapkamer stond. Ze had nooit gedacht dat ze een nacht met Ace of Base-nummers zou overleven, maar aan de andere kant had ze ook nooit gedacht dat ze een relatie zou hebben met een man die ervan hield om op tenen te zuigen.

Ze moest het absoluut uitmaken.

'Een trui, misschien?' zei hij. 'Of oorbellen?'

'Ik hou niet van oorbellen,' zei ze terwijl ze ging zitten.

'Waar hou je dan wel van?'

'Niet van oorbellen in elk geval.'

'Niet?'

'Nee.'

'Maar je moet toch iets willen hebben?'

'Nee.' Ze keek naar hem en voelde de irritatie groeien. Wat er tussen hen was, was niet echt. Ze had er spijt van dat ze naar deze raaskallende idioot toe was gegaan, wilde dat ze verstandig genoeg was geweest om dat niet te doen. Ze voelde zich niet op haar gemak bij hem, hij was absoluut ongeschikt, voor haar, nu, voor het leven dat ze wilde leiden.

Hij had weer hard gekreund en hoewel ze had gegaapt tijdens de seks had dat hem niet weerhouden. Hij was gewoon doorgegaan, op haar, in haar, terwijl zij haar vingers in haar oren wilde stoppen om hem niet te hoeven horen, om zijn irritante geluiden niet te hoeven horen. Ze had tegen hem willen schreeuwen dat hij verdomme moest stoppen, dat ze beter konden gaan slapen in plaats van tijd te verspillen aan wat ze dachten gemeen te hebben – niets dus.

'Ik heb al iets voor je gekocht,' zei hij.

'Wat zeg je?'

'Ik heb al iets voor je gekocht, zei ik.'

'Wat dan?'

'Dat zul je moeten afwachten.'

'Vertel wat je gekocht hebt,' zei ze.

'Iets moois.'

'Zoals?'

'Dat kan ik niet zeggen, dan is het geen verrassing meer.'

'Ik hou niet van verrassingen.'

'Maar ik hou wel van jou.'

'Kun je me geen hint geven?'

'Nee,' zei hij, waarna hij uit bed stapte.

Hij ging naar het toilet en deed de deur op slot.

Ze kwam overeind, trok de trui over haar hoofd, deed haar haar in een paardenstaart en trok het rolgordijn omhoog. Hoewel het ochtend was, was het buiten donker.

Ze haalde haar spijkerbroek onder het bed vandaan en zag een plastic zak met een zwarte doos erin op de vloer liggen. Het was een grote zwarte doos met een merknaam erop en ze wist dat de naam garant stond voor exclusieve horloges.

Ze luisterde naar het toilet, maar hoorde geen geluiden. Hij had nog niet doorgetrokken en er stroomde geen water in de wastafel, dus had ze tijd om te zien wat er in de doos zat. Met een ruk trok ze het deksel open.

Haar mond viel open toen ze het horloge zag. Het was klein en heel, heel mooi. Ze raakte het aan, wilde het meteen om haar pols doen om te voelen hoe het was om zo'n exclusief horloge te dragen.

Hij trok door. Ze legde de zak met de doos snel onder het bed terug, trok haar spijkerbroek aan en liep naar de hal. Hij leunde helemaal naakt met zijn armen over elkaar tegen de deurpost.

Erger dan dit kan het niet worden, dacht ze terwijl ze werd overvallen door de gedachte dat ze zo snel mogelijk weg moest.

'Dus u bent onderweg naar de volgende opdracht, mevrouw de politieagent?'

'Je moet op het hoogtepunt stoppen.'

Hij lachte en knipoogde naar haar alsof hij probeerde te flirten.

Ze trok haar jack aan, opende de deur en keek naar hem. 'Je bent knettergek, weet je dat?' Daarna trok ze de deur met een glimlach dicht, haastte zich de trappen af en haalde een paar keer diep adem terwijl ze over de binnenplaats liep. Ze stopte haar handen in haar zakken en vloekte omdat ze het uit had willen maken, maar dat niet kon, niet vandaag.

Pas na Kerstmis.
Of liever gezegd, pas nadat ze het horloge had gekregen.

Haar handen trilden, haar lichaam beefde.

Had ze gedroomd? Niet de gebruikelijke dromen in elk geval. Niet over het geweld en het spuitende bloed. Niet over het gezicht vol littekens en de stem die tegen haar schreeuwde, niet over de handen die haar vasthielden en haar sloegen, omdat ze moest leren pijn te verdragen en niet op te geven, maar het dodelijke wapen moest worden waarvoor ze werd getraind. Door Gavril Bolanaki.

En dat ze ook was geworden.

Jana Berzelius deed haar ogen open, keek in de slaapkamer rond, luisterde naar de stilte en haalde diep adem.

Ze moest gedroomd hebben dat iemand haar naam noemde. Of was het een ander geluid geweest?

Ze strekte haar vingers en onderzocht haar handpalmen op sporen van nagels, maar die waren er niet. Het was dus zoals ze had gedacht, het was de gebruikelijke droom niet geweest.

Jana kwam overeind op één elleboog, frunnikte aan de ketting en bedacht dat het geen nut had om weer te gaan slapen, ze kon beter opstaan. Ze rekte zich uit naar haar mobiel. Een gemist gesprek van Henrik Levin. Nu al?

Ze ging zitten en liet de telefoon overgaan.

'Met Henrik,' hoorde ze even later.

'Je hebt gebeld, wat is er aan de hand?' vroeg ze.

'Sorry dat ik zo vroeg bel, maar we hebben de vrouw gevonden die uit de trein verdwenen is. Alles wijst erop.'

'Leeft ze?'

'Ja.'

'Ik kom eraan.'

De stoel kraakte toen Henrik Levin naast Mia Bolander op de intensivecareafdeling van het Vrinnevi-ziekenhuis ging zitten. Ze keken allebei naar de jonge vrouw die met een afwezige blik in het ziekenhuisbed lag. Het kostte hun geen moeite om haar gezicht te herkennen, het was het gezicht dat ze hadden bestudeerd op de foto's van de bewakingscamera's van het centraal station.

In de kamer zat ook een mannelijke tolk, die was opgeroepen om het risico op misverstanden tijdens het gesprek te voorkomen.

Er klonk gesis en getik van de machines die de hartslag, de ademhalingsfrequentie en de activiteit van de hartspier in de gaten hielden. Even later werd er voorzichtig op de deur geklopt en Jana Berzelius kwam binnen. Ze begroette Henrik en Mia en ging ook zitten.

Twee politieagenten, een officier van justitie en een tolk konden angstaanjagend overkomen, dus hadden ze besloten dat Henrik het gesprek alleen zou voeren. Het was belangrijk om het vertrouwen van de jonge vrouw te winnen.

'Je bent toch nog niet begonnen?' fluisterde Jana tegen Henrik.

'Nee, ik wacht nog even.'

De jonge vrouw hoestte en Henrik keek van het verband rond haar polsen en armen naar alle schaafwonden en blauwe plekken en de katheter aan de binnenkant van haar elleboog.

Haar gezondheidstoestand was slecht, had de arts gezegd, ze had hoge koorts maar haar lichaam trilde alsof ze nog steeds onderkoeld was van de ijskoude winternacht.

Bij drie van haar tenen was het weefsel wit geworden en een arts had uitgelegd dat het een teken van schade door bevriezing was. Misschien moesten ze amputeren. De arts wilde echter nog geen definitieve beslissing nemen, de verspreiding van necrose was moeilijk te bepalen en ze wilden afwachten in hoeverre de tenen herstelden.

De jonge vrouw lag languit onder de deken met haar armen langs haar lichaam. Op het tafeltje naast haar bed stond een glas warm water en de verpleegster hielp haar drinken voordat ze Henrik zijn vragen liet stellen.

'The door is locked?' vroeg de jonge vrouw. *'Is it? Have you locked it?'*

'You are safe now,' zei Henrik zachtjes.

Ze schudde haar hoofd, alsof ze hem niet geloofde.

'We zijn hier om je te helpen,' zei Henrik, waarna hij naar de tolk knikte, die begon te vertalen. 'Maar we moeten weten waar je geweest bent en wat je meegemaakt hebt.'

'Ik weet het niet,' zei ze. 'Ik heb geen idee, ik zat in een koude kamer, het was zo koud...'

Ze begon te huilen. Henrik wisselde een blik met Jana en liet de jonge vrouw op adem komen.

'Je vertelt over een kamer,' zei Henrik. 'Weet je waar die kamer is?'

'Ik weet het niet,' zei ze met wanhoop in haar stem.

Henrik zag dat ze haar benen onder de deken bewoog. Hij herhaalde dat ze veilig was en dat alles goed zou komen. Ze keek in zijn ogen, maar gaf geen antwoord.

'Hoe heet je?' vroeg Henrik.

Ze sloeg haar ogen neer. 'Pimnapat Pandith, maar ik word Pim genoemd.'

Henrik leunde achterover op de stoel en liet zijn armen losjes op de armleuningen rusten. Hij zag dat Jana op haar notitieblok schreef.

'Je vriendin...' begon hij, waarna hij even stopte omdat Pim weer begon te huilen. 'Zijn jullie met de trein vanuit Kopenhagen gekomen?'

Pim knikte langzaam.

'Wat kwamen jullie hier doen?'

'We hadden vakantie...'

Henrik sloeg zijn ene been over het andere. 'Luister,' zei hij. 'We vinden het heel erg wat er met je vriendin gebeurd is en het is niet mijn bedoeling om je van streek te maken maar... we weten dat ze vijftig bolletjes heroïne in haar lichaam had en we nemen natuurlijk aan dat jij...'

'Haar ogen...' onderbrak Pim hem. 'Haar pupillen waren zo klein, ze waren zo griezelig klein. Ze zei in de trein dat ze wilde slapen en het lukte me niet om haar wakker te maken. Ze werd gewoon niet wakker.' Pims lichaam trilde zo dat de infuusslang schommelde.

Henrik wachtte een paar minuten om haar de gelegenheid te geven te kalmeren. 'Hoe heette je vriendin?' vroeg hij toen ze weer rustig ademhaalde.

Pim aarzelde even, hoestte en keek op. 'Siriporn.'

'Siriporn Chaiyen. Heette ze zo?'

'Ja,' antwoordde Pim.

'Dat stond in haar paspoort, maar haar paspoort was vals, dus denk ik dat ze anders heette, ik denk dat ze Noi heette. Heb ik gelijk?'

Hij zag dat Pim een onzekere blik in haar ogen kreeg. 'Ze werd Noi genoemd.'

'Wat was haar echte naam dan?'

'Chaniporn,' mompelde Pim terwijl haar handen onder de deken bewogen.

'En hoe heette ze verder?' vroeg Henrik.

'Dat weet ik niet.'

'Van wie hebben jullie de paspoorten gekregen?'

'Van niemand...'

Jana leek een vraag te willen stellen, maar hield zich in.

'Omdat het paspoort van je vriendin vals was, kunnen we waarschijnlijk beter opnieuw vragen hoe je heet,' zei Henrik.

'Dat zei ik al,' snikte Pim. 'Ik heet Pimnapat en word Pim genoemd.'

'En wat staat er voor naam in je paspoort?' vroeg Henrik, die zich niet gewonnen wilde geven.

'Dat staat er, er staat Pimnapat.'

'Weet je dat heel zeker?'

'Ja.'

Jana schreef weer iets op haar blocnote. Henrik kneep in zijn neus terwijl hij nadacht. 'Dus als we bij de luchtvaartmaatschappij informeren, dan vinden we een Pimnapat in een vliegtuig van...'

Pim vulde het niet aan.

'We begrijpen dat je met rust gelaten wilt worden,' zei hij, 'maar we moeten de komende tijd nog een aantal keer met je praten. En hoewel het lastig is, moeten we nu ook al vragen aan je stellen. Maar je hoeft niet bang te zijn, er kan niets met je gebeuren.'

Pim deed haar ogen dicht en beet op haar lip. 'Hij achtervolgt me nog steeds, nietwaar?' fluisterde ze.

'Wie?' vroeg Henrik.

'Hij achtervolgt me,' zei ze.

'Wie achtervolgt je?' herhaalde Henrik. 'Is er iemand die je achtervolgt?'

'Nee. Ik wil niet, ik wil niet...' Pim hoestte, deed haar ogen dicht en schudde haar hoofd.

'Kun je proberen...'

'Ik wil niet, wil niet, wil niet...'

'Er is niets aan de hand,' zei Henrik zachtjes.

Pim zuchtte, opende haar ogen en keek naar de tolk.

'Maar we moeten...' zei Henrik. 'Wat zou er gebeuren als jullie in Norrköping arriveerden? Hadden jullie daar met iemand afgesproken of zouden jullie contact met iemand opnemen?'

Pim gaf geen antwoord.

'Wist je waar Noi mee bezig was?'

'Nee, ik wist van niets. We gingen op vakantie...'

'Naar Norrköping?' vroeg Mia sceptisch. 'Jullie zijn van... waar jullie ook vandaan kwamen... naar Norrköping gekomen om hier vakantie te vieren?'

Henrik staarde haar aan.

'Ja,' zei Pim.

'Van wie heeft Noi de opdracht gekregen?' vroeg Henrik.

'Ik weet het niet.'

'Oké.' Hij veranderde van onderwerp. 'Kun je iets vertellen over de plek waar je je bevond? Je zei dat het een kamer was.'

'Het was zo koud in de kamer...'

'Stonden er meubels?'

'Water. Er was overal water.'

'Water. Was het stromend water. Golven?'

'Hout... met een verdieping.'

'Was er een verdieping?' vroeg Henrik.

'Ja.'

Jana schreef weer op haar blocnote.

Pims stem brak en ze sloeg haar handen voor haar gezicht. 'En een heleboel sneeuw,' huilde ze. 'Ik rende door de sneeuw. Hij achtervolgde me. Het lukte me om los te komen, hij had me vastgebonden.'

'Waarom had hij je vastgebonden?

'Zodat ik niet zou ontsnappen.'

'Waren daar meer redenen voor?'

'Nee.'

'Wilde hij je misschien vasthouden tot alles wat je geslikt had naar buiten gekomen was?'

'Ik heb niets geslikt. Noi heeft dat gedaan. Ik was mee om haar gezelschap te houden.' Pim haalde haar handen van haar gezicht en begon aan de deken te frunniken. 'Wanneer mag ik naar huis? Ik heb een klein zusje dat op me wacht.'

'Waar wacht ze?'

Pim zweeg.

'We moeten weten waar je woont.'

Ze zweeg nog steeds.

'Je zult hier een tijdje moeten blijven,' zei Henrik.

'Nee, ik moet naar huis,' zei Pim. 'Maar hij heeft mijn paspoort, ik wil mijn paspoort terug!'

'Rustig maar, we zullen ervoor zorgen dat je naar huis kunt, maar eerst moet je ons de volledige waarheid vertellen. We willen weten wat je hier in Zweden zou gaan doen en wie je gevangengehouden heeft...'

'Ik wil niet naar die plek terug,' zei Pim. 'Ik wilde daar weg, en ik probeerde haar te helpen maar dat ging niet. Ik moest alleen weg.'

'Wilde je Noi helpen?'

'Ik wilde haar niet achterlaten maar ik moest wel, ik moest haar wel achterlaten.'

'Luister naar me,' zei Henrik kalm. 'Wie moest je achterlaten? Heb je het over Noi in de trein?'

'Nee, het meisje in de kamer.'

'Wat bedoel je? Je hebt het over een meisje, wie bedoel je daarmee?'

'Het meisje dat bij me was.'

'In de kamer waarin je gevangengehouden werd?'

'Ja.'

'Was daar nog een meisje?'

'Ja.'

17

Gunnar Öhrn trok aan de goudkleurige ketting die aan de bureaulamp hing. Het licht dat uit de groene lampenkap straalde was zwak. Daarna ging hij achter zijn bureau zitten en keek naar de adventskandelaar. Het was een rode, met zeven armen en een kleine plastic krans rond elke kaars.

Het was de tweede adventsdag. Het aftellen tot Kerstmis was in volle gang.

Hij keek naar zijn computer, zag zijn spiegelbeeld in het zwarte beeldscherm en herkende zichzelf nauwelijks. Grijs en bleek was hij, met wallen onder zijn ogen en onverzorgd haar. Wanneer was hij voor het laatst naar de kapper geweest? Hij was het vergeten, misschien kwam dat door de vermoeidheid. Misschien was het de leeftijd. Hij wist het niet.

Er werd op de deur geklopt. Hij zag hem opengaan en plotseling stond die klootzak in de deuropening. Hij kwam niet binnen maar bleef nonchalant op de drempel staan, met één hand op de deurkruk en een grijns op zijn gezicht. 'Wat ruik ik?'

'Wat bedoel je?'

'Dat is...' Anders Wester snoof als een speurhond. 'Ik denk dat ik het weet. Het ruikt hier naar peperkoek, klopt dat?'

'En?'

'Zit je hier stiekem te snoepen, schrokop?'

'Nee, Anneli heeft een nieuwe zeep gekocht.'

'Dus nu ruik je naar peperkoek. Dat is ook een manier om kerstsfeer te verspreiden.'

'Bemoei je er niet mee.'

Anders grijnsde weer en streek met zijn hand over zijn kale hoofd. 'We hebben dus een doorbraak,' zei hij.

'Blijkbaar.'

'Maar jullie zijn niet degenen die haar gevonden hebben?'

Gunnar klemde zijn tanden op elkaar en haalde adem door zijn neus. 'Ze is gevonden door de sneeuwploeg die bezig was op de 209.'

'Waar is ze nu?'

'In het ziekenhuis.'

'En waar is ze geweest nadat ze uit de trein gevlucht is?'

'Dat is nog heel onduidelijk. Ze is hier natuurlijk niet bekend, maar we hopen vandaag duidelijkheid te krijgen. We verhoren haar nu.'

'En de dader? Wat zijn jullie van plan daaraan te doen?'

'Je klinkt als een journalist, ga je een artikel schrijven of zo?'

Anders liet de deurkruk los en sloeg zijn armen over elkaar. 'Ik wil alleen je ideeën horen.'

'Over een uur is er een bijeenkomst.'

'Mooi, zorg ervoor dat die er is.'

'Ik zei net dat die er is.'

'En ik gaf je daarnet een dringend verzoek om er een te houden.'

'Ik heb maling aan je dringende verzoeken.'

Anders grijnsde weer en deed de deur dicht, maar opende hem meteen weer. 'Luister, Gunnar,' zei hij, 'probeer de volgende keer een andere geur, peperkoek past niet bij je.'

Pim keek naar het plafond en voelde de kou van de slang die aan de binnenkant van haar elleboog in haar arm drong. Tegelijkertijd voelde ze warme tranen over haar jukbeenderen in haar oren stromen. De verpleegster hield haar een stuk papier voor, maar Pim was te zwak om het aan te pakken. Henrik wisselde blikken met Jana en Mia.

'Kun je het meisje beschrijven?' vroeg hij voorzichtig.

Pim luisterde terwijl de tolk de vraag vertaalde.

'Kun je haar aan ons beschrijven?'

'Ze schreeuwde toen ik haar achterliet, ik wilde haar niet achterlaten maar ik moest me haasten voordat hij terugkwam, ik moest haar wel achterlaten.'

Pim deed haar ogen dicht en herinnerde zich hoe het meisje vanaf de trap naar de bovenverdieping naar haar had gekeken. Ze had daar zo stil gezeten, alleen haar ogen, waarin geschoktheid, paniek en angst stonden, hadden bewogen. Pim had haar gezicht gezien, ze hadden elkaar aangekeken.

'Kun je me meer over haar vertellen? Praatten jullie met elkaar?'

De enige geluiden waren het gesis en getik van de apparaten. Pim kon haar ogen niet openhouden, ze knipperde maar zag alleen duisternis.

Ze hoorde de politieagent ademhalen. Hij haalde snel en ongerust adem, maar zijn stem was kalm toen hij de vraag herhaalde. 'Kun je me meer over het meisje vertellen?'

Pim opende haar ogen en schudde haar hoofd. 'Ze was doodsbang,' zei ze met een trillende lip. 'Ze huilde de hele tijd...' Pims stem brak. Ze dacht eraan hoe ze door de diepe sneeuw had gerend. Ze wilde nooit meer zo'n kou meemaken. Ze wilde naar de warmte, naar de zon, naar Mai. De politie mocht haar niet langer vasthouden. De laatste twee bolletjes lagen ergens in het bos.

'Herinner je je hoe ze heet?' vroeg hij.

'Ik weet het niet,' fluisterde Pim.

'Heet ze Ida?'

Henrik kreeg een vragende blik van Mia. Pim gaf geen antwoord.

'Het is waarschijnlijk beter als we Pim nu een tijdje laten rusten,' zei de verpleegster terwijl ze de tranen die over Pims wangen liepen wegveegde.

Henrik negeerde haar. Hij haalde zijn mobiel tevoorschijn en bladerde naar de foto van Ida Eklund. Haar grote ogen waren blauw, het lange blonde haar lag in een warrige vlecht over één schouder. Ze glimlachte naar de camera.

'Is dit het meisje dat bij je was?'

Pim keek met samengeknepen ogen naar Henriks telefoon. 'Ik weet het niet,' zei ze nauwelijks hoorbaar. Ze ging op haar zij liggen en trok het dekbed over haar hoofd.

'Kijk nog eens goed,' zei Henrik.

Pim gaf geen antwoord. Ze had zich afgesloten.

Het was ijskoud toen Henrik Levin, Mia Bolander en Jana Berzelius via de hoofdingang van het Vrinnevi-ziekenhuis naar buiten liepen. Mia trok haar schouders meteen op. 'Vertel, waar haalde je Ida ineens vandaan?' vroeg ze. 'Hoe moet zij hierbij betrokken zijn? Kom je ideeën tekort, Henrik?'

'Wacht, begin bij het begin,' zei Jana. 'Wie is Ida?'

'Gisteren hebben we een jonge man vermoord in zijn appartement aangetroffen.'

'Robin Stenberg? Dat heb ik van Per Åström gehoord.'

'Precies. We dachten eerst dat Robin alleen was, single, maar blijkbaar had hij een relatie met een meisje dat Ida Eklund heet.'

'Ik bevries,' zei Mia. 'Moeten we hier blijven praten?'

'En Ida is verdwenen?' vroeg Jana.

Henrik knikte. 'Om een lang verhaal kort te maken, Ida heeft tegen haar ouders gezegd dat ze bij een vriend zou blijven slapen, wat de ouders een probleem vonden omdat ze hem niet kenden. Ida trok zich daar niets van aan en we vermoeden dat ze inderdaad bij Robin geslapen heeft. We hebben dat nog niet bevestigd gekregen, maar op dit moment gaan we daarvan uit.'

'Hallo?' zei Mia terwijl ze haar armen om zich heen sloeg. Ze kreeg geen reactie.

'Dus ze kan op het moment dat Robin Stenberg vermoord werd in het appartement geweest zijn?' Jana voelde dat de haartjes op haar armen overeind gingen staan.

'Dat weten we nog niet zeker, maar het is inderdaad heel goed mogelijk dat Ida zich daar bevond op het moment dat Robin vermoord werd.'

Jana's gedachten tolden. Ze keek Henrik en Mia niet aan en hield haar blik op de grond gericht, op de sneeuw.

'Waarom zou Ida zich op dezelfde plek als Pim bevinden?' vroeg Mia huiverend. 'En hoe moet ze daar terechtgekomen zijn? Via Robin Stenberg? Is het niet een beetje vergezocht om te denken dat een zestienjarig schoolmeisje en een twintigjarige vegetariër iets met dit drugsverhaal te maken hebben? Gebruik je verstand, Henrik.'

'Het is vergezocht, ik weet het, maar Robin had een drugsprobleem, dus is er een kans dat hij contact had met onze man. En toen Pim over een ander meisje vertelde, moest ik wel vragen of het Ida was.'

'Heel slim, echt waar, maar geef me nu de autosleutel maar.'

'Heb je het zo koud?' vroeg Henrik.

'Ja, niet iedereen heeft geld voor dure merkkleding,' zei ze met een boze blik naar Jana.

Henrik haalde de sleutel uit zijn zak en gaf hem aan Mia, die meteen naar het parkeerterrein verdween.

'Ik wacht in de auto,' riep ze over haar schouder.

Jana keek haar na terwijl ze haar handen zo stevig rond de aktetas klemde dat haar knokkels wit werden.

'Dus je denkt dat deze Ida getuige is geweest van de moord op Stenberg?' vroeg ze.

'Ja,' antwoordde Henrik.

'Maar waar is ze nu dan?' Jana keek recht in Henriks ogen.

'Dat moeten we uitzoeken,' zei hij terwijl hij terugkeek.

18

Henrik Levin keek naar Anders Wester, die de vergaderkamer binnenkwam. Anders ging aan de tafel zitten, waar Gunnar, Mia, Ola, Jana en Per al zaten.

'Hebben we een verdachte?' vroeg Anders met opgetrokken wenkbrauwen.

'Nee, zo ver zijn we nog niet,' antwoordde Henrik onzeker terwijl hij naar Gunnar keek.

'En toch hebben jullie hier niet minder dan twee officieren van justitie zitten,' ging Anders verder terwijl hij naar Jana en Per keek.

Per ging een beetje opgelaten verzitten, Jana vertrok geen spier.

'We werken hier waarschijnlijk op een andere manier samen dan jij gewend bent,' zei Gunnar. 'We zijn het aan de andere kant ook niet gewend dat de Rijksrecherche bij onze besprekingen aanwezig is. Maar bedankt voor de opmerking en welkom. Zullen we beginnen?'

Gunnar keek naar Henrik.

'Goed...' begon Henrik. 'Afgelopen donderdag arriveerde Pimnapat Pandith, die we Pim zullen noemen, samen met haar vriendin Siriporn Chaiyen met de trein in Norrköping. Siriporn, die Noi genoemd werd, stierf aan een overdosis. Pim was geschokt en vluchtte uit de trein, waar een man in een auto op haar wachtte. Ze heeft ons verteld dat ze naar een kamer gebracht is die ze beschrijft als koud en in de buurt van water. Het kan een leegstaande vakantiewoning, een schuur of een boothuis zijn.'

'Maar een boothuis heeft toch geen verdieping?' viel Mia hem in de rede. 'Ik denk eerder dat het een leegstaand zomerhuisje of zoiets is.'

Henrik knikte en ging verder: 'Het lukte Pim om te ontsnappen uit de kamer of het huisje. Ze is gevonden door Christian Bergvall, die het alarmnummer belde, en ze ligt inmiddels in het ziekenhuis. We houden haar voorlopig vast en ze wordt bewaakt omdat ze waarschijnlijk belangrijke informatie heeft waarvan haar opdrachtgevers niet willen dat wij die te pakken krijgen.'

'We hopen dat we meer te horen krijgen,' viel Jana hem in de rede. 'Vooral over de man die haar opgepikt heeft.'

'Wat weten we over haar opdrachtgever?' vroeg Anders.

'Op dit moment niet veel,' antwoordde Henrik.

'Maar daar werken we aan,' viel Gunnar hem bij.

'Op welke manier, als ik vragen mag?'

'We zijn natuurlijk van plan om Pim te blijven verhoren,' zei Jana.

'Inderdaad,' zei Henrik. 'Maar we hebben ook een signalement van de man die haar opgepikt heeft. En we hebben geluk gehad met het paspoort van het dode meisje, nietwaar, Ola?'

Ola boog zich naar voren. Zijn muts was een stukje naar boven gegleden en het leek alsof hij een puntige bergtop op zijn hoofd had.

'Thai Airways bevestigt dat Siriporn Chaiyen zich in het vliegtuig uit Bangkok bevond dat donderdag om 06.35 uur op Kastrup geland is.'

'En Pim, of Pimnapat?' vroeg Mia.

'Dat is onduidelijk,' zei Ola. 'Niet één naam begint met Pim.'

'Ze kan dus met een ander vliegtuig gearriveerd zijn,' zei Henrik.

'Of ze liegt,' zei Mia. 'Misschien staat haar echte naam wel op de lijst.'

'Hoe zijn de tickets gereserveerd, weten we dat?' vroeg Jana.

'Ticket,' zei Ola. 'Er is maar één ticket op naam van Siriporn Chaiyen gereserveerd,' zei Ola.

'Via internet?'

'Via een reisbureau in Bangkok.'

'En de betaling?'

'Daar is geen informatie over, dus waarschijnlijk contant.' Ola streek met zijn hand over zijn muts. 'Het zou gemakkelijker zijn als we haar paspoort zouden hebben,' zei hij. 'Maar vroeg of laat achterhalen we haar naam.'

'Dat vraag ik me af,' zei Henrik. Hij was er helemaal niet van overtuigd dat Pim dat vrijwillig zou vertellen.

'Wat heeft ze tot nu toe over het drugs smokkelen gezegd?' vroeg Anders.

'Daar is ze vrij onduidelijk over,' antwoordde Jana.

'Daar ben ik het mee eens,' zei Henrik. 'Ze zegt dat de man die haar opgepikt heeft bij het station Noi en haar verwisseld heeft. Ze beweert dat ze alleen met Noi meegegaan is om haar gezelschap te houden... en dat ze nog nooit iets met drugs te maken gehad heeft.'

'En wat denken wij daarover?' vroeg Anders.

'Een twijfelgeval...' antwoordde Henrik. Hij pauzeerde even. 'Oké, als we op dit moment geen vragen meer hebben over de Thaise meisjes, dan wil ik verdergaan met de tweede zaak, Robin Stenberg,' zei hij terwijl hij in zijn papieren bladerde. 'Hij is gisteren vermoord in zijn woning aangetroffen en we hebben er nog geen idee van wie de dader is of daders zijn. Het technisch onderzoek is net afgesloten en... Wat moet ik ervan zeggen... Daar is eigenlijk niets van waarde uit gekomen. Een pakje ham bij een vegetariër is ons beste spoor op dit moment. We weten inmiddels dat Robin gepakt is voor heroïnebezit en dat zou een link kunnen zijn met de zaak van de Thaise meisjes.'

'Trek je daarmee niet een beetje overhaaste conclusies?' vroeg Anders. 'Om de moord op Robin Stenberg te verbinden aan de drugssmokkel?'

'We zijn hier gewend om met een objectieve blik naar zaken te kijken,' zei Gunnar.

'Dát is in ieder geval goed,' zei Anders met een glimlach.

'Maar we weten niet of Robin Stenberg nog steeds drugs gebruikte,' zei Per.

'Dat klopt,' zei Henrik. 'Hoe dan ook, het is opmerkelijk dat Robin Stenberg een relatie had met een zestienjarig meisje, Ida Eklund, en dat zij sinds vrijdagavond verdwenen is. Het lijkt erop dat ze vrijdagavond bij Robin Stenberg geweest is.'

Henrik nam opnieuw een korte pauze.

'Kan die Ida iets met de moord te maken hebben?' vroeg Per terwijl hij zich naar voren boog.

'Jazeker,' zei Henrik. 'Maar als je kijkt naar de manier waarop de moord is gepleegd, dan is het niet waarschijnlijk dat de dader zo jong is. Ik geloof dat we te maken hebben met een beroepsmoordenaar, maar dat is mijn eigen mening.'

'Ja, jij gelooft zelfs dat Ida Eklund het meisje zou kunnen zijn met wie de Thaise volgens haar eigen verhaal gevangen heeft gezeten,' zei Mia.

'Waarom denk je dat?' vroeg Gunnar.

Henrik keek met een vermoeide blik naar Mia. 'Daar heb ik eigenlijk geen reden voor. Het was gewoon iets wat me inviel toen we met de Thaise praatten. Er is een meisje vermist, we weten waar een meisje is...'

'Dus Ida Eklund kan zich ook op een heel andere plek bevinden?' vroeg Gunnar.

'Ja, absoluut,' zei Henrik. 'Het is heel goed mogelijk dat ze vrijwillig wegblijft.'

Jana keek op van haar notitieblok. 'Er is dus nog steeds geen spoor van haar.'

'Nee,' zei Henrik en hij schudde zijn hoofd.

'Oké, maar laten we teruggaan naar het Thaise meisje, deze Pim,' zei Anders. 'Wat zegt ze over de plek waar ze gezeten heeft?'

'Niet veel,' zei Henrik. Hij liep naar de grote gedetailleerde kaart aan de muur. Een rode cirkel markeerde de plek op de 209 waar Pim was gevonden.

'Ze is hier gevonden. Waarschijnlijk kwam ze heel langzaam vooruit, het is moeilijk te geloven dat ze sneller dan vijf kilometer per uur liep, omdat ze waarschijnlijk ernstig verstijfd was van de kou.'

Henrik mat met een liniaal het maximale traject in verhouding met de snelheid in zuidelijke richting en trok daarna een cirkel met een grote passer.

'Ze had het over water,' ging Henrik verder. 'Daarom concentreren we ons binnen het primaire zoekgebied op de kustlijn. We beginnen aan de noordelijke kant bij Marviken, Viddviken en alle andere gebieden die daar liggen.' Henrik wees weer naar de kaart. 'Binnen dit gebied moet de plek liggen waar ze gevangengehouden is. We hebben daar op dit moment patrouilles die de omgeving uitkammen.'

'Hoeveel panden zijn er in dat gebied?' vroeg Per.

'We zijn bezig om dat uit te zoeken,' zei Henrik terwijl hij ging zitten. 'We weten niet voldoende over de plek, maar nog minder over de dader. Alleen dat hij een auto met een vals nummerbord had, donkere kleding droeg en donker haar had.'

'Is dat alles?' vroeg Gunnar.

'Ja,' antwoordde Henrik.

'Dan moeten we een persconferentie houden,' zei Gunnar.

'En het publiek om hulp vragen bij het vinden van die man?' zei Henrik. 'Ik geloof niet...'

'Heb jij een beter voorstel?' zei Gunnar.

'Maar zal ons dat verder helpen?' vroeg Henrik. 'Het kan ons ook in de verkeerde richting leiden. En we hebben tenslotte al mensen die in het gebied zoeken waar de Thaise gevonden is.'

'Of het leidt ons precies in de juiste richting! Iemand moet iets gezien hebben, bij het centraal station of bij de kust. We jagen toch niet op geesten!' Gunnar leunde met zijn ellebogen op de tafel en verborg zijn gezicht in zijn handen. 'Op dit moment is de Thaise de enige die weet wie de man is,' zei hij.

'En zij houdt haar mond,' antwoordde Mia.

'Dan moeten we ervoor zorgen dat ze gaat praten,' zei Gunnar.

'Dus nu werken we eindelijk samen aan een zaak,' zei Per Åström tegen Jana Berzelius toen de andere teamleden de vergaderkamer hadden verlaten.

'Ik begrijp het niet goed,' zei ze.

'Het onderzoek.'

'Dat weten we toch nog niet. Er is geen verband geconstateerd tussen de Thaise meisjes en de moord op Robin Stenberg.'

'De drugs?'

'Dat is te zwak.'

'Ja, daar heb je waarschijnlijk geluk mee, want als er een verband was, dan zou je zonder meer vaker met me moeten afspreken,' zei Per.

'Dat beschouw ik als bedreiging van een ambtenaar,' zei Jana terwijl Per zijn korte groene jack van de stoel trok. Ze vroeg zich af waarom hij het veel te sportieve jack met capuchon koppig bleef dragen. Het was veel beter geschikt voor de skihellingen in Åre.

'Wat zeg je ervan?' zei hij. 'Hier in het gebouw of in de stad?'

'Wat bedoel je?'

'Lunchen. Jij moet eten, ik moet eten, dus kunnen we dat net zo goed samen doen.'

Jana keek hem vermoeid aan.

'Wat?' Hij spreidde zijn armen.

'Niets,' antwoordde ze terwijl ze haar jas over haar schouders hing.

'In de stad dan? Het is misschien beter om ergens anders naartoe te gaan, in de kantine van het politiebureau zien mensen ons samen en dat wil jij niet. Ze zouden er iets van kunnen gaan denken, misschien dat we een relatie hebben of zoiets verschrikkelijks.'

Jana zette een hand in haar zij, hield haar hoofd schuin en keek naar zijn brede, plagerige glimlach.

'Ga gewoon mee,' zei hij lachend.

'Waar gaan we dan naartoe?' Ze vroeg zich snel af waar ze zou willen eten.

'Dat beslissen we onderweg wel,' zei Per.

Ze liepen het politiebureau uit en werden verwelkomd door wervelende, glinsterende sneeuw. Het was kouder geworden en Jana sloeg haar armen rond haar lichaam.

'Sushi?' vroeg Per. 'Of McDonald's? Daar eet ik heel regelmatig.'

'Dan is een beetje verandering juist goed, of niet soms?' zei Jana. 'Er is een goed Thais restaurant in Gamla Stan.'

In de Kungsgatan passeerden ze mannen en vrouwen met kinderwagens en een enkele jogger. Een bedelaar hield een papieren beker vast en rammelde met het muntgeld dat erin zat. Ze sloegen links af de Sandgatan in en staken de brug over. Drie mannen in dikke overalls stonden met lange vishengels in hun handen tegen de zwarte brugleuning geleund. De sneeuwvlokken lagen als een dik tapijt op hun schouders en mutsen.

Per praatte aan één stuk door. Ze had het gesprek naar hem en zijn bezigheden gestuurd, wat niet zo moeilijk was geweest. Als hij een vraag stelde antwoordde ze kort en stelde op haar beurt een vraag of zweeg. Ze was vandaag niet van plan geweest om met iemand te lunchen, maar terwijl ze met Per naast zich door de sneeuw liep ontdekte ze tot haar verbazing dat de gedachten aan Robin Stenberg en Ida Eklund langzaam naar de achtergrond verdwenen en dat Per eigenlijk heel prettig gezelschap was.

Henrik Levin stapte uit de auto, snoof en constateerde dat het niet naar winter rook. Hoe rook sneeuw eigenlijk?

Mia liep naast hem terwijl ze met Martin Strömberg sms'te.

'Je kunt je mobiel beter wegstoppen,' zei Henrik terwijl hij aanbelde. Ze stonden voor het rijtjeshuis van het gezin Eklund en hoorden de bel melodieus door de woning klinken.

Na een tijdje opende Petra de deur met een vrolijke glimlach. Toen ze Henrik en Mia zag, deed ze een paar stappen naar achteren.

'Kom binnen, kom binnen,' zei ze, waarna ze tegen een jack stootte, dat daardoor op de vloer viel. Ze pakte het op en lachte terwijl ze het weer op de kleerhanger hing.

'Dat is Ida's jack,' zei ze. 'Het spijt me, maar ik ben zo blij en opgelucht dat ze weer thuis is.'

Ze gebaarde met haar hand en herhaalde dat ze binnen moesten komen. Henrik en Mia volgden haar door de gang naar de keuken, waar Petra een kop koffie voor hen neerzette en hun vroeg om aan de eettafel te gaan zitten. Op dat moment kwam Magnus binnen en begroette hen.

'Ida, de politie is er!' riep Petra. Even later kwam Ida de keuken in, trok de rits van haar strakke capuchonsweater naar boven en ging tussen haar ouders in zitten. Ze keken naar haar, maar Ida ontweek hun blikken. Haar ogen waren rood van het huilen.

'Ik ben inspecteur Henrik Levin en dit is mijn collega Mia Bolander,' zei Henrik.

'Ik heb me niet verstopt als jullie dat soms denken,' zei Ida ongeduldig, alsof ze dat al ontelbare keren had uitgelegd.

'Dat denken we ook niet,' zei Henrik. 'Maar we vragen ons natuurlijk wel af waar je geweest bent.'

'Ik heb bij een vriendin geslapen.'

'En die heet?'

'En die heet...' mompelde ze terwijl ze haar armen over elkaar sloeg. 'Ik heb bij Sofia geslapen, bij wie anders?'

'Sofia is blijkbaar ook een nieuwe vriendin over wie we niets wisten,' legde Magnus uit.

'Maar jullie hoeven ook niet alles te weten,' zei Ida met een zucht.

'En Sofia kan bevestigen dat je bij haar geweest bent?' vroeg Henrik aan Ida.

'Ja, dat kan ze,' zei Ida. 'En haar moeder ook.'

Petra knikte. 'Dat klopt. Ik heb al met Sofia en haar moeder gepraat. Sofia lijkt een keurig meisje.'

'Wat heeft dat ermee te maken?' vroeg Ida.

'Niets, ik wil alleen...' Petra zweeg, zuchtte en keek naar Henrik. Tegelijkertijd ging Mia's mobiel. Ze pakte hem en drukte het gesprek weg.

'Zoals je zult begrijpen willen we met je praten over Robin Stenberg,' zei Henrik. 'Hadden jullie een relatie?'

Ida zette haar ellebogen op de tafel en steunde haar kin op haar handen. 'Misschien wel,' zei ze.

'Hadden jullie dat of niet?'

'Allebei.'

'Ida,' zei Magnus, 'kun je geen normaal antwoord geven?'

'Ja, we hadden waarschijnlijk een relatie.'

'Hoelang kende je hem?'

'Ongeveer vier maanden.' De tranen sprongen in haar ogen. Magnus sloeg zijn arm om de schouders van zijn dochter, maar ze schudde hem af.

'Weet je of Robin drugs gebruikte?' vroeg Henrik.

'Ik denk het wel.'

'Wat?' zei Petra terwijl ze naar Ida keek. 'Jezus, ook dat nog.'

'Waarom denk je dat?' vroeg Henrik.

'Hij schreef een paar nummers die daarover gingen. Dan is het duidelijk.'

'Heb je hem wel eens onder invloed gezien?'

'Nee, maar ik was ook niet de hele tijd bij hem.'

'Weet je met wie hij omging?'

'Nee, maar hij kwam graag in het cultureel centrum en andere muzieklokalen, zoals Bryggan.'

'Bryggan?'

'Ergens in Industrilandskapet.'

Henrik knikte. 'Heb jij wel eens drugs geprobeerd?'

Ida schudde haar hoofd.

Petra keek een hele tijd naar haar.

'Echt, dat heb ik nooit geprobeerd!'

'Klopt het dat je vrijdag bij Robin geweest bent?' vroeg Henrik.

'Ja.'

'Wanneer was je daar?'

'Bedoel je wanneer ik daar kwam of zo?'

'Ja.'

Ze veegde met haar mouw over haar ogen.

'Je ging om vier uur thuis weg...' begon Petra.

'Mag ik het zelf vertellen?'

'Natuurlijk, ik wil alleen...'

Ida zweeg met op elkaar geperste lippen.

'Je bent dus om vier uur uit huis vertrokken?'

'Ja,' mompelde Ida. 'Ik ging naar Robin.'

'Wat deden jullie?'

'Wat we altijd doen.'

'En dat is?'

'Gewoon rondhangen. Een film kijken en zo.'

'Heb je tijdens die avond iets ongewoons gemerkt?'

'Ja, ik wilde uitgaan en iets doen, maar dat wilde hij niet. Hij was anders altijd degene die zeurde dat hij weg wilde, maar vrijdag wilde hij niet. Hij weigerde gewoon.'

'Wat gebeurde er toen?'

'Ik ben weggegaan. Wie wil er op vrijdagavond op de bank zitten en televisiekijken? Ik niet in elk geval, dus ben ik om acht uur of misschien halfnegen vertrokken, ik weet het niet precies meer, ik...' Ida's lip trilde. Het was alsof ze plotseling werd overvallen door het besef dat Robin echt dood was. 'Ik was boos omdat hij zo saai was en de hele tijd binnen wilde zitten.'

'Hoe reageerde hij daarop?' vroeg Henrik terwijl hij Mia's mobiel opnieuw hoorde overgaan.

'Hij zei dat ik zo veel uit mocht gaan als ik wilde, als hij maar niet mee hoefde. Hij gedroeg zich de laatste dagen zo... ik weet niet...

vreemd. Hij wilde zelfs nauwelijks naar de winkel gaan. Hij deed het uiteindelijk wel, maar hij gedroeg zich... ik weet het niet... gewoon vreemd.'

'Op wat voor manier?'

'Hij had haast, wilde de hele tijd opschieten.'

'Was daar een reden voor?'

Ida keek naar beneden, dacht na en knikte langzaam. 'Ja...' zei ze aarzelend. 'Hij was ergens bang voor.'

'Waarvoor?'

Ze slikte en dacht na. Henrik was niet van plan haar te laten ontsnappen, niet nu het leek of ze meer ging vertellen, misschien zelfs een antwoord had.

'Dat heeft hij niet verteld,' zei ze.

'Heb je zelf misschien een idee waarvoor hij bang geweest kan zijn?'

Ida's mond trilde, maar ze perste haar lippen op elkaar en kreeg de harde, opstandige uitdrukking in haar ogen terug.

'Ida,' zei Magnus, 'je moet het vertellen als je...'

'Ja! Dat doe ik toch! Hij zei dat hij iets gezien had.'

'Wanneer zei hij dat?'

'Toen ik woensdag in zijn flat was. Ik zat in zijn flat te wachten en toen hij binnenkwam vond ik dat hij zich vreemd gedroeg, dus vroeg ik wat er was en toen vertelde hij dat hij iets gezien had...'

'Wat dan?'

'Dat weet ik dus niet! Hij heeft niet verteld wat het was. Hij ging achter zijn computer zitten, liep even later naar het raam, trok de jaloezieën omhoog, keek naar buiten en deed ze weer dicht. Dat deed hij een paar keer. Ik kreeg er genoeg van en ben naar huis gegaan. En vrijdag gedroeg hij zich net zo vreemd.'

'En je hebt geen idee waarom dat was?'

Ida verschoof ongerust op haar stoel. 'Tja, eh... hij kocht soms... iets bij een oudere man en ik dacht dat het daar misschien mee te maken had...'

'Wat kocht hij dan?' vroeg Henrik.

'Ida, wat kocht hij?' vroeg Magnus.

'Alleen iets om te roken...'

'Ben je wel eens mee geweest als hij naar die oudere man toe ging?'

'Nee, nooit...'

'Oké,' zei Henrik bedachtzaam, alsof hij zijn gedachten wilde ordenen. 'Laten we teruggaan naar vrijdag, je vertrok dus tussen acht uur en halfnegen uit Robins appartement?'

'Ja, ik liep naar de bushalte aan de overkant van de straat.'

'Heb je iemand in het trappenhuis gezien, of in de buurt?'

'Ik heb geen drúgsdealers gezien, als dat is wat u bedoelt,' zei Ida.

'En je hebt verder niets gezien?'

'Niets gezien?' herhaalde ze. 'Tja, ik zag...'

Ze raakte de draad kwijt toen Mia's telefoon opnieuw ging.

'Sorry,' zei Mia. 'Ik moet dit telefoontje nemen.' Ze stond op en liep naar de hal. Henrik hoorde haar opnemen met: 'Hallo, Martin.'

Hij zuchtte en draaide zich opnieuw naar Ida. 'Vertel, wat heb je gezien?'

'Toen ik bij de bushalte stond zag ik een vrouw bij het gebouw weglopen, of misschien liep ze alleen langs, dat weet ik niet. Ze viel me op omdat ze zulke mooie kleding droeg. Ze hoorde daar niet, als je begrijpt wat ik bedoel.'

'Leg het alsjeblieft uit.'

'Oké, het gebeurt zelden dat je iemand zoals zij in die wijk ziet.'

'Ida, dat is toch gemeen tegenover de mensen die daar wonen,' zei Magnus.

'Hoe moet ik het dan uitleggen? Oké, ze zag eruit als een rijke bitch, hoor je dat liever? Ze had steil haar en een peperdure sjaal, en ze stapte in een supergave BMW. Zo een wil ik ook hebben als ik uit huis ga.'

'Dan wordt het tijd dat je gaat sparen,' zei Magnus.

'Waarom? Misschien win ik de lotto of zoiets, of ontmoet ik een rijke vent, dat weet je nooit.'

'Nee,' zuchtte Magnus.

'En je weet zeker dat het een BMW was?' vroeg Henrik.

'Heel zeker. Zulke auto's zie je daar niet vaak. Maar misschien mag ik dat ook niet zeggen?' Ida's stem stokte.

'Heb je het kenteken van de BMW gezien?'

'Nee, hij stond te ver weg.'

'En verder heb je niets gezien?'

'Niet echt,' zuchtte ze. 'Ik keek de hele tijd naar die vrouw, maar toen zij weggereden was zag ik een man uit de portiek komen.'

Vanuit zijn ooghoeken zag Henrik Mia in de deuropening verschijnen.

'Uit Robins portiek dus,' zei Ida. 'En... die man stapte in een auto die op straat geparkeerd stond.'

'Hoe zag hij eruit?' vroeg Henrik.

'Hij had donker haar en donkere ogen.'

'Herinner je je in wat voor auto hij stapte?'

'Die was donker.'

'En het merk?'

'Geen idee, het was een gewone auto, een Volvo of zo.'

Henrik voelde dat zijn hart steeds sneller begon te slaan. Hij keek naar Mia en zag dat zij dezelfde gedachte had. Een donkere Volvo. Kon het dezelfde auto zijn als bij het centraal station?

Ola Söderström typte snel. Hij zocht opnieuw in Robin Stenbergs computer. Hij had al Robins persoonlijke contacten al gecontroleerd en nu hij de cookiefiles bekeek vond hij pagina's met maatschappijkritische artikelen.

Ola zat in zijn kamer in het politiebureau met zijn benen op het bureau, at chips uit een zak en bewoog zijn hoofd op de maat van de muziek die uit de draadloze speaker stroomde waaraan zijn iPhone was gekoppeld.

Robin had onder de gebruikersnaam Eternal_sunshine meerdere keren commentaar gegeven op bijdragen en artikelen en was onder meer een discussie begonnen op de pagina *Stand Up for Human Rights*, waar mensen werden geïnformeerd over de verborgen agenda's van regeringen, grote bedrijven en bureaucratie. Eternal_sunshine had ook commentaar gegeven op het artikel van een journalist over Nobelprijswinnaar Aung San Suu Kyi, die huisarrest had gehad in Rangoon, de oude hoofdstad van de militaire dictatuur van Myanmar. En hij had commentaar gegeven op een artikel over de vrijheidsstrijders in het door Indonesië bezette Oost-Timor.

Ola veegde zijn vette handen af aan zijn spijkerbroek, haalde zijn benen van het bureau en trok het toetsenbord dichter naar zich toe.

Hij bleef door de cookiefiles bladeren en vond een nieuwe thread van Eternal_sunshine van maar een paar dagen geleden. Hij las de discussie die was gepubliceerd op het roddelforum Flashback snel door. Het ging over een mishandeling die in Knäppingsborg had plaatsgevonden.

Ze legden het grootste deel van de rit zwijgend af. Dat vond Henrik Levin geen probleem, maar Mia duidelijk wel.

'Ben je soms boos?' vroeg ze.

'Ik ben niet boos, ik vind alleen dat het niet nodig is om je mobiel op te nemen als we midden in een gesprek met Ida Eklund zitten,' zei Henrik terwijl hij zijn handen rond het stuur klemde. 'Dat is bijzonder onprofessioneel, als je het mij vraagt.'

'Misschien was het een belangrijk gesprek.'

'*Wíj* hadden een belangrijk gesprek.'

Mia staarde naar hem. 'Maar jij bleef toch zitten.'

'Je weet precies wat ik bedoel.'

'Oké, het spijt me verdomme heel erg.'

Ze trok een pruilmond, draaide haar gezicht weg en keek door de zijruit naar buiten. Toen het kerstnummer op de radio afgelopen was draaide ze zich weer naar Henrik toe. 'Vertel.'

'Wat moet ik vertellen?'

'Wat ik blijkbaar gemist heb tijdens het verhoor, en waardoor jij nu zo boos bent.'

'Ik ben niet boos.' Henrik streek met zijn hand over zijn gezicht en begon te vertellen. 'Ida vertelde dat ze een donkere man had gezien die in een donkere auto reed, waarschijnlijk...'

'... een Volvo. Dat heb ik gehoord. Heeft ze nog meer interessante dingen verteld?'

Henrik dacht aan de vrouw die Ida had beschreven en kreeg een gevoel van onbehagen in zijn borstkas. Het was een vreemde samenloop van omstandigheden die hem bijzonder onzeker maakte. Moest hij Mia vertellen dat Ida een vrouw met een supergave BMW had beschreven die angstaanjagend veel op Jana Berzelius leek?

Hij aarzelde, het zou alleen onnodig wantrouwen wekken als Jana niet in de Spelmansgatan in Navestad was geweest.

'Nee, niet direct,' zei hij. 'Ze heeft verder niets bijzonders verteld.'

'Mooi, dan heb ik dus niets gemist,' zei Mia.

Ze reden zwijgend verder, wat ze geen probleem meer leek te vinden. Maar nu vond Henrik het een probleem.

Hij zat niet in haar aktetas en ze zag hem nergens.

Jana Berzelius keek naar Per Åström, die de bon van een ober van restaurant Sing Thai aanpakte.

Aan het plafond hingen ronde lampen en op alle vensterbanken stonden yucca's en goudkleurige beelden.

'Weet jij nog of ik mijn sjaal om had toen we hiernaartoe gingen?' vroeg ze terwijl ze het witte tafelkleed optilde en onder de tafel keek.

'Nee, die had je niet om,' antwoordde hij.

'Ik had hem gisteren nog toen ik naar het politiebureau ging.'

'Dan ben je hem daar waarschijnlijk vergeten.'

Jana keek op haar horloge. 'Móésten we hiernaartoe gaan?'

'Waarom ben je zo gestrest?' vroeg Per. 'Het is zondag.'

'Ik had geen rekening gehouden met een lunch die twee uur duurt. Bovendien moet ik morgen in de rechtbank zijn.'

'Je moet dus nog het een en ander voorbereiden?'

'Ja.'

'Kun je die sjaal morgen niet halen?' vroeg hij.

'Ik heb mijn auto bij het bureau geparkeerd, dus ik moet toch terug.'

Ze dronk haar glas water leeg, stond op en keek uit het raam. Ze zag een auto slippen, waarna de wielen weer grip kregen en hij wegreed.

'Ik weet wat je denkt,' zei Per.

Ze draaide zich naar hem om. 'Onmogelijk,' zei ze kortaf terwijl ze de ceintuur van haar jas dichtknoopte.

'Echt waar,' zei hij. 'Ik weet wat je denkt, en ik ben het met je eens, we nemen een taxi terug.'

Voordat ze antwoord kon geven had hij zijn mobiel al gepakt.

Ze pakte haar aktetas, liep naar buiten en ging vlak bij de ingang staan. Op de grond lag een peuk. Het vertrapte gele filter en het natte vloeipapier losten op in de natte sneeuw.

'Hij is er zo,' zei Per toen hij naar buiten kwam.

'Mooi,' zei Jana met haar blik nog steeds op de peuk gericht.

'Je denkt dus dat Robin Stenberg woensdag getuige is geweest van een mishandeling?' Henrik Levin streek met zijn hand over zijn kin en voelde de stoppels onder zijn vingers schuren. Hij keek naar Ola, die een energieke blik in zijn ogen had. Mia at een peperkoekje en had vier andere in haar hand.

'Ja,' zei Ola. 'Ik heb Eternal_sunshine op Flashback gevonden.'

'En je weet zeker dat hij het is? Iedereen kan zich Eternal_sunshine noemen, of heb ik het mis?'

'Je hebt het mis. Zulke fora laten maar één gebruiker met die naam toe. Het IP-adres klopt ook, de bijdrage is van zijn computer. Het is zonder enige twijfel Robin.'

'Wat schrijft hij?' vroeg Henrik.

'Hier,' zei Ola. Hij hield Henrik en Mia een stapel papieren voor. 'Lees zelf maar.'

Henrik pakte de papieren aan, ging op zijn stoel zitten en begon te lezen. De thread was op woensdagavond om 23.42 uur aangemaakt.

Robin had geschreven: *Iemand die iets weet over een mishandeling van vanavond?*

Twee minuten later kwam er antwoord van iemand die zich Redflag noemde: *Welke mishandeling?*

Knäppingsborg. Ingang Järnbrogatan. Een man en een vrouw.

Een verkrachting?

Daar leek het niet op. Heeft niemand iets gezien of gehoord?

Een man met capuchon en donkere kleding, misschien een leren jack of iets dergelijks. Hij zat op een vrouw en sloeg haar. Heeft niemand iets gezien of gehoord? Iemand moet daar rond tien uur vanavond geweest zijn.

Er kwam antwoord van Nothingtolooose: *Hoe weet je dat allemaal? Ben jij soms degene die mishandeld is?*

Nee, maar iemand moet iets gezien hebben.

Donotdo schreef: *Vast een gewone relatieruzie. Belachelijk om daar zo'n drukte over te maken.*

Hoezo 'drukte'? schreef Robin. *Als jij het normaal vindt om geslagen te worden, dan kun je je afvragen hoe het er in jouw relaties aan toegaat.*

Donotdo: *Ik ga ervan uit dat geen enkele vrouw onschuldig is. Ze heeft hem natuurlijk geprovoceerd en verdient het daarom.*

Nothingtoloooose: *Ben je niet goed bij je hoofd? Sinds wanneer verdient een vrouw het om mishandeld te worden, of ze haar man nu wel of niet geprovoceerd heeft? Als een man zijn vrouw slaat, dan moet hij verdomme voorgoed opgesloten worden.*

Donotdo: *Dus je bedoelt dat je onder geen enkele omstandigheid je/een vrouw mag slaan?*

Nothingtoloooose: *Inderdaad, je moet de ballen van zo'n klootzak eraf snijden, hem opsluiten en de sleutel weggooien.*

Donotdo: *Ik neem aan dat je een vrouw bent?*

Nothingtoloooose: *Whatever.*

Robin schreef: *Hij rende weg.*

Nothingtoloooose: *Een laffe klootzak dus.*

Redflag: *Als we mogelijke daders moeten noemen, dan kunnen we ze in twee groepen verdelen: 1. Onbekende dader. 2. Dader met een band met het slachtoffer. Ik hoop dat de vrouw herstelt en dat de idioot die het gedaan heeft gepakt wordt.*

Redflag: *Ik zet er een honderdje op dat het een ex-vriendje is die haar heeft afgeranseld.*

Golddigger: *Vind geen info. Niets in media. Zit luchtje aan.*

Nothingtoloooose: *Daar hebben we een trol.*

Nee. schreef Robin. *Het is waar.*

Redflag: *Lulkoek, zoiets wordt verzonnen en het verhaal klinkt heel onwaarschijnlijk, maar je moet nooit nooit zeggen, was vanavond niet in het centrum dus weet er niets van.*

Maar ik wel. Ik heb alles gezien. schreef Robin.

Redflag: *Heb je de hele mishandeling gezien?*

Robin: *Ja.*

Redflag: *Vertel dan meer.*

Henrik keek naar Ola's gezicht, zijn grijze muts en het haar dat bij zijn oren uitstak terwijl hij wachtte tot Mia klaar was met lezen.

'Heeft hij verder niets geschreven?' vroeg ze.

'Nee,' zei Ola. 'Maar blijkbaar heeft hij iets gezien wat hem dwarszat.'

'Hebben we daar een aangifte van gekregen?' vroeg Henrik terwijl hij met de papieren zwaaide.

'Nee,' zei Ola. 'Ik heb het nagekeken, maar er is geen aangifte gedaan.'

'Oké,' zei Henrik.

'En dat is een beetje jammer,' ging Ola verder. 'Het was beter geweest als Robin naar ons toe was gekomen met zijn verhaal in plaats van zijn tijd te verspillen met vragen stellen op zo'n forum.'

'Wacht eens, misschien heeft hij dat toch gedaan,' zei Henrik. Hij gooide de papieren op het bureau, kwam overeind en liep naar Anneli's kantoor.

Ze zette haar tas op de gebruikelijke plek naast haar bureau. Anneli Lindgren ging op haar bureaustoel zitten, las een paar mails die waren binnengekomen, deed daarna haar ogen dicht en bewoog haar hoofd langzaam naar voren, naar achteren en opzij. Haar nek voelde stijf.

Ineens voelde ze een warme hand in haar nek en vingers die langzaam begonnen te masseren.

'Hemel, wat is dat lekker,' zei ze zonder haar ogen open te doen.

Ze kreunde toen hij steviger begon te masseren. Gunnar had een bijzonder talent om de pijnlijke plek te vinden en kreeg er nooit genoeg van, hij bleef gewoon doorgaan tot al haar spieren los waren.

Ze had hem haar kantoor niet horen binnenkomen, maar nu bedankte ze de hogere machten omdat hij er was. Misschien had hij gezien dat ze daarnet over haar nek had gewreven en had hij begrepen dat ze een helpende hand nodig had.

Ze glimlachte, opende haar ogen en zag een gezicht weerspiegeld in haar beeldscherm. Het was Gunnar niet!

'Waar ben jij mee bezig?' vroeg ze terwijl ze zich omdraaide.

'Je spieren losmaken,' antwoordde Anders vleierig.

'Stop daarmee,' zei ze.

'Je leek het prettig te vinden.'

Ze voelde dat ze rood werd en draaide haar rug naar hem toe. 'Ik dacht dat het iemand anders was,' zei ze. 'Ik wil dat je weggaat.'

'Weet je dat zeker?' vroeg hij.

'Anders, verdwijn.'

Ze kreeg geen antwoord, in plaats daarvan voelde ze dat haar stoel schommelde omdat hij zich naar voren boog. Hij hield zijn gezicht vlak bij dat van haar en fluisterde: 'Tot ziens... Anneli.'

Ze hoorde zijn voetstappen op de vloer en even later ging de deur langzaam dicht. Anneli kon zijn vingers nog steeds op haar huid voelen. Ze was geïrriteerd omdat hij zomaar haar kamer was binnengekomen en haar had aangeraakt, maar ze was vooral geïrriteerd omdat hij gelijk had. Ze had het prettig gevonden.

Beheers je, zei ze tegen zichzelf. Beheers je onmiddellijk.

Een kort knikje, meer niet. Zo begroette Henrik Levin Anders Wester toen hij hem in de gang voor Anneli's kantoor tegenkwam. Hij klopte zachtjes aan voordat hij de deur opende.

'Binnen,' zei Anneli kortaf. Ze staarde naar hem, kreeg een onzekere blik in haar ogen en begon de papieren op haar bureau te verplaatsen.

'Stoor ik?' vroeg hij.

'Nee,' zei ze, en ze glimlachte. 'Wat is er?'

'Ik heb je hulp nodig. Weet je nog dat er een nummerbriefje in Robins appartement gevonden is?'

'Jazeker.' Ze draaide zich naar haar computer. 'Wil je het zien?'

'Graag.'

Het duurde niet lang voordat het nummerbriefje op het scherm verscheen. WELKOM BIJ DE POLITIE, stond er in hoofdletters boven aan het witte papiertje.

'Ik was eigenlijk van plan om er met je over te praten,' zei Anneli. 'Zoals je ziet is het nummerbriefje vrijdag om 10.41 uur getrokken.'

'Robin is hier dus geweest,' zei Henrik. 'Op de dag dat hij vermoord is.'

'Ja.'

'Dat is vreemd, want Ola heeft het gecontroleerd en er zijn geen gegevens over zijn bezoek.'

19

Pim lag half op het bed met over elkaar geslagen armen. Haar wonden waren schoongemaakt en opnieuw verbonden, maar de pijn in haar tenen was nu erger en straalde naar haar been uit. De huid was op meerdere plekken donker geworden.

Ze had een longontsteking vanwege de onderkoeling en was daarom overgeplaatst naar een kamer op de infectieafdeling van het Vrinnevi-ziekenhuis. Daar lag ze alleen, met het irritante, zoemende geluid van de apparaten om zich heen. Haar lichaam voelde zwaar en ze had het gevoel dat ze in de matras werd gedrukt.

Ze keek in de kamer rond terwijl ze aan haar zusje Mai dacht en voelde dat ze in paniek raakte omdat ze nog steeds in dit koude land was. Langzaam sloeg ze het dekbed open, schoof haar benen uit bed, ging zitten en probeerde haar tenen te bewegen.

Ze huiverde toen haar blote voeten de vloer raakten, probeerde te gaan staan maar viel naar achteren. Ze bleef een tijdje op haar rug liggen en staarde naar het plafond. Daarna rolde ze met een van pijn vertrokken gezicht op haar zij en kwam op haar knieën. Ze trok zich omhoog en stond even later op trillende benen naast haar bed.

Pim deed haar ogen dicht en luisterde naar geluiden achter de deur, maar ze hoorde geen voetstappen of stemmen, dus deed ze een stap naar voren. En nog een.

Ze voelde haar krachten langzaam terugkeren en deed nog twee stappen, en daarna de laatste twee naar de deur, die ze opende. De stoel waar de bewaker normaal gesproken op zat was leeg en de gang was verlaten, er was geen verpleegster te zien.

Pim begon zo snel mogelijk naar de glazen deuren te rennen. Ze was na maar een paar passen buiten adem, maar bleef rennen.

Achter haar klonk een stem. 'Hallo!'

Nog twintig stappen, dan had ze het eind van de gang bereikt. Waar was de lift?

Haar blote voeten roffelden op de vloer, het ziekenhuishemd fladderde tegen haar huid.

Tien stappen. De deuren door. Geen lift!

Haar vluchtweg liep dood.

Ze struikelde en probeerde steun te vinden tegen de muur, maar viel op de vloer. Ze wilde net een poging doen om overeind te komen toen ze de bewaker met een kop koffie in zijn hand naar haar toe zag komen. 'Hallo, wat ben jij aan het doen?'

Ze protesteerde niet toen ze naar haar kamer werd teruggebracht. Het enige waaraan ze dacht was dat ze de andere kant op moest rennen als ze opnieuw een kans kreeg.

Henrik Levin bestudeerde de man die het nummertje trok en in zijn hand hield. Hij droeg een spijkerbroek, een overhemd en een bruin leren jack dat duidelijk een paar maten te groot of heel zwaar was, omdat het van zijn schouders hing. De man ging zitten en keek op het display, dat net omgesprongen was. Nummer 918. De lippen van de man bewogen en het leek alsof hij uitrekende hoeveel mensen hij nog voor zich had.

Henrik keek naar de balie, kreeg een bevestigende blik van de receptioniste met het korte haar en liep naar haar toe.

'Hallo, collega, wat kan ik voor je doen?' vroeg ze.

'Werkte jij afgelopen vrijdag?' begon Henrik.

'Ja,' zei ze terwijl ze haar headset afdeed.

'Weet je of hier een man met de naam Robin Stenberg is geweest?'

'Ik ben bang dat het onmogelijk is om me de namen van alle mensen die hier geweest zijn te herinneren,' zei ze met een bezorgde uitdrukking op haar gezicht.

'Hij is hier 's ochtends geweest,' zei Henrik. 'Om halfelf.'

'Oké,' zei ze aarzelend en nog steeds bezorgd.

Henrik keek naar de wachtkamer en zag meerdere vragende blikken van gestreste bezoekers die zich afvroegen waarom het volgende nummer niet op het display verscheen. Waarom duurde het zo lang?

Een oudere vrouw met lila haar was overeind gekomen en had een paar stappen naar voren gedaan, alsof ze klaar was voor de aanval zodra haar nummer verscheen. Waarschijnlijk was het haar beurt.

'Robin Stenberg had zwart haar en acht sterren op zijn slaap,' zei Henrik. 'Zegt dat je iets?'

'Ik denk dat ik weet wie je bedoelt,' zei de receptioniste, waarna ze glimlachte. 'Hij kwam naar de balie en zei dat hij iets te vertellen had. Ik vroeg of hij aangifte wilde doen, maar hij antwoordde dat hij alleen met iemand wilde praten. Ik vroeg of het dringend was, en hij zei dat het dat niet was. Maar toen ik voorstelde dat hij 11414 zou bellen, werd hij boos en zei hij dat hij meteen met iemand moest praten, dus was het dringend.'

'Wat heb je gedaan?'

'Ik heb hem een aangiftekamer gewezen.'

'Wie heeft hem geholpen?'

'Axel Lundin.'

'Is hij aanwezig?'

'Hij is vandaag vrij.'

'Heb je zijn telefoonnummer?'

'Wacht,' zei ze terwijl ze een lijst pakte.

Ze schreef het nummer op een stuk papier, gaf dat aan Henrik, zette haar headset weer op en zei: 'Ik moet weer aan de slag.'

'Bedankt voor je hulp,' zei Henrik op het moment dat het display omsloeg.

'919,' riep de receptioniste en Henrik hoorde de hakken van de vrouw met het lila haar op de vloer tikken.

Vijf minuten later was Henrik in zijn kantoor terug. De stoel kraakte toen hij ging zitten. Hij startte zijn computer en zocht in het systeem. Als Robin Stenberg aangifte had gedaan, dan had Axel Lundin daar een aangifteverslag van moeten maken. Een opgenomen aangifte kon niet teruggenomen of gewist worden, die stond voor eeuwig in het systeem. Hij staarde naar het scherm. Ola had gelijk gehad. Er was geen aangifteverslag van Robin Stenberg.

Vreemd, dacht Henrik. Hij pakte de telefoon en toetste het nummer van Axel Lundin in. Na de tweede keer overgaan werd er opgenomen. 'Ja?' zei Axel traag.

'Hallo, met Henrik Levin, we zijn collega's. Ik ben inspecteur en ik wil met je praten over...'

Klik.

Henrik staarde naar zijn mobiel. De verbinding was verbroken. Hij belde opnieuw, maar er werd niet opgenomen.

Vreemd, dacht hij. Heel vreemd.

Het had Ola dertig seconden gekost om het adres van Axel Lundin te vinden. Het kostte Henrik Levin twintig minuten om een parkeerplaats in de buurt te vinden. Hij belde nog een keer naar Axel, maar er werd opnieuw niet opgenomen.

Het gebouw had geen intercomsysteem, alleen een display waarop hij de portiekcode kon intoetsen.

Op het moment dat Henrik aan de deur voelde kwam er een oudere vrouw met een langharige chihuahua in haar armen naar buiten.

Ze zette de hond neer.

'Mag ik iets vragen?' zei Henrik.

'Ja,' antwoordde de vrouw.

'Ik ben op zoek naar Axel Lundin, hij woont toch in dit gebouw?'

'Jazeker,' zei de vrouw terwijl ze hem onderzoekend aankeek. 'En u bent?'

'Ik ben een collega van Axel...'

'Dan heb je hem net gemist...' Ze keek de straat in. 'Kijk, daar staat hij, bij zijn auto.'

'Bedankt voor de hulp.'

Axel was inmiddels in zijn auto gestapt, dus Henrik draaide zich haastig om en rende naar zijn auto terug. Hij startte en begon de zilvergrijze Porsche van Axel te volgen.

Ze reden langs de campus, minderden vaart, sloegen rechts af de Sandgatan in en reden in de richting van Industrilandskapet.

Axel parkeerde in de Garvaregatan, verliet zijn auto en verdween even later in portiek nummer 6.

Henrik keek naar de armoedige gevel, stapte uit en keek door de donkere ramen naar binnen. Hij kon niet veel zien.

Wat had Axel hier te zoeken?

Henrik begon het koud te krijgen. Het was inmiddels middag en het was een hele tijd geleden dat hij iets had gedronken of gegeten. Hij liep naar de auto terug, maar bleef staan toen hij een bord boven de ingang van portiek 6 zag.

Hoewel het kapot was kon hij de letters ontcijferen.

BRYGGAN.

Hij haalde zijn mobiel uit zijn zak en belde Mia om haar te vragen naar hem toe te komen, maar haar telefoon was in gesprek.

'Dan zien we elkaar morgen misschien in de rechtbank,' zei Per Åström op het moment dat Jana Berzelius het portier van de taxi dichtsloeg.

Ze had de hele weg naar kerstmuziek moeten luisteren. De radiozender had in een serie reclames aangekondigd dat ze tot kerstavond alleen nog kerstmuziek zouden draaien. Jana kon niets ergers bedenken.

Ze zette haar kraag op en keek naar het politiegebouw.

Het schemerde al en ze zag achter meerdere ramen licht branden. Over een uur zou het donker zijn en dan was het nog maar drie uur 's middags. Dat vond ze echter geen probleem, ze waardeerde de duisternis juist, omdat ze zich er prettig en veilig in voelde.

Een ouder stel naderde in de verte op de stoep. Dat was alles. Verder was er niemand te zien.

Ze passeerde de glazen deuren en werd ontvangen door de warmte in het gebouw. Jana liep langzaam de trappen naar de vergaderkamer naar de derde verdieping op. De deur stond open. Ze bleef bij de ingang staan en controleerde de tafel, de stoelen en de vloer. De sjaal was er niet.

Ze liep naar Henriks kantoor en keek naar binnen, maar hij was niet aanwezig. In de kamer ernaast zat Mia met haar voeten op het bureau en haar mobiel tegen haar oor.

Ze bleef staan en leunde tegen de deurpost. Mia klonk anders, ze praatte met een zachte, onnatuurlijke stem en Jana hoorde haar 'Ik mis je' zeggen voordat Mia de mobiel van haar oor haalde en naar haar keek.

'Mag ik een beetje privacy als ik aan het bellen ben? Wat is er?'

'Ik wil alleen vragen of je mijn sjaal gezien hebt. Het is een zwarte van Louis Vuitton.'

'Ben je hem kwijt?' vroeg ze.

'Blijkbaar, anders vraag ik het niet.'

'Ik heb hem niet gezien. Je zult het aan iemand anders moeten vragen.' Mia keek weg en hield haar mobiel weer bij haar oor. 'Sorry,' zei ze tegen degene met wie ze praatte.

Jana begon weg te lopen en zag Ola gestrest aan komen rennen. Hij bleef voor Mia's deur staan en Jana hoorde hem zeggen dat Mia moest ophangen.

'Je moet Henrik bellen. Hij is op weg naar een pand in het centrum...'

'Wat is er gebeurd?'

'Bel hem gewoon, hij is in Industrilandskapet, Garvaregatan 6, hij legt het wel uit...'

Jana schrok en voelde een ijzige kou van haar rug naar haar armen en haar nek stromen.

Garvaregatan 6!

Ze wachtte tot Ola, die naar zijn kantoor terugliep, bij haar was.

'Waar is Henrik, zei je? Ik moet met hem praten.'

'Hij is op zoek naar een man die zich blijkbaar in de stad bevindt.'

'Dank je, dan weet ik dat,' antwoordde ze beheerst.

Het laatste wat ze wilde was dat de politie het bewuste pand controleerde.

Ze rukte de deur naar het trappenhuis open, rende de trappen af, gleed uit, sprong van de laatste treden en haastte zich over het harde, koude beton van de parkeergarage naar haar auto. Er klonk een knal toen ze op een schuin liggend putdeksel stapte. Ze verhoogde haar tempo, rende het laatste stuk naar de auto, startte haar BMW X6 en gaf vol gas.

Henrik had nog steeds honger en voelde zich moe terwijl hij in zijn auto in de Garvaregatan zat te wachten tot Mia Bolander zou verschijnen. Met één hand op het stuur hield hij zijn blik op het gebouw gericht.

Hij zag een beweging vanuit zijn ooghoeken en zag een kraai opvliegen. Henrik volgde de klapwiekende bewegingen van de vogel, boog zich naar voren en zag hem over het dak van het gebouw verdwijnen.

Zijn maag knorde en hij begon op de tast in het portiervak te zoeken, maar vond alleen een servet. Hij opende het dashboardkastje en keek erin. Niets, behalve een dikke map met de gebruiksaanwijzing van de auto. Hij voelde in de zakken van zijn jack en spijkerbroek, maar hij had niet eens kauwgom bij zich. Uiteindelijk opende hij het deksel tussen de stoelen, zocht tussen de pennen en de bonnetjes en was zich op dat moment niet bewust van de vrouw die het gebouw in een snel tempo naderde.

Die vrouw was Mia Bolander niet.

Jana Berzelius had een stuk bij de Garvaregatan vandaan geparkeerd en rende nu over de Järnvägsbrug, haar blik voortdurend op de grond gericht. Ze bleef zo veel mogelijk in de duisternis.

Ze zou moeten omdraaien, maar in plaats daarvan duwde ze de portiekdeur open, negeerde de lift en liep de trappen naar de zolder op. Stof wervelde omhoog bij elke stap die ze zette.

Ineens besefte ze dat ze in paniek handelde. Wat moest ze hier doen? De dozen naar een andere plek verhuizen was onmogelijk zonder dat iemand haar zag. Ze verbranden was ook uitgesloten. Alles uit het raam in de Strömmen gooien was ook geen goed idee. Ze voelde zich in het nauw gedreven. Stel dat ze het hele gebouw doorzochten?

Drie trappen boven haar hoorde ze stemmen. Ze bleef staan en luisterde. Twee mannen praatten lallend met elkaar. Het waren in elk geval geen politieagenten.

De mannen zwegen en keken op toen ze dichterbij kwam. Ze leunden naast elkaar tegen een muur waarin namen en schuttingwoorden waren gekrast en deelden iets wat eruitzag als een blikje bier. De een had lichtblond haar en blauwe ogen, de ander was donker en had een litteken op zijn wang.

Jana keek naar beneden, verborg haar gezicht zo goed mogelijk achter haar kraag en hoopte dat ze haar zouden negeren. Dat was helaas niet zo.

'Nee maar, kijk eens aan,' zei de blonde man spottend terwijl hij voor haar ging staan. 'Waar gaat dit kleine meisje naartoe?'

'Laat me erlangs,' zei Jana.

'Dit trappenhuis is van mij,' zei de man. 'Je moet weten dat alles hier van mij is. En als je erlangs wilt moet je betalen.'

'Laat me erlangs,' herhaalde Jana.

'Als je betaalt.' Hij deed een stap in haar richting en de stank van zuur zweet drong in haar neus.

'Ik betaal niet.'

'Dan zal ik ervoor moeten zorgen dat je dat wel doet,' zei de blonde man. Jana zag dat hij iets uit zijn zak haalde. Er klonk een klikkend geluid toen hij een vlindermes openklapte.

Ze voelde de kalmte door zich heen stromen, hief haar hoofd langzaam en keek de blonde man in zijn ogen.

'Laat me erlangs,' herhaalde ze. 'Je raakt gewond als je me er niet langs laat.'

De blonde man deed een stap naar achteren, hield het mes voor zich en stootte in haar richting. Er lag een dreigende blik in zijn smalle ogen.

'Ik waarschuw je,' zei Jana terwijl ze de ongecontroleerde bewegingen van de man volgde.

'Wat ben je van plan te doen?' vroeg hij. 'Naar me spugen? Me krabben met je gelakte nagels?'

'Ik pak het mes af en daarna trap ik je knie kapot.'

De blonde man begon te lachen. 'Hoor je dat, Mogge, ze gaat mijn knie kapottrappen. Nu word ik bang. Haha!'

'Zorg ervoor dat dat kutwijf haar bek houdt,' zei de donkere man.

'Hoe noemde je me?' vroeg Jana.

'Kutwijf, dat vind je leuk, nietwaar?'

De blonde man deed een stap naar voren. De uitval was snel, Jana zag het licht in het lemmet reflecteren en ontweek het mes.

'Dit is je laatste waarschuwing,' zei ze. 'Stop het mes weg.'

'Ik ga ervoor zorgen dat je je bek houdt,' zei de blonde man en Jana ontweek opnieuw een uitval.

Ze strekte haar vingers en dacht niet meer na. Alles ging razendsnel en ze handelde vanuit haar instinct. De momenten volgden elkaar met een bliksemsnel automatisme op.

Ze boog de pols van de blonde man, leidde de beweging met behulp van haar andere hand weg en rukte het mes uit zijn hand. Ze verdeelde haar gewicht en schopte schuin tegen zijn knie. Hij deinsde naar achteren en ze verdeelde haar gewicht weer, draaide haar lichaam en schopte opnieuw.

De man viel op zijn rug en bleef bewusteloos op de vloer liggen.

Jana richtte haar blik op de donkere man, die nog steeds tegen de muur leunde. Ze draaide het mes tussen haar vingers en gooide het. De punt ging door zijn hand en boorde zich diep in de muur achter hem. Het bloed drupte op de vloer. De man brulde het uit toen hij besefte dat hij aan de muur vastzat.

Jana liep naar hem toe en ging vlak voor hem staan.

'Het is beter als je niet flauwvalt,' zei ze. 'Als je flauwvalt, dan scheurt het mes je hand stuk en zul je moeten leven met een litteken dat veel erger is dan het litteken dat je op je wang hebt. Als je blijft staan zijn er niet meer dan een paar hechtingen nodig.' Daarna draaide ze zich om en rende de trap op naar de opslagruimte op zolder.

Het grote gebouw op Garvaregatan 6 stond leeg. De ramen waren net zo zwart als de hemel erboven. Henrik Levin en Mia Bolander stonden naast elkaar bij de ingang.

'Moeten we echt naar binnen?' vroeg Mia huiverend.

'Ja, dat moeten we,' zei Henrik terwijl hij aan de deur trok. Die was op slot.

'Waarom? Het gebouw is een sloopproject waar geen hond komt. We moeten onze tijd aan andere dingen besteden, Henrik.'

'Ik zag Axel Lundin hier naar binnen gaan…' Hij raakte de draad kwijt toen hij iemand hoorde brullen. Ze keken elkaar aan.

'We lopen om het gebouw heen,' zei Henrik. 'Ik rechts, jij links.'

Henrik hoorde Mia weglopen. Het grind knerpte onder zijn voeten terwijl hij langs het gebouw liep, maar toen hij de hoek omsloeg verdronken zijn voetstappen in de zachte sneeuw.

Hij liep langs een portiekingang waarop met graffiti een onbegrijpelijke mededeling was gespoten. Even later zag hij een zwak licht achter een van de kelderramen en schaduwen die bewogen.

Henrik ging op zoek naar een ingang sneller lopen. Hij draaide zich om en liep terug naar de hoofdingang. Daar had hij een kapot raam gezien. Het was smal, maar het was in elk geval een manier om binnen te komen. Hij wrong zich door het raam terwijl hij de scherpe glasscherven die als messen uit het raamkozijn staken en zijn jack scheurden vervloekte.

Even later stond hij op de keldervloer. Het was volkomen zwart om hem heen, maar toen zijn ogen aan de duisternis begonnen te wennen kon hij contouren in de kamer onderscheiden.

Het stonk naar verschaalde urine. Op de vloer lag een natte trui. Er lagen ook rollen toiletpapier die vervormd waren door het vocht, lege bierblikjes, peuken, lege sigarettenpakjes en een gebruikt condoom. Het was een plek voor min of meer toevallige bewoners om uit te rusten, drugs te gebruiken en te slapen, waarna ze weer vertrokken. Op zoek naar een nieuwe verblijfplaats, een plek om te slapen in een park, een container, een pension, een trappenhuis of misschien een ziekenhuisbed. Het was een karakteristiek drugspand.

Hij concentreerde zich op zijn ademhaling terwijl hij luisterde.

Henrik hoorde iets tikken en begon in de richting van het geluid te lopen. Hij had er spijt van dat Mia en hij allebei een andere kant op waren gegaan. Hij pakte zijn mobiel, vertelde zijn positie fluisterend en zei tegen haar dat ze naar hem toe moest komen terwijl hij in de richting van het geluid bleef lopen.

Op het moment dat hij zijn mobiel in zijn zak stopte hoorde hij glas breken.

Achter een deur zag hij een lange gang met deuren aan beide zijden. Het was overal donker.

Ineens hoorde hij mompelende stemmen, er waren meerdere personen in het gebouw.

In de deuropening aan het eind van de gang zag hij plotseling een bleek gezicht met bange, opengesperde ogen die hem aanstaarden.

Henrik stak zijn hand uit. 'Axel, ik wil met je praten.'

De man deed een stap naar achteren.

'Blijf staan,' zei Henrik. 'Ik wil alleen praten.'

De man duwde de deur dicht. Henrik hoorde rennende voeten en besefte dat iedereen vluchtte. Hij tastte naar zijn mobiel en vroeg versterking terwijl hij tegelijkertijd achter ze aan begon te rennen.

De deur piepte waarschuwend toen Jana Berzelius haar berging opende en naar binnen ging. Ze keek om zich heen naar de houten werkbank, de bergkast met het hangslot, de lichtgele betonnen muren en de dozen.

De dozen!?

Het duurde een volle seconde voordat ze besefte dat er geen dozen waren, ze waren weg.

Door de schok en de verwarring begon ze zwaar adem te halen. Haar gedachten tolden rond. Het zweet drong overal naar buiten. Ze deed haar ogen stevig dicht en hoopte dat de dozen er zouden staan als ze haar ogen weer opende, maar ze waren weg.

'Hoe...?' Ze had moeite om haar gedachten te ordenen.

Op de vloer lag de schets van Danilo's gezicht, de schets die ze zelf had gemaakt.

Die lag daar niet toevallig. Het was een mededeling.

Ze deed haar ogen dicht, liet zich op de vloer zakken en sloeg haar handen voor haar gezicht. Danilo was in de berging geweest en had haar dagboeken gestolen, haar geheime dagboeken, het allerbelangrijkste in haar leven. Maar hoe wist hij dat ze alles hier bewaarde? Had hij haar laten schaduwen?

Ze kwam overeind en controleerde de deur, maar zag geen inbraaksporen. Waarschijnlijk had hij een valse sleutel gebruikt om binnen te komen.

Ze ging midden in de berging staan met het gevoel dat ze naakt was, ze had zich nog nooit zo eenzaam en machteloos gevoeld als op dit moment. Hij had alles in handen wat haar carrière kon bedreigen, waardoor ze alles wat ze had kon kwijtraken. Maar wat wilde hij met de dozen? Was het zijn verzekering dat ze niets zou doen wat hem niet aanstond?

Ze keek naar de schets terwijl ze bedacht dat ze had besloten om hem buiten haar leven te houden, dat ze ervoor had gekozen om verder te gaan. Nu stond ze opnieuw bij een tweesprong.

De beslissing was deze keer eenvoudig. Ze had al eens gefantaseerd over zijn dood, maar dat deed ze niet meer. Nu ging ze die voorbereiden. Hij zou spijt krijgen dat hij hieraan was begonnen.

Henrik Levin hield niet van duisternis, maar verdrong dat gevoel terwijl hij met een getrokken pistool door de keldergangen rende, op jacht naar de vluchtende personen.

Hij opende de deur aan het eind van een gang en zag een bank in de hoek, een vieze matras op de vloer en een biljarttafel in het midden van het vertrek.

Er was niemand en de voetstappen zwegen inmiddels.

Henrik luisterde, liep de kamer in en had plotseling het gevoel dat er iemand naar hem keek. Hij draaide zich om met zijn pistool in de aanslag en schuurde met de loop langs de muur. Daarna draaide hij zich met ingehouden adem opnieuw om, maar zag alleen de donkere keldergang.

Ineens zag Henrik zwaailichten achter de getraliede ramen en hij begreep dat de versterking eindelijk ter plaatse was.

Grind schraapte over de stenen vloer toen Jana Berzelius de deur van de opslagruimte opende en een stap het trappenhuis in deed. Ze keek door het raam naar buiten en zag twee politieauto's en een heleboel agenten op straat.

Ze moeten iets gevonden hebben, dacht ze. Maar wat de reden ook was, ze wilde hier niet aangetroffen worden, absoluut niet.

Ze moest een andere weg naar buiten vinden, maar de enige vluchtweg die er leek te zijn was een raam dat op de straat uitkeek.

Jana liep de opslagruimte weer in. Ze besefte dat ze snel iets moest bedenken. Over een paar minuten waren alle vluchtwegen waarschijnlijk gesloten.

De agenten verspreidden zich door het hele gebouw. Henrik Levin hoorde hun bonkende voetstappen op de verdieping boven hem. Hij stond nog steeds in de biljartkamer en wilde net naar buiten gaan toen hij een metaalachtig geluid hoorde, alsof er een ijzeren pijp over een stenen vloer sleepte. Het kwam uit het belendende vertrek.

Hij liep langzaam naar de gang met zijn pistool in de aanslag, ging met zijn rug tegen de muur staan, keek voorzichtig door de deuropening en zag Axel Lundin plotseling in het donker staan, klaar voor de aanval. Hij had echter geen ijzeren pijp in zijn handen maar een koevoet, en hij hoefde maar drie lange stappen te doen om Henrik te bereiken.

Hij had een onheilspellende, starende blik in zijn ogen en zijn lichaam wiegde van voren naar achteren.

'Laat de koevoet los!' riep Henrik terwijl hij tevoorschijn kwam.

Axel deed een stap naar voren. Henrik deinsde achteruit, de gang weer in. Axel kwam hem zwaaiend met de koevoet achterna. Hij dwong Henrik om meerdere stappen naar achteren te doen.

'Laat die koevoet verdomme los!' Het was de stem van Mia Bolander. Ze stond in de deuropening achter Axel met haar benen gespreid en het pistool op zijn hoofd gericht. 'Laat los, zei ik!'

Jana Berzelius vouwde de schets van Danilo op en stopte hem in haar zak, trok de werkbank naar voren en trok het luik open. Het was de enige uitweg.

Ze trok zich aan haar handen omhoog, klom op het zolderplafond en deed het luik geluidloos achter zich dicht. Daarna tijgerde ze over het plafond op zoek naar een opening en vond een groot ventilatierooster. Ze schopte hard tegen het rooster, dat onmiddellijk meegaf en op het dak viel.

Ze klom op het gladde dak en wilde net een stap naar voren doen toen ze werd tegengehouden en haar evenwicht bijna kwijtraakte. Haar jas zat vast in de opening. Ze rukte er net zo lang aan tot hij los was en verdween geluidloos over het dak.

Henrik Levin bukte zich en liep onder de buizen aan het plafond door, terug naar de kamer waar hij Axel Lundin had aangetroffen, die inmiddels in een politiewagen naar het bureau werd gebracht.

Ze hadden ook twee dronken mannen in het trappenhuis gevonden, op het moment dat één man bezig was een mes uit de hand van de andere man te trekken. Ze bevonden zich nu in het ziekenhuis en moesten hun roes uitslapen.

Mia hoestte. Ze liep vlak achter Henrik met haar hand voor haar neus om de lucht van schimmel en oude urine niet te hoeven ruiken. In haar andere hand had ze een zaklamp.

Het beton was ongelijk en de glasscherven knarsten onder hun voeten. Het was koud.

'Hier was het,' zei Henrik en hij duwde de deur open. 'Hier zag ik licht.'

Mia ging naar binnen en drukte op het lichtknopje, maar de kale gloeilamp aan het plafond ging niet aan, iemand had hem kapotgeslagen. Ze scheen met de lichtkegel over de vloer. De kamer was leeg, op het glas, grind, krantenpapier en melkverpakkingen op de vloer na.

'We controleren de andere kamer,' zei Henrik en hij begon te lopen.

'Wacht,' zei Mia terwijl ze de zaklamp op een van de bakstenen in de muur richtte. Ze hield de lichtbundel doodstil.

'Daar,' zei ze terwijl ze naar links gebaarde. Ze ging op haar knieën zitten.

Een van de bakstenen was een stukje naar buiten geschoven en eronder bevond zich een grindrand. Mia legde de zaklamp op de vloer en probeerde haar vingers om de steen te krijgen, maar het lukte haar niet om hem te verschuiven. Henrik probeerde het ook tevergeefs.

'Het moet lukken om hem eruit te krijgen,' zei Mia terwijl ze met een verbeten gezicht met de zaklamp op de baksteen begon te slaan. Er lagen donkere schaduwen op haar gezicht.

'Daarvoor had hij de koevoet waarschijnlijk nodig,' zei Henrik. Hij verplaatste zijn gewicht ongeduldig van het ene op het andere been. 'Kom op,' zei hij toen de baksteen bewoog.

Mia kreeg de steen te pakken en trok hem eruit. De steen viel met een klap op de vloer en onthulde een groot gat.

'Jezus,' zei ze toen ze de lamp in het gat richtte. Er lagen meerdere verpakte zakken in, die allemaal gevuld waren met witte bolletjes.

20

Toen Mia Bolander het autoportier opende zag ze een hond die was vastgebonden aan een gevel. Hij bewoog zijn poten in een poging om de koude grond niet te hoeven voelen. Hij zwaaide met zijn gecoupeerde staart en zijn ogen keken haar smekend aan.

De hond begon te janken in een poging haar over te halen om de riem los te maken en Mia bedacht dat zij zich net zo voelde. Zij was vastgebonden door een exclusief horloge. Ze wilde het horloge hebben, het moest dag en nacht rond haar pols zitten en ze had een goede manier bedacht om het al voor Kerstmis te krijgen.

Ze keek naar het verpakte cadeautje op de passagiersstoel en bedacht dat ze nog kerstcadeaus voor haar moeder en broer moest kopen, maar waar haalde ze het geld vandaan? Ze had er geen flauw idee van. Hoeveel kon ze uitgeven? Een paar honderd kronen? Duizend misschien? Duizend kronen was op zich geen probleem, het probleem was dat ze dat niet had.

Mia bekeek haar gezwollen gezicht in de achteruitkijkspiegel. Ze haatte de reden dat ze er zo uitzag, haatte de schaamte die ze op haar voorhoofd, op haar wangen en in haar ogen zag, de schaamte omdat ze nooit ergens geld voor had.

Geïrriteerd stapte ze uit de auto, sloeg het portier dicht en liep over het pad, dat vrij was van sneeuw, naar het witte huis.

Een schommelbank zwaaide door een plotselinge windvlaag en ze ademde de koude lucht diep in haar longen terwijl ze wachtte tot de voordeur open zou gaan.

'Hallo,' zei Stig Ottling.

Mia keek naar het zeil op de vloer en de witte muren met de lichtgroene biezen. 'Woon je hier alleen?' vroeg ze.

'Tegenwoordig wel.' Stig gebaarde met zijn hand. 'Kom binnen. Je mag je schoenen aanhouden als je dat wilt.'

'Als jij het zegt,' zei Mia.

'Dorst?' vroeg hij terwijl hij voor haar uit naar de keuken liep.

'Een glas water zou lekker zijn,' antwoordde ze.

Stig opende de koelkast en haalde er een karaf water uit.

'Heerlijk koud,' zei hij. Hij zette een glas op de tafel.

Mia ging zitten, nam een slok en proefde dat het water een smaakje had. Misschien was het ui.

'Het gaat om het pand in de Garvaregatan,' zei ze.

'Ja, dat zei je al. Ik geef er zelf de voorkeur aan om de vroegere naam van het gebouw te gebruiken.'

'En die is?'

'Nyborgs Wolfabriek.'

'Oké. Twee junks, ik bedoel mannen, beweren dat ze gisteren door een vrouw zijn overvallen in deze Wólfabriek. Ze was volgens hen op weg naar de zolder. Daarom wil ik graag weten waar het gebouw voor wordt gebruikt.'

'Tja, daar gebeurt niet veel. Die oude fabriek is de schandvlek van de panden die ik bezit. Ik wacht op de beslissing met betrekking tot het bouwplan. Ik wil het gebouw renoveren en het opdelen in appartementen, maar dat kost tijd. Daarom verdien ik er op dit moment nagenoeg niets aan.'

'Je bedoelt dat het leegstaat?'

'Vroeger verhuurde ik daar bedrijfsruimten, maar tegenwoordig niet meer.'

'Zijn er helemaal geen huurders meer?'

'Ik weet dat de Wolfabriek wordt gebruikt door daklozen en bedelaars, maar er is niet veel wat ik daar op dit moment aan kan doen.'

'Maar verder staat het gebouw leeg? Zijn er geen gewone huurders?'

'Nee, op dit moment niet. Ik heb geprobeerd zolderbergingen te verhuren om een deel van de kosten te dekken, omdat die relatief nieuw zijn, maar dat is ook niet eenvoudig. Hoewel er een paar dagen geleden een vrouw was die inderdaad een van de bergingen wilde huren.'

'Vreemd dat iemand daar iets wil huren,' zei Mia. 'Wat is haar naam?'

'Dat herinner ik me niet meteen. Ze was een bijzonder elegante vrouw, zo elegant dat ze handschoenen droeg. Was ik maar twintig jaar jonger geweest... of veertig.'

'Ik geloof je meteen,' zei Mia. 'Mag ik het contract zien?'

'Zeker, zeker, ik zal het halen,' zei Stig en hij liep de keuken uit.

Mia bleef zitten, keek in het waterglas en besefte dat ze een hekel had aan dit soort routinebezoekjes.

Stig kwam terug met een zwarte map, legde hem voor zich op de tafel, bladerde tussen documenten en huurovereenkomsten, en stopte toen hij halverwege was.

'Wacht even,' zei hij, waarna hij opnieuw begon terwijl hij met zijn vinger langs de namen en data ging. Pagina voor pagina, pand voor pand.

'De naam die je wilt hebben staat erin. Het begint met een J, dat weet ik nog.' Stig bladerde verder. 'Hier heb ik het! Dit is de naam die je zoekt.' Hij draaide de map naar Mia toe en wees met zijn vinger naar de benedenhoek. 'JB. Jenny Bengtsson.'

Henrik Levins schoenen bleven aan het zeil kleven toen hij ging verzitten. Hij bestudeerde Axel Lundin. Het eerste wat hem was opgevallen was de moedervlek op zijn hand, en daarna de brede frons op zijn voorhoofd. Hij had donker haar en donkere ogen.

Ik heb te weinig geslapen, dacht hij, want terwijl hij tegenover Axel Lundin zat bedacht hij dat het uiterlijk van de man niet alleen overeenkwam met de man die donderdagavond bij het centraal station was gezien, maar ook met de man die Ida Eklund afgelopen vrijdagavond bij Robin Stenbergs appartement had gezien.

Advocaat Peter Ramstedt zat naast Axel. Hij frunnikte aan de goudkleurige manchetknoop in zijn rechtermanchet.

Axel had net verteld dat hij vrijdagavond in zijn appartement had doorgebracht en Henrik wist niet of hij hem moest geloven omdat hij geen alibi had.

'En waar was je donderdagavond rond tien uur?'

'Waarschijnlijk ook thuis.'

'Waarschijnlijk? Was je niet toevallig bij het centraal station?'

'Ik was thuis.'

'Oké,' zei Henrik en hij keek op zijn papieren. 'Misschien kun je ons dan vertellen waarom je gisteren in de Garvaregatan was.'

'Waarom?' vroeg Axel. 'Je hebt het meeste tenslotte al begrepen.'

Henrik slikte een paar keer om zijn irritatie weg te krijgen. Hij voelde een enorme afschuw voor de man die tegenover hem zat en wist niet of hij in staat was hem te verhoren zonder dat te laten merken.

'Ik ga dezelfde vraag keer op keer stellen, net zo lang tot je me een antwoord geeft,' zei hij zo beheerst mogelijk.

'Wat wil je, Henrik?' zei Peter Ramstedt terwijl hij zijn hoofd schuin hield.

'Axel is gearresteerd voor bedreiging van een ambtenaar en het in bezit hebben van drugs,' zei hij.

'Dat weten we,' antwoordde Peter Ramstedt.

'Ik moest me verdedigen,' begon Axel. 'Ik dacht...' Hij sloeg zijn handen voor zijn gezicht en zuchtte diep.

'Wat dacht je?' vroeg Henrik.

'Ik dacht dat het iemand anders was.'

'Zoals wie bijvoorbeeld? Vertel het me.'

'Ik heb geen zin om met je te praten.'

'Tja, dat is jammer,' zei Henrik. 'Ik heb namelijk juist heel veel zin om te praten met iemand die me kan helpen het onderzoek af te sluiten.'

'Ik heb niets met de moord te maken.'

'Ik zei onderzoek. Wie zegt dat het om een moord gaat?'

Axel sloeg zijn ogen neer.

'Oké, dan moeten we daar misschien mee beginnen,' zei Henrik. 'Weet je wie Robin Stenberg is?'

'Nee.'

'Je bent nooit iemand tegengekomen die Robin Stenberg heet?'

'Nee, voor zover ik weet niet.'

'Het schijnt dat hij vaak in Bryggan kwam.'

'Maar ik spreek mijn...'

'Je wat? Je klanten? Wilde je dat zeggen?'

Axel schudde zijn hoofd, nog steeds met neergeslagen ogen.

Henrik leunde naar achteren, krabde aan zijn handen en had moeite om stil te blijven zitten.

'Wist je dat er personen zijn die ervoor zorgen dat bewijs vernietigd wordt of verdwijnt?' vroeg hij. 'Soms is dat uit pure onwetendheid, bijvoorbeeld wanneer de ordepolitie technisch bewijs vernietigt door mobieltjes in te nemen of de plaats delict te besmetten met hun DNA. Dat is bijzonder frustrerend.'

Axel keek op en knipperde met zijn ogen.

'Waar wil je naartoe?' zei Peter Ramstedt.

'Wat nog frustrerender is...' ging Henrik met opeengeklemde kaken verder, '... is als er bewijs of informatie wordt verdonkeremaand. Voor de politie is het namelijk belangrijk om bewijs veilig te stellen, of zo snel mogelijk toegang tot informatie te hebben. Het is moeilijk om ons werk goed te doen als je onder slechte condities moet werken. Of collega's hebt die niet te vertrouwen zijn.'

'Ik begrijp er niets van,' zei Peter.

'Je cliënt is een politieagent!'

'Ja, maar...'

'Afgelopen vrijdag is een jonge man, Robin Stenberg, naar het politiebureau gegaan. Hij kwam hier omdat hij met iemand wilde praten. Hij heeft met jou gepraat, Axel.'

Henrik was harder gaan praten. Hij haalde diep adem om te kalmeren en zei tegen zichzelf dat hij zijn gevoelens niet de overhand mocht laten krijgen in dit gesprek, hij mocht niet laten merken dat hij Axel een schande voor het hele politiekorps vond.

'Waar wilde hij over praten?' vroeg Henrik.

'Ik kan het me niet herinneren.' Axel keek naar de tafel.

'Dus je geeft toe dat je met hem gepraat hebt?'

'Nee. Ik bedoelde alleen...'

'Robin wilde een getuigenis afleggen over een mishandeling, nietwaar?'

'Eh... ja,' zei Axel langzaam.

'Hij wilde een getuigenis afleggen over een mishandeling. Hij heeft alle informatie die hij had aan jou gegeven, is daarna naar huis gegaan en is de volgende dag vermoord in zijn appartement aangetroffen. Misschien had de moord voorkomen kunnen worden als er een getuigenverklaring was opgesteld. Maar zo'n verklaring heb je nooit gemaakt, nietwaar, Axel?'

'Ik vind dat je een beetje te ver gaat,' zei Peter Ramstedt.

Henrik luisterde niet naar hem. Hij keek naar Axel, die nu een angstige blik in zijn ogen had. Het was echter niet de angst die je normaal gesproken zag bij personen die waren opgehaald voor een verhoor. Axel was niet bang voor de politie, hij vreesde voor zijn leven.

'Hoe weet je dat?' vroeg hij zachtjes.

'We hebben een nummerbriefje van het politiebureau bij Robin thuis gevonden. De receptioniste bevestigde dat hij in het bureau geweest is en dat hij met jou gepraat heeft.'

Axel kreeg een onzekere blik in zijn ogen.

'Wat wilde Robin vertellen? En waarom heb je geen getuigenverklaring gemaakt?'

'Dat was misschien verkeerd, maar ik dacht dat het niet belangrijk was. Ik vond hem niet geloofwaardig overkomen.'

'En daarom vond je een getuigenverklaring niet nodig?'

'Dat is nu niet belangrijk meer, wel dan?'

'Je weet dat het wel belangrijk is. Alle activiteiten moeten gedocumenteerd worden. Waarom heb je zijn bezoek niet gedocumenteerd?'

'Ten eerste was het geen mishandeling. Hij had een man en een vrouw ruzie zien maken en ik vond dat hij te weinig informatie had...'

Henrik boog zich naar voren en verstrengelde zijn handen op de tafel. 'Herken je deze vrouw?' Hij legde een foto van Pimnapat Pandith voor hem neer.

'Nee.' Axel schudde zijn hoofd en keek opnieuw naar de foto. 'Nee, nee, nee. Wie is het?' zei hij terwijl hij naar Henrik keek.

'Ik wil dat jij me dat vertelt,' zei Henrik.

'Maar ik weet het niet.'

Het werd stil in de kamer. Axel keek naar zijn handen.

'Op dit moment wordt je appartement uitgekamd,' zei Henrik. 'Het zal ons waarschijnlijk een heleboel antwoorden op onze vragen opleveren. Maar denk je niet dat het beter is als je het ons zelf vertelt? Vooruit, we beginnen bij het begin. Je hebt dus een bergplaats op Garvaregatan 6?'

21

Jana Berzelius stond in de hal, opende haar handtas, haalde het mes tevoorschijn en woog het in haar hand. Ze zwaaide het heen en weer, eerst langzaam, daarna sneller. Het scherpe lemmet kliefde door de lucht.

Ze had moeite om het feit te accepteren dat Danilo haar aantekeningen en dagboeken had gestolen en een mededeling had achtergelaten in de vorm van een schets die ze zelf van hem had gemaakt. Het was ontzettend vernederend. Wat wilde hij van haar?

Ze strekte haar lege linkerhand uit en deed daarna een snelle uitval met haar rechterhand, en nog een. Verdeelde haar gewicht, telde tot drie en deed weer een uitval, gevolgd door een trap. Een nieuwe greep rond het mes, een nieuwe uitval. De bewegingen waren soepel, ingestudeerd en extreem effectief.

Het zweet liep van haar voorhoofd toen haar mobiel plotseling ging. Per Åströms stem was enigszins aarzelend, alsof hij niet wist hoe hij de woorden over zijn lippen moest krijgen.

'Eh...' zei hij, '... ik blijk een kaartje over te hebben voor de hockeywedstrijd van vanavond, Vita Hästen tegen...'

'Ik heb een hekel aan hockey,' zei Jana, die het mes nog steeds in haar hand had.

'Dat weet ik, maar ik dacht...'

'Dan weet je ook dat ik nee ga zeggen.'

'Ja.'

'Waarom vraag je het dan?'

'Je moet af en toe een gokje wagen in het leven. Je hoeft niet naar de wedstrijd te kijken, je kunt ook alleen popcorn eten.'

'Ik heb al een andere afspraak.'

'Wat ga je dan doen?'

Jana zweeg, ze wist niets te bedenken.

'Een andere keer dan?' vroeg hij.

'Ik moet over een uur in de rechtbank zijn,' zei ze. Ze keek naar de vloer en liet haar haar naar voren vallen.

'Een interessante zaak?'

Jana zuchtte, zijn vragen irriteerden haar. 'Ik heb geen tijd om te praten, Per, maar het gaat om een mishandeling in een café.'

'Nu we het toch over mishandeling hebben,' zei hij. 'Heb je gehoord dat we een motief voor de moord op Robin Stenberg hebben? De moord heeft misschien niets met zijn drugsverslaving te maken. Hij schijnt getuige te zijn geweest van een vechtpartij tussen een man en een vrouw in Knäppingsborg, een mishandeling.'

Jana haalde diep adem en voelde dat haar hart steeds sneller ging slaan. Ze hield het mes krampachtig vast. 'Hoe weten jullie dat?'

'Robin heeft erover geschreven.'

'Geschreven? Hoezo?'

Ze wist dat ze de vragen te snel stelde, dat ze veel te gretig was. Ze deed haar ogen dicht en klemde haar kaken op elkaar.

'Op internet,' zei Per. 'Op Flashback. Ola heeft Robins chat gevonden. En we hebben Ida Eklund ook getraceerd.'

'Ja, dat heb ik gehoord. Heeft ze iets gezegd?'

'Hoezo?'

'Nou?'

'Wat ben je ineens nieuwsgierig. Als je vanavond meegaat naar de hockeywedstrijd, dan kan ik je alles vertellen...'

'Nee, vertel het nu maar.'

Per haalde diep adem. 'Ida was op vrijdagavond bij Robin Stenberg en heeft eerst een vrouw en daarna een man bij Robins portiek gezien toen ze op weg naar huis was. Maar waarom vraag je dat, ben je van plan om mijn vooronderzoek over te nemen, moet ik ongerust worden?'

'Ik vind dat je je eerder ongerust moet maken over wie er met je meegaat naar de hockeywedstrijd.'

'Je bent dus niet van mening veranderd. De popcorn in de Himmelstalundshallen is fantastisch.'

'Een andere keer, Per.' Ze verbrak de verbinding, liep naar haar werkkamer, legde het mes op het bureau en startte haar laptop. Haar vingers vlogen over het toetsenbord, een beetje te snel want ze miste toetsen, moest opnieuw beginnen en begreep dat ze aan te veel dingen tegelijkertijd dacht.

Ze typte 'Flashback' en drukte op enter, waarna de getekende, zwart-witte kat met de sigaret in zijn mondhoek op haar scherm verscheen. Ze bladerde door de onderwerpen zoals data en IT, misdaden en delicten en roddels over sterren. Daarna gebruikte ze het zoekvenster om de bijdrage van Robin Stenberg te vinden.

Het resultaat van haar zoekactie was nihil, er waren geen bijdragen van Robin Stenberg.

Jana begon te zoeken naar alles wat ze kon bedenken en wat kon worden geassocieerd met Danilo en haar, maar ook dat bleef zonder resultaat.

Ze probeerde het nog een keer en vond een thread over een vrouw in Stockholm die was mishandeld door twee mannen. De bijdrage had drieënzestig antwoorden opgeleverd en meerderen wisten wie de daders waren.

Jana klikte naar het zoekveld, typte 'mishandeling in Norrköping' en kreeg meerdere bijdragen, waaronder de thread waarnaar ze op zoek was. Ze las een hele tijd over de mishandeling in Knäppingsborg. Robin had alles onder de naam Eternal_sunshine op internet gezet. De hele wereld kon het lezen. Over haar, over Danilo. Ze kon echter opgelucht ademhalen want niemand had iets gezien en niemand wist iets. De enige getuige was Robin Stenberg en hij was dood.

Ze pakte het mes, kwam overeind en stopte het weer in haar tas.

Anneli Lindgren stond op de drempel van de keuken in Axel Lundins appartement. Het witgoed was nieuw, het aanrecht blinkend schoon. Alles zag er heel exclusief uit, alsof het zo uit een interieurtijdschrift afkomstig was.

Ze liep de keuken in, trok de laden open en bekeek alle schoteltjes, schalen en borden. Daarna keek ze in de koelkast, haalde de etenswaren eruit en bekeek potten, flessen en verpakkingen, haalde diepvrieszakken met wokgroenten en *pyttipanna* uit de vriezer en sneed ze open.

Vervolgens liep ze naar de grote, open zitkamer die was ingericht in grijs en wit. Naast de bank met een bijpassende chaise longue, een televisie aan de muur, een gebogen lamp boven een rechthoekige tafel met een wit blad en zilveren poten, zag ze meerdere bureaus.

Ze trok de laden uit de bureaus en verlichtte de onderkant met een zaklamp, op zoek naar verborgen ruimten of holtes, en haalde de planten uit de potten, maar vond alleen aarde.

Anneli bleef staan en dacht na.

Ze bekeek de muren en de lamp aan het plafond, bukte zich en keek naar de vloer, maar zag niets opvallends. Het enige was een lege, versleten sporttas die in een van de hoeken stond.

Nu richtte ze haar aandacht op de grote boekenkast, trok een stoel bij en begon achter de boeken te zoeken. Ze controleerde plank na plank, haalde stapels boeken uit de kast en bladerde ze allemaal door. Na een halfuur zette ze de laatste boeken in de kast terug en constateerde dat alle literatuur sport als gemene deler had.

Ze zuchtte en keek weer om zich heen.

Toen ze van de stoel stapte sloeg haar enkel dubbel. Ze gaf een gil en viel op de vloer. Terwijl ze haar pijnlijke enkel masseerde zag ze een klein vertrek dat een kantoor leek. Op de vloer stond een grote externe harddisk. Ze zou er misschien geen aandacht aan besteed hebben als de achterkant niet een stukje had uitgestoken, alsof iemand hem eraf had geschroefd en het niet was gelukt om hem op de juiste manier terug te plaatsen.

Er waren natuurlijk heel veel manieren om een externe harddisk te gebruiken, zoals kopieën maken of het opslaan van belangrijke informatie, muziekbestanden, foto's of films. Haar intuïtie vertelde haar echter dat Axel Lundin zijn externe harddisk voor iets heel anders gebruikte.

Ze pakte zijn gereedschap en schroefde de achterkant los, maar wat ze had verwacht, zakjes drugs, vond ze niet. De harddisk was niet meer dan een leeg omhulsel. Bovendien was het de verstopplek voor Axel Lundins geld.

Het kostte haar twintig minuten om Jenny Bengtssons appartement in de Odalgatan te bereiken. De deur ging maar een paar seconden nadat Mia Bolander op de bel had gedrukt open. 'Ja?'

Mia kwam tot de conclusie dat Stig Ottling een verschrikkelijk slechte smaak had als het om vrouwen ging. Ze bekeek Jenny Bengtsson van top tot teen, van de goudkleurige pilotenbril en de kettingen rond haar hals tot het glanzende, donkerbruine haar. Juist door dat haar kon Mia een glimlach niet onderdrukken, want dat was het enige wat klopte aan de beschrijving die Stig Ottling had gegeven. Een elegante vrouw, *my ass.*

'Jenny Bengtsson?' vroeg Mia.

'Ja...'

Jenny keek haar aarzelend aan terwijl ze haar hand op de deurkruk hield alsof ze op het punt stond om hem weer dicht te doen. Ze keek over Mia's schouder om te zien of ze alleen was.

'Ik ben politieagent,' zei Mia snel terwijl ze haar legitimatie liet zien.

'Oké...' zei Jenny verbaasd.

'Ik heb je gebeld, maar je nam niet op.'

'Aha, was jij degene die belde? Ik neem nooit op als ik gebeld word door een geheim nummer of een nummer dat ik niet herken.'

Mia stopte haar legitimatie in haar zak terug. 'Ik moet met je praten. Stoor ik?'

'Niet echt, ik ben aan het leren voor een tentamen.'

'Ik moet met je praten over een opslagruimte.'

'Oké.' Jenny fronste haar wenkbrauwen, zodat ze boven het brilmontuur uit kwamen.

'Mag ik binnenkomen?'

'Tja, ik heb niet schoongemaakt... maar natuurlijk,' zei ze terwijl ze een stap opzij deed. Mia deed de deur achter zich dicht en besloot in de hal te blijven staan.

'Zoals ik al zei gaat het om een berging die je gehuurd hebt.'

'Wat is daarmee? Is er ingebroken of zo? Ik haat het als mensen mijn spullen niet met rust kunnen laten. Drie weken geleden heeft de een of andere klootzak mijn fiets gejat. Hij was nieuw en had zelfs een mand. Het kostte me vijfhonderd kronen aan eigen risico.'

'Nee, het gaat niet om een inbraak.'

'Nee?'

'Ik vraag me af of je daar de afgelopen tijd nog bent geweest.'

'Waar?'

'Ben je in je opslagruimte geweest?'

'Natuurlijk ben ik dat. Wat is dat voor vraag?'

Mia glimlachte zuur. 'Wanneer ben je daar voor het laatst geweest?'

Jenny haalde adem en dacht na. 'Twee weken geleden misschien.'

'Wat?'

'Ja, dat was twee weken geleden. Waarom wil je dat weten?'

'Wacht even...' Mia krabde op haar hoofd en haalde de huurovereenkomst tevoorschijn die ze van Stig Ottling had gekregen.

'Maar je hebt de opslagruimte afgelopen weekend toch gehuurd? Op zaterdag?'

'Nee... ik heb die opslagruimte al een hele tijd.'

'Is dit jouw handtekening niet?'

'Nee, zo schrijf ik niet.'

'Maar je hebt wel een opslagruimte in de Garvaregatan?'

Jenny lachte. 'Nee, dat heb ik niet. Nooit gehad ook.'

'Dus je gebruikt geen drugs?' vroeg Henrik Levin terwijl hij wantrouwend naar Axel keek. De temperatuur in de verhoorkamer was gestegen.

'Nee,' zei Axel. 'Dat heb ik nooit gedaan.'

'Hoe is het je gelukt om daarvan af te blijven?'

'Ik weet het niet. Ik heb het nooit geprobeerd, ik heb zelfs nooit een sigaret gerookt. Ik wil mijn lichaam niet blootstellen aan dat soort troep.'

'Maar anderen stel je er wel aan bloot,' zei Henrik. 'Je maakt ze verslaafd.'

'Nee, dat doe ik niet.'

'Niet? Wat doe je dan met al die heroïnebolletjes?'

'Ik weet niet wat je wilt, maar je kunt niets bewijzen.'

'Ik geloof niet dat ik iets hoef te bewijzen, je bent er al te veel in verstrikt geraakt,' zei Henrik terwijl hij met zijn hand over de tafel streek. 'Je bent erbij.'

'Hoezo?' vroeg Axel.

'Ja, hoezo?' herhaalde Per Ramstedt met opgetrokken wenkbrauwen.

'We hebben met de mannen gepraat die zich net als jij in het gebouw in de Garvaregatan bevonden, Axel.'

'Ze hebben niets gezegd,' zei hij kort.

'Ze hebben alles verteld,' loog Henrik. 'Dus, ja, je bent erbij en als politieagent weet je heel goed dat je straf lager wordt naarmate je beter samenwerkt.'

Axel beet op zijn lippen. Henrik ging verder: 'Ik heb veel variaties van verstopplekken gezien. Eén keer had een man zijn drugs verstopt in een stadsverwarmingsbuis die was bekleed met isolatiemateriaal. Hij had een opbergruimte gemaakt door wat isolatiemateriaal rond een koppeling weg te halen. We zouden die nooit gevonden hebben als hij niet vergeten was om het isolatiemateriaal op de vloer weg te halen. We hebben daar ook veel vingerafdrukken aangetroffen, net als bij jouw bergruimte.'

Axel Lundin sloeg zijn armen rond zijn lichaam. Zijn gezicht werd plotseling bleek.

'We hebben meerdere lege ruimten gevonden in de Garvaregatan en toen je werd gefouilleerd had je heel veel zakjes met heroïnebolletjes bij je. Waarom was dat? Ging je ergens naartoe?'

Axel gaf geen antwoord.

'Werd je bang toen ik je gisteren belde?'

Peter Ramstedt lachte. 'Kun je geen relevante vragen stellen?'

'De vraag is relevant, ik geloof namelijk dat je cliënt zo bang werd toen ik hem belde dat hij meteen naar zijn bergruimte gegaan is om alles wat daar lag weg te halen.'

Axel verschoof op zijn stoel, maar bleef zwijgen. Henrik wachtte even met de volgende vraag. 'Je kunt je afvragen van wie je die drugs kreeg,' zei hij daarna.

'Waarom vraag je dat?'

'Misschien heb je gehoord over de vrouw die we een paar dagen geleden in de trein gevonden hebben?'

Axel keek gespannen. 'Ik weet niets over wat er gebeurd is, en dat wil ik ook niet weten. Het enige wat me kan schelen is dat ik het spul op tijd krijg.'

'Maar misschien kan het je wel iets schelen als ik zeg dat de vrouw is gestorven aan wat ze in haar maag had.'

'Ik weet dat ze dood is, maar daar heb ik niets mee te maken, dat is mijn zaak niet.' Axel hief zijn handen.

'Wiens zaak is het dan?' vroeg Henrik.

Axel verschoof op zijn stoel. 'Als ik het niet ben, dan moet het iemand anders zijn. Ik ben... ik ben niemand, een onbelangrijk radertje, zo klein...' Axel wees een centimeter tussen duim en wijsvinger aan, '... zo klein ben ik in het grote geheel. Snappen jullie?'

'Wiens zaak is het dan? Vertel het, Axel. Kom op.'

'Van hem! De vent die buiten rondloopt,' zei Axel terwijl hij naar het raam wees. 'Die kerel is fucking gestoord. Hij heeft helemaal geen geweten.'

'Over wie heb je het?' vroeg Henrik, maar Axel praatte verder terwijl hij naar het raam bleef wijzen.

'Jullie kunnen me niet laten gaan,' zei hij.

'Je loopt waarschijnlijk geen risico.'

Peter Ramstedt leek een tegenwerping te willen maken, maar Axel was hem voor.

'Het is levensgevaarlijk daarbuiten,' zei hij. 'Hij zal me niet met rust laten, hij zal me te pakken nemen.'

Henrik Levin haalde diep adem en praatte met een kalme stem verder. 'Wie neemt je te pakken?'

Axel bewoog zijn voeten op en neer. Hij gaf geen antwoord.

'Luister,' zei Henrik. 'We gaan alles controleren, je telefoon, je vrienden... We gaan de persoon over wie je het hebt uiteindelijk vinden.'

'Ik hoop voor jullie bestwil dat jullie hem niet vinden,' zei Axel. 'Iedereen die hem vindt gaat dood.'

'Dacht je dat hij degene in de kelder was, begon je daarom met die koevoet te dreigen?'

'Nee, ik heb Opa nog nooit gezien.'

'Wat zei je?'

Axel keek verward naar Henrik. 'Hoezo?'

'Je zei "Opa".'

'Nee.'

'Jawel, ik hoorde dat je "Opa" zei. Zie je die bandrecorder? Daarop staat het bewijs dat je dat daarnet gezegd hebt.'

Axel sloeg zijn handen voor zijn gezicht.
'Wie is Opa?' vroeg Henrik.
'Niemand,' zei Axel met een zucht.
'Wie zijn degenen die hem Opa noemen? Waarom heet hij zo? Is het een oude man?'
Axel gaf geen antwoord.
'Je zult vroeg of laat antwoord op deze vragen moeten geven…'
'Je begrijpt het niet…' zei hij terwijl hij zijn hoofd berustend schudde.
'Wat begrijp ik niet? Heeft Opa Robin vermoord?' vroeg Henrik.
Axel begon zenuwachtig te lachen. 'Nee, je begrijpt het niet, hij bestaat niet, niemand weet wie hij is, niemand!' Axel deed zijn ogen dicht en sloeg zijn handen voor zijn mond. 'Niet praten, niet praten, niet praten,' mompelde hij.
De advocaat legde een hand op Axels rug en zei tegen hem dat hij rustig moest blijven.
'Ik kan het niet vertellen,' zei Axel. 'Ik weet namelijk hoe die mensen zijn en wat ze doen, en ik heb ze horen vertellen hoe ze dat doen.'
'Nu praat je weer in het meervoud. Als we een kans willen hebben om deze mensen te stoppen, dan moet je ons helpen ze te vinden in plaats van ze te beschermen.'
Axel keek naar Henrik. Zijn voeten bewogen nu sneller.
'Kom op,' zei Henrik. 'Geef me de naam.'
'Wat levert me dat op?'
'Geef gewoon antwoord op de vragen. Wie heeft Robin Stenberg vermoord en waarom? Wie heeft je opdracht gegeven om geen verslag van zijn aangifte te maken?'
Axel slikte en wreef in zijn handen.
Henrik luisterde naar de stoel die kraakte onder Axels onrustige bewegingen. 'Geef antwoord,' zei hij.
Axel keek hem aan en mompelde: 'Oké, ik kan je een naam geven.'
'Vertel.'
'Jullie kunnen informeren bij…'
'Zeg het.'
'Jullie moeten Danilo Peña hebben.'

22

Mia Bolander begreep er niets van. Ze stond samen met Stig Ottling in de opslagruimte op Garvaregatan 6, of de Wolfabriek of hoe hij het ook wilde noemen.

Iemand had Jenny Bengtssons identiteit gestolen en had een contract voor een jaar ondertekend. Waarom? Waarom juist in dit gebouw?

Ze keek naar de kast, de muren, de vloer en de houten werkbank. Daarna pakte ze haar mobiel en maakte foto's vanuit verschillende hoeken. Ze bekeek de deur, het plafond en het luik dat zich daarin bevond.

'Een lege opslagplaats was niet precies waarop ik gehoopt had,' zei ze tegen Stig toen ze op de terugweg naar de auto waren. 'Kun je meegaan naar het politiebureau zodat we een fatsoenlijk verslag kunnen maken? Het gaat op zijn minst om valsheid in geschrifte.'

'Ja, natuurlijk,' antwoordde hij.

Ze gingen in de auto zitten en terwijl Mia vanaf de parkeerplaats achteruitreed sloegen haar gedachten op hol. Waarom huurde je een opslagruimte onder een valse naam? Om iets te verstoppen?

Maar de opslagruimte was leeg. Niet één verhuisdoos, geen vitrinekast met porseleinen voorwerpen, geen kunstkerstboom of fiets. Geen van de dingen die mensen in een opslagruimte bewaarden. En ook niets anders.

Aan de andere kant leek de huurder geen normaal iemand te zijn. Had hij of zij de opslagruimte nog niet in gebruik kunnen nemen, waar het ook voor gebruikt zou worden? Gestolen goederen misschien?

De enige leidraad die ze hadden bestond uit die twee idioten die hadden beweerd dat ze waren overmeesterd door een vrouw. Wie was trouwens zo stom om zoiets toe te geven? Misschien spraken ze de waarheid, hoewel ze beiden half invalide en flink onder invloed waren geweest.

Misschien bevond zich ergens toch een elegante vrouw die wist hoe je met een mes moest omgaan.

Anneli Lindgren keek om toen ze de voordeur dicht hoorde slaan. Anders Wester kwam binnen, gekleed in een bruin colbert, een wit overhemd en schoenen met stalen neuzen. Hij ging met zijn armen over elkaar achter haar staan en keek nadenkend toe terwijl ze het ene na het andere pakje bankbiljetten in witte plastic zakken stopte.

'Kijk eens wat ik gevonden heb,' zei ze zonder naar hem te kijken. 'Dit is belachelijk veel geld.'

'Gefeliciteerd,' zei Anders. 'Heb je het geteld?'

Ze voelde zich onaangenaam bekeken. 'Wat doe je hier eigenlijk?' vroeg ze.

'Iemand moet je toch beschermen.'

'Daarom staan er collega's voor de deur.'

'Hierbinnen, bedoel ik. Misschien verbergt iemand zich in een kledingkast of onder het bed. Er woont hier een crimineel, of ben je dat vergeten?'

Anneli snoof terwijl ze overeind kwam. Ze liep langs Anders alsof hij er niet was en stopte de zakken met geld in haar tas. Daarna liep ze naar de slaapkamer en begon broeken, truien en overhemden te controleren. Ze trok de lade voor onderkleding open en legde alles op het bed.

'We kunnen het nuttige natuurlijk met het aangename verenigen,' zei hij. Hij was haar gevolgd en stond nu een paar meter bij haar vandaan terwijl hij haar van top tot teen bekeek.

Ze gaf geen antwoord. 'Ik maak maar een grapje, Anneli, het spijt me. Je weet dat narcotica mijn specialisme is. Daarom ben ik hier.'

Hij ging hij vlak achter haar staan, sloeg zijn armen om haar heen en snoof de geur van haar haar op. Ze probeerde los te komen, maar hij liet zijn handen naar boven glijden en pakte haar borsten vast.

'Dit was ooit van mij,' fluisterde hij, waarna hij haar losliet.

Anneli draaide zich om, keek in zijn fonkelende ogen en kon geen woord uitbrengen. Ze richtte haar aandacht weer op het ondergoed. 'Je zou hier niet moeten zijn.'

'Is dat zo?'

'Ja.'

'Zeg dan tegen me dat ik weg moet gaan.'

Ze gaf geen antwoord en draaide zich niet om. Hij mocht niet zien dat ze bloosde.

Ineens voelde ze dat hij weer vlak achter haar stond. Zijn ademhaling was zwaar en hij legde zijn handen weer op haar borsten. Langzaam gleed hij naar haar heupen en dwong haar om haar dijbenen te spreiden. Ze deed haar mond open om te zeggen dat hij moest stoppen.

'Niets zeggen,' zei hij terwijl hij haar trui omhoogtrok.

'Dus we hebben een naam om mee te werken?' zei Gunnar Öhrn terwijl hij de deur van de vergaderkamer dichtdeed.

Henrik Levin stond tegen de tafel geleund. Mia Bolander zat op haar gebruikelijke plaats.

'Ja,' antwoordde Henrik. 'Eigenlijk zijn het twee namen. De eerste is Danilo Peña, de naam die Axel Lundin noemde. We zijn bezig uit te zoeken wie deze Danilo is. Ik heb er mensen op gezet. Hopelijk hebben we ook snel een foto van hem.'

'Mooi,' zei Gunnar. 'En de tweede naam?'

'Tijdens het onderzoek zijn we meerdere keren op de naam Opa gestuit.'

'Juist ja, wat weten we over hem?'

Henrik schraapte zijn keel. 'Nog niets eigenlijk. Hij treedt niet in de openbaarheid.'

'En deze Danilo en Opa kunnen niet één en dezelfde persoon zijn?' vroeg Gunnar.

'Dat zou kunnen,' antwoordde Henrik, 'maar ik heb het gevoel dat het twee verschillende personen zijn.'

'Er bevindt zich altijd iemand in de coulissen, een mysterieuze figuur, maar later blijkt het toch een gewone misdadiger te zijn,' zei Mia.

'Toch heb ik het gevoel dat dit een nieuwe leider is, het brein dat we nog niet eerder tegengekomen zijn,' zei Henrik. 'Niemand zegt iets, niemand heeft deze Opa ooit ontmoet, niemand weet wie hij is. En toch lijkt iedereen bang voor hem te zijn.'

'Wil Axel niets vertellen?' vroeg Gunnar.

'Hij lijkt bang, zoals ik al zei,' antwoordde Henrik.

'Natuurlijk is hij dat. Alle verraders zijn bang.'

'Robin Stenberg leek doodsbang te zijn,' zei Mia.

'Er is iets met die mishandeling. Hij heeft iets gezien wat hij niet had moeten zien,' zei Gunnar. 'En hij wilde daar blijkbaar een bevestiging van, daarom opende hij die thread op Flashback. Daarna is hij misschien bedreigd, waarna hij uiteindelijk aangifte heeft gedaan.'

'En de pech had dat hij bij Axel Lundin belandde,' zei Mia.

'Die hij misschien van een eerdere gelegenheid kende... van Bryggan bijvoorbeeld,' zei Henrik.

'We moeten ervoor zorgen dat Axel meer vertelt,' zei Mia.

'Dat wordt moeilijk,' zei Henrik. 'Hij is banger voor Opa dan voor ons.'

'Maar het is niet onmogelijk dat Axel de man van het centraal station én de man bij Stenbergs appartement is.'

'Hij is geen moordenaar.'

'Dat kun je niet zomaar zeggen...'

'Axel bevindt zich onder aan de keten. We willen de kopstukken pakken, zoals Opa.'

Het werd stil in de kamer.

'Hebben jullie eraan gedacht dat Opa een vrouw kan zijn?' zei Mia.

'Waar baseer je die bewering op?' vroeg Gunnar.

'Het is maar een idee, misschien een zijspoor, maar er is een mysterieuze vrouw in het gebouw aan de Garvaregatan opgedoken.'

'Bedoel je de vrouw die een van die lanterfanters in het trappenhuis met een mes gespietst heeft?' vroeg Henrik. 'Zou dat waar zijn?'

'Ik weet niet of ze de waarheid vertellen, maar ze waren in elk geval doodsbang voor haar.'

'Interessant,' zei Gunnar. 'Kan het dezelfde vrouw zijn die bij Stenbergs appartement gezien is?'

'Ze kan in elk geval met een mes omgaan,' zei Mia.

23

De koffie in Henrik Levins beker trilde terwijl hij over de gladde en ongelijkmatig met ijs bedekte weg reed. Hij keek naar de witte sluiers die boven de Gamla Övägen hingen. Op de passagiersstoel lag een envelop met twee kleurenkopieën. De ene was een foto van Danilo Peña, de andere was een foto van Axel Lundin.

Henrik parkeerde de auto en hield de envelop in zijn rechterhand terwijl hij door de gang van het Vrinnevi-ziekenhuis liep.

Pim zat bij het hoofdeind van het bed, met haar gezicht naar hem toe. Het zwarte haar hing over haar gezicht. Ze zag er klein uit, haar lichaam was tenger en bleek.

Henrik liep naar haar toe en begroette haar. 'Ik hoor dat je geprobeerd hebt te ontsnappen,' zei hij en hij wachtte tot de tolk het vertaald had.

'Ik wil gewoon naar huis,' zei Pim zachtjes.

'Je gaat ook naar huis, maar eerst heb ik je hulp nodig,' zei hij. 'De vorige keer dat we bij je waren, vertelde je over een meisje. Kun je je dat herinneren?'

Ze knikte.

'Hoe zag ze eruit?'

'Zoals ik,' fluisterde ze. 'Maar ze had een groot litteken op haar voorhoofd.' Pim wees naar haar eigen voorhoofd, naar de haargrens.

'Is ze daar samen met jou gekomen?'

'Nee, ze was er al.'

'Was ze er al?'

'Ja, op de bovenverdieping.'

'Als je goed nadenkt, heel goed, herinner je je haar naam dan?'

Pim krabde op haar arm en dacht even na. 'Ze heet Isra.'

'Heb je met haar gepraat?'

'Nee,' zei Pim. 'Ze huilde toen hij de tape van haar mond haalde en toen hij naar buiten ging vroeg ik hoe ze heette maar ik durfde niet meer met haar te praten want als hij ons hoorde zou hij ons beslist pijn doen.'

'Ik heb de foto's van twee mannen in mijn hand, ik wil dat je ze bekijkt en het me vertelt als je een van hen herkent.'

Henrik haalde de foto's uit de envelop en legde ze voor Pim. 'Kijk goed, herken je iemand?'

Pim keek een beetje afwachtend naar de foto's, alsof ze bang was voor wat ze te zien zou krijgen. Seconden later sloeg ze beide handen voor haar mond. 'Hij!' riep ze. Ze had een angstige blik in haar ogen.

Henrik pakte de foto waarnaar ze wees en bestudeerde de man met het donkere haar, de bruine ogen en het hoekige gezicht.

'Was hij degene die je gevangenhield?' vroeg Henrik.

'Ja,' antwoordde Pim.

'Weet je dat heel zeker?'

'Ja...'

Henrik keek opnieuw naar de foto en huiverde toen hij de blik van de man zag. Hij pakte zijn mobiel om Gunnar Öhrn te bellen. Daarna belde hij vooronderzoeksleider Jana Berzelius.

Jana Berzelius betrad de rechtbank in Norrköping. Ze droeg een zwart, nauwsluitend colbert, een bijpassende broek, een witgrijze blouse met een ronde hals en puntschoenen met hakken van het merk Saint Laurent.

Uit de luidsprekers klonk een vrouwelijke stem die de partijen en hun vertegenwoordigers naar zaal 2 dirigeerde, waar rechtszaak B3980-13, een mishandeling in een café, zou plaatsvinden.

Jana controleerde voor de tweede keer of het geluid van haar mobiel uit stond en zag dat Henrik Levin haar had gebeld.

Ze liep naar de zijkant en luisterde voor alle zekerheid naar haar voicemail. Het was een korte mededeling, maar de zaal begon te draaien door de inhoud ervan.

'Ik dacht dat je wel zou willen weten dat er iets gebeurd is in de zaak van de Thaise vrouwen. Ten eerste hebben we de naam van het meisje dat zich samen met Pim in de ruimte bevond. Ze heet waarschijnlijk Isra. Ten tweede

weten we nu met grote waarschijnlijkheid wie de man is die Pim bij het centraal station opgepikt heeft en haar gevangenhield. Pim heeft een man aangewezen die Danilo Peña heet en...'

De rest hoorde ze niet meer. Haar blik gleed haastig over de muren en de deur en de mensen die een plek in de rechtszaal zochten. Ze haastte zich naar buiten, toetste de code van een spreekkamer in, haastte zich naar binnen en sloeg haar hand voor haar mond om niet te gaan schreeuwen. Ze had steken in haar borstkas terwijl ze nog een keer naar Henriks stem luisterde.

'... een man aangewezen die Danilo Peña heet en...'

Jana gooide haar mobiel tegen de muur, wat een flinke barst in het scherm veroorzaakte. Ze ging zitten en probeerde kalm adem te halen, na te denken, maar het lukte niet. Ze ging weer staan terwijl ze haar paniek onder controle probeerde te houden.

Had Danilo Pim gevangengehouden?

Ze hoorde een herhaalde oproep door de geluidsinstallatie en liep de spreekkamer uit. Toen ze in de rechtszaal terug was haalde ze nog net zo diep adem. Het was zo'n tijdsverspilling om daar te zijn. Ze moest zichzelf en haar leven beschermen.

In de verte hoorde ze de rechter iedereen welkom heten, de drie juryleden die aan zijn rechterkant zaten voorstellen en daarna de griffier, die aan zijn linkerkant zat. Ze luisterde niet en hield haar blik op de gesloten deuren gericht. Jana kon zich op niets anders concentreren dan op Danilo.

'Het Openbaar Ministerie wordt vertegenwoordigd door officier van justitie Jana Berzelius,' zei de rechter, waarna hij de andere partijen en hun advocaten voorstelde.

Haar hart sloeg in haar borstkas, haar blik was nog steeds op de deuren gericht.

'Op verzoek van de officier van justitie hebben we Samir Ranji als getuige opgeroepen. Als ik het goed begrepen heb is hij aanwezig, dus zijn er wat mij betreft geen belemmeringen om de rechtszaak vandaag te houden.'

'Ja, die zijn er wel,' zei Jana terwijl ze overeind kwam. 'Edelachtbare, ik verzoek u om de rechtszaak te verdagen.'

Henrik Levin wreef met de vingers van zijn rechterhand langzaam over zijn wenkbrauw heen en weer terwijl hij bedacht hoe frappant het was dat Axel Lundin hem de naam had gegeven van de man die Pim gevangen had gehouden. Alles hield verband met elkaar. Robin Stenberg had hen naar Axel Lundin geleid, die hen nu naar Danilo Peña leidde, de mysterieuze donkere man... Zou Danilo hen naar Opa leiden?

Hij keek op zijn mobiel en moest weer aan Jana Berzelius denken. Hij voelde zich onzeker en wist niet goed hoe hij moest omgaan met Ida Eklunds opmerking dat ze een elegant geklede vrouw met een grote BMW op de avond van de moord op Robin Stenberg bij zijn flat had gezien. Waarom zou Jana daar geweest zijn? Ze was de laatste die hij in zo'n omgeving zou verwachten.

Het grappige – of eigenlijk was het helemaal niet grappig – was dat het heel goed mogelijk was dat diezelfde elegant geklede vrouw de vorige avond in het trappenhuis in de Garvaregatan was geweest. Daar had de vrouw bewezen dat ze uitstekend met een mes overweg kon – als die nietsnutten tenminste niet hadden gehallucineerd.

Waarschijnlijk hallucineerde hij zelf als hij dacht dat de elegant geklede vrouw Jana kon zijn. Er moesten meer elegant geklede vrouwen met een donkere BMW in Norrköping zijn. Jana Berzelius had blijkbaar een dubbelgangster.

Hij draaide het computerscherm een stukje naar rechts, googelde haar naam en kreeg meerdere artikelen waarin ze haar mening ventileerde over beslissingen van de rechtbank.

'Wat doe je?'

Henrik draaide zich om en zag Mia Bolander met haar jack in haar hand in de deuropening staan.

'Ik kijk gewoon een beetje,' zei hij terwijl hij tevergeefs probeerde Google te sluiten.

'Waarom zoek je naar Jana?'

Toen hij in Mia's ogen keek voelde hij de onrust weer in zijn borstkas en hij wist dat hij de waarheid niet langer verborgen kon houden.

Hij zuchtte, alsof hij haar heel duidelijk wilde laten merken dat hij het moeilijk vond. 'Ik heb een problematische aanwijzing van een getuige gekregen...'

'Ja?'

'Dat was toen we met Ida Eklund praatten en jij verdwenen was...'

Hij vertelde dat er een mogelijkheid was dat ze op de avond van de moord bij Robins flat in de Spelmansgatan was geweest.

'Waarom heb je dat niet eerder verteld?'

'Ik...' De knagende onrust was er weer. Hij huiverde.

'Henrik,' zei Mia kalm. 'Dat klinkt volkomen krankzinnig, maar waarom heb je niets gezegd?'

'Ik weet het niet, maar jij vindt dus ook dat het volkomen krankzinnig zou zijn als ze daar geweest is... Ik weet het niet, ik wilde haar ermee confronteren, maar ik heb haar al een paar dagen niet gezien...'

'Je moet het aan iedereen vertellen,' zei Mia.

'Ik weet het, maar er is nog iets...' Henrik keek bezorgd naar Mia. 'Ida's beschrijving komt ook overeen met de beschrijving van die klaplopers in de Garvaregatan van de vrouw met het mes. En Robins moordenaar kon met chirurgische precisie omgaan met een mes...'

Mia staarde hem aan. 'Jana Berzelius?' zei ze terwijl ze begon te grijnzen. 'Heb je gecontroleerd of ze kan jongleren met een mes?'

'Nee, dat heb ik niet.'

'Serieus, Henrik, denk je dat de poepchique Jana een soort *hitwoman* is? Het wordt waarschijnlijk tijd dat je vaderschapsverlof opneemt.' Ze keek naar hem. 'Maar het is natuurlijk een ernstige zaak om informatie achter te houden.'

'Dat weet ik.'

'Dat had ik niet van je verwacht,' zei ze terwijl ze bleef grijnzen. 'Daar kun je voor aangegeven worden.'

'Precies. Dus jij zegt niets.'

Mia keek uit het raam. 'Echt, Henrik, wat win je ermee om niets te zeggen? Je zou dit het in bescherming nemen van een misdadiger kunnen noemen.'

'Wacht even,' zei Henrik. 'Je grijnst de hele tijd, dus jij gelooft het ook niet. Ze is misschien niet eens bij Robins flat geweest.'

Mia knikte terwijl ze iets bedacht. 'Maar nu je het zegt, ze is altijd zo verdomd… gestoord op de een of andere manier.'

'Dat is ze niet.'

'Niet?'

'Nee, dat vind ik niet.'

'Aha, nú begrijp ik het,' zei Mia.

'Wat?'

'Je vindt haar leuk.'

'Ja, ik vind haar leuk als officier van justitie. Meer niet.'

'Het moet meer zijn als je haar probeert te beschermen.'

'Stop daarmee. Ik probeer haar niet te beschermen, ik heb alleen de kans niet gekregen om haar ermee te confronteren.'

'Lariekoek!'

'Het is vreemder dat jij er zo gelukkig van wordt dat je haar kunt beschuldigen.'

'Het vreemdste is dat jij de anderen niet informeert over wat je ontdekt hebt tijdens het onderzoek. Dat is niets voor jou, Henrik.'

'Luister, volgens Ida was er een vrouw in de buurt toen ze Robins flat verliet. De beschrijving zou heel goed van toepassing kunnen zijn op Jana, maar er is ook een heel, heel, heel grote kans dat het een andere vrouw was in plaats van Jana Berzelius. Er zijn toch meer mooie vrouwen met een donkere BMW?'

'Mooi?! Je vindt haar dus mooi, bescherm je haar daarom?' vroeg Mia.

'Nu doe je echt heel vervelend.'

'Hoezo?'

'Er valt niet met je te praten. Denk je serieus dat Jana Robin Stenberg vermoord heeft?'

'Nee, maar…'

'Nee, precies. En dat is de reden dat ik er niets over gezegd heb. Je zoekt gewoon de eenvoudigste oplossing. Dat is gevaarlijk, Mia. Je weet dat losse beschuldigingen niet thuishoren in serieuze onderzoeken.'

'Dat horen gevoelens ook niet,' zei ze.

'Kun je nu gaan?' vroeg hij.

'Dat was ik toch al van plan. Ik ben voor vandaag klaar met werken, we hebben tenslotte het hele weekend gewerkt, dus neem ik de rest van de dag vrij.'

Mooi, dacht hij, maar ze was al weg. Hij bleef alleen achter in de kamer, met het gevoel dat hij niets tegen haar had moeten zeggen over Jana Berzelius.

Hij had helemaal niets moeten zeggen.

24

Per Åström hield zijn blik op de bal gericht. Er klonk een doffe knal toen deze het tennisracket raakte. Een strakke backhand met twee handen, vlak bij de achterlijn.

Hij verplaatste zich snel naar rechts, volgde de beweging van de bal over het net met zijn ogen en verplaatste zich weer. Nog een doffe knal toen Johan de bal terugsloeg. Per boog meer door zijn knieën, zocht zijn zwaartepunt, verplaatste zich en zwaaide. Forehand cross. Zijn blonde haar vloog opzij, zijn voorhoofd was nat van het zweet.

Hij had een uur getennist, tot alleen Johan en hij in de hal waren achtergebleven. Ze waren allebei klaar met hun wedstrijden, maar waren te rusteloos geweest om naar huis te gaan en hadden spontaan besloten om een wedstrijd tegen elkaar te spelen. Het was laat geworden en de andere banen waren leeg. Buiten wervelden opnieuw grote sneeuwvlokken uit de donkere hemel.

Johan stak zijn hand op en verkondigde dat hij klaar was voor vandaag. Ze ontmoetten elkaar bij het net en bedankten elkaar voor de fijne partij.

'Durf je nog een keer tegen me te spelen?' vroeg Per.

'Natuurlijk. Morgen dezelfde tijd?'

'Dat zou kunnen. Ik bel je, Johan...'

'... Klingsberg.'

'O ja. Klingsberg was het.'

Per pakte zijn flesje water en tennisballen en stopte ze in zijn tas. Hij hoorde de deur achter Klingsberg dichtslaan.

Hij liep naar de kleedruimte, waar warme damp hing. De spiegels waren beslagen. Er liep water uit een van de douches. Iemand was blijkbaar vergeten de kraan dicht te draaien. Hij zette zijn tas op de bank, liep de douche in, stak zijn hand uit en draaide de kraan dicht. Daarna ging hij zitten, trok zijn bezwete shirt uit en haalde zijn mobiel uit zijn tas.

Geen gesprekken.

Geen berichten.

Hij veegde het zweet met het shirt met langzame bewegingen van zijn hoofd terwijl hij diep in gedachten was. Hij had haar vanochtend gebeld om te vragen of ze mee wilde naar de hockeywedstrijd. Aan het eind van de ochtend had hij haar opnieuw gebeld om te vragen of ze zin had om samen uit eten te gaan. Ze had niet teruggebeld. Hij beschouwde haar zwijgen als een weigering en inmiddels was hij te weten gekomen dat ze de rechtszaak had laten verdagen met de reden dat er heel onverwacht een nieuwe getuige was verschenen in de mishandelingszaak in het café. Ze wilde de tijd hebben om de getuige te verhoren voordat de rechtszaak zou worden hervat. Dat was natuurlijk niet vreemd, maar het feit bleef dat ze nog steeds niets van zich had laten horen. Misschien was hij te opdringerig geweest? Maar dan had ze dat tegen hem kunnen zeggen.

Hij pakte zijn mobiel en toetste haar nummer weer in.

'Hallo.'

Mia Bolander glimlachte om Martin Strömbergs verbaasde gezichtsuitdrukking terwijl ze bedacht dat hij heel lelijk was als hij zijn wenkbrauwen optrok, zoals nu.

'Wat heb je achter je rug?'

'Een verrassing.'

Hij knipoogde. 'Aha,' zei hij lachend. 'Kom binnen.'

Mia liep naar binnen, rook de geur van sigarettenrook en begon haar laarzen uit te trekken. 'Niet kijken.'

'Ik kijk niet,' antwoordde Martin en hij hield zijn handen voor zijn ogen.

Ze stond in de hal en trok haar jas uit terwijl ze naar Martin bleef kijken. 'Je kijkt wel!'

'Nee.' Hij schudde lachend zijn hoofd. 'Maar ik hoor iets ritselen.'

Ze keek naar zijn strakke T-shirt, dat onder zijn armen donker van het zweet was.

'Alsjeblieft.' Ze hield hem het cadeautje voor dat ze achter haar rug had verstopt. 'Of misschien moet ik prettig kerstfeest zeggen.'

'Maar het is toch nog geen Kerstmis?'

'Ik kon niet meer wachten.'

Martin kneep in het pakje. 'Het is zacht. Wat kan het zijn? Een muts? Een paar sokken?'

'Maak het open, dan zie je het.'

'Niet voordat ik jouw kerstcadeautje gehaald heb.'

Mia liep verwachtingsvol de zitkamer in en ging op de bank zitten. Toen Martin terugkwam, kon ze zich nauwelijks meer beheersen. Hij had een vierkant pakje in zijn hand en ze stak haar hand uit om het aan te pakken, maar hij kon het niet laten om haar te plagen. 'Krijg ik een kus?'

'Geef mijn cadeautje,' zei ze terwijl ze haar hand uitgestoken hield.

Hij hield het pakje buiten het bereik van haar uitgestrekte hand. 'Een klein kusje,' zei hij met een knipoog.

Mia glimlachte chagrijnig naar hem en bleef hem aankijken tot hij haar het pakje gaf. Ze opende het langzaam terwijl ze probeerde te genieten van het gevoel; dit was het duurste cadeau dat ze ooit had gekregen en waarschijnlijk ooit zou krijgen.

'Een sjaal! Dank je wel, Mia.' Martin sloeg de zwarte sjaal rond zijn schouders.

'Vind je hem mooi?' vroeg ze.

'Natuurlijk, absoluut, maar wat betekent LV?'

'Louis Vuitton.'

'O, maar is dat geen merk voor vrouwen?'

'Het kan ook voor mannen.'

'Maar... dat is te veel, echt...'

Mia had het papier weggescheurd, keek even naar het doosje in haar hand en haastte zich om het deksel te openen. Nu was het haar beurt om verbaasd te kijken. 'Een eierdopje?'

'Ik weet het, het is niet veel... en dan heb jij zo'n duur kerstcadeau voor mij...'

Mia zette het doosje neer. Ze weigerde de roze porseleinen eierdop met de tekst EEN EIGOEDE MORGEN aan te raken.

'Je mag hem ruilen voor een blauwe als je dat wilt,' zei Martin. 'Of een groene.'

'Wat is er met het horloge gebeurd?'

'Het horloge? Welk horloge?'

'Het horloge dat onder je bed lag. Aan wie heb je dat gegeven? Hè?'

'Rustig.'

'Heb je soms een ander?'

'Natuurlijk niet, dat is voor mijn moeder. Heb je in het doosje gekeken?'

Mia ging staan en liep naar de hal.

'Wacht! Mia, wat ga je doen?' zei Martin terwijl hij haar achternaliep.

Ze trok haastig haar laarzen aan, pakte haar jack en opende de deur. 'Weet je?' zei ze vermoeid terwijl ze zich naar hem omdraaide. 'Krijg de pest.'

De zwarte trui knisterde toen Jana Berzelius hem over haar hoofd trok. Ze stond in de hal, maakte de veters van haar schoenen vast en pakte een donker, getailleerd jack. Ze bewoog zich methodisch en heel doelbewust. Ze had maar één keus, kon maar één ding doen nu ze Danilo niet in zijn flat in Södertälje had aangetroffen.

Een uur geleden was ze in de Svedjevägen in Ronna geweest. Ze was langs de flats met de groene, blauwe en oranjegele balkons gelopen, was bij portiek nummer 36 naar binnen gegaan, had de lift naar de achtste verdieping genomen en was naar de deur van zijn flat gelopen.

Ze had de afgelopen maanden al een paar keer voor zijn deur gestaan, in de hoop dat hij een keer thuis zou zijn, maar de flat was altijd verlaten geweest en nu hing zijn naam zelfs niet meer op de deur. Danilo woonde er niet meer.

Op dit moment was er maar één persoon die wist waar hij kon zijn.

Eén.

Jana haalde een dunne zwarte muts uit een la en zette die op. Haar handschoenen voelden krap, ze opende en sloot haar handen een paar keer om het leer soepel te maken.

Ze knikte ongeduldig naar haar spiegelbeeld, waarna ze naar buiten liep en de voordeur achter zich dichtdeed. Ze liep snel de trap af, trok de muts zo ver mogelijk over haar voorhoofd en stopte haar handen diep in haar zakken.

Henrik Levin remde en parkeerde zijn auto voor de garage. Hij liep langzaam naar de voordeur van zijn rijtjeswoning in Smedby terwijl hij zuchtte omdat hij niet verder was gekomen met Danilo Peña. Zijn collega's waren naar het adres in Södertälje gegaan waarop hij in het bevolkingsregister was ingeschreven, maar hadden een verlaten flat aangetroffen. Danilo woonde daar niet meer, alle kamers waren leeg geweest. Er hadden geen meubels gestaan, alleen een vloerkleed in de hal en een matras in de zitkamer.

De sleutels rammelden toen Henrik ze op de haltafel liet vallen. Hij schopte zijn schoenen uit, haalde diep adem en snoof de geur van thuis op. Zijn hoofd tolde toen hij de keuken in liep. Hij liep naar het aanrecht, probeerde een glas te pakken, liet het vallen, pakte het net op tijd en vulde het met water. Hij dronk met grote slokken, haalde adem en probeerde zich te vermannen.

Op dat moment hoorde hij de toiletdeur opengaan. Hij draaide zich om en zag Emma met opgestoken haar en een vragende blik in haar ogen staan.

'Is alles goed met je?'

Henrik gaf geen antwoord, liep naar haar toe en sloeg zijn armen om haar heen. Hij snoof de geur van haar shirt op, voelde haar vingers op zijn rug en duwde de grote, ronde buik stevig tegen zich aan.

Zij liet hem het eerst los, deed een paar stappen naar achteren en keek naar hem.

Hij keek in haar ogen en merkte op dat moment pas hoe moe hij was. 'Ik...' begon hij. Hij wist echter niet wat hij verder moest zeggen, keek naar de vloer en had het gevoel dat die schommelde.

'Henrik?' zei ze.

'Ja?'

'Is alles goed met je?'

'Ja hoor...'

'Je liegt.'

'Een beetje.'

Emma glimlachte. 'Vertel.'
'Liever niet,' zei hij en hij zag dat ze haar lippen op elkaar perste.
'Kom.'
'Waar gaan we naartoe?'
'Naar de bank, misschien moeten we daar even gaan zitten.'
Henrik glimlachte, legde zijn hand in de hare en liet zich meenemen.

25

Het was stil in de gang.

De deuren van de verpleegafdelingen waren op slot en witte briefjes verwezen naar het alarmnummer.

De geur van ontsmettingsmiddel hing in het hele gebouw en bleef aan Jana Berzelius' kleding hangen terwijl ze geluidloos door het gebouw liep. Ze hield haar ogen op het zeil gericht en volgde de wielsporen van de bedden.

Haar muts verborg al het haar.

Toen de liftdeuren opengleden, ging ze achter een paal staan en deed alsof ze op iemand wachtte terwijl een bed met een oude man naar buiten werd gereden. Ze glipte naar binnen voordat de deuren dicht waren, drukte op de knop voor de afdeling Infectieziekten en ontweek de camera die boven de monitor hing. Toen de mechanische stem meldde dat ze de juiste verdieping had bereikt, verzekerde ze zich er eerst van dat ze niemand in de gang zag. Daarna verliet ze de lift.

Ze ging naast de gesloten glazen deur staan wachten. Na vijf minuten gingen ze open en twee verpleegsters in witte kleding kwamen naar buiten. De automatische deuropener zoemde hard toen ze naar binnen glipte. Ze bleef voortdurend dicht bij de muur en zocht met haar ogen naar bewegingen.

Jana hoorde stemmen en zag dat er verderop in de gang licht uit een kamer kwam. Met haar hand stevig op de kruk opende ze de deur van de eerste patiëntenkamer en ze liep naar binnen. Ze keek in de bedden, zag degene die ze zocht niet, opende de deur naar de gang en keek naar buiten. Even later zag ze een andere deur opengaan. Een glimlachende verpleegster kwam naar buiten en draaide zich om naar de kamer. 'Je zegt het maar als je een elektrische deken wilt,' zei de verpleegster in het Engels, waarna ze wegliep.

Jana bleef een tijdje wachten en bewoog daarna snel. Ze opende de deur die de verpleegster net had gesloten, liep naar binnen en bleef staan. De jonge vrouw lag met haar rug naar haar toe op haar zij.

'Hallo, Pim,' zei Jana.

Anneli Lindgren deed de voordeur voorzichtig dicht, trok haar jas uit en bekeek haar vermoeide gezicht in de spiegel. Ze ging meteen naar het toilet en waste haar handen zorgvuldig twee keer. Daarna rook ze aan haar armen, maar zijn geur was verdwenen. Ze trok haar shirt recht en zag op dat moment de bult in haar broekzak pas.

Ze vloekte toen ze besefte wat ze was vergeten. Ze haalde een doorzichtige plastic zak met daarin haar onderbroek uit haar broekzak. Ze had hem onderweg naar huis weg willen gooien! Wat moest ze er nu mee doen? Ze keek naar de afvalbak, maar verstopte het zakje toen achter de handdoeken in de badkamerkast. Daarna haalde ze het elastiekje uit haar haar, maakte een nieuwe knot in haar nek en liep naar de keuken.

Anneli keek zoekend om zich heen, maar zag Gunnar niet. In de slaapkamer flikkerde licht en ze begreep dat de televisie aanstond.

'Hallo,' zei ze terwijl ze naar de televisie keek. 'Waar kijk je naar?'

'Een film.'

'Dat zie ik, maar hoe heet hij?'

'Iets met jacht.'

'Heb je het geluid niet aan?'

'Nee, soms is stilte heel prettig.'

'Slaapt Adam?'

'Ik weet het niet, hij is in elk geval in zijn kamer.'

Anneli bleef staan en keek even naar de scènes die elkaar op het scherm aflosten.

'Kom je niet naar bed?' vroeg Gunnar.

'Zo meteen. Ik wil eigenlijk eerst iets eten.'

'Hoe ging het vandaag?'

'Goed.'

'En met Anders?'

'Wat bedoel je?'

'Anders en jij waren in Axel Lundins appartement.'

'Hoe weet je dat?'

'Ik ben de onderzoeksleider, als je dat soms vergeten mocht zijn. Hebben jullie fijn samengewerkt? Elkaar geholpen en zo?'

'Doe niet zo belachelijk.'

'Ik vraag het gewoon.'

'Je maakt iets heel groots van niets,' zei ze. 'Stop ermee hem overal bij te betrekken.'

'Het is moeilijk om dat niet te doen.'

Anneli slikte en ging op de rand van het bed zitten. Pas nu zag ze Gunnars kapsel. 'Je haar is geknipt.'

'Ja, ik ben op weg naar huis bij de kapper langsgegaan.'

'Mooi.'

'Ik had het niet moeten doen.'

'Waarom niet?'

'Het was onnodig duur. Ik had het geld voor iets anders kunnen gebruiken, maar nu is het te laat.'

Anneli zuchtte en stond op. 'Ik...' begon ze. 'Ik ga iets eten.'

'Dat zei je al.' Gunnar zette de televisie uit. Het werd donker in de kamer. Hij ging op zijn zij liggen en trok het dekbed tot ver over zijn schouders.

'Wil je de film niet afzien?' vroeg ze.

'Nee.'

'Waarom niet?'

'Ik weet al hoe hij afloopt.'

Anneli bleef nog even staan, terwijl ze haar gewicht geluidloos en langzaam van de ene voet op de andere verplaatste. Daarna draaide ze zich om en liep de slaapkamer uit. In de keuken pakte ze twee sneetjes knäckebröd, zag af van boter en belegde ze allebei met drie plakken kaas. Ze ging bij de tafel zitten om te eten, maar merkte dat ze geen honger meer had.

Ze stond op en gooide het knäckebröd in de afvalemmer. Daarna liep ze naar de badkamer om haar tanden te poetsen.

Zeven minuten lang.

'Wat doe je hier?' vroeg Pim met grote ogen. Op het hemd boven haar linkerborst stond de naam van het ziekenhuis met verbleekte letters. Ze staarde met een bange blik in haar ogen naar Jana.

'Je hoeft niet bang te zijn,' zei Jana in het Engels. 'Ik heb alleen een vraag aan je.'

'Waarover?'

'Ik wil je vragen... De man die je gevangenhield...'

Pim draaide zich haastig op haar zij met haar rug naar Jana toe.

'Luister naar me! Het is belangrijk!'

Pim gaf geen antwoord.

'Ik moet hem te pakken krijgen en jij bent de enige die weet waar ik hem kan vinden.'

'Ik heb alles al verteld.'

'Dan herhalen we het nog een keer.'

'Ik weet niet waar hij is.'

'Maar je weet waar jullie waren.'

Pim zei plotseling iets in het Thais.

'Ik begrijp niet wat je zegt,' zei Jana.

'Ik zei dat ik niet met je wil praten.'

Pims hand schoot naar de alarmknop. Jana reageerde meteen, gooide haar lichaam naar voren en blokkeerde Pims arm vijf centimeter voor de knop. Ze draaide haar arm om en legde haar andere hand op Pims mond.

'Doe dat niet nog een keer,' zei Jana terwijl ze naar de paniek in Pims ogen keek. 'Als ik mijn hand weghaal vertel je me precies waar jij en de man die ik zoek waren. Oké?'

Pim slikte en knikte.

Jana haalde haar hand langzaam van haar mond, maar hield haar arm vast.

'Ik weet het niet... maar ik hoorde... water.'

'Oké,' zei Jana.

'Het was koud.'

'Ga verder.'

'Ik weet niets meer.'

'Er was dus een meisje bij je in de kamer dat Isra heette?'

'Ja.'

Jana dacht even na. 'Heeft de man die je gevangenhield je mishandeld?'

Pim keek verbaasd naar Jana. 'Nee.'

'Heeft hij je gekrabd?'

Het meisje keek nog verbaasder. 'Nee.'

'Krab je jezelf?'

'Nee!'

'Dan vraag ik me iets af...' zei Jana terwijl ze Pims armen en handen bekeek. 'Hoe heb je het voor elkaar gekregen om zulke schrammen te krijgen? Laat je hals eens zien.'

Pim boog haar hoofd opzij. Haar hals zat vol schrammen. Sommige waren diep, andere oppervlakkig.

'Ik geloof dat je op een plek midden tussen de bomen bent geweest. En toen je daarvandaan vluchtte liep je schrammen op door alle takken. Klopt dat?'

Pims wangen werden rood en ze trok haar been onder het dekbed.

'Ik weet de weg ernaartoe niet,' zei ze zacht.

'Het is voldoende om de plek te beschrijven.'

Pim beet op haar lip, haalde diep adem en begon te vertellen over een boothuis, een beek, een vreemd licht en een bijzonder diep bos.

26

De wind beet in zijn wangen.

Beroepsvisser Roger Johnson knikte naar zijn vader Sture Johnson en keek uit over de zee. De boot schommelde op de golven en hij zag aan het echolood dat er veel vis zat, maar ze voeren verder naar de scherenkust van Arkösund, waar ze het net 's nachts hadden achtergelaten.

Rogers visserscarrière was onder leiding van zijn vader begonnen met geavanceerd illegaal vissen. Sture pachtte het water alleen voor Oostzeeharing en het was heel duidelijk dat de overige vissoorten daar niet bij hoorden, maar daar trok Sture zich niets van aan.

Er waren ook regels voor wat betreft particulier en openbaar water. Eenvoudig uitgedrukt kwam de wet erop neer dat al het water voor de Östergötlandse scherenkust in grote lijnen particulier water was en bij het onroerend goed hoorde. Het openbare water begon pas driehonderd meter achter de laatste eilanden. Daar trok hij zich echter ook niets van aan. Sture en Roger brachten veel nachten door met illegaal vissen, zowel met illegale netten als met illegale methodes. Ze vingen grote hoeveelheden vis – zalm, snoek, baars – die ze met veel winst verkochten.

'Vaart minderen!' Roger gebaarde met zijn hand, boog zich over de reling, rekte zich uit, pakte de vlotter en tilde de lijn uit het water. Hij haalde het net stukje bij beetje op terwijl hij probeerde de vis al in de boot los te krijgen, maar liet de vissen die heel verstrikt zaten in het net zitten tot ze aan land zouden zijn.

Roger werkte geduldig en haalde het net voorzichtig langs de kieuwen en vinnen. Hij haalde nog een stuk net op, maar stopte toen hij plotseling iets vreemds in het water zag.

Hij trok, maar moest al zijn kracht gebruiken om het net omhoog te krijgen. Ineens deinsde hij achteruit en hij voelde zich misselijk worden toen hij besefte wat hij zag.

In het net hing een dode vrouw.

De muur vibreerde door de klap.

Jana Berzelius sloeg opnieuw. Twee, drie, vier keer.

Ze voelde zich onrustig en probeerde zich te ontspannen door te slaan, maar dat lukte niet. Iets joeg haar op, iets nam haar veel te veel in beslag.

Ze moest Danilo vinden voordat de politie dat deed.

Ze draaide zich om, sloeg met twee vuisten in de lucht, trapte en trapte meteen nog een keer. Ze visualiseerde dat hij met een gebogen hoofd en een donkere blik in zijn ogen tegenover haar stond. Ze sloeg harder en raakte alleen lucht, maar zag voor zich hoe ze Danilo raakte. Ze stompte met rechts en daarna met links, waarna ze schopte. Haar linkerknie schoot omhoog, meteen gevolgd door haar rechterbeen. Ze richtte op de muur en trapte opnieuw.

Pang.

Pang.

Pang.

Jana stopte en ging buiten adem en met haar armen rond haar knieën op de vloer van haar slaapkamer zitten.

Ze moest hem vinden, ze moest de plek vinden waar hij zijn bolletjesslikkers gevangenhield.

Ze keek naar haar handen en nam het gesprek met Pim in gedachten opnieuw door. Ze dacht na over het vreemde licht waarover Pim had verteld, als een zoeklicht dat tot ver tussen de bomen reikte. Ze moest langs de kust beginnen met zoeken, en wist een plek waar ze dat kon doen, een plek die in de buurt van de 209 naar Arkösund lag.

In de badkamer pakte ze de noodzakelijkste spullen en ze nam ze mee naar de slaapkamer, vouwde wat kleding, schoon ondergoed en sokken op en stopte alles in een rugzak. Daarna haalde ze het mes tevoorschijn, woog het in haar hand en schoof het tegen haar onderrug. De rugzak zette ze op de halvloer neer.

Het laatste wat ze deed was in haar appartement rondkijken, ze had het gevoel dat ze hier een tijdje niet terug zou komen.

Ze deed de voordeur achter zich dicht, liep de trap af en verliet Knäppingsborg zonder nog een keer om te kijken.

27

Per Åström deed het scheerapparaat uit en luisterde. Ja, hij hoorde de bel. Hij zette het apparaat in de lader en liep de badkamer uit. Met een paar grote stappen was hij in de hal. De bel ging opnieuw. Hij deed open en zag Henrik Levin staan. In zijn jas zat een grote scheur.

'Ik weet dat ik vroeg ben,' zei Henrik, 'maar ik wist dat ik op dit tijdstip de meeste kans zou hebben om je te pakken te krijgen.'

'Waar gaat het over?' vroeg Per.

'Jij kent Jana Berzelius toch?'

'Ja, natuurlijk ken ik Jana Berzelius,' antwoordde Per aarzelend.

'Hoe goed ken je haar?'

'Waarom vraag je dat?'

'Ken je haar als collega of vriendin?'

'Collega.'

'Je hals wordt rood.'

'Wat is dit? Een verhoor?' vroeg Per.

'Nee, maar de hals van mensen wordt rood als ze zich opgelaten voelen. Of ze krijgen een onzekere blik in hun ogen. Dat heb jij allebei. Ik vraag je dus opnieuw hoe goed je haar kent – als collega of als vriendin?'

Per keek naar links en naar rechts in het trappenhuis. 'Kom binnen,' zei hij terwijl hij Henrik binnenliet en naar de bank wees. 'Ga zitten.'

Henrik liep langs de bank en ging bij het raam staan dat van de vloer tot het plafond reikte. 'Wat een uitzicht,' zei hij.

'Ja, ik kan uitstekend in de gaten houden wie er schreeuwt in de nachtclub daarbeneden.' Per knikte naar de hoek van de Sankt Persgatan en glimlachte.

Henrik zag zijn vrolijke blik, maar bleef zelf ernstig kijken. 'Ik ben hier om je te vragen of je weet waar Jana Berzelius is. Ik ben net bij haar appartement geweest, maar ze deed niet open en ik heb haar al een tijdje niet gezien. Ze beantwoordt mijn telefoontjes ook niet, wat vreemd is omdat ze een onderzoek leidt en normaal gesproken vaker aanwezig is dan ze nu is. Ik vraag me af of jij met haar gepraat hebt.'

Per schudde zijn hoofd.

'Ik weet niet hoe ik dit moet zeggen,' ging Henrik verder, 'maar er is informatie naar boven gekomen met betrekking tot de moord op Robin Stenberg en daarom moet ik haar echt te pakken krijgen. Omdat jij dat onderzoek leidt…' Hij zweeg en keek weer door het raam.

'Ik krijg het gevoel dat dit iets is waarvan je niet wilt dat iedereen ervan op de hoogte is,' zei Per terwijl hij in Henriks ogen keek.

'Waarom denk je dat?'

'Anders zou je niet op dit tijdstip naar mijn appartement gekomen zijn.'

'Oké, Ida Eklund zei dat ze Jana Berzelius afgelopen vrijdagavond bij het flatgebouw waar Robin Stenbergs woonde heeft gezien, rond het tijdstip van de moord,' zei Henrik langzaam om te zien hoe Per reageerde. Hij reageerde echter absoluut niet zoals Henrik had verwacht. Per begon te lachen.

'Wat is er zo grappig?'

'We hebben het over een collega, niet bepaald over een verdachte.'

'Dat weet ik,' zei Henrik vermoeid. Hij ging op de bank zitten, leunde naar achteren en bestudeerde de blonde officier van justitie die tegenover hem ging zitten. Hij had een scherpe en tegelijkertijd vriendelijke blik in zijn tweekleurige ogen.

'Bovendien heeft ze een alibi,' ging Per verder.

'Hoe weet je dat?'

'Omdat ze vrijdag bij mij was.'

'Zijn jullie…' begon Henrik. 'Ik bedoel, heb je… een relatie met haar?'

Per lachte opnieuw. Hard en lang dit keer. 'Jana is waarschijnlijk geen type voor relaties. Ik heb haar nog nooit met een man gezien, of haar over mannen horen praten.'

'En vrouwen?'

'Daar heb ik haar ook niet mee gezien. Ze geeft de voorkeur aan mannen, dat weet ik in elk geval.'

'Dus jullie zijn alleen vrienden?'

'Vrienden is waarschijnlijk overdreven. We gaan met elkaar om, gaan samen uit eten en zo. We zijn zoals ik al zei collega's.'

Henrik zuchtte. 'Goed. Maar ik moet toch met haar praten.'
'Geloof je me niet?'
'Natuurlijk wel. Jullie zijn samen uit eten geweest, zei je. In welk restaurant?'
'Ardor. Je kunt ze bellen, ze hebben de reservering vast nog.'
'Je weet dat ik dat moet doen.'
Per zweeg even. 'Mag ik vragen...' begon hij daarna. 'Heeft deze Ida Eklund Jana echt aangewezen?'
'Nee, niet direct. Maar haar beschrijving van de vrouw komt uitstekend overeen met Jana...'
'Hebben jullie foto's van Jana aan Ida laten zien?'
'Nee.'
Per keek onzeker. 'Is er meer in het onderzoek naar voren gekomen? Iets wat erop wijst dat Jana iets met Robin Stenberg te maken heeft?'
'Nee.'
'Waarom doe je dan onderzoek naar haar?'
'Ik doe geen onderzoek naar haar.'
'Niet? Je komt hiernaartoe en stelt een heleboel vragen.'
'Ik probeer het alleen bevestigd te krijgen.'
'Dat ze een verdachte zou kunnen zijn?'
'Nee, het tegendeel juist.'
'Ik begrijp er helemaal niets meer van,' zei Per.
'In vertrouwen...' zei Henrik.
'Ja?'
'... dat is altijd mijn uitgangspunt als het om Jana Berzelius gaat. Ze is ook mijn collega en ik vind haar een uitstekende officier van justitie.'
'Mooi,' zei Per. 'Daar zijn we het dan over eens. Maar dat je hier bent, dat voelt...'
'... ongemakkelijk?'
'Als bekend wordt dat we dit gesprek gehad hebben, dan...'
'Niemand weet dat ik hier ben,' zei Henrik.
'Maar je bent je ervan bewust dat het er niet goed uitziet?'
'Volkomen.'

Ze was wakker geworden doordat de deur dichtsloeg, maar bleef in foetushouding onder het warme dekbed liggen.

Ze had de hele nacht geprobeerd hem te ontwijken, en hij haar. Ze hadden met hun rug naar elkaar toe ieder aan hun eigen kant gelegen. Allebei wakker, zonder de stilte te verbreken.

Nu stapte Anneli Lindgren uit bed en keek door het raam naar de sneeuw die uit de bleekgrijze hemel naar beneden dwarrelde. Ze bestudeerde de dikke witte deken die de straat bedekte, de sporen van een kat die schuin overgestoken was, de bergen sneeuw op de brievenbussen. Ze huiverde en kreeg kippenvel. Het appartement voelde koud, alsof de ramen openstonden om te luchten.

Ze liep naar Adams kamer, zag dat hij met zijn mond open sliep en wist dat ze hem wakker moest maken, maar besloot om hem nog even te laten slapen.

De vloer kraakte onder haar blote voeten.

Op het moment dat ze haar hand uitstak om de badkamerdeur te openen hoorde ze het alarm van Adams mobiel. Hij draaide zich onder zijn dekbed om en zette hem uit. Het werd weer stil.

Ze deed het licht aan en nam een warme douche. Terwijl ze het water over haar lichaam liet stromen dacht ze aan de vorige dag, aan Anders.

Even later kwam ze onder de douche vandaan, sloeg een handdoek om zich heen en opende de kast. Ze zocht met haar hand achter de handdoeken, maar voelde de plastic zak met haar onderbroek niet. Anneli stak haar hand weer in de kast, zocht nog een keer, haalde alle handdoeken eruit en schudde ze boven de grond uit.

Haar broekje was weg.

Ze voelde een ijzige kou over haar rug omhoogkruipen en hoorde zichzelf een vreemd, kermend geluid maken.

Ze zweeg toen ze een zacht klopje op de deur hoorde.

'Mama?'

Dreigende, staalgrijze wolken hadden zich samengepakt boven Norrköping. Henrik Levin keek omhoog voordat hij het politiebureau binnenliep. Hij begroette Gunnar Öhrn, die met een bezorgde blik in zijn ogen achter zijn bureau zat, op gedempte toon.

'Wat doen we om dat andere meisje over wie Pim het had te vinden? Niets! We boeken helemaal geen vooruitgang!'

'Gunnar,' zei Henrik kalmerend. 'We doen wat we kunnen. We hebben in elk geval een belangrijke naam om mee te werken... Danilo Peña.'

Gunnar luisterde niet, hij snoof alleen. 'Misschien bestaat ze helemaal niet. Het zou het beste zijn als Pim loog...'

'Ik geloof dat ze wel bestaat,' zei Henrik. 'En ik geloof dat we haar vinden op het moment dat we Danilo vinden.'

'Maar waarom vinden we Danilo dan niet?' zei Gunnar.

'Hij komt niet in het strafregister voor.'

'Maar hij moet iets gedaan hebben, of hij heeft ergens aan blootgestaan. Je wordt niet zomaar een dader en drugsdealer, niet in de omvang waarom het hier lijkt te gaan.'

'Misschien moeten we overnieuw beginnen, anders denken...'

'Overníéuw beginnen? We kunnen niet overnieuw beginnen. Zoals je al zei, hebben we de naam van een man die heel goed de volgende dingen kan zijn: 1. degene die Pim meegenomen heeft, 2. degene die Robin Stenberg vermoord heeft, 3. degene die de spin in het web is als het gaat om alle drugsellende in Norrköping. Dit is geen moment om een terugtrekkende beweging te maken!' Gunnar wreef met zijn handen over zijn gezicht. 'En waar is Jana trouwens?'

'Ik weet het niet.'

'Verdomme.' Gunnar zuchtte en liet zijn schouders zakken. 'Sorry, Henrik,' zei hij, 'maar waarom gaat het allemaal zo traag?'

'Iemand moet Danilo Peña gewaarschuwd hebben dat we op zoek naar hem zijn,' zei Henrik. 'Want als hij niet woont op de plek waar hij ingeschreven staat, waar woont hij dan?'

'Dat is een goede vraag.' Gunnar zuchtte en wiegde licht op de stoel. 'Je bent een goede agent,' zei hij en hij voegde eraan toe: 'In tegenstelling tot sommige anderen.'

'Heb je iemand in het bijzonder in gedachten?'

'Mia natuurlijk, het spijt me maar ze is een bedreiging voor het team.' Gunnar boog zich over het bureau en keek Henrik verdrietig aan. 'Anders houdt ons in de gaten, Henrik. Ik wil niet dat hij zich ermee bemoeit. Jullie zijn míjn team en dat wil ik zo houden.'

'Maar hij is hier alleen tijdelijk.'

'En hij heeft al voldoende verpest.'

'Ik begrijp niet wat je bedoelt.'

'Dat hoeft ook niet.' Gunnar zweeg even, streek met zijn handpalm over zijn voorhoofd en veegde het zweet aan zijn broekspijp af voordat hij verderging: 'Het voelt alsof de organisatie op zijn kop staat en dat wordt waarschijnlijk nog erger als de reorganisatie een feit is.'

'Maak je je zorgen?' vroeg Henrik.

'Voor de toekomst? Ja. Sommige leidinggevende functies vervallen in de nieuwe organisatie.'

'Dus je weet niet welke functie jij krijgt?'

'Ik weet niet eens of ik er wel een krijg. Het reorganisatiecomité is er duidelijk over geweest dat iedereen die zich onder in de organisatie bevindt zijn functie en salaris zal houden. Niemand loopt het risico werkloos te worden en dat is in elk geval een bepaalde vorm van zekerheid.'

'Dat klopt.'

'Maar het kan goed zijn om te weten wie volgend jaar jullie leidinggevende wordt.'

'Wat zegt Carin Radler daarover?'

'Niets. Wat moet ze zeggen?'

Henrik haalde zijn schouders op.

Gunnar legde zijn handen op zijn schoot. 'We moeten maar zien wat het wordt,' mompelde hij. 'Voorlopig neem ik de beslissingen en ik moet er verdomme gewoon voor zorgen dat we dit onderzoek tot een succesvol einde brengen.'

'Mooi,' zei Henrik. 'En hoe wil je dat gaan doen?'

Gunnar keek eerst in de kamer rond en daarna uit het raam. 'We hebben Danilo zelf geprobeerd te vinden en nu wil ik het publiek om hulp vragen.'

Op dat moment ging zijn mobiel. Hij liet hem drie keer overgaan voordat hij opnam. 'Ja, wat is er?'

Hij kwam ineens overeind met een gespannen uitdrukking op zijn gezicht. 'Wat zeg je, verdomme? Hoezo dood?'

Hij hing doodstil met zijn armen slap langs zijn lichaam. Zijn gezicht was bleek en zijn ogen opengesperd. Mia Bolander en Henrik

Levin staarden naar Axel Lundins lichaam. Ze mochten de cel niet in, de plaats delict moest intact blijven.

Mia probeerde alles te registreren, maar kon haar blik nauwelijks afhouden van de man die zich had opgehangen.

De kleine ruimte was betegeld en had ramen met metalen jaloezieën die niet gedraaid konden worden. Op de vloer in de hoek lagen een deken en een kussen die aan alle arrestanten werden verstrekt. Op het plafond en aan de binnenkant van de deur zat graffiti.

Axel Lundin droeg een shirt en een onderbroek. Op de onderbroek zat een grote donkere vlek en op de vloer onder hem lag een plas urine.

'Verdomd laf, als je het mij vraagt,' zei Mia terwijl ze haar handen in haar zij zette. 'Om zelfmoord te plegen dus. Ik heb nooit begrepen waarom je zoiets zou willen doen. Dat is omdat je geen verantwoordelijkheid wil nemen, nietwaar?'

Henrik gaf geen antwoord en haalde adem door zijn neus.

'En de reden dat deze vent afscheid van het leven heeft genomen, is dat hij anderen verlinkt heeft en daar een slecht geweten over kreeg,' ging ze verder.

'Ik geloof niet dat er plaats in zijn hoofd was voor een slecht geweten,' zei Henrik terwijl hij naar de broek keek die aan het plafond hing en als een strop rond Axels nek zat. 'Hij had maar één ding aan zijn hoofd en dat was angst. Hij zei tenslotte dat hij niet vrijgelaten wilde worden.'

'Het is logisch dat je op deze gezellige plek wilt blijven. Vooral als je de heerlijke geur van de ontnuchteringscel ruikt.'

'Stop daarmee,' zei Henrik. 'Bel Anneli liever en zeg dat ze hiernaartoe moet komen.'

'Het is beter als jij dat doet.' Mia draaide Henrik de rug toe en begon vastbesloten naar de uitgang te lopen. Ze hoorde Henriks mobiel overgaan en luisterde naar zijn verbazing en routinematige, korte zinnen. Ze bleef staan, draaide zich om en keek naar hem.

'Nog meer werk,' zei hij met een bleek gezicht toen hij het gesprek had beëindigd.

'Wat dan?'

'Nog meer lijken. Ik denk dat we het derde meisje gevonden hebben.'

28

De sneeuw lag ongerept rond het huis en kwam tot aan de metalen raamdorpels.

Jana Berzelius tastte met haar hand onder de plantenpot, haalde de lange, smalle sleutel eronder vandaan, stopte hem in het slot en opende de dubbele houten deur, die krakend openging.

Het was een groot, landgoedachtig gebouw met een gele gevel en witte ramen. Een brede stenen trap leidde naar de dubbele witte deuren. Het huis lag eenzaam en majestueus naast de zee, vlak bij de Grunsöströmmen. De omgeving stond vol met vakantiehuizen en af en toe een woning die het hele jaar werd bewoond. De afstand tot de dichtstbijzijnde buren was ruim honderdvijftig meter en daar was niemand thuis. Driehonderd meter verderop lag het volgende zomerhuis. Ze kon haar zoektocht naar Danilo hier ongestoord voortzetten.

Ze ging naar binnen, liet de deur achter zich dichtvallen en bleef in het donker staan luisteren.

Jana liep een paar stappen de salon in en zag de fauteuil die met de rugleuning naar het terras was geplaatst. Ze herinnerde zich dat hij daar altijd zat, iedere zomer, met de krant in zijn handen. Dat had hij in elk geval gedaan toen ze klein was.

Er kwam nog een herinnering bij haar op. Het was de eerste zomer in het huis, ze was negen jaar en had achter de fauteuil gezeten, met haar rug tegen het bruine leer. Ze had stiekem geluisterd terwijl de volwassenen praatten. Haar vader had een onbekende vriend op bezoek. Haar moeder deed boodschappen in de stad.

Ze had zo verschrikkelijk nodig moeten plassen dat ze het nauwelijks kon ophouden en wilde net overeind komen toen ze de verontwaardiging in haar vaders stem hoorde.

'Ze moet weg,' zei hij.

'Dat gaat niet. Dat weet je.'

'Als ik had geweten...'

'Hou je niet van verrassingen?'

'Niet van dit soort.'

'Jij was degene die ermee instemde.'

'Had ik een keus?'

'Je weet heel goed dat het de enige oplossing was.'

Haar vader had gezwegen. 'Hoelang moet ze blijven?'

'Vraag dat maar aan je vrouw. Ik weet zeker dat ze heel teleurgesteld is als ze haar geliefde dochter niet mag houden.'

'Noem haar niet zo.'

'Dochter? Ja, dat doe ik wel. En dat zou jij ook moeten doen. Je zult eraan moeten wennen.'

'Nooit.'

Het bleef even stil. Haar vader verschoof op de fauteuil, waardoor het leer onder hem kraakte. 'Geef antwoord, hoelang moet ze bij ons blijven?' vroeg hij.

'Voor altijd.'

'Dat kun je niet serieus menen!'

'Je wilt toch niet dat ik je vrouw vertel waarom jullie het meisje bij jullie hebben?'

'Je toon staat me niet aan.'

'Ik wil je er alleen bewust van maken dat er geen alternatieven zijn.'

Ze kneep haar benen bij elkaar en luisterde niet meer naar het gesprek, want de paniek om in haar broek te plassen overheerste.

'Luister, Karl. We hebben een afspraak.'

'Wat gebeurt er als ik me daar niet aan houd?'

Toen ze de spottende lach hoorde perste ze haar lippen op elkaar, deed haar ogen dicht en wilde dat ze zich niet achter de stoel had verstopt. Nu voelde ze niets anders dan de pijn in haar buik, hoorde niets anders dan haar geluidloze gekerm, dacht aan niets anders dan aan de aandrang om op te staan en naar het toilet te rennen.

'Luister, je moet voor haar zorgen. Dat is het beste wat je kunt doen. Voor alle partijen,' zei de onbekende man.

'Je begrijpt het niet, ze is onbeheerst,' zei haar vader.

'Tem haar dan.'

'Ze is gewelddadig.'

'Jezus, dat is logisch als je bedenkt wat ze allemaal meegemaakt heeft. Maar ze weet niet waarom ze hier is. Ze heeft geen idee, Karl, en het gewelddadige gedrag zal langzamerhand minder worden. Je moet gewoon leren om van haar te houden. Ze is nu van jou. Het is je dochter.'

Ze hoorde dat haar vader de armleuningen van de fauteuil omklemde. 'En de jongen?'

'Dat hebben we onder controle.'

'Wat gebeurt er met hem?'

'Dat hebben we nog niet besloten.'

'En ze herinnert zich niets van wat ze meegemaakt heeft? Ook de jongen niet?'

'Zoals ik al zei, ze herinnert zich niets, Karl.'

'Maar als ze elkaar tegenkomen?'

'Dat zal niet gebeuren. Geloof me, hun wegen zullen elkaar nooit kruisen.'

Ze deed een wanhopige poging om het op te houden, maar ze hield het nu echt niet langer vol. Ze wilde rennen, de zitkamer uit, naar het toilet, weg, weg, weg.

'Ik denk dat we iets sterks nodig hebben,' zei haar vader. Hij kwam overeind en liep naar de drankenkast.

Op hetzelfde moment verliet ze de kamer. Ze sloop snel, wilde niet gezien worden, hield haar ogen op de vloer gericht en draaide zich niet één keer om. Ze wist niet eens met wie haar vader zat te praten en had daar later nooit over nagedacht.

Tot nu.

Anneli Lindgren zat op de achterbank van Henriks auto en keek uit het raam. Henrik en Mia zaten voor haar.

Ze voelde zich uitgeput nadat ze twee uur lang aan Axel Lundins lichaam in de cel had gewerkt en wreef in haar ogen. Nu waren ze onderweg naar Arkösund, naar een nieuwe opdracht met een nieuw lijk. Deze keer was het echter een verdronken jonge vrouw die in een visnet was gevonden.

Ze leunde met één elleboog tegen het raam en keek naar de ring aan haar vinger, de goedkope ring die Gunnar voor haar had gekocht toen ze nog maar een maand bij elkaar waren en alles nieuw was. Het was een gladde gouden ring, zonder steentjes, zonder gravering of glanzend geslepen randen.

Ze had hem al die jaren gedragen en hield ervan, van die idiote ring aan haar vinger. Wat heb ik gedaan, dacht ze en ze zuchtte.

Ze voelde zich bekeken en zag Henriks ogen in de achteruitkijkspiegel.

'Moe?' vroeg hij.

'Ja,' antwoordde ze zachtjes.

'Heb je iets gevonden?'

'Niets belangrijks, behalve het geld. Ik heb wat testen gedaan, maar ik heb verder alleen Axels vingerafdrukken gevonden, helaas.'

'Ik heb het eigenlijk over zijn cel, daar kom je nu toch vandaan, of niet soms?'

'Inderdaad,' zei ze. Ze sloeg haar ogen neer en frunnikte aan de cameratas die naast haar stond. Ik... ik heb een monster genomen van Axels... of... ik heb meerdere monsters genomen. Ik denk dat hij zelfmoord gepleegd heeft, gewoon. Hij heeft de veiligheidsprocedures weten te omzeilen...'

'Je denkt?' zei Mia sceptisch. 'Je klinkt niet helemaal overtuigd.'

Het werd stil in de auto, zo stil dat alleen het geluid van de verwarming te horen was.

'Tja...' ging Anneli verder. 'Zoals jullie weten moeten moordonderzoekers en andere agenten die in de buurt van een plaats delict zijn geweest hun vingerafdrukken en DNA afstaan.'

'Ja?'

'Er iets wat me onzeker maakte, zodat ik dat ook laat testen. Maar dat is voorlopig onvolledig.'

'Wat bedoel je met onvolledig?' vroeg Henrik. 'Het is wat hij onder zijn nagels had, nietwaar?'

'Ja, ik heb huid- en vezelresten onder Axels nagels gevonden.'

'Van wie?'

Anneli slikte opnieuw. 'Het is te vroeg om daar al iets over te zeggen.'

'Hemel, zeg het gewoon,' zei Henrik.

'Je kunt het ons toch wel vertellen,' zei Mia.

Anneli keek naar haar knieën. 'Nee,' zei ze terwijl ze weer aan de cameratas frunnikte. 'Er is een kans dat het niet klopt. Ik wil niet dat jij, of jullie, overhaaste conclusies trekken. Ik heb het materiaal naar het SKL gestuurd.'

'Jezus,' zei Mia teleurgesteld. 'Vertrouw je ons niet?'

'Jawel, maar het is niet nodig dat er iets bekend wordt als dat misschien helemaal niet waar blijkt te zijn.'

'Zorg er dan in elk geval voor dat het SKL opschiet,' zei Henrik.

'Dat zal ik doen,' zei Anneli, waarna ze weer naar buiten keek.

Ze wilde niet in Henriks ogen kijken, want ze wist dat ze altijd al een slechte leugenaar was geweest.

Een kaart. Ze had een kaart nodig.

Jana Berzelius opende de app op haar mobiel en klikte naar een digitale kaart van Bråviken en de scherenkust van Arkösund, maar de barst in het scherm maakte het moeilijk om het goed te zien. Ze vermoedde bovendien dat het bereik bij de kust niet zo goed was. Daarom had ze een papieren kaart nodig en ergens in huis moest er een zijn.

Ze zocht twintig minuten lang in kasten, bureauladen, de secretaire in de salon, en op planken, maar vond niets.

Jana liep naar de keuken en dronk een groot glas water. Daarna droogde ze het glas af, zette het op de plank en ging weer op zoek, nu op de bovenverdieping.

Ze begon in de bibliotheek. De kamer was bijna veertig vierkante meter groot. Eén lange muur werd gedomineerd door een boekenkast van vloer tot plafond, waarin literatuur, biografieën, non-fictieboeken en zo'n vijftig A4-mappen met betrekking tot het beroepsleven van haar vader stonden. Mappen die hij uit de stad had meegenomen en die nu in de boekenkast in het zomerverblijf stonden, als een herinnering aan zijn fantastische carrière.

Bij de tegenoverliggende lange muur stonden een zithoek en een bureau dat zo was geplaatst dat degene die daar zat de kamer in keek.

De vloer kraakte toen ze naar het keurig opgeruimde bureau liep. Ze zag alleen een stapel documenten en een paar pennen in een pennenbakje. Ze bladerde verstrooid in de stapel, keek om zich heen en schudde haar hoofd berustend.

Jana keek naar de A4-mappen, die op jaartal waren gesorteerd. De eerste was van 1989. Ze vergat de kaart heel even. Haar nieuwsgierigheid kreeg de overhand en ze trok een van de mappen uit de kast, legde hem op het bureau en begon te bladeren tussen de verschillende rechtbankverslagen. Ze wilde de map net terugzetten toen ze zag dat haar vader aantekeningen in de kantlijn had gezet. De letters waren klein en moeilijk te ontcijferen.

Mia Bolander maakte zich onbewust lang op de passagiersstoel, draaide zich naar Henrik om en hoopte dat hij haar vragende blik zou zien. Waarom accepteerde hij het dat Anneli informatie achterhield? Nu zelfs Henrik zijn mond hield over allerlei dingen, bracht dat haar in een lastige positie.

'Zo kunnen we verdomme toch niet werken?' zei ze plotseling.

'Waar heb je het over?' vroeg Henrik.

'Ik dacht dat het de bedoeling is dat we samenwerken, maar als niet iedereen vertelt wat hij ontdekt heeft, hoe moeten we dan weten of onze neuzen dezelfde richting op staan?'

'Hou erover op,' zei Henrik.

Het werd stil in de auto.

'Dus we hebben een verdronken meisje?' zei Mia even later, alleen om iets te zeggen en de lastige stilte te verbreken. Ze wist niet meer wat ze aan Henrik had.

'Ja,' zei hij. 'Waarschijnlijk het meisje dat samen met Pim gevangenzat. Twee vissers hebben haar gevonden.'

'Isra heette ze toch?'

Henrik knikte.

'Wanneer is ze gevonden?'

'Om zeven uur vanochtend.'

'En ze hebben om halfnegen pas alarm geslagen?'

'Er is daar geen bereik...'

'Hadden ze geen noodradio aan boord, een VHF-radio?'

'Blijkbaar niet.'

Het werd weer stil.

Ze passeerden Östra Husby en zetten koers naar Vikbolandet, waar de akkers verborgen waren onder een dikke laag witte sneeuw. De smalle weg werd nog smaller. Ruim een halfuur later arriveerden ze bij een groot parkeerterrein. Ze stapten uit de auto, liepen naar de steiger en roken de lucht van vis en zee.

Het was de boot die het verst weg lag. De vissers hadden een dekzeil over het dode lichaam gelegd om het te beschermen, of misschien om het niet te hoeven zien.

Anneli gaf de camera aan Mia en trok dunne handschoenen aan voordat ze op haar hurken ging zitten. Ze pakte de camera weer aan en fotografeerde de boot. Mia en Henrik stonden achter haar, dit was Anneli's terrein, zij waren alleen toeschouwers. Anneli boog zich naar voren en vouwde het dekzeil voorzichtig weg. De vrouw lag met gestrekte benen in een half liggende houding. Haar kleding was kapot en doornat. Haar huid was wit als sneeuw, maar op haar handen zaten kleine wondjes en rond haar polsen bredere wonden. Het haar was donker en hing in slierten over haar gezicht.

Anneli fotografeerde vanuit alle denkbare richtingen.

'Ik moet haar gezicht fotograferen,' zei ze terwijl ze naar Henrik keek. Hij deed een stap naar voren. Haar stem was discreet geweest, maar het kleine knikje dat ze hem gaf maakte duidelijk dat het een opdracht was. Mia keek toe terwijl hij handschoenen aantrok, in de boot stapte en het haar van het meisje voorzichtig opzij streek.

'Kijk,' zei Henrik terwijl hij naar haar voorhoofd wees.

Mia liep naar het meisje toe en bekeek het voorhoofd, één keer, twee keer, maar er zat geen litteken.

'Dit is Isra niet,' zei ze.

Henrik Levin stond op de steiger en keek naar de zee terwijl hij zijn mobiel tegen zijn oor hield. De wind rukte aan zijn jack terwijl hij naar Gunnar Öhrns geïrriteerde stem luisterde. Gunnar werd nooit woedend. Hij stond bekend om zijn kalmte, maar nu, tijdens het onderzoek, was hij bepaald niet kalm geweest.

'Hoe kun je er zo zeker van zijn dat zij het niet is?' vroeg hij.

'Pim heeft Isra heel uitvoerig aan me beschreven. Ze zei onder meer dat ze een litteken op haar voorhoofd had. Het meisje dat we gevonden hebben heeft geen litteken. Dit is een ander meisje.'

'Maar Pim kan het mis hebben,' zei Gunnar.

'Dat denk ik niet,' antwoordde Henrik.

Gunnar zuchtte hardop. 'Waarom krijg ik het gevoel dat dit verdronken meisje niet bestaat?'

'Hoe bedoel je, niet bestaat?'

'Dat we niet in staat zullen zijn om haar te identificeren.'

Er viel opnieuw een stilte. Henrik dacht aan de geëxploiteerde meisjes. Een niet-geïdentificeerd meisje met een Aziatisch uiterlijk en een vals paspoort was dood in een trein gevonden. Een niet-geidentificeerd meisje met een Aziatisch uiterlijk was dood in het water gevonden. En dan Pim, een Aziatisch meisje met een vals paspoort dat erin was geslaagd om te vluchten. Drie Aziatische meisjes binnen een week.

Bovendien was er een vierde meisje dat niet was geïdentificeerd en een litteken op haar voorhoofd had, en dat Isra heette.

'Het lijkt erop dat ze bezig zijn om zich van de meisjes te ontdoen,' zei Henrik.

'En juist daarom moeten we een eind maken aan deze activiteit,' zei Gunnar.

'Ik zorg ervoor dat dit meisje naar Björn Ahlmann gebracht wordt.'

'Doe dat. Weten we al hoelang ze in het water gelegen heeft?'

'Anneli denkt een dag.'

'Dan is er geen twijfel meer aan,' zei Gunnar.

'Waaraan?'

'Dat we een persconferentie moeten houden. We moeten het publiek informeren voordat er te veel geschreven en gespeculeerd wordt over deze zaak.'

Jana Berzelius had al bijna een uur doorgebracht met het bladzijde na bladzijde bekijken van de rechtszaken in haar vaders mappen. Ze zat op de vloer met een deel van de mappen om zich heen verspreid. Haar vader had de informatie zorgvuldig en systematisch verzameld. In de mappen zat de documentatie van waarschijnlijk meer dan honderd rechtszaken vanaf 1989. De meeste waren vertegenwoordigd door officier van justitie en naderhand procureur-generaal Karl Berzelius. Over een paar zaken had ze op internet gelezen. Ze had toen een zekere trots gevoeld en was onder de indruk geweest van haar vaders successen in de rechtszalen.

Maar de aantekeningen in de kantlijnen maakten haar onzeker. Haar vader had met een rode stift notities gemaakt. Misschien had hij alleen verstrooid wat gekrabbeld terwijl hij ergens over nadacht. Het was moeilijk voor haar om in zo'n korte tijd te begrijpen wat de aantekeningen inhielden terwijl ze niet op de hoogte was van de rechtszaken.

Tegelijkertijd tikte de klok verder.

Ze had niet veel tijd, sloeg de map dicht die op haar schoot lag en bedacht dat ze zich eigenlijk moest bezighouden met haar zoektocht naar Danilo.

Concentreer je!

Achter het raam zag ze de sneeuw ronddwarrelen.

Ze luisterde naar de jankende wind en zweepte zichzelf op met de belofte dat ze elkaar terug zouden zien, hij en zij. Ze zou haar dagboeken en alles wat belangrijk voor haar was terughalen. En ze zou hem tot zwijgen brengen. Ze zou de enige die wist wie ze in werkelijkheid was tot zwijgen brengen. Voorgoed tot zwijgen brengen.

Ze ging staan, liet de mappen op de vloer liggen en ging verder met haar zoektocht naar een kaart.

29

Gunnar Öhrn schraapte zijn keel, deed zijn ogen dicht en deed een schietgebedje dat het hem zou lukken om te ontsnappen aan al te opdringerige vragen van de pers, maar wist dat het was alsof hij bad om een zomer zonder regen.

Persvoorlichtster Sara Arvidsson boog zich naar de microfoons die voor haar op het podium stonden en het geroezemoes in de zaal stierf snel weg.

'We hebben deze persconferentie, die ook op de televisie uitgezonden wordt, georganiseerd omdat we op zoek zijn naar een man met de naam Danilo Nahuel Peña, die op plausibele gronden verdacht wordt van betrokkenheid bij de moord op de twintigjarige Robin Stenberg in Norrköping van afgelopen vrijdag.'

Sara bladerde in haar papieren, kuchte en ging verder: 'Dit is een foto van Danilo Peña. Hij heeft donker haar, is dertig jaar en 1 meter 85 lang. We denken dat hij zich verplaatst in een auto, mogelijk een Volvo, met kenteken GUV 174.'

'Wordt hij verdacht van de moord?' vroeg een man op de eerste rij.

'Het is te vroeg om daar uitspraken over te doen, maar er zijn omstandigheden waardoor we bijzonder graag met hem in contact willen komen.'

'Wat is zijn band met het slachtoffer?' riep een roodharige vrouw helemaal achter in de zaal.

'We kunnen op dit moment niet ingaan op het technische bewijs,' antwoordde Sara.

'En het motief? Weten jullie waarom Stenberg vermoord is?'

'Op dit moment wil ik ook niet ingaan op een motief. Dat zal de tijd uitwijzen.'

'Vandaag is een man in een cel op het politiebureau overleden, hoe gaan jullie daarmee om?' vroeg een man met een snor.

'Wat er gebeurd is, is natuurlijk ontzettend tragisch, zowel voor de familieleden van het slachtoffer als voor het personeel. Op dit moment vindt er een technisch onderzoek plaats en we zijn inmiddels een intern onderzoek gestart.'

'Hoe konden jullie dat laten gebeuren?'

'Daar wil ik geen uitspraken over doen. Dat is een van de zaken waar tijdens het onderzoek naar gekeken moet worden.'

'Hoe is hij overleden?'

'Ik wil niets kwijt over de omstandigheden rond het sterfgeval. De persconferentie die we vandaag hebben belegd gaat over Danilo Nahuel Peña, de man die we zoeken.'

Het geroezemoes nam toe en Sara gebaarde naar de journalisten om het volume te temperen.

'Is deze Danilo op de een of andere manier familie van Robin Stenberg?' vroeg de man met de snor.

'Het antwoord is nee.'

'Komt hij voor in het politieregister?'

'Nee. Maar we gaan ervan uit dat hij gevaarlijk kan worden nu we naar buiten zijn gekomen met zijn naam en foto. Heel gevaarlijk.'

Per Åström bekeek het lunchmenu in restaurant Enoteket en ging in de rij staan om te bestellen.

Drie gasten in kostuum zaten vlak bij elkaar en praatten enthousiast over een computersysteem dat over een week aan een klant zou worden geleverd. Per kon er niets aan doen dat hij het gesprek hoorde en merkte niet dat het zijn beurt was om te bestellen.

'Wat mag het zijn?' riep de man achter de toonbank.

Hij bestelde de vis to go van de dag, betaalde met zijn kaart, zocht een tafeltje in de buurt van de kassa en ging zitten wachten tot zijn eten klaar was.

Terwijl hij door het grote raam naar het binnenplein keek dacht hij na over Jana Berzelius. Hij pakte zijn mobiel en belde haar, maar ze nam niet op. Dat was al de vierde keer. Hij hield zijn mobiel tegen zijn kin en bedacht dat ze ook geen contact met Henrik had opgenomen.

Waar hing ze in vredesnaam uit?

Hij stond op en pakte zijn lunch aan, die was verpakt in een witte papieren tas. Het was niet ver naar haar appartement en hij besloot om erlangs te lopen.

Een ongedefinieerd, ongerust gevoel begon in zijn maag te groeien toen hij de trappen op rende. Hij klopte drie keer op haar deur, belde net zo vaak aan en riep zelfs haar naam. Er werd niet opengedaan.

Hij deed zijn fiets van het slot en reed hem over de bergen sneeuw die ongecontroleerd tussen het trottoir en de straat groeiden, schudde de sneeuw los die zich had vastgezet op het voorwiel en trapte daarna energiek weg. Hij moest uitwijken voor twee blonde vrouwen die allebei met een kinderwagen liepen, schakelde naar een lagere versnelling, kreeg weer snelheid en stak de Drottninggatan schuin over, naar het Openbaar Ministerie.

Voor de ingang parkeerde hij zijn fiets en hij toetste de portiekcode in. Hij nam de trap naar de zevende verdieping met de papieren tas in zijn hand en hoopte dat ze in haar kantoor zou zijn.

Jana Berzelius zocht in alle hoeken van het huis voordat ze uiteindelijk in een van de logeerkamers een ingelijste zeekaart vond. Voorzichtig haakte ze de lijst van de muur, haalde de vergeelde kaart eruit en legde die op de vloer van de kamer.

Op de kaart op haar mobiel zag ze een dicht bos en bebouwing langs de hele kust bij Arkösund, dat in de buurt van Vikbolandet lag, bij de scherenkust van Norrköping. Het plaatsje lag op een landtong, omgeven door een tien kilometer lange kustlijn. Daar ergens moest het boothuis zijn waar Pim gevangen had gezeten.

Als ze dat vond, zou ze Danilo beslist ook vinden.

Ze voelde een huivering over haar rug gaan en bekeek de kaart op haar mobiel weer.

Pim had een beek genoemd en Jana begon strepen op de zeekaart te tekenen om de waterlopen aan te geven. Ze besefte echter al snel dat het veel te veel lijnen werden en dat het onmogelijk zou zijn om de beek te vinden die Pim bedoelde.

Ze begon opnieuw, zette nieuwe strepen voor alle brede, grote waterlopen vlak bij de kust en telde er tien.

Jana zoomde de kaart op haar mobiel in en probeerde te zien of ze boothuizen bij de waterlopen zag, maar dat was onmogelijk, het konden net zo goed woonhuizen of schuren zijn.

Ze deed een stap naar achteren en bekeek alle strepen. De meeste bevonden zich aan de noordkant, maar daar had de politie al tevergeefs gezocht.

Op dat moment zag ze een geel vlak op de zeekaart dat de vorm van een puntzak had. Ineens besefte ze dat het merkwaardige ritmische licht dat Pim had gezien van de vuurtoren bij Viskär afkomstig moest zijn.

Jana verlegde haar aandacht naar de strepen die ze op het zuidelijke deel had gezet. Het licht van de vuurtoren reikte ver, maar moest het sterkst zijn in de omgeving van Kälebo. Daar was veel bebouwing om uit te kiezen, maar ze glimlachte toen ze zag dat er maar twee in de buurt van een waterloop en bij de zee lagen.

Ze rolde de kaart op, liep de logeerkamer uit en zocht een zaklamp. Het mes voelde ze tegen haar rug duwen toen ze met snelle stappen de trap af liep.

Er was een kans dat Danilo zich in een van die gebouwen bevond.

Het was natuurlijk een minieme kans, maar het was een kans die ze niet mocht laten schieten.

Henrik Levin vond een servet in een van de bureauladen en snoot zijn neus luidruchtig. Hij ging op de stoel in zijn kantoor zitten en keek rond. Ineens viel zijn blik op een oud artikel over de zaak-Gavril Bolanaki dat nog steeds op zijn prikbord hing.

De drugsmarkt was op het oog rustig geweest tot Bolanaki verdween. Nu was het een chaos. Mensen werden geëxploiteerd en daarna wreed gedumpt. Het resultaat van die meedogenloze activiteiten was niet langer verborgen. De vraag was alleen om hoeveel meisjes het hier ging.

Henrik dacht aan het dode meisje in de trein, aan het dode meisje in het visnet. Aan Pim die erin was geslaagd om te ontsnappen, en aan het meisje dat waarschijnlijk nog steeds gevangenzat. Hij dacht aan Robin Stenberg, die koelbloedig was vermoord nadat hij, hoewel hij bang was, een getuigenverklaring had afgelegd bij Axel Lundin, die – waarschijnlijk ook uit angst – zelfmoord had gepleegd.

... van wie niemand weet wie het is, die niemand ooit ontmoet heeft. Hij is min of meer een schaduw.

Er waren veel slachtoffers en alles wees in één richting, naar Danilo Peña.

Henrik streek met zijn hand door zijn haar, keek om zich heen, boog zijn hoofd naar achteren en haalde een paar keer diep adem. Hij bekeek alle kanten van de zaak, de zaken, zoals hij al honderden keren had gedaan. Isra, het meisje dat samen met Pim gevangen had gezeten, bevond zich ergens in de buurt van de kust en ze moesten haar vinden voordat zij ook in zee werd gedumpt.

Hij streek opnieuw met zijn hand door zijn haar en dacht over het verdronken meisje na. Snel pakte hij zijn mobiel en belde Björn Ahlmann, die bij zijn tweede poging opnam.

'Ja?' zei hij.

'Met Henrik Levin. Ik heb je hulp nodig. Bel me als je het verdronken meisje voor je hebt liggen.'

'Ze is hier net naartoe gebracht, ik heb nog geen tijd gehad...'

'Alsjeblieft?'

'Het klinkt alsof er haast bij is.'

'Er is haast bij. Ik wil je iets vragen.'

Per Åström duwde de deur van Jana Berzelius' kantoor open en zag alleen orde en netheid. Papieren op precieze stapels, mappen in rechte lijnen, alles was schoon en stofvrij.

Ze was er niet.

Hij keek naar de foto die aan de muur hing. Hij had hem eerder gezien, maar had er toen niet veel aandacht aan geschonken. Nu deed hij een stap naar voren en bekeek hem grondiger. Er was iets aan de foto waardoor hij zijn voorhoofd fronste, maar hij wist niet goed wat het was. Misschien had het met de personen op de foto te maken. Hij keek naar de ogen en de starre gezichtsuitdrukkingen van de gegroepeerde personen. Een man, een vrouw en een kind. Karl, Margaretha en Jana Berzelius.

Hij dacht aan de foto's die hij van zichzelf had als kind, aan zijn familie en zijn broer en zus. Die straalden vrolijkheid, blijdschap, geluk uit. Honderd foto's van één en dezelfde verjaardag, genomen vanuit allerlei hoeken, met ballonnen, taarten en cadeaus. Eerste en laatste schooldagen. Spelletjes in het park, op vakantiebestemmingen, in een meer, in een zwembad, op een strand. Met een fiets, op rolschaatsen en gewone schaatsen. Met ski's en sleetjes. Zijn leven was gedocumenteerd, vereeuwigd, gearchiveerd in miljarden pixels. Hij keek opnieuw naar de foto aan de muur. Een foto waarin het leven ontbrak. Waarom had ze hem aan de muur hangen?

Per gokte dat Jana een jaar of negen, tien was op de foto. Ze had steil en verzorgd ravenzwart haar. Haar handen hingen langs haar lichaam, ze droeg een witte jurk en zwarte glanzende schoenen. Haar lippen waren gesloten, maar Per zag een zweem van een glimlach. Haar ogen waren diep en donker.

Ze stond in het midden, voor haar vader en moeder. Op de achtergrond waren dubbele witte deuren met houtsnijwerkdetails te zien.

Hij deed een stap naar voren, hield zijn hoofd schuin en keek naar de deuren van het huis, waarvan hij aannam dat het de vakantiewoning van het gezin Berzelius was.

Even later liep hij het kantoor uit en hield hoofdofficier van justitie Torsten Granath tegen toen die langsliep.

'Grote problemen,' zei Torsten meteen.

'Met een rechtszaak?' vroeg Per.

'Nee, mijn huwelijk. Mijn vrouw wil een nieuwe hond. Ik vind dat we een tijdje moeten wachten, we hebben tenslotte net afscheid van Ludde genomen. Maar misschien is het beter om toe te geven, voor de lieve vrede. Maar goed, wat heb je op je hart, jongeman?'

Per haalde diep adem en vertelde dat hij niets van Jana had gehoord sinds haar rechtszaak bij de rechtbank verdaagd was.

'Ik ben ook bij haar appartement geweest, en bovendien neemt ze haar telefoon niet op.'

'Misschien is ze ziek.'

'Dat zou ze gemeld hebben...'

'Je bent ongerust, hoor ik.'

'Ik vind het vreemd dat haar rechtszaak verdaagd is. Dat is niets voor haar.'

'Maar als er iets met haar aan de hand is, dan zou haar vader me dat verteld hebben,' zei Torsten.

'Ken je hem?'

'Karl en ik hebben regelmatig contact, ja. Karl is van de oude stempel, hij is altijd eerlijk en houdt alles graag in de hand.'

'In de hand houden?'

'Dat klinkt ernstiger dan het is, hij wil gewoon op de hoogte blijven van wat zijn dochter doet.'

'Bedoel je hoe ze presteert?'

'Ja, dat is misschien het juiste woord.'

Per streek met zijn hand over zijn kin. 'Heeft hij een reden om haar in de gaten te houden?' vroeg hij.

'Wat bedoel je?'

'Doet ze haar werk slecht?'

'Nee, je kent Jana. Ze is een beetje gesloten maar een fantastische officier van justitie. Bijna nog capabeler dan haar vader. Maar vertel niet dat ik dat gezegd heb.'

'Waarom is hij dan zo ongerust?'

'Karl houdt ervan om controle te hebben,' zei Torsten. 'Daarom denk ik dat hij de eerste is die het weet als er iets met Jana aan de hand is. Als ik jou was zou ik met hem gaan praten.'

De gebruikelijke geluiden van pratende collega's, zoemende computers en het brommende ventilatiesysteem drongen door de deuren en de muren. In de verte hoorde Henrik Levin een trein toeteren. Hij hield zijn mobiel weer tegen zijn oor.

'Wat wil je me vragen?' vroeg Björn Ahlmann.

'Heb je het lichaam voor je?'

'Moet je dat nog vragen?'

'Ze heeft wonden op haar armen.'

'Dat is normaal,' zei Björn. 'Dode lichamen nemen in het water een karakteristieke houding aan, waarbij het hoofd, de armen en de benen zich onderaan bevinden en de rug hol is. Dat betekent dat de ontbinding in het hoofd begint vanwege de opeenhoping van bloed in de bloedvaten van het hoofd, en tevens dat het hoofd verwondingen kan hebben omdat het tegen de bodem schuurt door de bewegingen van het water. Soortgelijke verwondingen komen ook op armen en benen voor.'

Henrik keek naar de bleke, magere armen op de foto die voor hem lag.

'Op haar linkerpols zit een grote, of liever gezegd een brede wond.'

'Dat klopt.'

'Kan die door iets anders dan de werking van het water zijn ontstaan?'

'Wat bedoel je?'

'Toen we Pim vonden had ze veel verwondingen, kleine wondjes en grote schaafwonden. Ze had ook brede wonden, rode banden, rond haar polsen die waren veroorzaakt door de riem waarmee ze vastgebonden was geweest. Is het mogelijk dat de polsen van het slachtoffer op de foto ook vastgebonden zijn geweest?'

'Ja, dat is heel goed mogelijk.'

'Oké, bedankt, dat was het enige wat ik bevestigd wilde hebben,' zei Henrik terwijl hij ging staan. Hij haastte zich de gang in en rende langs Ola, die hem verbaasd nakeek, naar de grote gedetailleerde kaart aan de muur van de vergaderkamer. Henrik legde zijn vinger op de cirkel die aangaf waar Pim was gevonden.

'Wat zoek je?' vroeg Ola in de deuropening.

'Waar is het verdronken meisje gevonden?' vroeg Henrik.

'Je bedoelt het meisje dat...'

'Geef me gewoon de plek waar ze gevonden is!'

Ola verdween uit de deuropening en kwam even later terug met zijn laptop, die hij op de tafel zette. Hij keek even op het scherm, ging daarna achter Henrik staan en dacht na terwijl hij de kaart bestudeerde.

'Volgens de vissers was het hier,' zei hij terwijl hij een plek in de scherenkust van Arkösund aanwees. 'Waarom wil je dat weten?'

'Het meisje heeft ongeveer een etmaal in het water gelegen. Het is niet waarschijnlijk dat ze in een etmaal vanaf het land naar die plek gedreven is,' zei Henrik terwijl hij de grote afstand tussen zee en land aanwees.

'Nee, daar is wind met orkaankracht voor nodig,' zei Ola.

'Dus is ze in de zee gedumpt.' Henrik wees weer. 'Kijk,' zei hij. 'Pim is op de 209 gevonden, bij Brytsbo, en zowel in noordelijke als in zuidelijke richting is er kust.'

'Ja, en we hebben de noordelijke kust al uitgekamd. Marviken, Viddviken, Jonsberg, overal.'

'Maar het verdronken meisje is hier gevonden,' zei Henrik. Hij verplaatste zijn vinger naar het zuidelijke deel van de kaart. 'Wat bevindt zich daartussen?'

Ola deed een stap naar voren. 'Kälebo. Dat ligt vlak bij het water.'

'Precies,' zei Henrik. 'Pim zei dat de kamer waarin ze zich bevond bij het water lag, en als de vrouw die verdronken is in zee gedumpt is, dan moet dat vanaf een boot gebeurd zijn. We hebben over een uur een briefing. Ik wil dat je voor die tijd een lijst maakt van alle bebouwing langs deze kuststrook in Kälebo; vakantiewoningen, schuren, boothuizen, alles. Ik denk namelijk dat zowel de kamer als de boot zich in die omgeving bevindt.'

Het portier ging bijna geluidloos dicht. Jana Berzelius bleef staan en luisterde, maar hoorde niets.

Hoewel het hevig sneeuwde bereikten de sneeuwvlokken haar niet op de plek waar ze stond, in het dichte sparrenbos. Ze deed een stap naar voren en voelde dat de grond zacht was. De oprit naar het huis was lang en bevatte twee bochten.

De kaart klopte niet. Het vakantiehuis lag weliswaar in de buurt van de zee, maar niet vlakbij. Het had twee ramen, een brede schoorsteen en een smalle deur. Voor het huis was een houten bank rond een es gebouwd, die veel te breed was voor de smalle stam. De bank zou 's zomers beslist van pas komen als je wilde schuilen voor de hete zon, dacht ze terwijl ze naar het dikke sneeuwtapijt keek dat nu op de bank onder de kale, sprietige takken lag.

Ze bleef drie meter voor de voordeur staan, keek ernaar en luisterde opnieuw. Het was een oude eikenhouten deur, zo zwart als de nacht. Het beslag en de scharnieren waren van geroest ijzer. De sneeuw rond de voordeur was niet geruimd en ze zag geen sporen van schoenen of een auto in de sneeuw.

Ze liep om het huis heen, keek door de ramen naar binnen en zag dat het leegstond. Jana liep haastig naar de zee, op zoek naar een boothuis, maar vond alleen een toilethuisje. Ze nam niet de moeite erin te kijken.

Teleurgesteld liep ze terug naar de auto, rolde de kaart uit en keek erop. Ze verplaatste haar aandacht van het ene kruis naar het andere en hoopte dat ze zo meteen een boothuis zou vinden.

Per Åström zag zijn schaduw op de voordeur toen hij voor de grote villa in Lindö wachtte. Hij maakte zich lang toen de deur openging. 'Hallo, ik ben Per Åström en...'

'Ik weet wie je bent,' antwoordde Karl Berzelius.

'We hebben elkaar nooit gesproken.'

'Maar ik weet het toch.'

Per streek met zijn hand door zijn blonde haar. 'Het spijt me dat ik stoor,' begon hij, 'maar...'

'Waar gaat het over?'

'Het gaat over uw dochter. Mag ik binnenkomen?'

Per hoorde dat Karls ademhaling versnelde.

'Mag ik binnenkomen?' herhaalde hij.

De woorden bleven in de koude lucht hangen. Karl gaf geen antwoord en Per kreeg het gevoel dat hij van plan was hem in de kou te laten staan.

'Hebt u de laatste tijd iets van uw dochter gehoord?'

'Hoezo?'

'Ik begin te denken dat er iets met haar gebeurd is.'

'Wat voor reden heb je om dat te denken?'

'Ik ben bij haar appartement, op haar werk en in de rechtbank geweest, op alle plekken waar ze altijd komt.'

'Misschien wil ze je gewoon niet zien?'

Per keek in zijn ogen, maar ging niet in op Karls opmerking. 'Ik wil gewoon graag weten waar ze kan zijn. Ze heeft het over een zomerhuis gehad en ik dacht... Weet u of ze daar kan zijn?'

'Het wordt niet voor niets een zomerhuis genoemd.'

'Dat begrijp ik, maar ik dacht...'

'Tot ziens,' zei Karl en hij begon de deur dicht te doen.

'Dus u hebt geen idee waar ze kan zijn?' vroeg Per terwijl hij zijn voet tussen de deur zette.

'Jana leeft haar eigen leven en daar bemoei ik me niet mee.'

'Vreemd,' zei Per. 'Ik heb net met Torsten Granath gepraat en volgens hem vindt u het prettig om uw dochter in de gaten te houden.'

Karls ogen versmalden. 'Zei hij dat?'

Per haalde zijn voet weg, ging wijdbeens staan en ordende zijn gedachten. 'Toen Jana hier gisteren was...' begon hij.

'Ik heb geen idee waar je naartoe wilt met je vragen,' onderbrak Karl hem. 'Ik heb haar op dinsdag 1 mei om 19.00 uur voor het laatst gezien.'

'Het is nu december,' zei Per.

'Bedankt voor de informatie,' zei Karl.

'Dus dat betekent dat u haar niet...'

'... onnodig vaak gezien heb. Nee, we zien elkaar niet onnodig vaak. Daar is geen reden voor. Mijn vrouw vindt het daarentegen prettig om haar regelmatig te zien. Omdat je zo nieuwsgierig bent, wil ik je best vertellen dat Jana hier gisteren geweest is, maar dat wist je al. Wil je verder nog iets?'

'Wilt u het me laten weten als u iets van haar hoort?'

'Hoop daar maar niet op,' zei Karl, waarna hij de deur dichtdeed.

Ola Söderström printte de lijst met panden die hij langs de kuststrook bij Kälebo had gevonden. Hij was bijzonder gedetailleerd te werk gegaan, had zowel oude als nieuwe kaarten bestudeerd en had uiteindelijk een lijst van twaalf A4-pagina's samengesteld met de adressen, de kadastrale gegevens en alle andere informatie die hij had kunnen vinden. Hij hoorde de printer in het naastgelegen kantoor op gang komen.

Hij trommelde een paar keer op zijn bureau en ging staan om de kopieën te halen. Toen hij de kamer in kwam zag hij Anders Wester bij de printer staan. Hij bladerde in de papieren.

Ola voelde dat er een schok van verwachting door zijn lichaam ging. Hij was het niet gewend om met de hoogste baas te praten. Jezus, nu moest hij snel reageren. Slim lijken, zich niet blameren, geen stomme dingen zeggen.

'Hallo,' zei hij zo informeel mogelijk.

Anders draaide zich om en keek naar hem met een neutrale blik die hij niet kon duiden. Die er gewoon was.

'Wat is dit?' vroeg hij terwijl hij aan de kraag van zijn witte overhemd trok.

'Wat bedoel je?'

'Deze adressen.'

'Ik heb een lijst met alle adressen bij Kälebo gemaakt voor de bijeenkomst. Henrik denkt dat we in het verkeerde gebied gezocht hebben en na de vergadering geef ik ze aan de surveillancedienst zodat ze allemaal gecontroleerd kunnen worden. We denken dat de kamer zich daar kan bevinden, de kamer dus waar het Thaise meisje gevangengehouden is,' zei hij terwijl hij zichzelf vervloekte omdat hij raaskalde.

'Waarom heb ik daar niets over gehoord?'

'Ik dacht...' zei Ola.

Er viel een stilte tussen hen. Een plotselinge stilte. De stilte die ontstaat als je de draad van een gesprek helemaal kwijt bent.

'Ik dacht dat je het wist,' zei hij terwijl hij op zijn lichtblauwe muts krabde. 'Dat je met Gunnar gepraat had. Of met Henrik.'

'Dat heb ik niet.'

'Weet je dat zeker?'

Dat kan niet waar zijn, dacht Ola. Dat mocht niet waar zijn. Hij had de meest idiote vraag ter wereld gesteld. Natuurlijk wist Anders het zeker. Hoe durfde hij te twijfelen aan het hoofd van de Rijksrecherche? Hij moest verdomme zijn muts afzetten en om vergiffenis smeken.

'Maar goed, nu weet ik het tenminste,' zei Anders. Hij hield Ola het stapeltje kopieën voor. 'Bedankt voor de informatie.'

Ola pakte de papieren aan. Wat moest hij zeggen. *Jij ook bedankt*? Of *Graag gedaan*?

'Dan beginnen we nu met de briefing,' zei Anders.

'Nu?'

'Nu meteen. Roep iedereen bij elkaar.'

'Maar...'

'Heb je daar een probleem mee?'

'Nee, ik...' Ola kon geen woord uitbrengen. Toen Anders achter een hoek in de gang was verdwenen, had hij nog steeds niets zinnigs om te zeggen bedacht. Hij stond met de prints in zijn hand, geblokkeerd en verlamd door het gevoel dat hij zich verschrikkelijk belachelijk had gedragen.

Hoewel hij alleen een piqué shirt met korte mouwen droeg stond het zweet op zijn rug, in zijn oksels en op zijn voorhoofd. Hij wankelde even door de druk in zijn borstkas en zocht steun bij de trapleuning.

Gunnar Öhrn deed zijn ogen dicht en wachtte tot hij de pijn voelde wegebben, waarna hij zijn ogen weer opendeed. Langzaam liep hij de trap naar het politiebureau op. Hij was van de zaal waar de persconferentie was gehouden naar het politiebureau gewandeld en had een stukje omgelopen om zijn zinnen te verzetten.

Nu moest hij echter naar de realiteit terugkeren. Ze hadden opnieuw een dode vrouw op hun dak gekregen, een sterfgeval dat nog niet bekend was bij de pers. Hij voelde zich gestrest als hij daaraan dacht, keek op zijn horloge en constateerde dat het één minuut over halfvijf was. Dat maakte hem nog gestrester en hij verhoogde zijn tempo op de trap. Hij hoopte vurig dat hij Anders Wester, met zijn beschuldigende blik, weerzinwekkende grijns en neerbuigende opmerkingen over de 'gebreken' in het onderzoek, niet zou tegenkomen.

Het kostte hem vier minuten om de afdeling te bereiken.

Henrik was buiten adem, bleef even staan en ademde in alsof hij zijn adem een hele tijd had ingehouden. Hij passeerde zijn kantoor op weg naar de vergaderkamer en bleef daar abrupt voor het raam staan. Niet omdat het team op hem zat te wachten, maar omdat Anders Wester al was begonnen met de briefing.

Hij aarzelde, had zin om overal maling aan te hebben. Om het die idioot te laten overnemen.

Woedend pakte hij zijn mobiel, ging naar zijn contacten, liep naar zijn kantoor terug en sloeg de deur hard achter zich dicht.

Hoofdcommissaris Carin Radler nam na de tweede keer overgaan op.

'Zijn we zo verdomd traag in Norrköping dat je een Stockholmer nu het hele onderzoek laat overnemen?' zei hij zonder haar te begroeten.

Ze zuchtte. 'Ook leuk om jou te spreken... Luister, Gunnar...'

'Ik wil gewoon weten wat je denkt.'

'Je weet wat ik denk.'

'Dat wij allemaal incompetent zijn?'

'Ik heb het al eerder tegen je gezegd, maar misschien moet ik het herhalen: Anders Wester probeert alleen te helpen. Zijn ervaring en kennis met betrekking tot de drugshandel...'

'Hou je kop.'

'Gunnar!'

'We zijn gewoon een verzameling idioten, nietwaar?'

'Ik begin mijn vertrouwen in je nu echt kwijt te raken.'

'Tot ziens.' Gunnar zuchtte. Hij besefte dat hij bezig was om de laatste nagels in zijn eigen doodskist te slaan, maar hij kon het niet meer verdragen.

Hij trok zijn jack aan, liep het bureau uit en begon weer door het centrum te lopen. Hij kende iedere straat, iedere stoep en elke portiek. Toch voelde hij zich een vreemdeling in zijn eigen stad.

Hij dacht niet meer aan die klootzak. Hij dacht aan Anneli. Gunnar was woedend en verontwaardigd op hetzelfde moment.

En bang. Hij was nog nooit zo verschrikkelijk bang geweest.

Mia Bolander had haar baas achter het raam zien staan en had hem daarna zien weglopen. Ze dacht eerst dat hij alleen een paar verslagen of wat andere documenten voor de briefing wilde halen, maar toen er een kwartier verstreken was besefte ze dat hij waarschijnlijk niet zou terugkomen. Dat betekende dat Anders Wester de briefing zou voorzitten. Ze keek naar Anders, die met zijn lelijke houding naast Ola stond. Hij zag eruit als een zak stront, dacht ze met een zucht. Alles en iedereen irriteerde haar op dit moment.

Ze keek naar de aanwezigen en constateerde dat Jana Berzelius ook niet aanwezig was, terwijl dit verdorie haar zaak was.

Jana was inmiddels al een tijdje weg, bedacht Mia. Terwijl ze altijd liet merken dat ze zo toegewijd aan haar werk was. Een vooronderzoeksleider die niet actief was moest van de zaak worden gehaald. Misschien zou ze een waarschuwing krijgen. Dat zou vervelend zijn. Héél vervelend, dacht ze op het moment dat Anders begon te praten.

'Ik zal jullie niet lang meer ophouden,' zei hij, 'maar we hebben nog één belangrijk punt te bespreken. Ola heeft als het ware het terrein gesondeerd.'

'Dat klopt,' zei Ola. 'Ik heb een lijst gemaakt van alle panden aan de kust bij Kälebo. Het zal waarschijnlijk de hele avond en nacht kosten om alle adressen te controleren.'

'Zo lang?' zei Henrik.

'Het zijn twaalf pagina's,' zei Ola.

'Daarom is het beter als we meteen beginnen,' zei Anders.

'Yes. Ik zal ervoor zorgen dat...' zei Ola.

'Nee,' zei Anders. 'Ik weet niet waar jullie baas uithangt, maar ik neem de verantwoordelijkheid op me en zorg ervoor dat de surveillancedienst richtlijnen krijgt. Geef me de lijsten maar.'

Ola zweeg even en begon daarna aarzelend te praten. 'Maar... dat kan ik ook wel doen... het is geen probleem voor me...'

'Bedankt voor het meedenken,' zei Anders. 'Ik denk dat het effectiever is als iedereen doet waar hij het best in is. Jij hebt vast en zeker belangrijkere dingen te doen, Ola. Of hebben we een probleem?'

'Nee,' zei Ola, waarna hij de stapel papieren aan Anders gaf.

30

Het sneeuwde, grote, zware vlokken vielen uit de hemel toen Henrik Levin door het centrum reed. Hij was onderweg naar huis en glimlachte bij de gedachte dat dit al de tweede avond was dat hij bij zijn gezin kon zijn. Hij hield de pizzadozen op de passagiersstoel met één hand vast zodat ze niet weg zouden glijden terwijl hij over de rotonde reed.

Er was niet veel verkeer. De schoolgebouwen waren donker. De speelterreinen van de kleuters lagen er verlaten bij. In een bushokje zat een stelletje met hun armen om elkaar heen geslagen terwijl ze naar de vallende sneeuwvlokken keken.

Voordat hij uit zijn kantoor was vertrokken, had hij restaurant Ardor gebeld en had bevestigd gekregen dat Per Åström vrijdagavond om halfnegen met vrouwelijk gezelschap was gearriveerd. Dat had hem weliswaar gekalmeerd, maar hij vroeg zich nog steeds af waar Jana Berzelius kon zijn. Hij moest iemand van de surveillancedienst vragen om naar Ida Eklund te gaan en een foto van Jana te laten zien, om te controleren of Jana de vrouw was die het meisje had gezien.

Henrik reed de oprit op, nam de pizzadozen mee naar de keuken en haalde de deksels eraf. 'Ik ben thuis,' riep hij.

'We hebben al gegeten.' Emma stond in de deuropening met haar handen in het grote gebreide vest dat ze rond haar lichaam had gewikkeld.

'Ik zei toch dat ik eten mee zou nemen?'

'Twee uur geleden, ja.'

'En wat moet ik nu met de pizza's doen?'

'Doe ermee wat je wilt.'

'Zal ik ze invriezen?'

'Doe ermee wat je wilt.'

'Ik heb geen zin in ruzie, dus wat moet ik ermee doen?'

'Ik zei dat…'

Emma zweeg. Haar vermoeide gezicht kreeg plotseling een gekwelde uitdrukking. Haar lichaam vouwde dubbel en ze pakte een stoel vast, boog zich eroverheen en schreeuwde het uit: 'Aaauuuu… Aaauuuu!'

Henrik rende naar haar toe en sloeg zijn armen om haar heen, maar ze liet de stoel niet los.

'Wat is er? Vertel wat er is!'

'Mijn buik,' zei ze met op elkaar geklemde tanden. 'Het doet zo'n pijn, het doet zo verschrikkelijk veel pijn.'

'Is het tijd? Is het al tijd? Begint de bevalling?'

'Nee, dat voelt anders. Het… Aaaauuuu! … Ik weet niet wat het is, maar het doet zo'n pijn. Alsjeblieft, Henrik… Help me!'

Het was een lange werkdag geweest. Anneli Lindgren rook een braadlucht toen ze de voordeur opende en begreep dat Gunnar al thuis was en met het avondeten bezig was, misschien gebakken aardappelkoekjes of rode forel.

Ze dacht terug aan vroeger, aan de tijd waarin ze met zijn tweeën waren geweest, zonder Adam, toen ze net verliefd waren en elkaar begonnen te ontdekken, toen hij zenuwachtig had verteld dat hij verliefd op haar was. En daarna hun allereerste avondmaaltijd, vissticks met macaroni, waarna ze seks hadden gehad, chips in bed hadden gegeten en weer seks hadden gehad. Ze waren door de chipskruimels gerold die aan hun naakte lichamen bleven plakken. Het was allemaal nieuw en zo ontzettend lang geleden.

Ze deed het licht in de badkamer uit en zette haar schoenen netjes naast elkaar in de hal voordat ze de keuken in liep.

Gunnar zat bij de tafel met een glas whisky en een open blik mais voor zich. Hij had de tafel niet gedekt. De vis lag gebakken in de pan, de kookplaat was uit en de tomaten lagen ongesneden op de plank.

'Waarom was je niet bij de briefing?' vroeg ze. 'Is er iets gebeurd?'

'Ik weet het niet, is dat zo?' vroeg hij zachtjes terwijl hij het blik mais naar zich toe trok. Hij keek een tijdje naar de inhoud, pakte daarna een maiskorrel en liet die in de whisky vallen. Hij wachtte even en pakte nog een maiskorrel.

'Waarom doe je dat?' vroeg Anneli.

'Ik tel.'

'Wat tel je?'

'Jaren.'

Anneli glimlachte verbaasd. 'Jaren?'

'Ja.'

'Wat voor jaren?'

'Raad eens!'

Anneli probeerde weer te glimlachen, maar voelde het onbehagen door zich heen stromen.

'Tien,' telde Gunnar terwijl hij weer een maiskorrel boven het glas losliet. 'Elf, twaalf...'

De whisky spatte op de tafel.

'Achttien, negentien...'

Ze zag dat hij zijn hand heel lang boven het glas hield voordat hij de laatste maiskorrel liet vallen.

'En dat is twintig.'

Anneli kreeg het koud, haar angst begon in paniek te veranderen.

'Twintig jaar,' zei hij terwijl hij in haar ogen keek.

'Ik begrijp het niet.'

'We hebben twintig jaar samengewoond, jij en ik. We hebben samengewoond en zijn uit elkaar gegaan, keer op keer. En ook al is dat zo, toch had ik nooit gedacht dat je me dit zou aandoen, ik dacht dat ik meer voor je betekende, dat je onze relatie waardevol vond, het waard vond om ervoor te vechten, maar nu weet ik dat dat niet zo is. Nu weet ik dat jij en ik, dat wat we hebben, of liever gezegd hadden, helemaal niets voor je betekent.'

'Ik begrijp het niet,' zei ze.

'Ik ook niet,' antwoordde hij.

Hij haalde iets uit zijn zak en hield het even in zijn hand, maar gooide het daarna op tafel. Ze staarde naar het zakje.

'Mijn onderbroek,' zei ze. 'Heb je hem gevonden?'

'Achter de handdoeken is geen goede plek om iets te verstoppen. Dat zou je moeten weten. En je had hem zelfs in een zak gedaan, alsof het een souvenir is.'

'Anders en ik... We...' Ze zweeg.

'Jullie wat?'

'Niets.'

'Leg het me uit. Ik wil heel graag alle details horen, vertel het me. Heeft hij je in bed geneukt? In de badkamer misschien? Of op de tafel!'

'Doe alsjeblieft zachtjes, denk aan Adam.'

Gunnar ging nog harder praten. 'Ben je nu tevreden? Ben je dat? Dat je weer met hem hebt geneukt?' Gunnars stem trilde. 'En waarom juist hij? Hè? Waarom moest je het met hem doen? Kun je je voorstellen hoe dat voelt?' Hij sloeg met zijn hand tegen het glas. De whisky en de maiskorrels stroomden over de tafel en op de vloer.

Anneli keek naar zijn woede. Ze kon geen woord uitbrengen, voelde zich volkomen leeg.

'Ik wil dat je weggaat,' zei hij.

'Luister naar me, Gunnar. Laat het me uitleggen...'

'Ga gewoon,' zei hij onverzettelijk. 'En neem dit maar mee.' Hij gooide het zakje met de onderbroek naar haar toe. Ze ving het op en voelde een verschrikkelijke schaamte.

Daarna draaide ze zich om en liep de keuken uit, trok haar schoenen in de hal aan, duwde de voordeur open en liep de koude avond in.

Emma lag op de passagiersstoel en gilde. Ze had het leer van de stoel zo stevig vast dat het kreukte. Vilma gilde ook. Ze had haar ogen dicht en hield haar handen de hele tijd tegen haar oren. Felix zat naast haar. Hij was stil, maar zijn opengesperde ogen vertelden genoeg.

'Ik rijd zo snel mogelijk,' zei Henrik terwijl hij de auto op de gladde ondergrond voelde slippen.

Hij keek naar Emma, die met haar hoofd tegen het raam lag. Ze haalde met korte stoten adem en gilde opnieuw.

Henrik moest stoppen voor een rood verkeerslicht, boog zich zo ver mogelijk over het stuur en staarde naar het verkeerslicht om weg te kunnen rijden zodra het op groen sprong. Hij hield zijn voet de hele tijd op het pedaal.

'We zijn er bijna,' zei hij terwijl hij kalm probeerde te klinken, beheerst. Hij moest laten merken dat hij de situatie onder controle had, dat hij niet ongerust was. Toen zijn stem hem in de steek liet wist hij echter dat dat volledig was mislukt.

Ze kwam bij een splitsing. Jana koos de linkerweg maar moest keren bij een slagboom. Daarna reed ze drie kilometer over de rechterweg en parkeerde achter een stapel boomstammen.

Ze controleerde of het mes op de juiste plek zat, bij haar rug, en begon naar de zee te lopen. Jana liep snel en voelde de adrenaline bij iedere stap die ze nam stromen. Ze keek ernaar uit om hem terug te zien.

Jij en ik, Danilo!

Plotseling werd ze verblind door een krachtig lichtschijnsel en haar hand ging instinctief naar haar rug. Ze volgde de lichtbundel tussen de bomen tot die verdwenen was. Ze wist het nu zeker, ze was op de juiste plek.

Ze ging steeds sneller lopen, tot ze bleef staan om zichzelf in te prenten dat ze moest kalmeren, dat ze voorzichtig moest zijn, dat ze geen risico's mocht nemen.

Het bos werd minder dicht en de zee klonk steeds luider naarmate ze dichter ze bij de rotsen kwam. Ze keek om zich heen, maar zag alleen bomen en sneeuw. Het laatste stuk rende ze, waarna ze abrupt bij de zee bleef staan en de teleurstelling voelde opkomen.

Zover het oog reikte geen enkel gebouw. Alleen rotsen en zee.

De wind rukte aan haar haren en kleding.

Jana wilde zich net omdraaien toen ze een houten paal in zee zag die uit de ijslaag stak, niet ver van de plek waar ze stond. Terwijl ze van het rotsplateau klom gleed ze meerdere keren weg. Ze zag palen uit het ijs steken en zag nu ook de steiger.

Ze keek om zich heen in een poging een betere manier te vinden om naar het water te komen en moest een stuk teruglopen rond een paar sparren die vanwege de voortdurende harde zeewind in een U-vorm naar het land waren gegroeid. Ze sloeg de takken weg, een paar sloegen in haar gezicht. Haar wangen brandden maar daar trok ze zich niets van aan, ze was er volledig op geconcentreerd om het water te bereiken.

Toen ze eindelijk beneden was bleef ze abrupt staan. Ze deed haar ogen dicht en meteen weer open omdat ze dacht dat ze hallucineerde. Dat was echter niet zo.

Er stond een boothuis.

De deuren van de afdeling Verloskunde sloegen open. Henrik Levin probeerde het personeel bij te houden terwijl ze Emma in een bed voor zich uit duwden, maar door het gewicht van Vilma in zijn armen en Felix' korte passen raakte hij achter.

Een vroedvrouw begon tegen hem te praten.

Hij wilde dat ze haar mond zou houden, maar wist niet hoe hij dat voor elkaar moest krijgen. Hij wilde niet luisteren, het enige wat hij wilde was Emma volgen.

Hij was bang.

De vroedvrouw verdween, maar haar stem bleef hangen. 'We zullen goed voor haar zorgen,' hoorde hij haar in zijn hoofd zeggen.

Hij bleef staan en probeerde Vilma neer te zetten, maar ze klampte zich huilend aan zijn nek vast. Hij bleef staan en zag de deuren van de onderzoekskamer dichtslaan.

Jana Berzelius pakte het mes bij haar rug vandaan. Ze bukte zich en liep snel en geluidloos naar het boothuis. Haar haar danste in de wind, naar achteren, naar boven en opzij.

Het kleine huis lag vlak bij het water in de beschutting van de gladde rotsen en de slanke dennenbomen. Geen ramen, alleen een dubbele deur die op het bos uitkeek.

Ze zag ook geen sporen in de sneeuw. Hij had hier niet gelopen, of de sporen waren verdwenen door de overvloedige sneeuwval. Ze concentreerde zich erop om niet uit te glijden en liep voorzichtig naar het huis. De ene voet voor de andere, eerst rechts, daarna links.

Jana ging met haar rug tegen het huis staan en luisterde, maar ze kon geen andere geluiden onderscheiden dan het gejank van de wind en het klotsen van de zee. Ze voelde voorzichtig aan het zachte vochtige hout van de deur en merkte dat hij niet op slot was. Daarna haalde ze diep adem, telde tot drie en liep naar binnen terwijl ze het mes stevig in haar hand hield. Eenmaal binnen bleef ze staan en luisterde opnieuw. Ze liet de lichtbundel over de vloer en het plafond glijden. Het was een groot boothuis, een vermolmde trap leidde naar de bovenverdieping.

Jana liep verder en bekeek de planken met de kieren ertussen. Het was koud en vochtig in het boothuis. De wind was nog steeds te horen, maar klonk nu gedempter. Ze schoof het mes weer op zijn plek bij haar rug en ontspande toen ze besefte dat ze alleen was.

Danilo was er niet!

Jana voelde de woede opkomen en deed niets om die tegen te houden. Ze sloeg tegen de muur, telkens weer. Ze had gewild, gehoopt, gedacht dat hij hier zou zijn en met elke klap vervloekte ze zichzelf omdat ze zo idioot was geweest om dat te denken. Waarom zou hij hier nog zijn als hij wist dat Pim hem kon verraden?

Ze projecteerde al haar woede op zichzelf, dacht niet langer aan Danilo en sloeg net zo lang tot ze het opgaf en zich met haar rug tegen de muur naar beneden liet zakken, maar ze kwam meteen weer overeind. Haar trui was blijven haken aan een uitstulping. Ze hoorde stof scheuren, draaide zich om en zag een plank met een scherpe rand. Tegen de muur zat opgedroogd bloed.

Ze deed een stap naar achteren, keek naar de vloer en zag vlekken die zich als regendruppels hadden verspreid en plassen hadden gevormd, kleine donkerrode plassen.

Haar blik zwierf opnieuw door het boothuis. Een van de planken stak uit de vloer. Ze scheen er met haar zaklamp op, bukte zich en trok. Plotseling kwam ze op het idee dat de inhoud van haar dozen hier misschien zou kunnen liggen.

Jana vond alleen een plastic zak. De inhoud ervan verbaasde haar. Een trui, bankbiljetten en een dozijn paspoorten.

De paspoorten waren van meerdere Aziatische vrouwen. De namen zeiden haar niets en ze bladerde ze snel door. Ze wilde ze net weer in de zak stoppen toen ze in een van de paspoorten een gezicht zag dat ze herkende – Pim staarde haar aan vanaf de foto.

Haar naam was niet Pimnapat Pandith.

In het paspoort stond Hataya Tingnapan.

Op dat moment hoorde ze een geluid op de bovenverdieping. Jana stopte Pims paspoort en wat bankbiljetten in haar zak, deed de lamp uit en maakte zich klein. Ze hield haar adem in, luisterde en hoorde iemand snikken.

Jana liep naar de trap en zette haar voet op de eerste trede, die waarschuwend kraakte. Daarna dwong ze zichzelf om langzaam naar boven te lopen.

Opnieuw een snik.

Ze sloop zo geluidloos mogelijk, bleef telkens staan om te luisteren maar hoorde niemand bewegen, hoorde geen wapen dat ontgrendeld werd, alleen snikken.

Ze deed de zaklamp weer aan. Het licht gleed over de muren en de vloer, reflecteerde in een ketting en bleef hangen op een gezicht.

Een meisje.

Ze zat heel stil. Haar ogen waren dicht en haar gezicht was bleek als bevroren glas.

'Isra?' vroeg Jana zachtjes.

De sneeuw stoof over de weg en Anneli Lindgren voelde dat de auto langzaam naar de berm gleed. Ze remde, liet de koppeling los en hield haar handen stevig rond het stuur om controle te krijgen over de auto die over de ijzige onderlaag gleed.

Ze reed naar een parkeerplek tussen twee auto's, verborg haar gezicht in haar handen en begon te huilen.

Anneli voelde zich uitgeput. Alles was stuk. Helemaal stuk. Ze stapte uit de auto, liep met haar armen om zich heen geslagen naar de motorkap en haalde diep adem.

Een paar meter verderop zag ze een speelplaats in het licht van de koplampen. Een eenzame schommel aan een ijzeren stellage bewoog langzaam in de wind. Het koude ijzer veroorzaakte een piepend geluid. Verdrietig en irritant.

Ze haalde de plastic zak met haar broekje uit haar zak, liep naar de speelplaats en gooide het in de afvalbak. Daarna ging ze weer in de auto zitten en reed verder naar het politiebureau.

Ze probeerde te denken, maar de gedachten tolden in haar hoofd rond zonder één complete gedachte te produceren. Alles was zo onvoorstelbaar eenvoudig, maar tegelijkertijd zo verschrikkelijk ingewikkeld.

Haar lichaam trilde toen ze in de parkeergarage uit haar auto stapte. De auto was niet warm geworden en ze was niet gekleed op de kou, haar vingers waren rood en stijf. Ze liep snel door de garage en wreef haar handpalmen tegen elkaar in een poging haar bevroren handen te warmen.

Anneli nam de lift naar haar kantoor en ging achter haar bureau zitten. Ze wilde zich afleiden met werken en haalde wattenstaafjes en handschoenen tevoorschijn. Voordat ze de handschoenen aantrok keek ze naar de ring aan haar vinger, de goedkope ring. Ze had ervan gehouden.

Ze trok hem van haar vinger en hield hem tussen haar duim en wijsvinger voor haar gezicht terwijl ze besefte dat ze er nog steeds van hield.

Daarna trok ze haar handschoenen aan en begon te werken.

Het meisje kneep haar ogen dicht om niet in het licht te hoeven kijken. Jana Berzelius liet de zaklamp zakken.

'Isra?' vroeg ze opnieuw.

Het meisje kermde en keek met grote, doodsbange ogen naar haar. Ze zat op een matras met haar handen achter haar rug gebonden, had tape op haar mond en was vastgeketend aan de muur. Haar handen waren vastgebonden met een riem en naast haar stond een emmer zonder hengsel. De jas van het meisje was vies, de dekens om haar heen vochtig. Het donkere haar lag dicht tegen haar gezicht.

'Ik doe je niets,' zei Jana in het Engels. 'Ik zal ervoor zorgen dat je hier wegkomt, maar je zult nog even geduld moeten hebben.'

Het meisje begon weer te kermen en bewoog onrustig. Ze snoof, rukte aan de riem om los te komen en begon met de tape voor haar mond te schreeuwen; in haar ogen lag paniek.

'Luister naar me,' zei Jana terwijl ze haar hand op de mond van het meisje legde. 'Als degene die je gevangenhoudt hiernaartoe komt en ziet dat je weg bent, dan verdwijnt hij voor altijd en krijgen we hem nooit te pakken. Dan gebeurt dit met meer meisjes. Je zult hier nog even moeten blijven, begrijp je dat?'

Het meisje knikte met bange ogen.

'Er gebeurt niets met je nu we je gevonden hebben,' zei Jana. 'Maar als ik mijn hand weghaal moet je stil zijn. Zo stil mogelijk. We willen niet dat hij ons hoort.'

Ze haalde haar hand langzaam weg, kwam overeind en keek naar Isra, die trilde van het huilen.

'Het komt allemaal goed,' zei Jana, waarna ze de trap af liep. Ze bleef op de laatste traptrede staan, controleerde of er niemand was en liep daarna naar de deur. Ze keek voorzichtig naar buiten en luisterde of ze iets hoorde.

De steiger knarste luid toen ze de zee achter zich liet. Halverwege de rotsen bleef ze staan en draaide zich om. Ze hoopte dat de vallende sneeuw haar sporen zou verbergen. Jana keek eerst naar de steiger en het boothuis, en daarna naar de horizon. Ze had een onheilspellend gevoel, een ijzingwekkend vermoeden dat alles ten einde liep.

'Papa?' zei Felix met een ongeruste blik in zijn ogen.

Henrik Levin keek naar zijn zoon, nam hem in zijn armen en hield hem een hele tijd vast zonder een woord te zeggen.

'Papa, ik krijg geen lucht.'

'O jee, sorry, jochie.' Henrik liet hem los en keek naar Vilma, die bij een speeltafel zat en met gekleurde blokken bouwde.

'Papa?' zei Felix weer, een beetje dringender nu.

'Ja?'

'Wat is er met mama?'

Hij legde zijn hand onder Felix' kin en dwong hem om hem aan te kijken.

'Mama heeft gewoon een beetje pijn in haar buik, maar het is niet ernstig.'

'Ik heb ook pijn in mijn buik,' zei Vilma terwijl ze in haar oog wreef.

'Dan weet ik wat we daaraan moeten doen.'

'Wat dan?'

'IJs kopen.'

'Mmm.'

'Mogen we zelf een ijsje uitzoeken?' vroeg Felix met grote ogen.

'Henrik?' zei iemand achter hem. Het was Ingrid Carlsson.

'Oma!' riep Felix en hij omhelsde haar.

'Wat is er aan de hand? Is alles goed met Emma?' vroeg Ingrid.

'Sorry dat ik je ongerust heb gemaakt door te bellen.'

'Natuurlijk moest je me bellen, ik begreep alleen niet waar je het over had. Hoe is het met haar?'

'Goed, ze heeft alleen een beetje pijn in haar buik,' zei Henrik.

'En de baby? Hoe is het met de baby?'

'Dat weet ik nog niet. We zijn hier net, maar het is beslist niet ernstig.' Zijn stem liet hem weer in de steek. Hij keek in de ogen van zijn schoonmoeder en knikte in plaats van nog iets te zeggen. Dat was overtuigender.

'Gaan jullie met mij mee naar huis?' zei Ingrid. Ze pakte Felix' hand vast en stak haar andere hand uit naar Vilma, die weigerde hem te pakken. Ze had haar armen rond Henriks been geslagen.

'Ik wil bij papa blijven.'

'Dat gaat niet. Ik moet voor mama zorgen,' zei Henrik. 'Ga met oma mee.'

'Maar het ijs dan?'

'Ik heb ze een ijsje beloofd,' zei Henrik verontschuldigend tegen Ingrid.

'En we mogen zelf kiezen welke we willen,' zei Felix.

'Dan regelen we dat,' zei Ingrid. 'IJs en warme chocolademelk, en daarna een verhaaltje voordat jullie gaan slapen.'

'Kunnen we ook een ijsje voor mama kopen? Papa zei dat je ijs moet eten als je pijn in je buik hebt.'

'Dan kopen we er ook een voor mama en leggen die in de vriezer tot ze thuiskomt,' zei Ingrid terwijl ze Vilma's hand vastpakte. 'Zwaai maar naar papa.'

'Dag,' zeiden Felix en Vilma in koor.

'Dag,' zei Henrik en hij keek hen na toen ze de afdeling af liepen.

Daarna liet hij zich langzaam achterover op de stoel zakken en deed zijn ogen dicht.

Per Åström schakelde en stak Himmelstalund schuin over op weg naar het centrum. Hij trapte zo snel mogelijk om warm te blijven na de tenniswedstrijd met Johan Klingsberg, die hij met 3-1 had gewonnen nadat hij de partij had afgemaakt met een onhoudbare service.

Hij zou douchen als hij thuiskwam.

Hij volgde de Södra Promenaden en passeerde het De Geergymnasium. In de Skomakaregatan nam hij zijn mountainbike op zijn schouder, opende de portiekdeur en liep de trappen op naar zijn zolderappartement. Hij zette de fiets achter de voordeur en trok zijn dunne windjack en het fleecejack dat hij daaronder droeg uit.

In de keuken dronk hij een groot glas mineraalwater en pelde een banaan, die hij in vijf happen opat. Hij pelde er nog een en at die in zeven happen op.

Nog steeds niets van Jana Berzelius. Hij vond het niet prettig.

Hij wilde dat hij Henrik Levin kon bellen om te vragen of hij iets van haar had gehoord, maar wist dat hij dat niet moest doen. Hij moest wachten, zoals hij altijd deed als het om Jana ging. Ze hield ervan om alleen te zijn en dat respecteerde hij, ook al was dat niet altijd even eenvoudig.

Hij overwoog het nog één keer te proberen maar besloot dat hij al veel te vaak had gebeld.

Hij zou moeten praten met iemand die bekend was met mobiele technologie. Maar wie? Hij had geen idee. Ten eerste was het alleen in verband met misdaadbestrijding mogelijk om iemand buiten zijn medeweten op te sporen via zijn mobiel, en ten tweede was er een risico dat hij uitgelachen zou worden, of dat ze misschien dachten dat hij een stalker was. Hij moest met andere woorden praten met iemand die hij goed kende, iemand die hem serieus nam, een politieagent dus. Maar hoewel hij al jaren in het politiebureau werkte kende hij niet veel agenten.

De eerste die hij kon bedenken was Henrik Levin, maar die was niet bepaald technisch. De tweede was Ola Söderström. Hij was altijd vriendelijk en het was natuurlijk beter om zich meteen tot een deskundige te wenden.

Hij kon hem vragen wat hij moest doen.

Ola zou het wel weten.

Hij hoorde een kuchje en keek op. Een vrouwelijke arts met een pony en bruine ogen stond voor hem. Henrik Levin had haar niet horen aankomen.

'Het gaat goed met de patiënt,' zei ze.

'De patiënt?' vroeg Henrik.

'Ja?'

'Bedoel je Emma?'

'Ja. Ze voelt zich goed, maar we willen haar vannacht ter observatie houden.'

'Wat is er mis?'

'We weten het niet. Alle waarden lijken in elk geval normaal te zijn. Ze heeft een keer overgegeven en beweerde daarna dat de pijn in haar buik weg was. Omdat ze hoogzwanger is, willen we haar zoals ik al zei niet naar huis laten gaan. Nog niet. Maar ik vind dat jíj wel naar huis moet gaan, om een paar uur te slapen.'

'Mag ik naar binnen om met haar te praten?'

'Ze slaapt.'

'Alleen welterusten zeggen?'

De arts glimlachte even. 'Vooruit dan maar,' zei ze.

Henrik ging staan, verbeet een gaap en liep naar Emma, die met gesloten ogen en een bleek gezicht op haar rug in bed lag. Hij pakte haar hand, luisterde naar haar ademhaling en betrapte zichzelf erop dat hij net zo langzaam als zij ademde, haar tempo volgde. Het was bijzonder rustgevend.

Henrik bleef een tijdje zitten, gaf daarna een kus op haar warme hand en verliet de kamer. Hij streek met zijn hand door zijn haar en stapte op de begane grond uit de lift. De koude lucht sloeg hem tegemoet toen hij naar het parkeerterrein liep. Hij had frisse lucht nodig, had de korte wandeling nodig.

Het kleine parkeerterrein van de afdeling Verloskunde was vol. Hij reed rond het ziekenhuisgebouw en moest wachten op twee vrachtwagens voordat hij de weg op kon rijden.

Precies op het moment dat hij zou schakelen zag hij iets vanuit zijn ooghoeken. Hij keek opzij en zag een zwarte BMW X6 achter een van de ziekenhuisgebouwen geparkeerd staan.

Hij kende er maar één iemand die zo'n auto had, Jana Berzelius.

Henrik ging rechtop zitten, keek weer naar de auto en kreeg het merkwaardige gevoel dat hij niet zomaar kon wegrijden.

Hij wierp een blik in de achteruitkijkspiegel, schakelde in zijn achteruit, maakte een scherpe U-bocht en wilde naar het gebouw om de auto beter te kunnen bekijken. De weg was echter eenrichtingsverkeer, dus reed hij om het gebouw heen en remde hard toen hij terug was. Hij keek in alle richtingen, maar kon alleen constateren dat de BMW verdwenen was.

Hij wreef met zijn handpalmen in zijn ogen en keek naar de weg.

Leeg.

'Concentreer je,' zei hij tegen zichzelf, ervan overtuigd dat de vermoeidheid hem parten had gespeeld.

Hij wist dat hij naar huis moest om te slapen. Dat was het enige juiste om te doen. Het enige verstandige. Dus draaide hij aan het stuur en reed naar de uitgang.

Pim deed haar ogen open en keek rond in de donkere kamer. In de gang klonken voetstappen, maar daarvan was ze niet wakker geworden.

Ze luisterde en hoorde een deur die met een klap dichtviel. Even klonk er een alarm. Daarna werd het weer stil.

Ze had moeite gehad om in slaap te vallen, omdat ze zich zorgen maakte over haar zusje Mai. Daarna was ze gaan nadenken over de onmenselijke dagen in het vochtige huis en ze had zichzelf beloofd dat ze, als ze ooit thuis zou komen, nooit meer zoiets zou doen. Nooit, nooit meer.

Ze rekte zich uit, gaapte en hoorde het laken onder zich ritselen toen ze op haar zij ging liggen. Pim deed haar ogen dicht en probeerde weer te gaan slapen, maar haar kussen lag niet lekker. Ze schoof haar hand eronder, voelde iets hards, ging zitten en trok het kussen weg.

Pim staarde een hele tijd naar wat daar lag: een paspoort en een stapeltje Zweedse bankbiljetten. Ze pakte het paspoort snel op, sloeg het open en hield het daarna zo stevig mogelijk tegen haar borstkas.

Na een tijdje sloeg ze het opnieuw open, alsof ze zich ervan wilde overtuigen dat het echt was, dat het haar paspoort was.

Op dat moment viel er een briefje uit. *Thank you*, stond er met zwarte letters.

31

Het was vroeg in de ochtend en Henrik Levin zat in zijn kantoor. Hij dacht aan Emma en voelde zich machteloos. Hij kon niets doen, kon nergens invloed op uitoefenen. Het enige waar hij invloed op had was de afloop van het onderzoek waarmee hij bezig was. Hij had echter het gevoel dat hij het spoor bijster was.

Zijn gedachten werden onderbroken doordat Ola met een opgerolde stapel papieren in zijn hand in de deuropening verscheen.

'Ik vind het heel erg,' begon Ola. Henrik begreep er niets van. Wist hij wat er met Emma was gebeurd? Dat was natuurlijk mogelijk. De politie was een werkplek zoals alle andere en roddels deden razendsnel de ronde in de wandelgangen. Dit moest echter een record zijn.

'Bedankt, het is niet anders. Er is niet veel wat ik op dit moment kan doen, alleen duimen dat ze zich snel beter voelt.'

'Ik kan je niet helemaal volgen...' zei Ola met een verontruste blik in zijn ogen.

'Emma,' antwoordde Henrik op een toon die hopelijk signaleerde dat hij er geen behoefte aan had om zich verder in het onderwerp te verdiepen.

'Wat is er met haar?'

'Ze is...' begon Henrik, maar hij stopte. Ola wist het dus niet.

'Niets, het is niets, vergeet het. Ik begreep je verkeerd. Waar had jíj het over?' vroeg hij in plaats daarvan.

'Kälebo,' zei Ola. Hij rolde de papieren uit en legde ze voor Henrik op het bureau. 'Vannacht hebben meerdere surveillanceteams alle gebouwen daar gecontroleerd, maar ze hebben geen Thais meisje gevonden.'

Henrik zuchtte hardop voordat hij de stapel pakte en begon te bladeren. 'Elf pagina's met adressen en we hebben niets gevonden.'

'Inderdaad, het is heel triest,' zei Ola. 'Het zijn trouwens twaalf pagina's.'

Henrik bladerde opnieuw en telde deze keer zorgvuldig. 'Ik kom tot elf.'

'Maar ik heb twaalf pagina's geprint, de surveillanceteams hebben ze allemaal gekregen, ik...' Ola pakte de stapel en telde ook. 'Er ontbreekt een lijst,' zei hij terwijl hij verbaasd naar Henrik keek.

Ze moest zich warmer aankleden als ze bij het boothuis in de kou op hem wilde wachten. Jana Berzelius was terug in het zomerverblijf, liep naar de bovenverdieping en haalde wat kleding uit haar tas, die ze snel aantrok.

Ze haastte zich door de gang, kwam langs de bibliotheek en zag de mappen die ze op de vloer had laten liggen. Die moest ze nog opbergen. Jana zette ze een voor een in de boekenkast terug, op precies de plek waar ze hadden gestaan. Haar vader zou het niet merken.

Op het moment dat ze de laatste map dicht wilde slaan stopte ze. Ze legde haar wijsvinger op een van de documenten en las. Bij het vonnis had haar vader *GB* in de kantlijn gezet.

De afkorting was haar eerder opgevallen. Ze bladerde verder en bekeek de opmerkingen op elke pagina nauwkeurig. Soms waren het drie regels, soms had hij bijna een hele pagina met overwegingen gevuld: *HD vond dat de misdaad moest worden beschouwd als een eenvoudig drugsdelict. Aansluitend werd besloten dat beide verdachten zeven maanden gevangenisstraf kregen.*

Ze verbaasde zich toen ze de notities zorgvuldiger bekeek.

Hoofdgetuige Anton Ekstam tot zwijgen gebracht (GB).

Tot zwijgen gebracht?

Ze haalde diep adem, pakte haar mobiel, ging naar internet en googelde op Anton Ekstam. De eerste hit was over mensen die gedurende de eenentwintigste eeuw in Östergötland waren verdwenen.

In oktober 2002 verdween de 31-jarige Anton Ekstam spoorloos uit Motala. Politie en familieleden zochten gedurende twee weken intensief naar hem, maar Anton is niet gevonden...

Jana keek weer naar de mappen terwijl ze probeerde te begrijpen wat ze op het punt stond te ontdekken.

Toen ze de vijfde map opende kon ze een heel onaangename conclusie trekken. Ze las: *Bolanaki nam contact op met getuige Lina Bergvall om 'onduidelijkheden tijdens het verhoor recht te zetten'.*

Bolanaki?!

Gavril Bolanaki, *GB*.

Ze legde de mappen naast elkaar op de vloer, ging staan en keek ernaar. Ze lagen opengeslagen in de vorm van een cirkel. Ze bladerde, vergeleek en onderzocht. Het viel haar op dat de letters *GB* op meerdere pagina's in meerdere rechtbankverslagen voorkwamen.

Snel las ze verder in haar vaders notities.

De getuige gaf de schuld aan een 'slecht geheugen'.

Handhaafde gebrek aan bewijs.

Foutieve inbeslagnameprocedure.

Dat wat een geslaagde en succesvolle carrière als officier van justitie bij het Openbaar Ministerie had geleken, bleek nu iets heel anders te zijn.

Ze bukte zich om de volgorde van de mappen te veranderen toen ze plotseling stopte in haar beweging. Ze zag een paar koplampen tussen de gordijnen door schijnen. Het dansende licht creëerde onrustige schaduwen op de muren. Ze keek ongerust uit het raam en hoopte dat ze een sneeuwploeg zou zien, maar het was haar vader die zijn zwarte Mercedes vlak naast haar BMW voor het huis parkeerde.

Ze zette de mappen haastig in de boekenkast terug, pakte haar tas, rende naar het keukenraam, ging achter het gordijn staan en keek naar buiten.

Jana snapte er niets van. Ze snapte niet dat ze haar vader uit de auto zag stappen. Ze wist niet of het de schok was om hem te zien, of dat ze er niet op voorbereid was dat hij juist nu hiernaartoe kwam. Haar gedachten tolden door haar hoofd, vooral omdat ze dacht te begrijpen wat de mappen in de boekenkast te betekenen hadden.

Haar vader liep om het huis naar de ingang. Ze rekte haar hals, maar zag hem niet meer. Wat kwam hij hier doen?

Jana haastte zich de keuken uit, trok haar schoenen aan en pakte haar rugzak. Ze hoorde voetstappen achter de deur en liep gebukt weg.

De tl-buizen in de vergaderkamer knipperden en kwamen tot leven toen Gunnar Öhrn op het lichtknopje drukte.

Het team was bij elkaar geroepen en de een na de ander kwam de vergaderkamer binnenlopen. Vijf van de twaalf stoelen rond de ovale tafel waren inmiddels in beslag genomen door Gunnar, Henrik, Mia, Ola en Per. Alleen Anneli en Jana ontbraken.

Gunnar zag dat er licht brandde in Anneli's kamer en vermoedde dat ze onderweg was.

'Weet iemand waar Jana is?' vroeg hij. Hij keek eerst naar Henrik en daarna naar Per. Beiden schudden hun hoofd.

Hij voelde zich doodmoe en was blij dat hij twee Alvedon-tabletten van 500 mg had geslikt voordat hij het appartement had verlaten. Dat hielp normaal gesproken tegen een kater, maar nu hielp het tegen de ruzie met Anneli van de vorige avond, en inmiddels ook tegen de stress omdat hij wist dat de surveillanceteams vannacht een deel van het gebied rond Kälebo hadden overgeslagen. Toch voelde hij ook een beetje leedvermaak toen hij besefte dat Anders Wester degene was die het bevel over de actie in Kälebo had gehad. Die verwaande klootzak mocht het woord 'samenwerken' wat hem betrof op een plek stoppen waar de zon niet scheen.

'Dit is een uitvergroting van het gebied dat op de ontbrekende lijst staat,' zei Ola en hij knikte naar de foto die hij op het whiteboard had geprojecteerd. Hij ging staan en wees naar de enigszins onscherpe foto.

'We hebben in feite niet veel gemist, er zijn maar twee adressen binnen het gebied en om te begrijpen waar die liggen...' Hij liep naar de kaart die aan de muur hing. 'De foto is hier genomen,' zei hij terwijl hij wees naar een plek die vijf centimeter verwijderd was van het kruis waarmee werd aangegeven waar Pim was gevonden.

'Pim is hier gevonden en het verdronken meisje is daar gevonden,' ging hij verder terwijl hij naar een plek in Arkösunds scherenkust wees.

'En wat bevindt zich op die twee adressen?' vroeg Gunnar.

Ola liep naar zijn stoel terug, ging zitten en keek naar het vel papier dat hij voor zich had liggen.

'Op het eerste adres bevindt zich een oude vakantiewoning die in 1940 is gebouwd. Hij staat er nog steeds, kijk maar.'

Ze bogen zich allemaal naar voren om het beter te kunnen zien toen Ola de foto op zijn laptop inzoomde.

'Maar de vakantiewoning ligt niet bij het water,' constateerde Henrik.

De lucht leek bij iedereen in de kamer te ontsnappen, in een uiting van collectieve teleurstelling.

'En wat bevindt zich op het andere adres?' vroeg Gunnar.

Ola bladerde in zijn papieren, hoewel hij al wist wat daarin stond. 'Dat wilde ik net vertellen. Er bevond zich daar een huisje, een oude vakantiewoning, die in oktober 2005 uitgebrand is. Het was particulier bezit tot 1970, waarna het aan defensie is gedoneerd. Vanaf 1971 konden defensiemedewerkers het huren.'

'En nu?'

Ola wees naar de uitvergrote foto. Henrik keek op de digitale kaart. Water, rotsen en bos.

'Ik zie niets,' zei Henrik.

'Kijk nog eens goed,' zei Ola en hij zoomde de foto een stuk in. Hij wees naar een punt op een kilometer afstand van het huisje dat hij net had laten zien.

Henrik boog zich nog verder naar voren. 'Een boothuis,' zei hij.

'Yes,' antwoordde Ola.

'Regel een helikopter,' zei Gunnar zonder zijn blik van het scherm te halen. Hij staarde naar het boothuis dat bij het water lag. Nu moesten ze leven op de hoop dat ze de juiste plek hadden gevonden.

32

Karl Berzelius opende de voordeur en liep de hal in. Zijn voeten waren koud geworden. Hij deed het licht niet aan, maar bleef in de duisternis staan en luisterde naar eventuele geluiden. Alles was echter stil.

'Jana?' mompelde hij terwijl hij in de verschillende kamers naar binnen keek. 'Ben je hier? Ik wil met je praten.'

Hij liep met zware voetstappen naar de fauteuil en ging erop zitten. Het leer kraakte toen hij zijn ene been over het andere sloeg.

'Kom tevoorschijn, Jana, zodat ik met je kan praten. Ik weet...' Zijn stem brak, hij haalde diep adem en herhaalde daarna: 'Ik weet dat je achter me zit. Achter mijn rug. Achter de fauteuil. Kom tevoorschijn.'

Toen er niets gebeurde kwam hij langzaam overeind en keek achter de fauteuil, maar er was niemand. Hij ging afwachtend in het midden van de salon staan, maar begon even later over het vloerkleed te lopen.

'Jana...' zei hij op milde toon. 'We hebben veel te bespreken.'

Hij draaide zich om, keek in de gang en zag dat de keukendeur op een kier stond. Hij richtte zijn blik op de trap, maar zowel de trap als de gang was leeg.

Haastig liep hij van kamer naar kamer en in een van de logeerkamers bleef hij staan. Het was een kleine kamer met een eenpersoonsbed, een bureau, een boekenkast, drie grote ramen en een vloerkleed op de grond. Het kleed was dubbelgevouwen, alsof iemand ertegenaan had geschopt.

'Luister naar me, Jana!' zei hij met een harde klank in zijn stem, de milde, geveinsde toon was verdwenen.

Vastbesloten liep hij de logeerkamer in, deed de lamp aan en huiverde. Het was koud in de kamer, kouder dan het zou moeten zijn.

Hij liet zijn blik over het bed, het bureau en de boekenkast glijden, deed een stap naar het raam en zag dat de lamp werd weerspiegeld in het glas. Hij luisterde en hoorde de zee. Die zou ik niet zo duidelijk moeten horen, dacht hij op het moment dat een ijskoude windvlaag hem bereikte. Ineens besefte hij dat een van de ramen openstond.

Karl liep naar buiten en ploeterde door de sneeuw naar de achterkant van het huis. Hij liep naar het open raam en zag het spoor dat bij het huis vandaan liep. Door de brede afstand tussen de voetsporen begreep hij dat Jana bij het huis weggerend was en hij begon achter haar aan te rennen.

Vlak achter een dennenboom, bij de rotsen, hield zowel de sneeuw als het spoor op. Hij bleef staan en keek uit over zijn bezit.

Rechts, onder een dak en afgedekt met een groen dekzeil, lagen zijn twee motorboten 's winters opgeslagen.

Hij zag er nog maar één.

Anneli Lindgren liep snel door de gang. Bij iedere stap die ze zette versnelde haar ademhaling. Ze naderde Gunnars kantoor terwijl ze het elastiekje in haar haar langzaam voelde wegglijden, waardoor haar paardenstaart losraakte.

Zijn kantoor was leeg en ze liep naar de vergaderkamer, waar het team net klaar was. Er heerste een opgewonden stemming.

Ze liep Henrik, Mia en Per in de deuropening tegen het lijf en knikte naar Ola, die met een gestreste blik in zijn ogen aan het bellen was. Gunnar stond helemaal achterin met zijn ogen op de kaart gericht. Hij keek niet naar haar, maar ze was ervan overtuigd dat hij haar had zien binnenkomen.

Ze liep naar hem toe, bleef staan en keek naar hem. 'Ik moet je iets vertellen,' zei ze. Ze voelde dat ze nog steeds buiten adem was en merkte dat ze alleen in de vergaderkamer waren achtergebleven.

'Blijf uit mijn buurt,' zei hij.

'Ik moet dringend met je praten,' zei ze oprecht en ernstig, heel anders dan ze de afgelopen tijd had geklonken. Ze verwachtte een tegenvraag, maar die kwam niet. Gunnar stond zwijgend naar de kaart te kijken.

'Ik weet dat het stom van me was,' zei ze, 'en ik weet niet of je me ooit kunt vergeven, maar ik...'

'Ik wil verdomme geen excuses horen,' zei hij terwijl hij zich omdraaide. 'Waar ben je vannacht eigenlijk geweest?'

Ze staarde naar hem.

'Ik ben in mijn kantoor geweest. Gunnar…'

'Ik wil het niet horen…'

'Nee, dat begrijp ik, maar wat ik te zeggen heb heeft met het onderzoek te maken.'

Gunnar ademde diep in en ademde lang uit, maar ook nu vroeg hij niets.

'Doe niet zo belachelijk,' zei ze, 'ik…'

'Ben ik degene die belachelijk doet?'

'Luister naar me! Ik moet je iets vertellen.'

'Zeg het dan,' zei hij terwijl hij in haar ogen keek.

'Herinner je je de test die ik heb opgestuurd van de huidresten die ik onder Axel Lundins nagels had gevonden?'

'Die onvolledig is? Ja, Henrik en Mia zitten me allebei op mijn huid omdat je niets wilt vertellen.'

'Die onvolledig wás,' verduidelijkte ze.

Gedurende drie lange seconden was het ventilatiesysteem het enige wat er in de kamer te horen was.

'Wat probeer je me te vertellen?' vroeg hij.

'Dat ik een match heb.'

33

Ze zat op haar hurken en bewaakte het boothuis, dat nog geen vijftig meter onder haar lag. Vanaf deze plek zag ze haar boot, die ze in een naburige baai zo goed mogelijk verborgen had vastgelegd. Het laatste stuk had ze gelopen.

Jana Berzelius had een hele tijd op dezelfde plek gezeten, verborgen achter een besneeuwde struik, en keek voortdurend alert om zich heen.

Ze zag hem niet. Hij was er niet, nog niet.

Ze moest wachten met het bevrijden van Isra. Het meisje was haar troefkaart. Zolang zij er was kon Danilo niet verdwijnen.

Om warmte in haar lichaam te krijgen begon ze te bewegen. Ze klom over de rotsen en probeerde een plek dichterbij te vinden om alles in de gaten te houden. Twintig meter bij het boothuis vandaan bleef ze achter een dennenboom staan, draaide zich naar het boothuis om en wachtte.

Plotseling ging de deur open. Jana zag een gestalte in de deuropening staan en bukte zich snel. Toen ze even later weer keek was de gestalte verdwenen.

Was het Danilo geweest? En waar was hij nu dan? Was hij weer in het boothuis verdwenen of was hij naar buiten gegaan?

Ze kon niet langer wachten, ze moest snel handelen nu ze wist dat er iemand was, maar het verontrustte haar dat het licht begon te worden. Het grijze licht maakte het moeilijker voor haar om ongemerkt in de buurt van het gebouw te komen.

Jana ging op de grond liggen en begon in de bescherming van de struiken te tijgeren. Ze bewoog langzaam om niet gezien te worden, ze wist dat de hersenen bewegingen en plotselinge verstoringen van de stilte registreerden. Niemand reageerde op een naderende schildpad, maar iedereen reageerde op een luipaard op snelheid. Daarom schoof ze kalm en methodisch vooruit, duwde haar lichaam met haar onderarmen en benen naar voren en hield haar hoofd de hele tijd naar beneden. Ze telde in de maat, pauzeerde niet en was voortdurend in beweging tot ze het boothuis bereikte.

Daar kwam ze overeind en luisterde naar geluiden. Ze hoorde niets.

Ze deed een paar stappen opzij en ging met haar rug naar de deur staan. Vanbinnen was ze gespannen, maar ze was er klaar voor. Aan de buitenkant was ze kalm en ontspannen.

Ze haalde het mes uit haar broeksband en pakte het meerdere keren stevig vast om haar handen te warmen.

Daarna telde ze tot drie – een, twee, drie – en liep naar binnen.

Met het mes in haar gestrekte hand stond ze in de donkere kamer te luisteren. Ze hoorde Isra niet.

Jana ging in het midden van de koude kamer staan, die naar vuil en vocht rook, en hoorde water op metaal druppelen, waardoor een echo ontstond.

Ze liep langzaam de trap op, één trede per keer, voelde de adrenaline weer door haar lichaam stromen en liep gebukt over de vochtige vloerplanken naar de hoek.

'Isra?' fluisterde ze.

Ze kreeg geen antwoord.

Het kraakte en tikte om haar heen en ze hoorde dat het harder was gaan waaien. Toen ze de muur had bereikt, probeerde ze kalm adem te halen. Ze keek in de hoek en zag de riem op de vloer. Dat was echter het enige.

Isra was weg.

Gunnar Öhrn had de kleine, subtiele details, zoals de zweetdruppel op haar slaap, gemakkelijk over het hoofd kunnen zien als hij niet alert was geweest. Hij vermoedde dat Anne Lindbom, een van de bewakers van de politiecellen, zenuwachtig was.

Gunnar had een tijdlang roerloos tegenover haar gezeten terwijl hij aan zichzelf twijfelde, maar toen hij plotseling haar ooglid zag trillen wist hij zeker dat ze iets te verbergen had.

Hij wierp een blik op de deur van zijn kamer om zich ervan te vergewissen dat die echt dicht was voordat hij begon te praten. 'Jij bent toch degene die Axel Lundin in zijn cel gevonden heeft?' vroeg hij terwijl hij in het verslag bladerde dat het Bureau Interne Zaken na Lundins zelfmoord had opgesteld.

'Ja, ik had dienst.'

'Kun je in je eigen woorden beschrijven wat er gebeurde toen je Axel vond?'

'Dat heb ik al gedaan, dat staat in het verslag.'

'Ja, er staat in het verslag dat je elk uur door het luikje in de celdeur naar Axel hebt gekeken, wat je ook vermeld hebt op het observatieformulier. Er staat in het verslag ook dat je alleen werkte, dat je het cellenblok verlaten hebt om te gaan lunchen en dat Axel dood was toen je terugkwam.'

'Dat klopt.'

'Dus je verliet het cellenblok en liep door de gang om naar de kantine te gaan?'

'Ja.'

'Waarom hebben de bewakingscamera's in de gang dat dan niet geregistreerd?'

Anne kreeg een onzekere blik in haar ogen.

Gunnar ging verder: 'En hoe verklaar je dat je pasje alleen van binnen naar buiten gebruikt is, en niet van buiten naar binnen?'

'Ik heb het cellenblok verlaten.'

'Maar dat is onmogelijk, hoe ben je dan weer in het cellenblok gekomen zonder je pasje te gebruiken? Je moet je pasje tenslotte gebruiken om binnen te komen, of niet soms?'

'Ja.'

'En je was alleen in het cellenblok, zei je. Heeft iemand van de gevangenen de deur voor je geopend?'

'Nee.'

'Wat is er dan gebeurd?'

Het zweet liep nu over beide slapen. Haar handen, die ze onder de tafel hield, trilden.

'We hebben de beelden van de bewakingscamera's bekeken. We weten dat je niet alleen in het cellenblok was.'

Hij zag dat ze slikte.

'We weten wie er bij je was op het tijdstip dat Axel stierf.'

Ze werd rood, beet hard op haar lip en ontweek zijn blik. 'Ik mocht niets zeggen,' zei ze nauwelijks hoorbaar terwijl ze haar handen tussen haar dijbenen stopte, alsof ze ze op die manier kon laten stoppen met trillen.

'Ik begrijp het.'

'Ik moest hem binnenlaten, hij zei dat hij mijn kinderen iets aan zou doen als ik hem niet gehoorzaamde.' Ze keek naar hem en had plotseling tranen in haar ogen.

'Heb je hem ook in de cel van Axel Lundin gelaten?'

'Ja, ik moest wel.'

De stress joeg hem op, net als een vos een haas opjaagt. Henrik Levin controleerde zijn dienstwapen, zijn SIG Sauer, en voelde dat het metaal warm was van zijn lichaam.

De jacht was geopend.

Mia kwam de kamer in. Ze had haar wapen in de holster. 'Ben je klaar?' vroeg ze. 'De helikopter is er over vijf minuten.'

'Ik kom,' zei Henrik. Hij trok zijn jack aan maar deed geen moeite het dicht te knopen.

'Heb je gehoord dat Pim uit het ziekenhuis verdwenen is?'

'Wat?' Henrik draaide zich om.

'Dat heb ik net gehoord. Haar kamer was leeg toen het personeel binnenkwam. Ze hebben overal gezocht, maar ze is verdwenen.'

'Ze werd bewaakt.'

'Ja, maar ze heeft al eerder een poging gedaan om te vluchten, of niet soms?'

'Dat klopt.'

'En deze keer is het haar dus gelukt.'

Henrik zuchtte. Hij voelde zich plotseling doodmoe.

'Misschien moet je Jana vertellen dat haar cliënt weg is,' zei Mia.

'Nee, dat heeft geen zin, ik krijg haar niet te pakken.'

'Dat zeg je alleen maar. Bescherm je haar nog steeds?'

'Stop daarmee,' zei hij. 'Ik bescherm haar niet!'

'Heb je haar dan nagetrokken?'

'Ze heeft een alibi voor de avond waarop Robin Stenberg vermoord is en bovendien heb ik de surveillancedienst gevraagd om

Ida een foto te laten zien. Ze heeft meerdere foto's bekeken, waaronder een foto van Jana.'

'En?'

'Ida was er absoluut niet zeker van dat zij het was. We zijn bezig om van een mug een olifant te maken. We kunnen er nu niet meer energie in stoppen.'

'Dus je laat het gewoon gaan?'

'Ja, ik laat het gewoon gaan. Omdat we over vijf minuten, of nu nog drie, een enorm belangrijke taak hebben.'

'En waarom sta je hier dan nog?'

Henrik zuchtte. 'Om antwoord op je stomme vragen te geven.'

Mia lachte en verdween in de gang. Henrik wilde haar net achternagaan toen Gunnar aan kwam rennen. 'Wacht!' riep hij.

'We moeten weg, de helikopter is er...'

'De helikopter moet wachten,' zei Gunnar. 'Anneli heeft iets te vertellen.'

'Waarover?'

'Het gaat om Anders Wester.'

Eerst hoorde ze alleen een geluid dat in de wind verdween, maar toen ze het weer hoorde begreep ze meteen dat er iemand in paniek was. Iemand gilde.

Jana Berzelius liep om het boothuis heen. De wind stortte zich op haar toen ze snel de steiger op liep. Ze hoorde gespetter in het ijskoude water, draaide zich om en keek om zich heen, maar zag niets. Ze rende over de glibberige planken, zag het dreigende water onder zich, gleed uit, kreeg haar evenwicht terug en rende verder in de harde wind. Aan de steigerpalen hingen roestige ijzeren kettingen, aan de schakels hingen kleine ijspegels.

Ze veegde de sneeuw met de mouw van haar jack uit haar gezicht, boog zich voorzichtig naar voren en keek naar het zwarte water. Plotseling zag ze een gezicht boven water komen. Het was Isra. Ze sloeg met haar armen om zich heen en vocht om lucht te krijgen.

Jana liet zich op haar knie zakken, boog zich naar voren en stak haar hand uit. 'Pak mijn hand,' zei ze.

Ze voelde Isra's ijskoude vingers door het leer van haar handschoen en probeerde haar vast te pakken, maar Isra's vingers waren slap en Jana voelde hoe ze uit haar hand gleed. Isra zwaaide wild met haar armen. Het water spatte naar alle kanten op.

Ineens hoorde Jana voetstappen op de steiger. Ze draaide zich langzaam om en zag hem.

Hij hield zijn hoofd gebogen en had een onheilspellende blik in zijn ogen. De capuchon was over zijn hoofd getrokken, zijn vuisten waren gebald, zijn kaken op elkaar geklemd.

'Hallo, Jana,' zei hij. 'Ik dacht wel dat je hier uiteindelijk naartoe zou komen.'

Anneli Lindgren zweeg en keek naar Henrik, Mia, Ola en Per, die met open mond rond de ovale tafel in de vergaderkamer zaten. Gunnar stond naast haar en knikte.

'Je zegt dus dat het DNA van Anders Wester aangetroffen is op Axel Lundins dode lichaam?' vroeg Henrik.

'Ja,' zei ze en ze knikte. 'Er zaten huidfragmenten van hem onder Axels nagels.'

'Dus...' begon Mia, maar ze zweeg alsof ze de gedachte eerst moest herhalen. 'Als hij het hoofd van de Rijksrecherche niet was geweest, dan had ik je geloofd, maar nu... Ik weet het niet. Wat wil je eigenlijk?'

'Ik wil niets. Ik geef jullie gewoon de feiten. Axel Lundin heeft vlak voordat hij stierf bezoek gehad van Anders Wester.'

'Heeft Wester iets met de dood van Lundin te maken? Is dat wat je bedoelt?' vroeg Mia. 'Ik begrijp het niet.'

'Maar ik begin het wel te begrijpen,' zei Henrik. 'Vooral waarom Anders Wester in Norrköping is gebleven en bij het onderzoek betrokken wilde zijn. Dat samenwerken was een rookgordijn.'

'Die idioot is er dus bij betrokken,' zei Gunnar alsof hij de betekenis van wat hij daarnet had gezegd zelf niet goed besefte.

'Is hij Opa dan?' zei Mia. 'Maar jezus... wat is er met dit politiekorps aan de hand? Eerst Axel en nu Anders.'

Het werd stil rond de tafel. Anneli luisterde naar haar eigen ademhaling, ze voelde haar hart slaan.

'Ik heb me de hele tijd afgevraagd waarom we achter de feiten aan lopen,' zei Gunnar terwijl hij over zijn kin streek. 'Maar dit verklaart misschien waarom we Danilo Peña niet in zijn flat aangetroffen hebben. Anders moet hem gewaarschuwd hebben.'

'Het ergste is dat we nog steeds achter de feiten aan lopen,' zei Henrik. 'Hij heeft Danilo waarschijnlijk gewaarschuwd dat we naar het boothuis onderweg zijn.'

'Verdomme,' zei Gunnar. 'We moeten er onmiddellijk naartoe!'

'Maar we moeten Anders ook te pakken zien te krijgen,' zei Henrik. 'Is er iemand die weet in welk hotel hij logeert?'

'Geen idee,' zei Gunnar.

'Wat doen we, bellen we hem?' vroeg Henrik.

'Ja,' zei Gunnar.

'Wat is zijn telefoonnummer?'

'Hoe moet ik dat verdomme weten?'

'Ik dacht dat jij dat had.'

'Ik heb het gewist.'

'Ola,' zei Henrik. 'Kun jij het nummer snel opzoeken, denk je?'

Ola knikte en deed een poging om op te staan, maar Anneli stak haar hand uit en hield hem tegen.

'Wacht,' zei ze, 'ik heb het nummer. En ik denk dat het misschien beter is als ik bel.'

'Jij?' Gunnars stem vertelde met onaangename duidelijkheid dat hij hoopte dat hij het verkeerd had gehoord.

Het werd weer stil in de kamer.

'Ja, laat mij het proberen,' zei Anneli. Ze ging staan en haalde haar mobiel uit haar zak.

'We moeten eerst bedenken wat je gaat zeggen,' zei Henrik.

'Ik probeer een afspraak met hem te maken,' antwoordde Anneli zachtjes.

'Probeer gewoon te weten te komen waar hij is,' zei Gunnar, 'dan halen we hem op.'

Anneli haalde diep adem, liep naar het raam, draaide haar rug naar de anderen toe, toetste het nummer in en hoorde zijn telefoon overgaan. Ze ging rusteloos van haar ene voet op de andere staan. Ze wist dat ze het een en ander aan Henrik en Mia moest uitleggen, maar verdrong die onaangename gedachte. Ze was al zenuwachtig genoeg over het feit dat ze Anders aan het bellen was. Zijn telefoon ging vijf keer over, daarna kreeg ze zijn voicemail.

'Hij neemt niet op,' zei ze zonder zich om te draaien. Ze haalde haar mobiel van haar oor. Hij voelde zwaar in haar hand, veel zwaarder dan hij anders was.

'Bel die idioot nog een keer, hij moet verdomme opnemen,' hoorde ze Gunnar zeggen.

Hij spuugde de woorden min of meer uit. De stoel schraapte over de vloer toen hij opstond. Anneli hoorde zijn frustratie en wilde zich omdraaien, naar hem toe lopen en haar hand voorzichtig op zijn schouder leggen.

Op dat moment werden haar gedachten onderbroken doordat haar mobiel ging.

Ze herkende het nummer niet, maar de stem herkende ze wel: 'Anneli?'

'Ja.'

'Met Anders, ik zag dat je me probeerde te bereiken.'

Zijn stem klonk zo superieur dat ze om zich heen keek om te controleren of hij niet in de buurt was en haar observeerde. Ze zag hem echter niet.

'Ik wil met je afspreken,' zei ze terwijl ze haar hart voelde bonken.

'Verlang je naar me?' vroeg hij.

Ze voelde zich rood worden en hoewel ze nog steeds met haar rug naar de andere teamleden stond, keek ze naar de vloer.

'Kunnen we elkaar zo meteen zien?' vroeg ze.

'Waarom dat?'

'Ik wil met je praten en ik denk dat jij ook met mij wilt praten.'

Het antwoord liet even op zich wachten. 'Goed,' zei hij uiteindelijk. 'Kom maar naar me toe.'

'Dat doe ik,' zei ze. 'Als je vertelt waar je bent.'

Isra verdween onder water. Jana Berzelius zag alleen de golven die over de ijslaag sloegen. Ze keek weer naar Danilo.

'Hoe heb je deze plek gevonden?' vroeg hij.

'Dat was niet zo moeilijk.'

'Maar je weet toch wat ik gezegd heb? Als je me achtervolgt...'

'... zal ik daar voor eeuwig spijt van hebben. Ja, dat weet ik nog.'

'En toch ben je hiernaartoe gekomen?'

'Om meerdere redenen. Voornamelijk persoonlijke eigenlijk.'

Jana keek om zich heen, schatte de situatie in. Ze keek naar hem en probeerde te zien of hij een wapen in zijn hand had.

Danilo trok altijd meteen een wapen. Hij wilde niet wachten, wilde het dolgraag laten zien, wilde vanaf de eerste seconde angst aanjagen. Nu zag ze alleen zijn gebalde vuisten.

Ineens hoorde ze een zwakke uitroep van Isra. Jana begreep dat Isra het niet lang meer zou redden, dat het water haar al snel zou verzwelgen.

'Is dat wat je doet? Ze verdrinken?'

'Niet allemaal.'

'Maar je neemt ze mee naar deze plek?'

'Ja. Hier kunnen ze jammeren en schreeuwen zo veel als ze willen. Niemand kan ze horen. Wie maakt zich in de winter druk om een vervallen boothuis?'

'En toch tape je hun monden dicht?'

'Dat is voornamelijk voor de lol. Er bestaat altijd een risico dat ze instorten en krankzinnig worden of op het idee komen om te ontsnappen.'

'Het is één meisje gelukt om te ontsnappen. Dankzij haar ben ik hier.'

Danilo's blik verduisterde. 'Ik had de bolletjes eigenhandig uit haar lichaam moeten halen en haar meteen moeten verdrinken in plaats van te wachten.'

Ze hoorden Isra weer. Jana draaide zich om, stak haar hand naar haar uit, kreeg uiteindelijk haar stijve vingers te pakken en trok haar naar zich toe.

'Laat haar los,' zei Danilo.

Jana luisterde niet, ze liet Isra's koude hand niet los.

'Ik zei dat je haar los moet laten!'

De trap kwam zo plotseling en was zo hard dat Jana op haar zij belandde. Ze voelde een pijnscheut in haar ribben.

'Ik laat haar niet los,' zei ze.

Na de tweede trap had ze echter geen keus. Haar borstkas brandde en ze verloor haar grip.

Jana tastte voorzichtig met haar hand over haar lichaam en dwong zichzelf om op haar handen en knieën te komen.

Ze hoorde zijn donkere, bulderende lach en voelde dat de rust zich in haar lichaam verspreidde. Ze had naar dit moment verlangd, had ernaar uitgekeken om oog in oog met hem te staan. Er waren geen regels tussen hen. Nu waren het alleen hij en zij.

Ze haalde het mes van haar rug.

'Geen wapens,' zei hij.

Toen ze zijn uitgestoken, lege handen zag liet ze het mes vallen. De punt boorde zich in de steiger.

Zijn ogen waren samengeknepen, hij deed een stap naar voren en hield zijn vuisten omhoog. Jana liet zich niet verleiden om ernaar te kijken, maar concentreerde zich op zijn voeten. Ze sloot alles om hen heen buiten en liep naar hem toe.

Hij sloeg haar met volle kracht, recht op haar nieren. Jana incasseerde de klap, zocht haar kans en pakte hem. Ze trapte tegen zijn rib, draaide zich om, wisselde van been voor de volgende trap en raakte zijn gezicht.

Hij keek verbaasd naar haar voordat hij terugsloeg. Ze zag de klap als in slow motion door de lucht zeilen, ontweek hem en pareerde de tweede met haar linkerschouder, maar het lukte haar niet om de derde en de vierde klap, die vanuit het niets kwamen, af te weren. Ze viel op de steiger en voelde het bloed over haar gezicht stromen. Jana deed haar ogen dicht terwijl ze probeerde te begrijpen wat er was gebeurd. Ze rook de geur van bevroren hout, hoorde de ijskristallen spetterend op het water vallen. Met haar wang tegen de koude planken gedrukt zag ze hem naar zich toe komen. Ze draaide zich om, haar armen schoten omhoog en ze ontweek zijn vuisten. Hij deed drie, vier stappen naar achteren.

'Sta op!' riep hij.

Ze kwam overeind en nam een verdedigende houding aan, en voordat Danilo haar opnieuw een vuistslag kon geven was haar voet op weg naar zijn knieschijf. Ze raakte de bovenkant, maar niet zo hard dat hij uit de kom schoot. Ze schopte weer, maar deze keer was hij voorbereid. Hij pakte haar voet vast en draaide hem om. Ze ging mee in de beweging, landde op de steiger, draaide zich om en sloeg. Ze bedwong haar woede niet langer. De adrenaline stroomde door haar lichaam, waardoor ze harder sloeg. Rechts, links, rechts, opnieuw rechts, bukken, draaien, schoppen, draaien, schoppen. Ze raakte zijn kin, deed een stap naar achteren en zag dat er bloed op haar handschoen zat.

Plotseling was hij boven haar. Ze bukte, hield haar ellebogen naar voren en richtte op zijn neusbot, richtte opnieuw en raakte hem in zijn maag, waardoor hij dubbelsloeg.

Ze legde haar handpalm op zijn achterhoofd, sloeg zijn gezicht met een enorme kracht tegen haar geheven knie en duwde hem daarna weg.

Danilo hield zijn handen tegen zijn neus. Toen hij het bloed zag lachte hij hard.

Ze draaide zich om en zocht naar Isra, maar zag haar niet meer.

'Het is tijd voor het echte werk,' zei hij, waarna hij drie stappen naar voren liep en het mes uit de steiger pakte.

'Ik dacht dat we afgesproken hadden om geen wapens te gebruiken,' zei Jana.

'De spelregels zijn daarnet veranderd.'

'Ik dacht dat je niet van messen hield.'

'Er zijn heel veel leuke dingen die je met een mes kunt doen. Dáár hou ik wel van,' zei hij terwijl hij naar haar toe liep.

34

Per Åström zag Henrik en Mia door de gang rennen en in de lift verdwijnen. Gunnar en Anneli waren naar hun respectievelijke kantoren gegaan.

Hij draaide zich om, keek naar Ola die de papieren op de tafel bij elkaar zocht en bedacht dat het onderzoek een merkwaardige wending had genomen. Als Anders Wester een van de leiders van het drugssyndicaat was, dan zou dat een schandaal van ongekende omvang zijn. Hij zag de krantenkoppen voor zich, hoorde de aankondiging van de extra nieuwsuitzending op TV4... Het was bijna een beetje onwaarschijnlijk.

Per betrapte zich erop dat hij Jana miste. Hij wilde het onderzoek met haar bespreken, hij had uiteindelijk gelijk gekregen, hun respectievelijke zaken zouden er één worden, maar ze was nog steeds verdwenen.

Ola sloeg drie keer met de papieren op de tafel en Per besefte dat ze alleen in de vergaderkamer waren achtergebleven.

Hij keek de gang in, die leeg was, en keek daarna weer naar Ola. Ze kenden elkaar nauwelijks, zagen elkaar alleen af en toe, zoals bij dit soort gelegenheden als hun paden elkaar tijdens het werk kruisten.

'Tja...' begon hij terwijl hij zijn donkerblauwe colbert rechttrok. 'Ik maak me een beetje zorgen over Jana Berzelius...' Hij zweeg even, opende zijn mond om door te gaan, maar aarzelde weer.

Ola keek hem verbaasd aan. 'Ja?' was het enige wat hij zei.

'Weet jij hoe je een mobiel moet traceren?' vroeg Per.

Henrik Levin hield zijn handen op zijn jack zodat het niet omhoog fladderde terwijl hij langs de afrastering en over het beton van het helikopterplatform rende. Hij rende zo hard als hij kon, hoorde grind en stenen onder zijn schoenen knerpen.

Bij de helikopter liet hij Mia eerst aan boord gaan. Hij zag de geconcentreerde blik in haar ogen terwijl ze ging zitten en de veiligheidsgordel rond haar heupen en over haar schouders vastmaakte. Twee mannen zaten in de cockpit van de helikopter, de piloot zette een schakelaar om en draaide een sleutel op het instrumentenpaneel.

Op het moment dat Henrik zijn voet in de helikopter zette ging zijn mobiel.

'Gunnar?' vroeg hij luid.

'Nee, met de afdeling Verloskunde.'

Henrik bleef staan. Verloskunde? Nee, niet nu.

'Ik bel om je te vertellen dat de weeën begonnen zijn en dat Emma je nodig heeft.'

Niet nu.

'Ben je in de gelegenheid om hiernaartoe te komen?'

Hij streek met zijn hand over zijn mond en keek naar Mia, verplaatste zijn blik daarna naar de politieagent die in de auto bij de afrastering zat, met de lichten aan.

Hij had zin om te zeggen dat hij niet kon komen, dat hij vastzat in een helikopter, maar wist diep in zijn hart dat hij het zichzelf nooit zou vergeven als hij Emma nu in de steek liet.

'Ik kom eraan.' Hij verbrak de verbinding en draaide zich naar Mia om.

'Wat is er?' vroeg ze.

'Ik moet naar het ziekenhuis. Het is zover.'

'Gaat ze bevallen?'

'Ja.'

'Op dit moment?'

'Ja!'

'Ga dan, schiet op.'

Henrik klom uit de helikopter, zag de piloot nog een schakelaar omzetten en een pedaal indrukken. De man naast hem pakte een kaart en legde die op zijn schoot. De motor begon te dreunen en na een tijdje kwamen de wieken in beweging, ze draaiden steeds sneller en sneller. Het kabaal was oorverdovend. De piloot hield de stuurknuppel vast en liet de helikopter opstijgen. Hij steeg recht omhoog, langzaam en voorzichtig, daarna helde hij voorover en maakte snelheid. Hij vloog langs de afrastering omhoog en verdween boven de stad.

Henrik bleef eenzaam achter en probeerde te begrijpen waarom hij hier stond. De onrust verspreidde zich door zijn lichaam en hij zei tegen zichzelf dat hij kalm moest blijven. Zijn lichaam luisterde echter niet.

Concentreer je, dacht hij. Concentreer je op Emma, op het kind. Zijn hart sloeg snel, alsof het moeite had om het bloed door zijn lichaam te pompen.

Hij knoopte zijn jack dicht en begon te rennen.

Danilo was er al.

Jana deinsde achteruit, wist dat de beste verdediging tegen een mes afstand was. De beste tegenzet was hem uit zijn evenwicht brengen. Maar er was niets op de steiger waarmee ze hem kon tegenhouden.

Danilo ging opnieuw in de aanval. Hij hield zijn handen laag en zwaaide met het lemmet in kleine, gevaarlijke halve cirkels.

Jana deinsde opnieuw achteruit.

Ze stond nu vlak bij de rand, nog een paar stappen en ze zou in het water vallen.

Hij begon in een halvemaanvormige baan voor haar heen en weer te lopen. Het mes in zijn hand bewoog in dezelfde baan mee.

Ze was ineens terug in de tijd. Een herinnering aan hen tweeën, op een andere plek, op een ander moment, toen ze misschien zeven of acht jaar waren en in een halve cirkel naar elkaar toe liepen, trainden, oefenden, vochten om te overleven. Net als ze nu deden. De herinnering was zo levendig dat ze even doodstil bleef staan. Haar gedachten tolden rond terwijl ze probeerde haar krachten te verzamelen en de situatie te beoordelen, en in plaats van naar achteren te lopen liet ze hem steeds dichterbij komen.

Hij maakte een schijnbeweging met zijn linkerhand en zwaaide met het mes. Het lemmet kliefde door de lucht. Ze bewoog, volgde zijn bewegingen. Sneeuw wervelde rondom hen omhoog.

Opnieuw dezelfde uitval, het lemmet was nu gevaarlijk dichtbij.

Hij viel uit, zij ontweek, maar zijn hand bleef vastzitten in haar ketting. Haar nek brandde toen hij hem losrukte.

'Kijk eens aan, een trofee,' zei hij met een spottende grijns terwijl hij de ketting tussen zijn vingers liet bengelen.

Ze zag dat hij zijn lichaamsgewicht verplaatste, zag dat hij zijn concentratie kwijtraakte. Op hetzelfde moment schoot ze naar voren, rukte het mes uit zijn hand, draaide rond en raakte zijn middel met volle kracht.

Het mes gleed naar binnen en bleef in zijn lichaam zitten.

Danilo glimlachte niet langer. Hij verstijfde.

Ze trapte zo hard als ze kon en raakte het onderste deel van zijn dijbeen. Ze concentreerde zich en trapte opnieuw terwijl ze een schreeuw gaf om meer kracht te kunnen zetten.

Hij wankelde achteruit en bleef één moment roerloos staan.

Alles was volkomen stil.

Daarna viel hij op zijn knieën, zijn handen tegen zijn buik, rond het mes. Hij probeerde steun te zoeken bij de steiger maar viel, ging in foetushouding liggen en hoestte. Er liep bloed uit zijn mond.

Jana trilde van inspanning en dwong zichzelf om de controle over zichzelf te houden. Ze liep in een cirkel om hem heen, ging boven hem staan en trok het bebloede mes uit zijn lichaam. Hij hoestte meer bloed op.

'Ik haat je,' zei ze. 'En ik heb naar dit moment verlangd. Om je dat eindelijk te kunnen vertellen.'

Hij probeerde iets te zeggen, met zijn ogen op de hemel gericht, maar hij hoestte alleen. Ineens zag ze wat hij zag, een krachtig licht naderde boven de bomen.

'Verdomme, ze zijn er al,' hijgde hij.

De spieren in haar gezicht bewogen, haar gelaatsuitdrukking wisselde tussen woede en gecontroleerde kalmte terwijl ze het licht volgde.

Ze liep van Danilo naar de rand van de steiger en keek naar het water, maar zag Isra niet meer.

Een geluid sneed door de ijskoude lucht.

Jana begreep dat ze zich moest haasten, dat ze hier weg moest en zich moest verstoppen. Ze mocht hier niet gevonden worden. Niet samen met Danilo. Hij mocht hier echter ook niet blijven.

Het was waarschijnlijk dat er meerdere politieagenten onderweg waren. Misschien waren ze op dit moment bezig het terrein rond het boothuis te omsingelen.

Ze draaide zich om, kneep haar ogen tot spleetjes om Danilo te kunnen zien. De steiger was leeg. Ze zag hem nergens.

Jana rende door de diepe sneeuw naar het boothuis, zag een streep bloed en begreep dat Danilo via dezelfde weg in het bos was verdwenen.

Voor het eerst dacht ze aan de kou. Die drong door merg en been, waardoor ze haar schouders onwillekeurig optrok. Ze bleef staan, hield haar adem in en hoorde Danilo reutelend en zwaar ademhalen, daarna hoorde ze hem hoesten. Ineens zag ze hem, hij was maar een paar meter voor haar en liet zich met zijn hand op zijn buik van een rots glijden.

Heel dichtbij, aan de voet van de rots, lag een boot.

Ze rende naar de rots, struikelde en viel, kwam op haar rug terecht maar had haar evenwicht meteen terug en maakte weer snelheid. Haar voeten roffelden op de gladde stenen terwijl ze achter hem aan vloog. Ze greep hem bij zijn nek en trok hem mee.

Ze vielen.

Ze kwam verkeerd terecht, sloeg met haar hoofd tegen de rots en voelde een verschrikkelijke pijn. Hij lag naast haar en ze dwong zich op haar knieën omhoog en duwde het mes tegen hem aan, maar hij had meer kracht over dan ze had gedacht. Hij bracht zijn hand omhoog om haar tegen te houden. Jana voelde de kracht uit haar armen stromen en ze wist dat ze hem niet lang zou kunnen tegenhouden. Ze zag een flinke bloedvlek op zijn trui die groter leek te worden. Zijn borstkas ging langzaam op en neer.

De punt van het mes draaide honderdtachtig graden, van zijn keel naar de hare. Hij probeerde zijn hand stil te houden, maar trilde zo erg dat de punt van het lemmet een snee in haar huid maakte.

'Doe het dan,' zei ze.

Haar hart sloeg keihard. Het klonk alsof een krankzinnige smid twee keer per seconde met zijn hamer op een aambeeld sloeg.

'Doe wat je wilt doen, steek maar,' zei ze weer. Daarna deed ze haar ogen dicht en wachtte.

Hij keek naar haar en schudde haast onmerkbaar zijn hoofd. Daarna haalde hij het mes van haar keel, gooide het weg, liet zijn hoofd op de rots zakken, hield zijn hand op zijn buik en hijgde.

Ze keek hem verbaasd aan.

'Ik weet dat je het niet begrijpt,' zei hij. 'Maar ik kan je niet vermoorden.'

Ze waren snel over de kale boomkruinen en de akkers die wit als glazuur waren gevlogen. Ze waren verlaten wegen en grote boerderijen gepasseerd.

Nu vlogen ze laag over de kustrotsen. De motor dreunde en de wieken schoten achter het raam langs. Mia Bolander hield haar handen op haar koptelefoon en dacht aan het onderzoek, aan alles wat ze had gedaan om te bewijzen dat ze een plek in de nieuwe organisatie had verdiend. Alles wat Gunnar niet had gezien of niet had willen zien. Of misschien had hij het wel gezien, maar had hij al een beslissing genomen.

Hij had het niet rechtstreeks tegen haar gezegd, maar ze wist het. De niet uitgesproken woorden waren altijd het ergst. De woorden die niet hardop werden uitgesproken, de woorden die alleen een vermoeden waren.

Gunnars lichaamstaal had haar alles verteld wat ze moest weten. Ze had zijn blikken opgevangen, had zijn zuchten gehoord, had zijn op elkaar geklemde kaken gezien en had begrepen wat hij wilde zeggen, maar wat hij nog niet hardop uit durfde te spreken. Dat ze niet langer bij hen hoorde, niet langer een onderdeel van het team was.

Ze zuchtte, boog zich naar voren en keek naar de zee en de kuststrook. De piloot had radiocontact met iemand. Ze voelde dat de helikopter een scherpe bocht naar links maakte. Daarna daalde hij zachtjes schommelend.

'We zijn er,' hoorde ze in haar koptelefoon.

De schijnwerper van de helikopter scheen op een boothuis. Mia draaide zich naar beide kanten en keek uit het raam van de helikopter, maar ze zag geen bewegingen op de grond.

Ze stegen weer op.

Ineens zag ze een beweging in het water bij de steiger.

'Daar!' riep Mia. 'Ik zie daar iemand! We moeten naar beneden!'

'We kunnen hier niet landen, we moeten een betere plek zien te vinden.'

Mia hoorde de motor dreunen en toen ze weer opstegen voelde ze zich plotseling alleen. Bij alle andere acties was ze samen met Henrik geweest en hij was altijd degene die de leiding had. Deze keer had zij de volledige verantwoordelijkheid.

Maar misschien moest ze nu haar kans grijpen om uit zijn schaduw te stappen. Om te laten zien wat ze waard was.

Vooral als ze de zaak konden afsluiten omdat zij had gedaan wat ze moest doen.

Ze was er klaar voor toen ze met een dreunende motor op een wit veld landden. De sneeuw zwiepte alle kanten op. De helikopter zweefde boven de grond, landde langzaam en stond daarna zachtjes schommelend stil. Ze maakte haar veiligheidsgordel meteen los, maar hoorde dat ze in de helikopter moest blijven wachten terwijl de motor uitgezet werd.

Daarna haastte ze zich gebukt bij de helikopter vandaan en rende zo snel als ze kon over de rotsen naar het boothuis.

35

Het geluid van de helikopter was gestopt en de stilte daalde op Jana Berzelius en Danilo Peña neer. Heel even had ze het gevoel dat ze zich samen in een bevroren leegte bevonden. Hijgend en trillend, omgeven door wervelende sneeuw.

'Waarom zeg je dat? Waarom kun je me niet vermoorden?' vroeg ze terwijl ze de pijn in haar hoofd voelde bonzen.

'Ben je daar nog niet achter?' zei hij, waarna hij hoestte. Een stroompje slijmerig bloed liep uit zijn mond.

'Wat bedoel je?' vroeg ze.

Hij hoestte opnieuw. Warm bloed stroomde dampend uit zijn lichaam. Hij haalde veel te snel adem en Jana begreep dat hij op het punt stond het bewustzijn te verliezen.

'Doden is het enige wat je kunt,' zei ze.

'Doden is niet zo heel moeilijk, het is moeilijker om het niet te doen.'

Ze zag het bloed langs de gespannen aderen in zijn hals lopen, zag dat hij leed.

'Ik begrijp het nog steeds niet,' zei ze. Ze deed heel even haar ogen dicht vanwege de pijn in haar hoofd.

'Alles wat hij gedaan heeft... was om jou te beschermen.'

Ze schudde haar hoofd en keek naar hem. 'Nee. Probeer het niet eens, je liegt.'

'Denk na, Jana!'

'Nee,' zei ze. 'Ik wil het niet horen.'

Hij ging echter door. 'Ik had je in Knäppingsborg kunnen vermoorden, dat weet je. Maar ik deed het niet, of wel soms?'

'Nee, je kon het niet. We hadden tenslotte een getuige die je daarna waarschijnlijk vermoord hebt...'

'Ik had je al veel eerder kunnen vermoorden... voordat die getuige verscheen...'

Ze keek naar de woeste zee en dacht aan hun ontmoeting bij de ingang van Knäppingsborg. Sprak hij de waarheid?

Zijn lichaam trilde en de tranen liepen uit zijn ogen. Ze wist dat hij niet huilde, dat het tranen van de pijn waren.

'Waar zijn mijn dozen?' vroeg ze zachtjes.

'Dozen?' herhaalde hij.

'Mijn dozen, uit de opslag.'

Hij knipperde voortdurend met zijn ogen, alsof hij probeerde scherp te zien, en ze kreeg het verschrikkelijk koud toen de waarheid haar ineens duidelijk werd.

'Heb jij ze niet?'

'Wie maakt zich druk om een paar verdomde dozen?'

'Ik.'

'Dan moeten ze waardevol zijn.'

'Nee, maar de inhoud wel.'

Ze haalde snel adem. De vraag lag op het puntje van haar tong maar ze aarzelde omdat ze niet wist of ze het antwoord wilde weten.

Danilo lag nu roerloos op de grond. Hij haalde met korte stoten adem.

'Waarom bescherm je me?' vroeg ze.

'Ik ben niet degene die dat doet.'

Hij bewoog zijn arm, klemde zijn tanden op elkaar, haalde iets uit zijn zak en hield dat in zijn gebalde vuist voor haar. Ze stak haar trillende hand uit, pakte de glanzende ketting aan, keek naar de initialen en begon het langzaam te begrijpen. Alles wat er met haar was gebeurd viel uit elkaar, stukje bij beetje, in kleine afzonderlijke gebeurtenissen, belicht met een ijskoud, blauw licht.

Ondanks de pijn in haar hoofd kwam ze moeizaam overeind.

'Jana. Je kunt me hier niet achterlaten...' Hij praatte langzaam en zachtjes. Zijn gezicht stond vol zweetdruppels, zijn lippen waren blauw en stijf.

Jana keek omhoog en zag lichtbundels tussen de boomstammen. Ze boog zich naar voren, pakte het mes op en stopte het bij haar rug.

'Jana! Je moet me helpen om hier weg te komen.'

'Je wist dat de politie hiernaartoe zou komen. Iemand heeft je een tip gegeven, of niet soms? Daarom heb je Isra in het water geduwd, je wilde je sporen wissen en ervandoor gaan.'

Danilo klemde zijn tanden op elkaar. 'Help me in de boot,' zei hij.

'Nee, ik kan je niet opnieuw laten verdwijnen.'

'Ik red het niet alleen, help me.'

Ze keek een hele tijd naar hem, bedacht dat hij het niet lang meer zou volhouden en dat het misschien beter was om alles af te sluiten, hier en nu.

Aan de andere kant lag hij op een afgelegen plek en als de politie hem uiteindelijk had gevonden, zou het toch te laat zijn.

Ze begon weg te lopen.

'Jana, wacht!' riep hij.

'Nee,' antwoordde ze.

'Ik heb je beschermd.'

'Ik weet het,' zei ze en ze draaide zich om. 'Maar ik ben officier van justitie en ik bescherm de slachtoffers in plaats van de daders.'

Ze ging sneller lopen en hoorde hem nog iets roepen, maar zijn stem vervloog in de wind.

Ze hield haar ogen op de naderende, bewegende lichtbundels gericht. Met één hand tegen haar hoofd probeerde ze de ondraaglijke pijn in haar slaap te verdringen. Ze wist dat ze weg moest, maar zag flitsen voor haar ogen. Ze zette een stap en daarna nog een, kreeg snelheid en negeerde de pijn en het gelige licht dat voor haar ogen flikkerde. Ze bereikte een ontwortelde boom, nam een aanloop, sprong, maakte een harde landing, rolde om in de sneeuw en kwam weer op haar benen. Jana volgde de voetsporen die Danilo en zij hadden achtergelaten. Ze keek niet achterom maar concentreerde zich op het tellen van haar voetstappen, probeerde een idee te krijgen van het aantal meters dat er tussen haar en de politieagenten lag.

Toen Jana bij honderdtwintig was, kon ze niet verder rennen. Ze had de steiger bereikt. Ze betrad de steiger zachtjes om zich niet te verraden door het geluid van haar voetstappen. Ze liep helemaal naar het eind van de steiger en zag Isra. Het was haar gelukt om uit het water te klimmen. Het meisje lag trillend en huilend ineengedoken op het hout.

Jana draaide zich om, ze wilde naar het boothuis terugrennen maar hoorde voetstappen naderen. De agenten waren ter plaatse en hun stemmen kwamen steeds dichterbij.

Het was onmogelijk om aan land te gaan en zich te verstoppen. Ze verstrengelde haar ijskoude handen en besefte dat ze maar één kans had om van deze plek te verdwijnen zonder gezien te worden.

Ze haalde diep adem en dook in het water, dat haar met een scherpe, verlammende pijn omringde.

Mia Bolander rende met getrokken pistool langs het boothuis naar de steiger. Ze voelde de ijskoude sneeuw op haar wangen prikken. Ze bleef staan en keek achtereenvolgens naar het water, naar het bos en weer naar het water. Met half dichtgeknepen ogen zag ze iemand ineengedoken aan het eind van de steiger liggen. Ze richtte haar wapen en liep ernaartoe terwijl de planken onder haar voeten kraakten.

Ze probeerde het wapen stil te houden en haalde snel adem. Op een afstand van tien meter zag ze het meisje, van wie ze aannam dat het Isra was, op de bevroren steigerplanken liggen. Haar kleren waren nat en ze had ijskristallen in het donkere haar. Het litteken op haar voorhoofd glansde wit.

Mia stopte haar pistool in de holster. 'Ik heb haar gevonden!' riep ze naar haar collega's bij het boothuis. 'Zorg dat er een ambulance komt. Nu!'

Ze voelde de kou door haar schoenen en handschoenen dringen. Isra lag ineengedoken op haar zij, haar ogen waren open maar ze reageerde nauwelijks.

Mia liet zich naast haar vallen, trok haar jack uit en legde dat over haar heen. Vervolgens controleerde ze haar ademhaling en hartslag, waarna ze haar begon te reanimeren.

Jana probeerde haar ogen in het ijskoude water te openen, maar zag alleen duisternis om zich heen. Ze zwaaide met haar armen voor zich in de hoop te kunnen zwemmen, maar dat was onmogelijk door de ijzige kou. Het water was niet diep, toch leek het een eeuwigheid te duren voordat haar lichaam naar de bodem was gezakt. Ze droomde over witte margrieten die dansten in de wind, maar kreeg haar bewustzijn terug toen er een brandende pijnscheut door haar lichaam trok. Ze had iets geraakt. Ze probeerde met haar hand te voelen wat het was, maar die was gevoelloos van de kou.

Haar longen brandden en haar hoofd schreeuwde tegen haar dat ze adem moest halen, maar ze zakte nog verder naar beneden in het verlammend koude water. Opnieuw zag ze de witte margrieten dansen, sneller nu. Ze verleidden haar om mee te doen met hun dans. Rond. Rond.

Haar hoofd tolde. Ze was er klaar voor, ze zou zich laten gaan en dansen. Rond. Rond.

Nog een pijnscheut. Ze had opnieuw iets geraakt.

Het was een trap van roestig ijzer die was verankerd in een rots, waar de zwemmers 's zomers mee in en uit het water konden komen. Haar kleding was loodzwaar. Toch lukte het haar om zich langzaam omhoog te trekken.

Toen Jana eindelijk boven water kwam, probeerde ze zich stil te houden terwijl ze de lucht zo diep mogelijk in haar longen ademde. Ze klampte zich met verstijfde armen aan de trap vast. Stukken ijs dreven om haar heen toen ze begon te klimmen. Ze hoestte en probeerde haar ademhaling te beheersen, maar haar lichaam schreeuwde om meer zuurstof. Ze ademde de koude lucht in, het sneed in haar keel. Ze slikte en haalde opnieuw adem.

Schrijnend koude sneeuw blies in haar gezicht. Ze liet zich kreunend op de rots vallen, stond even later op en begon op trillende benen weg te lopen.

Gunnar Öhrn klopte op de deur, die meteen opendging. Hij had moeite om niet te glimlachen toen de man tegenover hem verstijfde op het moment dat hij hem zag staan.

'Hallo, Anders,' zei Gunnar.

'Gunnar?'

'Je kijkt verbaasd.'

'Ik ben verbaasd om jou hier te zien.'

'Stoor ik?'

'Nee, kom binnen.'

Anders deed de deur dicht, trok zijn overhemd over zijn buik naar beneden en nam Gunnar mee naar de zitkamer van de suite. Op de salontafel bij de zithoek stonden twee wijnglazen en een schaal fruit. De plafondlampen waren gedimd, het licht was zacht. Het bed in de slaapkamer was opgemaakt, het gestreepte, witzijden laken was glad, de kussens waren opgeschud.

'Verwacht je bezoek?' vroeg Gunnar terwijl hij naar de tafel met de twee wijnglazen knikte.

'Wat wil je?' vroeg Anders terwijl hij ging zitten.

Gunnar ging tegenover hem zitten, leunde naar achteren en keek naar de bevroren daken achter het raam. 'We hebben de zaak van de Thaise meisjes opgelost,' zei hij. 'En in principe de hele drugskwestie.'

'Kijk eens aan,' zei Anders.

'Het heeft me echter ook in een heel moeilijk parket gebracht. Anneli heeft de huidresten onder Axel Lundins nagels geanalyseerd en heeft een match gevonden toen ze ons register controleerde. Ze ontdekte dat het iemand van ons is die in het politiebureau werkt en toegang tot de politiecellen heeft.'

Anders keek naar hem. 'Dat vind ik niet zo vreemd klinken,' zei hij.

'Vind je?'

'Ja.'

Gunnar glimlachte en boog zich naar voren. 'Wat deed je gisteren toen Axel Lundin ervoor koos om zelfmoord te plegen?'

'Waarom vraag je dat? Wil je beweren dat ik hem vermoord heb?'

'Ik beweer niets, het is gewoon een eenvoudige vraag.'

'Axel Lundin heeft zelfmoord gepleegd. Waarom zou ik hem willen vermoorden?'

'Dat vraag ik me inderdaad af, vertel.'

'Je kletst uit je nek, Gunnar,' zei Anders.

'Ik probeer gewoon een reden te bedenken waarom je naar Axels cel bent gegaan.'

'Wilde je verder nog iets?'

'Ja. Tijdens het onderzoek zijn we op twee namen gestuit, Danilo Peña en Opa. Wat weet jij eigenlijk over deze Opa?'

'Net zo veel als alle anderen.'

'Grappig,' zei Gunnar. 'Je hebt de meeste drugsdealers weggewerkt, behalve deze Opa.'
'Ik begrijp niet wat je bedoelt.'
'Carin Radler heeft het voortdurend over je inzicht in de drugswereld. Hoe komt het dan dat je niets over Opa weet?' Gunnar schraapte zijn keel. 'Bovendien is het nogal vreemd dat Danilo Peña van de aardbodem verdwijnt op het moment dat we zijn naam hebben. Dat kan geen toeval zijn.'
'Ik dacht dat jij werkte volgens de hypothese dat Peña en Opa dezelfde persoon zijn?'
'Niet meer.'
Gunnar boog zich voorover en bestudeerde Anders' gezichtsuitdrukking. Hij zag er nog steeds onverschillig uit.
'Ik zou me waarschijnlijk een beetje gedeisd houden als ik jou was,' zei Anders.
'Waarom dat?'
'Het is heel goed mogelijk dat ik je superieur word, Gunnar.'
Gunnar leunde weer naar achteren en haalde diep adem. 'Er zijn verschillende manieren om macht te krijgen. Een ervan is door hard werken langzaam en doelbewust promotie in de hiërarchie te maken. Een andere is om anderen te betalen voor de positie die je nastreeft. Dat heet omkoping.'
'Beweer je dat ik corrupt ben?'
'Ben je dat?'
Anders grijnsde spottend. Daarna begon hij te lachen, een harde, holle lach.
'Je bent een zielige klootzak, Gunnar,' zei hij.
'Maar eerzaam. Ik heb het Bureau Interne Zaken op de hoogte gesteld en het spijt me om het te moeten zeggen, maar ik denk dat je droom om hoofd van de nieuwe organisatie te worden daarnet in duigen gevallen is.'
Anders streek met zijn hand over zijn kale hoofd, stond op en voelde met zijn hand aan zijn broekspijp.
'Doe dat niet,' zei Gunnar terwijl hij zijn pistool trok.
Anders lachte opnieuw en richtte zijn wapen.
'Leg je pistool neer,' zei Gunnar.

'Gefeliciteerd,' zei Anders.

'Waarmee?'

'Met de eer die je zult krijgen omdat je orde op zaken gesteld hebt.'

'Laat je pistool vallen, er staan agenten...'

Anders legde zijn vinger op de trekker, deed een stap naar achteren en schoot.

Gunnar voelde een stoot en zocht steun bij de armleuning van de bank, maar viel toch met zijn rug op de vloer. Ondanks het kogelvrije vest, dat de kogel had opgevangen, had hij pijn in zijn borstkas. Het was een oppervlakkige wond, dat wist hij, maar toch legde hij zijn hand op zijn borstkas.

Hij zag de deur opengaan. Twee agenten in uniform stormden met getrokken pistolen naar binnen. Anders draaide zich razendsnel om, richtte zijn pistool op hen en vuurde zo snel achter elkaar drie schoten af dat ze geen tijd hadden om te reageren. Gunnar zag dat de eerste kogel de schouder van een van de agenten raakte en er aan de andere kant uit kwam, de tweede raakte zijn buik, de derde was mis.

Op het moment dat Anders op de tweede agent richtte hief Gunnar zijn wapen en vuurde een kogel af. Hij hoorde een knal en voelde de harde stoot van de terugslag tegen zijn hand. De kogel verdween in Anders been, doorboorde kraakbeen, beenweefsel en spieren, en kwam aan de andere kant naar buiten. Anders zakte in elkaar terwijl hij verbaasd naar Gunnar keek. Hij hief zijn pistool opnieuw, maar was niet meer in staat om zuiver te richten.

Gunnar rende naar hem toe, sloeg de loop weg en ramde het pistool in zijn gezicht. Het wapen raakte Anders' neus en bril met een enorme kracht. Het bloed spatte op Anders' hoofd.

'Die is voor Anneli,' zei Gunnar. Daarna wankelde hij naar achteren en liet zich op de bank vallen terwijl hij zag dat er nog een gewapende agent binnenkwam en naar Anders toe liep.

Gunnar deed zijn ogen dicht en hield zijn hand op zijn borstkas en luisterde tegelijkertijd naar de rammelende handboeien.

36

De wieken ratelden terwijl de reddingshelikopter in de lucht zweefde. De sneeuw werd in een cirkel van de grond weggeblazen en Mia hield haar armen voor haar gezicht om dat te beschermen tegen de wervelende vlokken toen de helikopter landde. Achter haar armen volgde ze hoe de bemanning Isra aan boord bracht. Het meisje was ernstig onderkoeld.

Meerdere eenheden waren gearriveerd en blauwe zwaailichten waren tussen de bomen zichtbaar. Honderd meter van het boothuis was een donkere Volvo met kenteken GUV 174 gevonden en agenten waren bezig de auto te controleren.

Het kabaal van de rotorbladen nam toe toen de helikopter opsteeg. Hij maakte een bocht in de lucht, kreeg razendsnel vaart en verdween in zuidelijke richting over de zee.

Ze volgde hem met haar ogen terwijl ze zich heel even onzeker afvroeg of ze het warm of koud had.

'Mia,' riep een van haar collega's terwijl hij met zijn hand gebaarde. 'We hebben een man gevonden.'

'Waar?'

'Hij ligt niet ver van het boothuis, op een rots. Het kan Danilo Peña zijn, de man die we zoeken.'

'Leeft hij?'

'Het lijkt er niet op.'

De vallende sneeuw glinsterde blauw en landde als poeder voor haar, wit en ongerept. Het bloed dat uit de wond in haar hals druppelde lag als een rode parelketting in de sneeuw achter haar.

Jana liep over de rots naar het bos. Ze wist dat de sneeuw haar niet beschermde en dat ze op dit moment volledig zichtbaar was vanaf het boothuis. Ze had echter geen keus. Nog vijf meter en de bomen zouden haar beschermen.

Het water dat uit haar haar in haar nek liep veranderde in ijs.

Jana probeerde zich erop te concentreren dat ze haar natte kleding zo snel mogelijk moest uittrekken, maar ze had het zo koud dat ze moeite had om helder te blijven denken. Ze was zich er niet eens van bewust dat de reddingshelikopter met knipperende lichten boven haar hoofd passeerde.

Haar boot lag zachtjes schommelend op de donkere golven. Ze had alle kracht die ze kon verzamelen nodig om aan boord te komen. Ze probeerde de opbergkist te openen door aan het hangslot te trekken, maar dat gaf niet mee. Daarna hief ze haar been en schopte net zo lang tot de kist open was. In de kist lagen fleece dekens. Jana kleedde zich uit, wikkelde de dekens strak rond haar lichaam en keek uit over de baai.

Alles was kalm en stil.

Ze startte de motor en legde haar hand op de gashendel; haar lichaam werd door de accelererende kracht naar achteren getrokken.

Er zat bloed op zijn gezicht, zijn buik en zijn hals.

Mia Bolander liep voorzichtig naar de man die op de rots lag terwijl ze haar wapen op hem gericht hield.

Hij lag met open ogen op zijn rug, en reageerde niet toen ze op haar knieën naast hem ging zitten. Hij leek niet bij bewustzijn te zijn.

'Kun je me horen?' vroeg ze.

Zijn ogen, die zwart als kool waren, bewogen niet. Terwijl ze met haar vingers naar zijn halsslagader zocht besefte ze dat de jacht voorbij was, ze hadden Danilo Peña gevonden. Ze glimlachte bij de gedachte.

Haar glimlach verdween echter toen ze besefte dat het belangrijk was om hem in leven te houden, omdat hij de schakel was tussen de geëxploiteerde Thaise meisjes en de corrupte bigshots.

Ze duwde haar vingers tegen zijn koude huid, voelde een zwakke hartslag en besefte dat er haast bij was om hem in het ziekenhuis te krijgen.

Veel haast.

37

Hij zag de letters, maar begreep de betekenis ervan niet. Alles vloeide voor zijn ogen ineen.

Karl Berzelius zat in zijn woning in Lindö met de krant voor zich en dacht aan zijn bezoek van de vorige dag aan het zomerhuis. Hij had Jana bevolen om te blijven, met hem te praten, maar ze had hem niet gehoorzaamd. Ze was gewoon uit het raam gesprongen en met een van zijn boten verdwenen. Hij herhaalde wat er gebeurd was tot vervelens toe en vervloekte haar iedere keer meer.

Ineens hoorde hij een geluid. Hij liet de krant langzaam zakken en luisterde. Het oranje licht van de straatlantaarns scheen naar binnen en vormde gestreepte schaduwen op de muren. Het schemerde buiten al. De dagen waren kort.

'Margaretha?' riep hij, maar hij wist dat het nutteloos was. Ze was gaan winkelen en zou op zijn vroegst over een halfuur thuis zijn.

Hij hoorde het geluid opnieuw. Het klonk als voetstappen. Er was iemand in de woning. Karl stond langzaam op en liep door de zitkamer naar de hal terwijl hij naar zijn eigen voetstappen luisterde. Hij keek naar het raam en kon nog net een schreeuw onderdrukken. Er stond iemand. Hij legde zijn hand op zijn hart en haalde snel adem toen hij besefte dat hij zijn eigen spiegelbeeld zag.

Hij ging bij het raam staan, keek naar de met sneeuw bedekte takken van de appelboom in de tuin en prentte zich in dat hij kalm moest proberen te blijven terwijl hij de woning controleerde. Bij de trap zag hij een streep licht. Op de bovenverdieping brandde een lamp. Hij liep tree voor tree de trap op, met zijn hand op de trapleuning, terwijl hij voortdurend naar het licht bleef kijken. Naarmate hij dichterbij kwam werd hij steeds ongeruster.

De deur naar de werkkamer stond wijd open, de lamp op het bureau brandde. Nu wist hij zeker dat er iets mis was. Hij vergat de lamp op zijn bureau nooit uit te doen.

Hij liep de kamer in en keek om zich heen. Het duurde niet lang voordat hij het rode doosje op het bureau zag staan. Het stond met een open deksel onder de lamp. Het doosje was niet meer leeg. De ketting lag erin.

Per Åström had het warm, hoewel hij zijn colbert had uitgetrokken. Hij stond schuin achter Ola Söderström, die zijn mobiel tegen zijn oor hield. Ola had contact opgenomen met de provider en had hun een driecijferig nummer en een wachtwoord gegeven dat bewees dat hij van de politie was. Na een paar minuten kreeg hij het IMEI-nummer.

'Hartelijk bedankt,' zei Ola en hij verbrak de verbinding.

Hij trok het toetsenbord naar zich toe en toetste de vijftien cijfers op de computer in.

'Er zijn meerdere manieren om een mobiel op te sporen,' zei Ola. 'Maar deze is het meest betrouwbaar. Als Jana haar mobiel tenminste aan heeft staan.'

Ola boog zich naar voren en bleef op de computer werken. 'Yes,' zei hij na een tijdje terwijl hij in zijn handen klapte.

Per boog zich over zijn schouder en keek naar de blauwe stip op het scherm. 'Kun je zien waar ze is?'

'Je kunt in elk geval zien waar haar mobiel is.'

'En waar is die?'

Ola draaide het scherm naar hem toe, waarop langzaam een kaart begon te verschijnen. 'De mobiel bevindt zich in Norrköping,' zei hij.

'Maar waar dan?' vroeg Per ongeduldig.

Ola wees naar het scherm en tekende met zijn vinger een kleine cirkel rond de blauwe stip. 'In Lindö.'

Ze zag hem naar het bureau lopen. Zijn gerimpelde handen trilden toen hij de ketting oppakte en heen en weer liet zwaaien tussen zijn vingers.

Jana Berzelius kwam uit de schaduw achter de deur vandaan.

Karl keek naar de reflectie in het raam en ze begreep dat hij wist dat ze in de kamer was.

'Je hebt de hele tijd geweten wie ik in werkelijkheid ben, nietwaar?' zei ze.

'Ja,' zei hij zonder zich om te draaien.

Karl liep langzaam rond het bureau en ging op de stoel zitten, die schommelde. Hij legde de ketting voor zich op het bureau, leunde met zijn hoofd tegen de rugleuning, deed zijn ogen dicht en haalde kalm adem, alsof hij zijn krachten spaarde maar voldoende alert was voor als er iets zou gebeuren.

'Waarom heb je het me nooit verteld?'

'Zou je me geloofd hebben? Je wist zelf niet wie je was en wat je had meegemaakt. Je kon je Gavril Bolanaki niet eens herinneren.'

Ze keek naar het gerimpelde, oude gezicht van haar vader.

'Jij kent hem blijkbaar al heel lang.'

Hij opende zijn ogen maar gaf geen antwoord.

'Ik heb een aantal mappen in het zomerhuis gevonden,' begon ze, waarna ze wachtte tot hij zou reageren. Hij bleef echter onbeweeglijk zitten.

'Ik weet dat je de afloop van meer dan honderd rechtszaken doelbewust beïnvloed hebt,' ging ze verder.

'Dat moest wel, ik had geen keus.'

'Je liet mensen om verkeerde redenen tot lange gevangenisstraffen veroordelen. Je sprak schuldigen bij gebrek aan bewijs vrij. Je zorgde voor valse processen-verbaal en beslagleggingsformulieren en legde zelfs getuigen het zwijgen op...'

'Ik zeg toch dat ik geen keus had!' zei hij met gefronste wenkbrauwen. Hij sloeg zo hard met zijn vuist op het bureau dat de ketting opsprong.

'Je hebt altijd een keus. Wat heeft Bolanaki je daarvoor teruggegeven? Gaf hij je geld, macht?'

'Ik was een goede procureur-generaal, Jana.'

Ze schudde haar hoofd langzaam en aarzelend. 'Ik begrijp het niet. Is er al die jaren niemand geweest die ontdekt heeft waar jullie mee bezig waren?'

'Misschien moet ik de schuld aan de slappe leiding geven, maar eigenlijk was die helemaal niet slap.'

'Wat suggereer je? Bedoel je dat er meer waren die op de hoogte waren van jullie illegale activiteiten en dat gewoon toelieten? Ik geloof je niet.'

'Je mag geloven wat je wilt. Het is allemaal niet zo eenvoudig als jij lijkt te denken. Het is niet allemaal zwart of wit.'

'Leg het dan uit!'

Haar vader trok zijn haar zo strak naar achteren dat zijn ogen versmalden. 'De verklaring is Anders Wester.'

Jana beet op haar lip. 'Ik had het kunnen weten...' zei ze. 'Anders Wester. Hij is hier zaterdag geweest.'

Karl haalde zijn handen van zijn hoofd. Jana deed een stap naar voren terwijl ze naar zijn handen bleef kijken. 'Ik zag Anders' schoenen toen ik hier was omdat ik met mama had afgesproken,' ging Jana verder. Ze gaf hem geen tijd om antwoord te geven. 'Hoe hebben jullie elkaar ontmoet? Anders, Gavril en jij?'

'Hoe denk je dat mensen in toekomstige machtsposities elkaar ontmoeten?'

'Ik vraag het jou.'

'Anders en Gavril ontmoetten elkaar tijdens hun militaire dienst in Södertälje. Ik kwam er veel later bij, in het begin van de jaren tachtig.'

'Dat heb ik begrepen, gezien de inhoud van de mappen. Je hebt ervoor gezorgd dat hij de drugshandel sinds het eind van de jaren tachtig kon domineren, dat hij aan alle aanklachten ontsnapte.'

'Gavril wilde me aan zijn kant hebben, dus zorgde hij ervoor dat dat ook gebeurde. Maar hij is nu weg.'

'En toen hij van de markt verdween werd jij Opa. De mysterieuze man die niemand heeft gezien, van wie niemand weet wie hij is.'

Haar vader haalde zijn schouders op. 'Je kunt geen invloed uitoefenen op wat mensen achter je rug om zeggen, maar je kunt wel invloed uitoefenen op een gerucht.'

'Waarom jij en niet Anders?'

'De maatschappij heeft een held nodig. Anders houdt ervan om in de publiciteit te staan.'

'En jij niet?'

'Ik ben aan het eind van mijn carrière, dat is hij niet.'

Jana zweeg en keek in haar vaders ogen. 'Als je de hele tijd hebt geweten wie ik was, waarom heb je er dan voor gekozen me te adopteren?' vroeg ze.

'Er was geen alternatief, behalve je uit de weg ruimen. We konden een negenjarig meisje niet zomaar loslaten. Je was een lastig klein ding, je ontsnapte, weet je dat nog?'

'En ik werd opgevangen door de kinderbescherming, ja, dat weet ik. Heb je me alleen maar geadopteerd om jullie activiteiten te beschermen?'

'Je moet het niet zo zwaar opnemen.'

'Hoe moet ik het dan opnemen?'

Hij keek weg.

'En de containers?' vroeg ze terwijl ze voelde dat ze uit woede en frustratie begon te trillen.

'Ja...' zei hij en hij leek plotseling verzonken in zijn eigen gedachten. 'Ja, de containers waren een treurig hoofdstuk... Dat gebeurde buiten mij om, het was Gavrils idee... Maar dat is niet belangrijk meer, hij is tenslotte dood...'

'Weet je hoe hij gestorven is?' vroeg ze. Ze wachtte niet op zijn antwoord, maar ging verder: 'Danilo heeft hem doodgeschoten. Hij heeft hem koelbloedig geëxecuteerd om zijn plaats te kunnen innemen...'

'Daar weet je niets van.'

'Ja, dat weet ik wel,' zei ze met een zwakke glimlach, waarna ze meteen weer ernstig werd. 'Weet Anders ook wie ik ben?'

Haar vader zag er moe uit. 'Anders?' vroeg hij terwijl hij opkeek. 'Ja... maar hij weet niet dat je herinneringen terugkomen.'

'En mama? Weet zij het ook?'

'Je moeder weet niets.'

'Ze weet toch dat de adoptie geheimhoudingsplicht heeft?'

'Maar niet waarom. Dat weet niemand.'

'Danilo weet het.'

'Danilo...' Hij noemde de naam in een lange uitademing. 'Hij maakte de fout om je aan te vallen in Knäppingsborg. Hij had bij je uit de buurt moeten blijven.'

'Hij heeft meer fouten gemaakt, nietwaar?'

'Wat bedoel je?'

'Robin Stenberg bijvoorbeeld.'

'Ja,' zei haar vader nadenkend. 'Hij werd te fanatiek, handelde instinctief. Dat wreekt zich.'

'Dat geef je toe?'

'Ik geef toe dat Danilo een risico was en zakenmannen zoals ik elimineren risico's.'

'Jullie hadden meerdere redenen om hem uit de weg te ruimen en je wist dat ik wraak op hem wilde nemen...'

'Nee,' onderbrak hij haar. 'Ik nam áán dat je wraak wilde nemen. Maar er was een schets voor nodig om je gefocust te krijgen.'

Jana voelde de irritatie weer groeien en had moeite om stil te blijven staan. 'Je hebt ervoor gezorgd dat ik hem gedood heb.'

'Heel goed, dan hoef je niet langer bang te zijn dat hij je werkelijke identiteit zal onthullen... Dan zijn we allebei tevreden.'

'Waar zijn de dozen, waar zijn mijn dagboeken? Mag ik ze terug?'

'Hoe weet je dat ik ze heb?'

'Waar zijn ze? Vertel me waar ze zijn!'

Karl glimlachte. 'Het is niet goed om vast te houden aan het verleden,' zei hij. 'Alles is aan verandering onderhevig.'

'Mensen niet.'

'Mensen misschien niet, maar tijden veranderen.'

Jana's ogen versmalden en ze balde haar vuisten. 'Vertel me waar de dozen zijn,' zei ze langzaam.

'Op een veilige plek.'

'Waar?'

'Denk je dat ik dat ga vertellen?'

'Wat moet je ermee?'

'Ik heb het gevoel dat ik ze binnenkort nodig heb.'

Ze deed een stap naar voren, haar vuisten nog steeds gebald. 'Hoe wist je waar ik ze verstopt had?'

'Je bent al meer dan twintig jaar bij ons, Jana. Je zou moeten weten dat ik overal ogen en contacten heb.'

'Heeft de eigenaar van het pand het je verteld?'

Haar vader schudde zijn hoofd. 'Het was veel eenvoudiger, Jana. Axel Lundin kwam regelmatig in het gebouw aan de Garvaregatan. Hij heeft je gezien.'

Ze voelde haar spieren spannen en merkte dat haar ademhaling versnelde. 'Dat is vreemd,' zei ze. 'Als Axel voor jullie werkte, waarom gaf hij Danilo's naam dan aan de politie?'

'Dat is jouw probleem niet.'

'Maar het is jouw probleem geworden.'

'Het is eerder Anders' probleem.'

Jana deed een stap naar voren terwijl ze probeerde haar lichaam te ontspannen, maar de agressie hield haar in een ijzeren greep. Ze boog haar hoofd. 'Je weet dat het voorbij is, papa.'

'Wat ga je doen?' vroeg hij zachtjes.

'Je weet wat ik moet doen.'

Hij kreeg een onheilspellende blik in zijn ogen. 'Als je me aangeeft...' zei hij, '... dan kom je nooit te weten waar je dozen zijn. Dan kun je je dagboeken nooit meer vasthouden. Nooit. En je komt ook niet te weten in wiens handen ze dan belanden.' Zijn stem was helder en duidelijk en ze zag dat hij zijn vuisten balde, voelde de kamer volstromen met zijn ingehouden woede.

'Begrijp je dat?' zei hij hard, waarna hij opstond, zich naar haar toe haastte, haar arm vastpakte en haar tegen de muur duwde. Hij kwam zo vlak voor haar staan dat ze zijn ademhaling op haar gezicht voelde.

Jana knikte en fluisterde: 'Ja.'

'Geef duidelijk antwoord, zodat ik het hoor!'

'Ja.'

Ineens gaf hij een klap op haar wang. 'Geef antwoord!'

Toen hij zijn hand hief om haar nog een keer te slaan schoot haar arm omhoog om de klap te blokkeren. Hij reageerde eerst met verbazing, daarna met nog meer woede.

Ze pakte zijn pols vast en draaide zijn arm om. 'Ja,' fluisterde ze tegen hem. 'Ik heb het begrepen.'

Ze las in zijn ogen dat hij iets probeerde te zeggen.

Laat los!

Ze pakte zijn arm nog steviger vast.

Laat los, laat los!

Daarna zei hij het, hij bad en smeekte, maar ze liet niet los. Hij boog dubbel en kromp in elkaar. Een oude, grijze, waardeloze vent.

Pas toen de bel ging liet ze hem los. Ze was heel even haar concentratie kwijt. Dat was voldoende.

Hij hoorde de bel in de woning gaan. Even later belde hij opnieuw, en opnieuw. Hij deed een paar stappen naar achteren en keek naar het raam op de bovenverdieping. Ze was binnen, Per Åström wist het zeker.

Hij had haar auto op de oprit gezien, had de taxichauffeur gevraagd om te wachten en was langzaam door de sneeuw naar de voordeur gelopen. Nu probeerde hij te kalmeren en ritmisch adem te halen. Hij probeerde niet over te komen als de een of andere idioot die haar stalkte.

De situatie was namelijk niet verdacht of abnormaal. Het was volkomen normaal dat Jana's auto bij de woning van haar ouders geparkeerd stond. Toch voelde hij een enorme ongerustheid. Hij belde opnieuw terwijl de sneeuwvlokken op zijn gezicht en zijn jack landdden.

Er werd niet opengedaan.

Hij liep om het huis heen, keek in de tuin, op het terras en door een raam.

Hij liep weer naar de voordeur en voelde eraan. Hij was op slot. Hij had niet anders verwacht.

'Jana?' riep hij terwijl hij zich een complete idioot voelde. Het kon hem echter niet schelen, niet meer, niet nu de ongerustheid hem serieus in haar greep had.

Hij richtte zijn blik op één punt in de witte sneeuw en bleef doodstil staan luisteren. Hij zag geen bewegingen, hoorde geen geluiden in het huis. Het was een vergissing geweest om hiernaartoe te gaan, dacht hij, waarna hij zich omdraaide en langzaam naar het hek liep. Op dat moment klonk er een pistoolschot in het huis. De knal echode tussen de woningen in de straat.

In eerste instantie besefte Per niet wat er was gebeurd. Er klonk opnieuw een schot, en vlak daarna nog twee. Het geluid was zo hard en plotseling dat Per bij het hek hurkte en zijn armen boven zijn hoofd hield om zichzelf te beschermen.

De gedachten tolden door zijn hoofd. Er was geschoten in het huis van het gezin Berzelius.

'Jana!' riep hij in de vallende sneeuw.

Alles was echter volkomen stil.

Geen hartslag.

Dokter Amanda Svedlund werkte snel. Ze had de kleding van de patiënt op de brancard opengeknipt en had een zuurstofmasker op zijn mond geplaatst. De omgevingswarmte was verhoogd.

Nog steeds geen hartslag.

Verpleegster Sofia Enberg pakte de defibrillator, veegde de natte borstkas van de patiënt schoon en plaatste de elektroden.

Het hart van de patiënt stond stil en was niet in staat om het bloed in het lichaam rond te pompen. Een stroomstoot kon het hart weer op gang krijgen, maar de tijdsfactor was bepalend. Met elke minuut die verstreek verminderde de kans om te overleven met tien procent. Het was belangrijk om het hart van de patiënt zo snel mogelijk weer op gang te brengen.

Amanda luisterde naar de computerstem.

Analyseer het hartritme, raak de patiënt niet aan.

Een moment stilte.

Defibrillatie aanbevolen. Apparaat wordt geladen.

Het toenemende gepiep van het apparaat sneed door de ruimte. Amanda hield haar vinger op de rood knipperende knop, wachtte en drukte.

Een stroomstoot ging door het lichaam van de patiënt.

Defibrillatie uitgevoerd.

De eerste poging gaf geen resultaat. Amanda startte het apparaat opnieuw. Geen hartslag.

'Toe dan,' zei ze hardop terwijl ze met twee handen op de naakte borstkas drukte. Ze telde tot vijftien. Een derde poging.

Het hart van de patiënt had inmiddels in totaal dertien minuten stilgestaan en de kans op overleven was minimaal.

Amanda had weinig hoop meer, maar liet dat niet merken. Ze bleef doorgaan.

De wereld gleed onder hen door. Ze vlogen hoog boven de bomen over wegen en hoogspanningskabels. De straatlantaarns leken op kleine vuurvliegjes toen de helikopter Linköping bereikte. De motoren bulderden toen ze de landing bij het universiteitsziekenhuis inzetten.

Personeelsleden van de intensive care wachtten op de patiënt. Hun kleren fladderden in de wind.

Op het moment dat de helikopter de grond raakte gebeurde er plotseling iets.

De patiënt bewoog. Het was een zwakke beweging, maar Amanda registreerde het. Ze keek naar het ecg-apparaat en zag het hartritme.

Danilo Peña's hart klopte weer.

Per Åström was geconcentreerd. Hij stond minutenlang roerloos te wachten voordat hij naar het huis terug durfde te gaan. In plaats van aan te bellen probeerde hij het huis via de achterkant te naderen. Op zo'n twintig meter van de veranda bleef hij bij een appelboom staan. Toen de kust veilig leek liep hij de veranda op en pakte een van de aardewerken potten. Die was zwaarder dan hij had gedacht, maar verbrijzelde het glas van de verandadeur meteen.

Hij wilde net naar binnen gaan toen hij een geluid hoorde. Het kostte hem een paar seconden om te beseffen dat het van de bovenverdieping kwam. Het klonk alsof iemand kermde.

Hij rende de trap op, zich bewust van het risico dat hij nam om zich hier te bevinden, maar hij kon niet anders. Toen hij de bovenste traptrede had bereikt, zag hij een streep licht uit een kamer stromen. Hij luisterde en hoorde iemand bewegen.

Per duwde de deur open en zag haar onmiddellijk op de vloer liggen. Heel even stond hij als versteend naar haar bebloede gezicht te kijken. Het eerste moment dacht hij dat ze dood was, maar ineens zag hij haar borstkas bewegen, waarna ze reutelend ademhaalde. Ze had een pistool in haar hand.

Jana's vader zat met gesloten ogen en een gebogen hoofd tegen de muur. Boven zijn linkeroor was het grijze haar rood, bloed druppelde op de vloer.

Per liep langzaam naar Jana toe en ging op zijn knieën zitten. Hij probeerde het pistool voorzichtig uit haar hand te trekken, maar ze hield het stevig vast. Plotseling opende ze haar ogen, probeerde haar blik op hem te richten en begon te mompelen. 'Ik probeerde...' zei ze. 'Ik probeerde hem... tegen te houden.'

Daarna deed ze haar ogen weer dicht en liet het pistool los.

Met trillende handen haalde Per zijn mobiel tevoorschijn en toetste 112 in.

38

Het was koud en nevelig toen Henrik Levin een nieuwe munt in de parkeerautomaat van het Vrinnevi-ziekenhuis stopte. Met zijn handen in zijn zakken liep hij over het parkeerterrein naar de hoofdingang.

'Henrik?' zei Emma toen hij de deur van hun kamer op de afdeling Verloskunde opende. 'Ik heb de televisie aanstaan. Ze hebben het over het boothuis.'

Henrik ging naast haar zitten, pakte haar hand vast en keek naar zijn pasgeboren zoon, die tegen Emma's borst lag.

'Jullie hebben hem dus te pakken,' zei ze met een glimlachje.

'Nou ja, wij... Mia heeft hem bij het boothuis gevonden. Ze zal worden gehuldigd voor haar inzet,' zei Henrik terwijl hij aan de geëxploiteerde Thaise meisjes dacht.

'Je bent moe...' zei ze.

'Ik begrijp het niet, ze worden gedwongen om zo veel capsules te slikken en...'

Hij merkte niet dat hij zijn zin niet afmaakte.

De nieuwszender toonde een foto van Danilo Peña. Ze keken allebei naar de jonge journalist die het onheilspellende verhaal over Peña vertelde. Met het Thaise meisje ging het naar omstandigheden goed. De artsen waren heel optimistisch.

'Godzijdank,' zei Emma terwijl ze de rug van haar zoon streelde. Hij lag dicht tegen haar naakte huid, onder een dikke deken.

Gunnar Öhrn kwam in beeld. Hij zag er uitgeput uit, maar glimlachte toen hij vertelde dat ze het onderzoek binnenkort aan de stapel opgeloste zaken konden toevoegen. Daarna verscheen een foto van Anders Wester en Henrik hoorde woorden als *omkoping* en *schandaal*.

'Wat is er eigenlijk gebeurd?' vroeg Emma.

'Wat moet ik zeggen,' zei Henrik en hij zuchtte, '... behalve dat dit onderzoek tot iets veel groters heeft geleid.'

'Dat heb ik je al eens horen zeggen.'

Henrik knikte en keek daarna uit het raam. Hij zag dat de zon door de dichte mist probeerde te breken terwijl de eerste beelden van de politieacties tegen Anders Wester op het scherm vertoond werden. Zijn kantoor bij de Rijksrecherche en zijn woning waren afgezet. Technisch rechercheurs hadden urenlang allerlei documenten en andere zaken verzameld die gebruikt konden worden als bewijs in de rechtszaak die zou volgen. Het zou de politie tijd kosten om alles in kaart te brengen. Iedereen die ooit betrokken was geweest bij Anders' activiteiten moest opgespoord worden.

'Je mag een andere keer meer vertellen,' zei Emma met een glimlach.

Hij keek in haar ogen en haalde diep adem.

'Wil jij hem vasthouden?' vroeg ze.

'Mag dat?'

'Natuurlijk mag dat.'

Henrik stond op, Emma sloeg de deken open en tilde hun baby voorzichtig op. Henrik pakte hem over en hield hem tegen zich aan. Hij snoof zijn geur op en voelde de magere armpjes en beentjes tegen zijn borstkas. Hij was dolgelukkig nu hij zijn jongste zoon eindelijk in zijn armen hield.

'Ik ben zo ongerust geweest,' zei hij. 'Hier is het de hele tijd om gegaan. Daarom heb ik me teruggetrokken, heb ik me in mijn werk begraven.'

Hij slikte en keek naar Emma. 'Ik hou van je,' zei hij.

'Ik hou ook van jou,' antwoordde ze.

'En ik hou van dit kleine ventje. Ik ben alleen zo bang dat er iets met hem gebeurt.'

'Wat zou er met hem moeten gebeuren?' vroeg ze met een glimlach.

'Hij is zo klein.'

'Maar hij is volkomen gezond.'

'Dat hoop ik,' zei Henrik zachtjes, waarna hij zweeg.

Jana Berzelius trok haar muts over haar voorhoofd toen ze samen met Per Åström het gebouw van het Openbaar Ministerie verliet.

'Vind je het erg dat je het niet weet?' vroeg hij.

'Wat weet ik niet?'

'Of ze het redt of niet?'

'Bedoel je Pim?'

'Ja, ze was tenslotte je cliënt.'

'Ik weet dat ze het gered heeft.'

'Hoe weet je dat?'

'Gewoon een gevoel.'

Per keek met een ernstige blik in zijn ogen naar haar. 'Hoe voel je je eigenlijk?'

'Het is maar een oppervlakkige wond.'

'Dat bedoel ik niet, ik wil weten hoe je je vóélt.'

Jana gaf geen antwoord en keek in zijn ogen. Ze besefte dat hij naar antwoorden zocht en dat ze veel moest uitleggen. Dat was ze hem verschuldigd. Ze was hem heel veel verschuldigd. Er waren echter dingen over haar en haar vader die hij niet hoefde te weten. En over de dozen die ze nog steeds niet had gevonden.

Ze had de hele woning in Lindö en het zomerverblijf overhoopgehaald maar had haar dagboeken en al het andere materiaal dat zo veel voor haar betekende niet gevonden. Alleen haar vader wist waar ze waren. Haar geheim, haar leven, lag in zijn handen. En zijn geheim lag in die van haar.

'Je hebt niet veel verteld over wat er gebeurd is,' zei hij alsof hij haar gedachten kon lezen.

'Mijn vader werd ziek, verward. Hij probeerde zelfmoord te plegen.'

'Gewoon zomaar?' Hij keek opnieuw in haar ogen.

'Het wordt confusie genoemd,' zei ze. 'In grote lijnen kan elke ziekte, ernstig of niet, zo'n toestand veroorzaken.' Jana bleef hem aankijken omdat ze het gevoel had dat ze dan overtuigender was. Ze zei nogmaals tegen zichzelf dat het goed was geweest om over haar vaders geestelijke gezondheid te liegen. Ze had gezegd dat hij er psychisch zo ernstig aan toe was geweest dat haar moeder niet alleen voor hem kon zorgen. Ze was bij haar moeder gebleven om haar te helpen. Dat was de reden dat ze haar werk had verwaarloosd, haar mobiel niet had opgenomen en geen mails had beantwoord.

'Hij gedroeg zich inderdaad vreemd toen ik op zoek was naar jou.'

'Zie je wel?'

'Hij zei dat hij je al een halfjaar niet meer had gezien.'

'Dat klopt absoluut niet.'

'Het was gewoon niet de Karl die ik ken.'

'Misschien ken je hem niet goed genoeg.' Ze sloeg haar nieuwe zwarte sjaal nog een keer rond haar hals.

'Wordt hij weer beter?'

'Ik weet het niet,' zei ze terwijl ze haar hoofd wegdraaide. Ze dacht eraan dat een van de kogels in zijn linkerhersenhelft was gedrongen en dat de kans bestond dat er psychische functies uitgevallen waren. Ze wisten echter nog niet hoe ernstig het was en of hij ooit weer een normaal leven zou kunnen leiden.

'Wist je dat hij zelfmoordneigingen had?' vroeg Per.

'Ik wist dat hij een intens verdriet met zich meedroeg.'

'Een intens verdriet?'

'Je geeft het niet op, nietwaar?' zei ze terwijl ze in zijn ogen keek.

'Ik ben gek op familiegeheimen.'

'Dan neem ik aan dat je me nu met vragen gaat overladen.'

Hij lachte. 'Je zou denken dat je me kent.'

'Dat doe ik ook. Over twee minuten ga je me vragen of we samen zullen gaan lunchen.'

'Niet of, we gaan lunchen.'

'Oké, waar gaan we dan lunchen?'

'En wat ga jij antwoorden?'

'Dat ik een leuke plek weet die Durkslaget heet,' zei Jana en ze begon te lopen.

Sneeuwvlokken landden op haar gezicht terwijl ze een besneeuwde parkbank passeerden. Een man die een klein meisje op een slee trok passeerde hen.

Ze bleef lopen en draaide zich niet om. Ze wist zo ook dat Per haar volgde.

Dankwoord

Ik wil iedereen bedanken die me heeft geholpen met dit boek. Iedereen die het heeft gelezen en zijn mening heeft gegeven, die mijn vragen heeft beantwoord en me heeft geholpen met het feitenmateriaal, die me zijn betrokkenheid en zijn tijd heeft gegeven. Heel veel dank aan mijn redacteur Jacob Swedberg voor zijn kritische controle en onze samenwerking, die van onschatbare waarde is. Ik wil ook Sofie Mikaelsson en Joel Gerdin bedanken voor hun informatie over het algemene politiewerk, en Johan Ahlner en Lotta Fornander voor hun feitenmateriaal. En mijn zus, mijn ouders en schoonouders, die zich blijven verheugen over mijn successen en die dat zo graag met me vieren.

Ik wil vooral mijn vader en moeder bedanken voor alle uren die ze bezig zijn geweest met lezen, steunen en aanmoedigen. Jullie zijn er altijd voor me. Er zijn maar weinig mensen die zulke toegewijde en loyale ouders hebben als ik.

Jonas Carlsson Malm, Jonas Winter en de overleden Tommy Johansson wil ik bedanken omdat jullie de eersten waren die geloofden in *Memento* en in officier van justitie Jana Berzelius.

Heel veel dank aan mijn lezers voor de leuke ontmoetingen, heerlijke gesprekken en vrolijkheid in winkels en boekwinkels, op beurzen, in bibliotheken en op sociale media. Jullie zijn degenen die me alle blijdschap en inspiratie om te schrijven geven.

Ik moet natuurlijk vermelden dat dit verhaal verzonnen is. Alle overeenkomsten tussen de personen in het boek en echte personen zijn toeval. De omgevingsbeschrijvingen zijn zoals ze in werkelijkheid zijn, maar ik heb ze soms veranderd of heb er bepaalde details aan toegevoegd die beter passen bij het verhaal. Eventuele fouten die in de tekst zijn geslopen zijn mijn verantwoordelijkheid.

Er is één persoon die ik uiteindelijk meer dan iemand anders wil bedanken, maar wat zeg je tegen een man die weet wat ik denk? Die de juiste vragen stelt om ervoor te zorgen dat ik de juiste kant op ga? Die er altijd voor me is? Die mijn beste vriend, collega en levenspartner is? Wat moet ik tegen je zeggen, Henrik Schepp?

Ik weet het.

Iets wat ik veel te weinig zeg.

Lees ook *Memento*:

Zomer 1986. Een negenjarig meisje wordt wakker in een ziekenhuisbed. Ze herinnert zich niet hoe ze daar terechtgekomen is.
2012. In Zweden wordt het hoofd van de immigratiedienst vermoord en alle sporen leiden naar een kind als dader. Officier van justitie Jana Berzelius duikt in de zaak en gaandeweg het onderzoek komen gruwelijke herinneringen aan haar eigen verleden naar boven. Wat gaat er schuil achter de nu zo sterke Jana? Is zij eigenlijk wel te vertrouwen? En waarom jeukt dat litteken in haar nek plotseling zo hevig?

'Een opmerkelijk en ijzersterk debuut.' Kultursidan.nu

Paperback, 336 blz., ISBN 9789026136436 | E-book ISBN 9789026136443